D1398553

LA REINE
REBELLE

KATHLEEN HERBERT

LA REINE
REBELLE

roman

Pygmalion
Gérard Watelet

Paris

Titre original : QUEEN OF THE LIGHTNING
traduit de l'anglais par Laure Damien

Édition réalisée avec le concours de Jean Sola.

Sur simple demande adressée aux
Éditions Pygmalion/Gérard Watelet, 70, avenue de Breteuil, 75007 Paris
vous recevrez gratuitement notre catalogue
qui vous tiendra au courant de nos dernières publications.

I

LES chiens ayant empaumé la voie, les poursuivants se rapprochaient au triple galop, tels le chasseur noir et sa horde affamée d'âmes mortes. Non loin, désormais, retentissaient le piétinement sourd des sabots sur la tourbe et, dans le vacarme des aboiements, le fracas des fourrés malmenés par l'ivresse de la curée prochaine.

L'amazone, sur son cheval gris, prit cependant le temps de s'arrêter et, l'oreille tendue, de scruter les taillis d'un regard perçant. Déjà sa monture tendait le col vers une touffe d'herbe lorsqu'un coup de talon dans le flanc la força d'avancer. L'ayant guidée jusqu'au bord du sentier, la cavalière l'engagea dans le lit caillouteux d'un petit ruisseau qui le longeait vivement et lui fit adopter le pas. Les galets roulaient, glissaient sous les sabots. En dépit de la clameur multiple qui annonçait l'arrivée imminente de ceux qui la traquaient, la fugitive ne pressa nullement l'allure.

Aux abords des pâturages marécageux où s'espaçaient les arbres, elle s'arrêta même à nouveau, le temps d'un battement de cœur, jeta un coup d'œil en arrière, puis, filant comme le vent en direction de l'Esk, la traversa dans une gerbe d'éclaboussures, et s'engouffra dans les bois qui couvraient l'autre rive.

Les fûts, là, presque aussitôt, se pressaient les uns contre les autres, barraient la route de leurs bras tendus, et leurs rangs serrés ne s'ouvraient enfin qu'au pied d'une falaise à pic vers le ciel. Pas d'issue, semblait-il, pas la moindre, et pourtant, la jeune femme lançait son cheval avec la témérité d'un désespoir sans fond... ou d'un aplomb parfait.

Immobilisant à nouveau le cheval, elle se pencha pour examiner le sol. Seuls des yeux particulièrement exercés pouvaient déceler que la piste, à cet endroit, se divisait : un premier sentier, à peine plus visible qu'un fil dans la broussaille, inclinait à droite ; le second — praticable au mieux pour un renard, un loup, presque imperceptible — escaladait la muraille du côté gauche. Brandissant l'épieu qu'elle tenait, la cavalière, d'un geste sauvage, le ficha dans une flaque de soleil, entre deux arbres. La hampe, baignée d'or, resta là tel un signal — ou un défi — près du sentier de droite, tandis que la monture empruntait la piste des fauves.

La pente était si raide que les buissons en surplomb menaçaient sans cesse de flageller le visage de la fugitive. Un rameau d'épineux, soudain, griffa son bonnet, l'arracha de sa tête et, après l'avoir comme triomphalement agité, le laissa retomber derrière la croupe du cheval. Une masse de cheveux noirs cascada sur les épaules de la cavalière et l'inonda jusqu'au bas des reins. De saisissement, celle-ci se retourna sur sa selle, le bras levé pour se protéger. La coiffure, en cuir souple d'un vert ardent, était ornée d'une plume de corbeau retenue par une broche bleue. Ses couleurs, émeraude, saphir et bleu-noir luisant, brillaient sur le vert plus tendre de l'herbe comme une enluminure dans un missel.

Après un long regard pensif, la jeune femme éclata de rire — un rire bizarre, à la fois sauvage, doux, haletant —, puis elle s'enfuit sans ramasser son bien.

Vu le terrain, de plus en plus escarpé, hérissé de roches aiguës, elle dut réduire l'allure. Ce train d'enfer l'eût mise autant en péril que la meute à ses trousses. Même au pas, d'ailleurs, son cheval dérapait à chaque foulée. Aussi, lorsque, après avoir contourné un rocher, la piste se mua en une volée de marches naturelles, raides, inégales et glissantes d'humidité, s'arrêta-t-il d'un air résolu.

Elle n'essaya pas de le raisonner. Tendant le bras sans se soucier des égratignures, elle arracha un rameau d'aubépine en fleurs et, d'un geste vif et précis, la jeta contre la falaise. La branche s'y accrocha à l'une des marches, comme brisée au passage par quelque grimpeur. Un sourire démoniaque aux lèvres, la cavalière fit volte-face et, mettant pied à terre au petit carrefour, entraîna sa monture fourbue sous les frondaisons sombres. Presque instantanément, le bruit de leurs pas fut couvert par le tapage d'un torrent qui dévalait à peu de distance.

De l'autre côté de la rivière, les chasseurs longeaient au grand galop la lisière de la forêt. Le soleil faisait étinceler la pointe de leurs épieux et leurs bracelets. Les chiens sautèrent le ruisseau, à l'endroit même où la cavalière s'était arrêtée peu de temps avant, et détalèrent sans écouter les appels de leurs maîtres à qui un corbeau cracha des injures, du haut de sa tour de guet rocheuse : ces rivaux humains, qui emportaient leur gibier après l'avoir tué, affolaient toutes les proies possibles sur plusieurs milles ! Prenant son essor, il mit le cap sur la berge opposée, non sans croasser au passage d'autres insultes.

L'ombre de ses ailes noircit une tache de soleil sur la piste. L'un des chasseurs ralentit instinctivement son cheval et leva la tête, pour suivre des yeux le vol de l'oiseau. Il le regarda s'élever au-dessus des arbres par-delà l'Esk et se diriger vers la falaise à pic. Son regard indécis se porta vers le gros de la chasse qui se perdait dans la vallée ; puis sur le sillage du corbeau, comme s'il entendait un appel, et faisant soudain volter son cheval, il se mit à longer lentement le ruisseau, en scrutant attentivement le sol.

C'est à l'orée des bois qu'il trouva ce qu'il cherchait : des traces de sabots, droit au travers de la prairie. « Elle a dû s'y engager au grand galop, songea-t-il, mais son avance n'est pas bien grande... D'ailleurs, elle n'aura pu maintenir cette allure au milieu des arbres, de l'autre côté. Et puis la falaise l'obligera à faire demi-tour... »

L'espace à découvert et le gué, il les franchit très vite. Pour un chasseur expérimenté, retrouver la piste dans les bois n'était pas difficile ; la jeune femme s'y était ruée avec trop de frénésie pour dissimuler les empreintes.

En arrivant au carrefour, il vit l'épieu, tel un signe sur le chemin, et se mit à rire. Cette bravade lui ressemblait bien... prévenir ainsi qui la pourchassait de la vanité de leur entreprise ! *Elle*, elle n'avait pas besoin d'armes, elle pouvait leur échapper grâce à sa connaissance des bois et se moquer d'eux, bien à l'abri dans une tanière sûre.

Arrachant l'épieu, il s'élança à vive allure sur le chemin de droite ; puis il ralentit, s'arrêta. Trop facile ! Ni le sentier ni la broussaille ne portaient le moindre signe de son passage. Il descendit de cheval et, comme un limier, flaira tout autour, remonta en selle, revint sur ses pas et emprunta la piste qui griffait imperceptiblement les rochers.

Sa poursuite avait perdu beaucoup de sa vitesse et les trois quarts de son assurance. Son cheval, un bai puissamment bâti, renâclait de plus en plus au chemin scabreux et, les oreilles frémissantes, roulait des yeux incrédules : son maître, d'un instant à l'autre, corrigerait sa stupide erreur ! Effectivement, celui-ci partageait presque son intuition. Nul homme sain d'esprit n'eût pris cette voie... Mais l'était-elle, saine d'esprit, elle ? Ou plutôt, pouvait-on juger ses comportements d'après ceux d'une femme normale... ou même d'un guerrier ordinaire, d'ailleurs ?

Une autre hypothèse paraissait néanmoins plus plausible : qu'elle l'eût surpassé en finesse, malgré son habileté de chasseur, et fût revenue sur ses pas. Dans ce cas, elle aurait peut-être retraversé la rivière et se trouverait actuellement dans la vallée, sur les talons de ses poursuivants, certaine qu'ils n'iraient jamais la dénicher là ?

Cette idée lui arracha un juron. Il était sur le point déjà de faire demi-tour lorsqu'il aperçut, sous les épineux, un objet plus coloré que l'herbe : son bonnet, avec la broche de saphir et l'insigne du Corbeau — l'emblème de la Maison royale de Cambrie...

Cette fois, sûr de son fait, il décida de la suivre à pied. Il descendit de cheval, planta ses épieux dans le sol, enroula les rênes autour d'une branche assez basse et souple pour permettre à l'animal de brouter, lui tapota l'encolure d'un geste rassurant et s'en fut. Il gravit la pente abrupte et imprévisible presque en courant, car il avait le pied léger et la rapidité d'un loup, et, au détour d'un rocher vit l'escalier de pierre qui dressait devant lui ses marches inégales et brisées. Un bouquet d'aubépine blanche était accroché tout en haut, juste avant un coude brusque au-delà duquel on ne voyait rien.

Il éclata d'un rire triomphant, cette fois ; elle était presque à portée de main. Il n'existait aucun autre moyen de descendre de ce perchoir, et le sentier devait s'interrompre quelques pas plus loin, puisqu'on était presque au pied de la falaise. Tout près de là, bondissait un torrent dont il entendait le tumulte et apercevait les pierres humides d'écume. Peut-être le guettait-elle, accroupie comme une renarde, un peu plus haut ? Il escalada les rochers et tendit la main vers les fleurs qui l'avaient trahie.

Peut-être surexcité par la perspective de la victoire imminente, ou bien désireux d'étonner sa proie en lui prouvant par son aisance et sa témérité qu'il n'était ni dupe de ses ruses ni impressionné par les pièges successifs qu'elle avait tendus, il était sur le point de saisir les fleurs lorsque son pied glissa. D'un coup de talon brutal, il tenta de récupérer son équilibre, mais la pierre se brisa sous lui. S'agrippant désespérément à la corniche, il s'aida des genoux pour se hisser sur la dernière marche encore visible... et là, pétrifié d'horreur, s'immobilisa juste à temps... De l'autre côté, c'était le vide, vertigineux.

Le torrent, depuis les crêtes, dégringolait tumultueusement la falaise puis, à travers bois, courait rejoindre l'Esk au fond de la vallée. A quelques pouces de la tête du jeune homme, une faille profonde labourait le roc ; l'eau s'y engouffrait sur une cinquantaine de pieds avant de s'abîmer dans un tourbillon qui bouillonnait sur des roches déchiquetées. La chute avait poli les flancs de la paroi au point que la pierre, glissante comme de la glace, ne présentait pas une arête, pas une aspérité où se raccrocher en cas de chute. « Plus d'élan, pensa-t-il, un simple faux mouvement, et je basculais dans le précipice... »

Sa vue se brouilla, il eut l'impression que sa tête tournait. Les doigts crispés sur la dalle, il ferma les yeux et s'obligea à respirer régulièrement jusqu'à ce que son cœur fût calmé. Après quoi il se laissa lentement, lentement glisser le long de la roche, en attendant que son pied rencontre la marche inférieure. Puis, rampant prudemment à reculons, ne déplaçant qu'une main ou qu'un pied, alternativement, il retrouva sa place précédente de l'autre côté. Alors, adossé contre la muraille, s'y plaquant de son mieux, les yeux fixés sur ses mains et ses pieds, comme s'il avait du mal à croire qu'il leur devait son salut, il s'aperçut soudain qu'il n'avait pas lâché les fleurs de la Déesse Blanche, ces fleurs qui l'avaient attiré vers la mort.

Il suivit du regard l'escalier de pierre. Elle avait gagné... Quel plaisir elle avait dû prendre à contempler sa reptation grotesque et terrorisée ! Il guetta l'écho de son rire : il s'attendait presque à la voir apparaître là-haut, railleuse et provocante, à la fois si proche et si inaccessible !

Or, quoiqu'elle ne manifestât nullement sa présence, il la subodorait tout autour de lui : dans la course du torrent, dans les taches d'or vert qui pommelaient les bois, mais surtout dans le parfum ténu, trouble de l'aubépine froissée. Dans sa perplexité, il esquissa un mouvement vers le grondement des flots.

Sa ténacité fut aussitôt récompensée : de ce côté, un vague sentier se dessinait sur la pente moins raide à flanc de colline, assez large pour un cheval. Il en était effectivement passé un, peu de temps auparavant. De-ci de-là, l'empreinte d'un sabot

14

creusait la terre humide. Un peu plus loin, des nuées de mouches bourdonnaient sur un tas de crottin fumant... A la hâte, le chasseur rejoignit sa propre monture et, pas à pas, prudemment, lui fit descendre la déclivité.

Aux abords d'une vaste clairière, il s'arrêta, sans dépasser l'orée. Devant lui, un énorme rocher barrait le lit de la rivière. L'eau s'y ruait d'abord en tourbillonnant puis encerclait de ses bras une île minuscule dont la forme évoquait une pointe d'épieu. Derrière, les flots rejoints roulaient en direction de l'Esk.

De son poste, il ne distinguait guère, outre des fourrés d'aubépine, qu'un pommier sauvage près du rocher. Mais un cheval gris paissait paisiblement le gazon de la rive... Cependant tout cela — arbre et buissons fleuris, cheval pâle — était tellement imprégné de la présence de la Déesse qu'il en eut la chair de poule. Il lâcha les rênes, mais sa monture, rassurée par la présence de son congénère, se borna à baisser la tête pour brouter l'herbe tendre. Alors, bonnet et fleurs à la main en guise de talismans, il s'élança et, d'un bond puissant, sauta par-dessus la rivière dans l'île.

Elle était là, toute proche, étendue dans une prairie cernée de buissons neigeux, sa tête reposant sur la masse noire et moelleuse de ses cheveux. Elle avait délacé son pourpoint de chasse en cuir, ouvert le col de sa chemise, et sa pose alanguie ressemblait au sommeil. Mais, au léger frémissement de ses cils, le jeune homme comprit qu'elle était éveillée et consciente de sa présence. Il s'agenouilla, se pencha sur elle.

— Pourquoi ?

— Vous disiez que vous aviez envie d'aller à la chasse, répondit-elle placidement sans ouvrir les yeux. Une hôtesse prévenante s'efforce de combler les désirs de son invité.

— Prévenante !

— Ne vous ai-je pas offert un divertissement assez mouvementé ? Ouvrant les yeux, elle pouffa : Je me suis donc trompée ? Vous auriez préféré forcer quelque puissant sanglier... Vous êtes déçu, vous ne vouliez pas de moi !

15

— Moi, je ne veux pas de vous ! chuchota-t-il. Pourquoi vous être sauvée ?

— Pour savoir si vous réussiriez à me rattraper. Votre réputation de chasseur vous a précédé. D'après mon frère, il n'existe pas de gibier si rapide et si rusé que vous ne puissiez le traquer et l'acculer dès lors qu'il vous en a pris fantaisie. Je voulais en avoir le cœur net.

— Le cœur net ? De quoi ? De mon habileté à la chasse ou de ma fantaisie vis-à-vis de vous ?

— De la première, évidemment ! Il me fallait donc trouver le gibier le plus rapide et le plus rusé — digne, en un mot, de votre talent. Certes, l'idéal eût été une biche d'un blanc de lait, aux oreilles rouges, venue d'Avalon pour vous attirer. Mais cela dépasse mes possibilités, je n'avais que moi-même... — à titre de pis-aller.

Même comparée à la magie d'Avalon, loin d'être un pis-aller, pensait le jeune chasseur, elle était l'enchantement personnifié. Elle l'ensorcelait si totalement qu'il ne s'était jamais interrogé sur sa beauté. N'importe lequel de ces reîtres lubriques seulement obsédés de satisfaire un appétit glouton, eût sur ce point répondu négativement. L'eût déclarée trop maigre, d'une ossature trop longue et trop fine, et eût objecté qu'elle avait aussi les narines et les lèvres trop nettement découpées.

Pourtant personne, en regardant Maureen, n'aurait eu l'idée de la détailler ainsi sans souligner son charme et sa grâce, sa vivacité, ses coloris subtils et ravissants. Aussi légère et preste en mouvement qu'un oiseau, son immobilité même évoquait la mouette ou le faucon suspendus dans les airs, toutes ailes déployées, avant de fondre sur leur proie. De même l'arc noir de ses fins sourcils semblables à la parure du corbeau donnait-il l'impression que pensées, sentiments, allaient brusquement prendre leur essor du fond de ses yeux. Une fois pris au piège de ces yeux-là, attiré dans leurs profondeurs, on ne mettrait plus jamais en doute sa beauté. Ils étaient doux comme les volutes bleutées qui montent d'un feu de bois, lumineux comme le cœur d'une flamme de cierge, et leur frange de longs cils noirs en accentuait encore l'éclat.

Bien que Maureen n'eût pas un teint de rose et ne rougît jamais, ni de fièvre ni de colère, sa pâleur n'avait rien de maladif. En dépit de son peu de couleurs, sa peau faisait penser à de la crème fraîche : elle avait le velouté, la tiédeur de la vie. Et cette intense vitalité l'irriguait tout entière, jusqu'à ses cheveux... — quels imbéciles osaient prétendre que le noir n'est pas une couleur ? Eux, leur noir avait les reflets bleutés d'un plumage, et quand le jeune homme, comme à présent, plongeait ses doigts dans leur nuit tiède, des deux côtés du visage, il lui semblait que la chevelure, telles des vrilles de vigne, s'entortillait autour de ses mains, devenait un irrésistible filet qui liait son être à jamais.

Une pointe de ressentiment le transperça cependant : elle n'était pas sa prisonnière, tandis que lui, même en ce moment où il la clouait au sol de ses deux bras, il était le sien... Aussi dit-il, non sans amertume :

— Tu as essayé de me tuer.

Elle secoua la tête en lui souriant.

— Tu n'as donc ni bardes ni conteurs à Manau ? Ou bien es-tu trop entêté de chasse pour les écouter ? Seule la quête des imbéciles ou des maladroits peut se solder par un échec.

L'attirant contre elle, elle lui offrit ses lèvres. Il s'en empara, prit possession de sa bouche, et la goûta, l'explora avec une ardeur ravie. Mais lorsque, rouge d'émotion, il se mit en devoir de lui dénouer sa ceinture, à tâtons, elle s'écarta doucement, s'assit et, de ses longs doigts, entreprit de coiffer puis natter ses cheveux. Lui, détourné d'elle, le nez dans l'herbe et toujours couché, grommela :

— Tu fais des hommes ton gibier, Maureen, quand tu pars pour la chasse. Puis, sur un ton de parodie amère : Ne vous ai-je pas offert un divertissement assez mouvementé ? Que désires-tu ? Me torturer encore un peu avant de frapper, de mettre un terme à mes souffrances ?

— Te torturer ? Je te torture, moi ? En quoi ?

17

— Raille, va, tu sais bien ! Tu m'as ébloui dès que j'ai osé lever les yeux vers toi. Mais si j'avance la main, malheur à moi...

— Il n'est rien au monde que je te refuse, Tanguy, déclarat-elle avec tendresse et gravité, et rien de ce qui est à moi qui ne t'appartienne déjà, mais...

Déversant le flot de sa chevelure sur le visage du jeune homme, elle taquina :

— ... Mais une princesse de Cambrie ne s'accouple pas comme une serve sous la ramée !

— Trouve-nous mieux si tu peux...

Roulant sur lui-même, il saisit une natte, en joua un instant avant de dire, mi-suppliant, mi-sardonique :

— Ton église de Caer Luel est-elle plus splendide que ceci ?

Il désignait la travée que formaient les troncs, la voûte claire-obscure des frondaisons, le chatoiement du soleil sur l'herbe.

— Et puis, murmura-t-il après un léger suspens, nous avons apporté nous-mêmes le corps et le sang, pour l'offertoire.

Elle tordit la mèche, pour la lui retirer des doigts.

— Quelle jolie façon de parler.... digne d'un barde, et tout aussi païenne ! Si mon grand-père apprenait cela, tu l'entendrais crier à l'hérésie. Le bruit en porterait jusqu'à Rome. Tu as beau dire, c'est à l'église de Caer Luel que nous nous marierons, devant tous les nobles de Cambrie.

Avec un soupir, il s'assit, bras noués autour des genoux.

— Je ne suis ni roi ni prince. Ces richards-là me trouveront un piètre parti pour toi, diront que tu déroges...

— Tu es mon parent !

Qu'il se rabaissât de la sorte la révoltait.

— Ton grand-père Llywarch était le cousin, le compagnon d'armes du grand Owein. Tous les trésors de Britannie ne compenseraient pas un pareil lignage. Tu es le seul parti de l'île digne de ma main !

18

— Et j'ai mon solide fief de Manau, renchérit-il avec ardeur. Quant à mon oncle de Powys, comme son fils, estropié lors d'une partie de chasse, aurait l'intention de se faire moine..., faute de pouvoir commander des guerriers, ou assurer sa descendance, il choisira l'un de ses neveux pour lui succéder... A Powys, toi et moi...

— Quel besoin avons-nous de Powys ? Je possède tout l'Eskdale ! Et si c'est encore trop peu, Loïk s'est attaché à toi comme à un frère... il serait fou de joie que nos liens resserrent encore votre amitié. — Elle éclata de rire. — L'époux de sa sœur ne restera pas sans terres en Cambrie... Il t'en donnera tant que tu voudras !

A le voir froncer les sourcils, elle se repentit de son étourderie. En trois jours, elle avait compris que si Tanguy relevait volontiers tout défi lancé à son audace ou à ses talents de chasseur, il prenait extrêmement mal ce qu'il considérait comme une atteinte à sa dignité ou une insulte à sa relative pauvreté — et que, dans ce dernier domaine en particulier, sa susceptibilité était à fleur de peau.

Elle s'empressa d'ajouter :

— Tu sais, au début, quand Loïk est rentré de Manau, j'étais jalouse, il parlait tellement de toi ! Et l'habileté de Tanguy à la chasse, et sa façon de forcer un sanglier ! Je n'arrivais pas à croire qu'il pût préférer la compagnie de quiconque à la mienne.

— Il me parlait aussi de toi ! Il se vantait d'avoir une sœur capable de monter le cheval le plus sauvage, de manier la lance et l'épée mieux qu'un preux... Moi non plus, je n'arrivais pas à y croire ; ou bien, je me disais que, si c'était vrai, tu devrais être une ogresse hommasse et balourde.

— Et je le suis ?

— Pas quand j'y regarde de près.

Maureen s'abandonna dans les bras de Tanguy avec un soupir voluptueux. Le taquiner faisait partie intégrante du plaisir qu'elle prenait à lui distiller, tel le clapotis des vagues, en été, sur des abysses de bonheur. Pourtant l'image de la mer convenait mal au jeune homme : il appartenait à la forêt, tant de corps que d'âme. Très brun, il donnait l'impression d'avoir grandi dans le soleil et dans le vent. Ses cheveux et ses yeux étaient d'un marron si foncé qu'ils paraissaient noirs tant que la lumière ne révélait pas leur ardeur secrète. Un peu plus grand que la moyenne, les épaules larges, les membres robustes, il n'avait rien de gauche, rien de grossier. Sa démarche rappelait l'orgueil du cerf et la prestesse du loup en chasse. On retrouvait dans ses traits un peu de la finesse qui caractérisait ceux de Maureen ; qu'ils fussent du même sang sautait aux yeux.

Voilà pourquoi, peut-être, son sang à elle bondissait lorsque contre sa chair, elle sentait la chaleur de son corps à lui, l'acier de ses jeunes muscles. Elle enfonça les doigts dans sa chevelure bouclée, se figurant avec un frisson sensuel l'épaisseur élastique de la toison qu'il devait avoir sur la poitrine et au creux de l'aine. Pourquoi ne pas se donner à lui, tout de suite, sous le feuillage, comme il le désirait, puisque, de toute façon, elle en avait l'intention, tôt ou tard ?

Tout, autour d'elle, semblait se liguer à la vigueur physique de Tanguy pour la presser de céder : le courant qui étreignait l'île, la terre dure qui meurtrissait ses épaules et son dos, la lourde senteur femelle de l'aubépine. Mais sa volonté n'en continuait pas moins de dire « Non »... pour le moment.

Par orgueil, en partie. Toutefois, surtout dans l'intérêt même de Tanguy, quelque difficile qu'il fût de l'en persuader jamais... Il n'était, de son propre aveu, qu'un mince seigneur, alors qu'elle-même était l'unique sœur du roi. Elle voulait que son peuple ombrageux vit Loïk en personne la donner à Tanguy, par choix, fièrement et non dans la précipitation honteuse d'une grossesse trop manifeste.

« Mais il sera bientôt trop tard pour choisir, parce que j'aurai dépassé ce stade. Encore un peu, ce mariage se fera, que je le veuille ou non, d'estoc et de taille... car, nul doute, je consentirai ! »

La sentant soudain tout agitée de rire entre ses bras, il lui

20

jeta un regard soupçonneux. Vis-à-vis d'elle, sa sécurité était trop relative pour qu'il ne redoutât pas ses moqueries.

— Je ne me moque pas de toi. Elle l'embrassa : Oh, Tanguy, il ne t'arrive jamais de rire de joie, simplement parce que tu possèdes tout ce que tu désires au monde ?

— Mais je ne le possède pas !

— Si c'est bien moi que tu désires, si... Quand on t'offre un excellent vin, le lampes-tu d'un coup, telle une bête à l'abreuvoir ? Non. Tu tiens la coupe entre tes mains un bon moment, le temps d'admirer le rubis liquide, son miroitement, d'en savourer le parfum, et lorsque enfin tu la portes à tes lèvres, tu l'aspires à petites gorgées.

— Pas si je meurs de soif !

— La soif améliore encore la saveur du vin !

Elle lui prit le visage dans ses deux mains :

— Nous avons toute la vie pour nous aimer. Mais l'instant qui précède celui où nous nous aimerons ne reviendra jamais, lui. Savourons-en toutes les facettes.

— Et si je te perdais... ? Une espèce de pressentiment acérait la voix du jeune homme.

— Comment pourrais-tu me perdre, à présent ? Ne t'ai-je pas donné ma parole ?

L'argument était sans réplique, et néanmoins le corps, lui, protestait contre des détails inutiles. Maureen ayant remis son bonnet, ils se levèrent et, après avoir sauté le ruisseau, enfourchèrent en silence leurs chevaux. Tanguy se laissa guider le long du sentier jusqu'à la prairie découverte, puis revint à la hauteur de sa compagne pour suivre la voie romaine qui longeait la rivière. La terre saturée donnait de riches pâturages, l'herbe brillait comme de l'or sous le soleil qui sombrait à l'ouest. Maureen, remarquant le coup d'œil appréciateur de Tanguy, éclata d'un rire triomphant.

— Pourquoi aller chercher des terres à Powys ? demanda-t-elle de nouveau. Il n'y a pas plus belle seigneurie que celle-ci dans toute la Britannie. Et je ne pourrais pas vivre ailleurs qu'en Cambrie.

21

Après le gué, la route escaladait le flanc de la colline pendant les quelques milles qui les séparaient encore de la forteresse royale, sise sur l'embouchure de la rivière à Glannaventa. Sur la pente dénudée, les deux cavaliers aperçurent des taches mouvantes : les chasseurs et leur meute. Sans doute ceux-ci avaient-ils posté une sentinelle à l'arrière, car ils s'arrêtèrent pour permettre aux retardataires de les rattraper. La jeune femme, sans même feindre de hâter le pas, rejoignit la troupe, saluant chacun tranquillement, l'interrogeant sur la façon dont s'était passée sa journée ; on eût dit qu'elle rencontrait ces gens par hasard, sur le chemin du retour. Les autochtones reçurent le couple avec un profond respect, tandis que les hommes de Manx, vassaux de Tanguy, souriaient d'un air entendu. Celui-ci leur lança au passage un regard assassin — en vain : ils étaient du genre indomptable.

Au moment où la route amorçait la descente vers la côte, Maureen se détourna et, faisant signe aux autres de poursuivre leur chemin, poussa son cheval sur la crête. Tanguy la suivit sans poser de question. Lorsqu'elle fit halte, au sommet, il n'eut pas besoin de l'interroger. L'émerveillement lui arracha une exclamation sourde.

Glannaventa s'étendait en contrebas, à flanc de falaise et ceinturée, comme d'une douve, par l'ultime méandre de l'Esk qui, amorcé d'abord vers le sud, remontait ensuite au nord en contournant la forteresse. Mais le prodigieux du site était qu'au ras des murailles, deux autres estuaires, l'un venant de l'ouest, l'autre du nord, rejoignaient le premier après un tracé comparable et, mêlés à lui, dessinaient le trèfle sacré, emblème de la Déesse, avant de s'élancer vers le soleil couchant. Droit devant, les pics de Manau se dressaient à l'horizon ; une ceinture de nuages planait au niveau de la mer, de sorte que l'île paraissait flotter. La marée était descendante ; la grève humide, la trinité des rivières et la mer, baignées de rose et d'or, se dissolvaient dans la lumière.

— Avalon n'est pas si loin, fit doucement Maureen, les yeux fixés sur le large.

— A un pas, dit Tanguy, en la regardant. La nuit va être belle, et il fait aussi chaud qu'en été... dommage de la passer sous un toit.

Quoique le sous-entendu l'amusât, elle tourna la tête de son cheval, rétorquant :

— Les nuits sont froides sous les étoiles.

— Je te tiendrais chaud.

— Tu es mon invité... A moi de m'assurer de ton confort nocturne. Sous mon toit, tu trouveras feu de bois, festin, musique, et bon vin pour étancher la soif qui, dis-tu, te tourmente.

— Et mon autre soif ?

— Celle-là aussi. Un peu de patience.

Elle descendit la pente au petit galop, sans regarder en arrière, certaine qu'il allait la suivre.

II

MAUREEN, qui s'enorgueillissait de maintenir les coutumes anciennes, était célèbre pour son hospitalité. Le visiteur était sûr de se voir offrir en abondance la pâtée de ses chiens et l'avoine de son cheval. Le retardataire au banquet du soir savait qu'il trouverait, dans les salles d'hôtes, côtelettes poivrées, bien brûlantes, cruches débordantes de bière, d'hydromel et, parmi les suivantes accueillantes et gaies, compagne de lit.

Chez les hommes de Manx, la boisson coulait déjà à flots lorsque, survenant enfin, Tanguy fut accueilli par des hourras et des trépignements.

— Bienvenue au grand chasseur ! hurla Guriat, son frère nourricier*, brandissant si bien son hanap que l'hydromel en jaillit comme d'une fontaine. Nous t'avons cherché en vain au moment de la mise à mort, aujourd'hui !

Tanguy esquiva le toast et, se jetant sur un banc, étendit les jambes pour qu'un page lui retirât ses bottes.

---

* Les familles nobles confiaient leurs enfants mâles, jusqu'à l'âge de dix-sept ans, à des familles « nourricières » de modeste extraction. *(N.d.T.)*

— Moi, je te chercherai en vain au banquet, ce soir. Tu seras sous la table, abruti d'alcool.

Guriat secoua solennellement la tête.

— Tu dérailles, ami. Quand un chasseur a suivi la chasse de bout en bout jusqu'à la mise à mort, il a besoin de boire. Tu devrais essayer ça, un jour.

— Hé, sois juste, Guriat ! cria Congair, ce n'est pas sa faute à lui si le cheval de sa cousine s'est emballé... Et comme elle est une cavalière inexpérimentée, il n'a fait que son devoir de parent, en se lançant à sa rescousse.

— J'en conviens, s'esclaffa Guriat. Et ensuite, ils se sont perdus, parce qu'elle ne connaît pas bien la région. Sales endroits que ces bois, pour se perdre... j'espère que tu n'as pas eu trop peur ?

Du bout de sa botte, Tanguy visa le hanap de Guriat qui, du coup, s'inonda lui-même. Puis comme celui-ci chargeait, il lui fit un croche-pied qui l'expédia tête la première dans les bras de Congair et d'Arthgal. Pendant que les trois hommes se démêlaient, il ôta son costume de chasse boueux. Le page ricanait en le secondant.

Il enfila une chemise propre, en lin safran, qui venait d'Irlande, des braies de tissu écossais vert sombre et une tunique écarlate brodée d'or. Il n'avait pas l'habitude de consacrer tant de temps ni d'argent à ses vêtements ; mais il désirait de tout son cœur honorer Maureen devant ses sujets : n'allait-il pas devenir leur maître ? Tandis que le page s'agenouillait pour lui boucler les agrafes d'or de ses chausses en peau de chamois, il revit en pensée le chemin parcouru jusque-là. Même à présent, sa chance lui paraissait à peine croyable.

Que le roi Loïk, petit-fils d'une Manx, fût venu rendre visite à sa parenté n'avait rien d'étrange : le bruit courait qu'il suivait les traces de son grand-père et, selon ses ordres, probablement, cherchait une épouse. Une fois dans l'île, normal était encore qu'il rencontrât le père de Tanguy, descendant lui-même de la Maison de Cambrie par Llywarch, cousin du grand roi Owein ; et tout naturel que Tanguy, le plus jeune fils célibataire, fût choisi pour escorter son royal cousin, aussi téméraire et passionné de chasse que lui-même.

Fallait-il voir un présage de la suite dans l'amitié chaleureuse, fraternelle, qui naquit aussitôt entre les deux jeunes gens ? Toujours est-il qu'en partant l'un pressa l'autre de le rejoindre en Cambrie le plus tôt possible. Le destin, du reste, avait déjà guidé les pas du garçon vers la Britannie. L'un de ses oncles, prince de Iâl, à Powys, venait de voir son fils unique estropié ; dans son amertume, il reprochait fort injustement à des cousins l'accident qui faisait de son fils un infirme et un impuissant : aussi s'était-il tourné vers la famille de sa sœur pour désigner son héritier. Son choix, jusqu'à plus ample informé, s'était porté sur Tanguy.

— En y allant, vous feriez bien de passer par Caer Luel, lui avait dit son père. Cette amitié mérite d'être cultivée.

A Glannaventa, le port le plus proche de Manau, Tanguy, débarqué trois jours plus tôt, avait appris le départ de Loïk vers le sud. Seule restait la sœur du roi dans son palais. La courtoisie exigeait qu'il allât présenter ses respects à cette sévère femme-guerrière. A force d'entendre Loïk vanter ses exploits à cheval et à l'épieu, il s'était imaginé une géante musclée à la peau tannée comme un vieux cuir et à la voix stridente ou cassée d'avoir trop hélé ses chiens. Ce, sans se rendre compte que sa moue trahissait sa méprise ni que le roi le fourvoyait délibérément : celui-ci, en effet, se promettait un plaisir pervers de la première rencontre et de la stupéfaction flagrante du jeune homme.

Il était donc monté vers la forteresse et avait franchi l'enceinte menaçante sans se douter le moins du monde que l'y recevrait, souriante comme à présent, mieux qu'une femme : une merveille...

Ce soir, au moment de passer avec lui dans la salle du banquet, Maureen n'avait plus rien d'une sauvage chasseresse. Avec sa tunique bleu ciel et sa robe de soie verte de Constantinople damassée de fleurs d'or et d'argent, elle évoquait la déesse des bois d'été. Elle prit Tanguy par la main ; ils entrèrent ensemble dans la vaste pièce et prirent place côte à côte sur l'estrade. Après une dernière sonnerie de cor, les portes extérieures furent fermées.

La plupart des convives étaient jeunes. Maureen avait composé sa maison — femmes de chambre, gardes du corps, marmitons même et valets — de gens aussi gais et insouciants qu'elle. Tout ce monde accueillit de grand appétit les énormes plats de viande rôtie, les pâtés et le pain d'avoine, le flot généreux de vin, d'hydromel et de bière.

Une fois les tables débarrassées, on écouta de la musique et des récits, tout en sirotant ou grignotant des gâteaux au miel, croquant des pommes ridées, très sucrées, que les celliers avaient abritées tout l'hiver. Le vacarme et les rires baissèrent d'un ton, et un frisson d'impatience parcourut la salle quand Blaird, se levant, alla se camper devant l'âtre. C'était le barde le plus célèbre du Nord ; habile à changer de voix, de physionomie, il parvenait même à faire croire qu'il se métamorphosait si bien que les personnages de son histoire se mettaient à vivre sous les yeux des spectateurs.

— A l'invité de choisir le premier conte, dit Maureen. Lequel aimeriez-vous entendre ?

— Celui de Blodeuedd, s'écria Tanguy, la jeune fille faite de pétales par les sorciers !

Il lança un regard lourd de sens à Maureen dans sa robe éclaboussée de fleurs.

— Oui, c'est la Fille-fleur que je veux !

Malgré la chaleur de la pièce embrasée par le feu et les torches, une sensation de froid saisit la jeune femme...

— Blodeuedd trahit son époux, souffla-t-elle à voix basse : après l'avoir trompé, elle le fit mourir...

— C'est parce que les sorciers n'avaient pas choisi les fleurs adéquates ! rétorqua Tanguy avec un grand rire. Il était un peu ivre, autant de bonheur que de vin. Elle aussi... Sinon, d'où lui venait l'impression d'être revenue sur les rochers, près du torrent, et de glisser, glisser par-dessus bord ? Elle se cramponna à la table pour retrouver son équilibre.

30

— Si je faisais une jeune fille avec des fleurs, claironna Tanguy à l'adresse de tout l'auditoire, je prendrais des fleurs de pommier sauvage et d'aubépine..., et de la véronique bleue pour les yeux, voilà ce qu'il y a de mieux. Commence ! cria-t-il. Conte-nous l'histoire de la Fille-fleur !

Il s'empara de son gobelet et s'en servit pour taper sur la table. Des coups frappés à la porte lui répondirent. Les convives se turent.

Ce fut dans ce silence qu'entra Drutwas, l'un des gardes préposés aux portes. Meirion, l'huissier, se précipita au-devant de lui, et ils échangèrent quelques mots à voix basse. Après quoi, Meirion s'approcha de l'estrade.

— Sauf votre respect, dame, il y a là un cavalier qui vient de Caer Luel. Il sait que vous êtes à table, mais il dit qu'il doit vous parler.

— Fais-le entrer.

Maureen avait la bouche sèche. Au bout d'un moment, on introduisit le visiteur. Elle le connaissait ; c'était Idwal, capitaine des gardes du palais. Il s'inclina devant elle.

— Pardonnez-moi de troubler le festin, dame. Je suis chargé de vous conduire le plus tôt possible auprès du prince Erek.

— Mon grand-père ? Est-il malade ?

— Il est durement frappé, dame.

En dépit du choc et du chagrin, Maureen, sans savoir ce qu'elle avait redouté, se sentit soulagée. Elle aimait et respectait son aïeul, mais il était vieux. La mauvaise nouvelle devait arriver tôt ou tard...

— Je pars tout de suite. Je serai prête le temps que tu te rafraîchisses ; prends un autre cheval dans les écuries. Il n'y a pas de lune ce soir, mais le ciel est assez clair pour nous permettre de chevaucher.

— Nous n'irions pas vite dans l'obscurité. Attendons l'aube, gente dame... tel est le souhait du prince Erek.

— Il peut encore parler ? s'enquit-elle avec empressement. Il n'est donc pas dans le coma ?

31

— Il ne l'était pas quand j'ai quitté Caer Luel, dame, dit-il en la regardant avec compassion.

— Il faut prévenir mon frère, tout de suite.

— On est déjà allé le chercher.

— C'est bien. Merci de t'être donné tout ce mal. Maintenant, va prendre un peu de repos.

Elle se leva.

— Je ne veux pas qu'un seul de mes hôtes perde un instant de réjouissance à cause de moi. Tout ce que contient ma demeure est à votre disposition. Je vous prie de me pardonner... mais il m'est impossible de festoyer. Mon grand-père agonise peut-être en ce moment même.

Tanguy se leva à son tour.

— Lequel d'entre nous aurait le cœur à se réjouir alors que la princesse est dans la peine ? La fête est finie.

*
* *

— Maureen ! Où es-tu ? Maureen ?

Elle se recroquevilla. Elle luttait contre le fou rire, mais son cœur battait si fort qu'à peine pouvait-elle réprimer des gloussements sonores. Incroyable que Tanguy ne les entendît pas.

— Je sais que tu es là !

Mais une nuance de doute masquait déjà sa voix, il semblait s'éloigner. Elle ne voulait pas le perdre. Elle décida de se montrer, assez près pour le tenter mais tout juste hors de sa portée en haut des rochers. Lorsqu'elle bondit au soleil, son ombre bondit derrière elle.

— Où es-tu, Maureen ? Où es-tu ? criait Tanguy, mais sa voix était faible dans le lointain.

Elle s'apprêtait à répondre : « Je suis là, Tanguy, reviens ! » quand son ombre, s'arrachant du sol, lui barra le chemin. Surprise, elle recula et perdit l'équilibre. Dans sa chute, elle se raccrocha au bord de la falaise et resta suspendue au-dessus de l'abîme. Cramponnée des deux mains, elle voulut hurler : « Tanguy, Tanguy, au secours ! »

Mais l'ombre la cernait, l'aveuglait, l'étouffait, quelque chose essayait de lui faire lâcher prise.

— Dame ! Mon cher cœur ! Oh, Mère de Dieu !

C'est au bord de son lit qu'elle s'agrippait, le buste dans le vide, à demi bâillonnée par sa chevelure. Mildred la releva, posa la tête de sa maîtresse sur son sein, tout en lui lissant les cheveux pour en délivrer son visage. Nesta, à genoux à côté du lit, lui tenait les mains et la regardait. Le petit visage rond et gai de la chambrière semblait pincé par l'inquiétude.

— Dame, vous avez chevauché la Jument de la Nuit*, murmura Mildred.

Maureen émit un rire mal assuré.

— Bénie sois-tu pour ta charité, ma très chère ! J'avais trop bu hier soir, puis le choc m'a rendu trop vite une triste lucidité... voilà tout le mal dont je souffre ! A présent, regagne ton lit et rendors-toi.

Mildred continua de lui caresser le visage.

— Je vais me glisser dans le vôtre, dame. La Jument de la Nuit ne vous emportera plus si vous n'êtes pas seule.

— Ne prends pas cette peine, enfant.

L'audacieuse Maureen se sentait honteuse : elle, éprouver le besoin que ses chambrières la réconfortent contre les ténèbres ! S'il l'apprenait, comme son frère se moquerait d'elle ! Néanmoins elle ne fit rien pour empêcher Mildred de la rejoindre sous les couvertures.

Chose étrange, dans ce cauchemar, elle avait été terrifiée moins par la mort que par une sensation glaciale de solitude et par la disparition de Tanguy. C'était bon de sentir des bras tièdes autour d'elle. Nesta se blottit de l'autre côté ; malgré leurs efforts héroïques, les deux jeunes filles eurent tôt fait de se rendormir. Maureen, elle, resta éveillée, guettant l'aube

---

* En anglais, « nightmare » (cauchemar). La Jument est l'une des incarnations de la Déesse. *(N.d.T.)*

grise qui s'esquisserait bientôt derrière la fenêtre, mais bien au chaud et l'âme paisible. La Jument de la Nuit était repartie sur les ailes du vent, vers les hautes falaises et les pierres levées, gardiennes des lieux désolés.

*
* *

A leur départ pour Caer Luel, le matin larmoyait : des ondées fines comme une brume balayaient les terres, en provenance de la mer, un soleil pâle clignait à des fantômes d'arcs-en-ciel, et les pics de Manau risquaient parfois un œil par-dessus des voiles de nuages.

L'humeur de Maureen s'accorda au temps, sourires et larmes mélangés, durant tout le trajet qui les conduisit le long de la côte puis vers l'intérieur par Derwennydd et Guasmoric. Difficile de rester triste en chevauchant près de Tanguy par cette fraîche journée. Elle mourait d'envie de lui montrer Caer Luel, de revoir Loïk, de bâtir des plans d'avenir. Alors apparaissait la maigre silhouette de son grandpère adossé, sans défense, sur ses oreillers, dans son lit, et qui la regardait venir avec la patience mélancolique des vieux qui dérivent de plus en plus loin des rivages de la vie. Pourtant, la nouvelle qu'elle amenait à Loïk un ami fidèle et un frère d'armes réconforterait Erek...

— Nous devrions nous marier aussitôt que possible après les obsèques, déclara-t-elle soudain.

Idwal et ses hommes allaient devant, la lance en main : leur propre suite marchait discrètement derrière ; ils étaient comme seuls, en fait.

— La position de Loïk sera plus forte s'il a un frère à son côté après la disparition de Grand-père.

— Le prince Erek doit être très vieux ?

Tanguy ne savait trop que dire. Évoquer avec elle la mort de l'aïeul tout en rayonnant de plaisir n'était guère décent, mais la sentir si proche, elle, la plus jolie fille et le plus beau parti de toute la Britannie, lui remuait le sang comme la sonnerie d'un cor.

— Très vieux. Il a plus de soixante-dix ans.

Ils se turent un instant, frappés d'une terreur respectueuse à l'idée que quiconque pût vivre si longtemps.

— Je n'arrive pas à imaginer la Cambrie sans lui. Il a toujours été là, comme les montagnes. Il a ceint la couronne à la mort d'Owein* puis est entré dans les ordres dès que mon père eut atteint l'âge adulte. C'était son vœu depuis toujours, je crois, bien qu'il fût aussi un grand guerrier. Et puis, quand mon père a été tué, il est redevenu roi, le temps que Loïk grandisse.

— Dire qu'il a connu Owein et Uryen**... Il va me sembler rencontrer un contemporain du roi Arthur.

Maureen soupira.

— Oui, lui mort, il ne restera plus au monde personne qui se souvienne d'eux... hormis l'Abbesse. Elle doit être encore plus âgée que Grand-père, mais je ne pense jamais à elle même comme à une vieille femme.

— L'Abbesse ?

— Dame Penarwan, la première femme d'Owein. Elle a pris le voile après l'assassinat d'Uryen. Fallait-il qu'elle l'aimât pour ainsi se retirer du monde afin de prier pour son âme. Elle n'a pourtant rien de lugubre, rien qui évoque la mort. J'ai passé deux ans dans son couvent pour mes études... je l'aime bien, elle est d'exquise compagnie.

Tanguy en perdit de nouveau l'usage de la parole. Cette conversation à propos des grands héros morts de sa Maison lui donnait l'impression que Maureen était plus que jamais hors de portée. Il avait une volonté de fer et le sang chaud, l'habitude, aussi, d'atteindre le gibier qu'il traquait. Maureen eût-elle été n'importe quelle autre femme, il se fût arrangé

---

* Owein : fils aîné du roi Uryen, l'un des héros des romans de la Table Ronde sous le nom d'Yvain.

** Uryen : le plus grand roi de la Maison Royale cambrienne assassiné vers 585 par ses propres alliés. Apparaît dans les légendes arthuriennes comme mari de la fée Morgane.

pour la contraindre au mariage dès leur tête-à-tête sous les frondaisons. Mais elle, outre son charme personnel, était la vivante incarnation de la Cambrie... d'Uryen et d'Owein, qui étaient passés du monde des vivants dans la légende et les chants des bardes. Aucune goutte de ce sang n'était négligeable, aucune, pas même celle de leur première étreinte...

Maureen, également, songeait à sa famille, au même moment.

— Après la mort de Grand-père, il ne restera plus que nous deux, Loïk et moi, murmura-t-elle, et sa voix reprit de la vivacité. Raison de plus pour nous marier dès que la déesse le permettra. Loïk n'est pas du tout pressé de le faire, lui... sauf de la main gauche ! Ça, il ne s'en prive pas !

Il rit, et Maureen aussi, mais en évitant son regard, parce qu'il se rappelait quelques joyeux moments à Manau pendant la récente visite du roi.

— Je te vois tenir les marches du sud, comme lieutenant principal de Loïk. Évidemment, Glannaventa commande la côte, mais il nous faudra une autre cour à l'est... dans le Kent, je pense, à Alauna. C'est là qu'est le plus grand danger.

— Au sud-est ?

Tanguy, mentalement, rassembla de son mieux les quelques bribes d'informations glanées sur la Britannie depuis qu'il était l'héritier potentiel de Powys.

— Je ne pensais pas qu'il y eût de grands royaumes sur vos frontières dans ces régions-là ?

— Non. Ce serait plus simple... nous saurions au moins où dénicher nos ennemis. Il s'agit de Dunoding — pays de Dunawd.

Elle se rendit compte que le nom n'évoquait rien pour lui :

— Des cousins éloignés, mais il ne faut pas voir là un gage d'affection. Nous avons de vilaines affaires à régler depuis le meurtre d'Uryen...

Sa voix se brisa. Pas un Cambrien ne pouvait parler calmement de ce crime. Ses phalanges blanchirent sur les rênes.

Gwylan coucha ses oreilles en arrière ; il sentait la colère courir comme la foudre dans les mains de sa maîtresse.

— Nous étions si près de la victoire ! Nous aurions pu détruire les Anglais ou les renvoyer de l'autre côté de la mer ! Nous aurions pu reprendre Lundain, restaurer le Haut-Royaume d'Arthur.... posséder seuls à nouveau la Bretagne, comme avant l'arrivée des Romains. Alors ils ont assassiné Uryen, ces beaux seigneurs de noble lignage — nos compatriotes, nos propres parents ! —, Uryen, notre roi, qu'ils jalousaient à cause de sa grandeur, ces nains ! Il les dépassait de cent coudées — son regard parcourut la lande autour d'elle — d'aussi haut que nos montagnes surplombent la boue de Solway !

Elle sourit.

— Oh, nous ne leur avons guère laissé savourer leur magnifique exploit. Va les chercher dans leurs royaumes, à présent — Eidyn, la Bernicie, Elmet — tu ne les trouveras pas, ni eux ni leurs héritiers. Ce sont les Anglais qui occupent leurs terres et leurs demeures. Ils ont scellé eux-mêmes leur destin en rejetant notre amitié.

— Mais les gens de Dunawd fomentent des dissensions ?

Les yeux de Maureen brillaient de mépris et de colère.

— Ils n'osent pas faire grand-chose... Des souris qui rognent une montagne ! Ils ne sont ni de grands seigneurs, ni de puissants guerriers. Mais là-bas, les terres sont sauvages : forêts et marécages. Ils se sauvent dès que nous nous lançons à leurs trousses ; ils ont aussi des liens avec le pays de Gwynedd, si bien qu'ils peuvent toujours courir s'y cacher. Nous devons toujours rester sur nos gardes, de peur qu'ils ne s'infiltrent chez nous.

— C'est là que ma parenté avec le prince Iâl pourrait être utile, s'empressa de déclarer Tanguy. Powys peut tenir Gwynedd... refermer le terrier.

Il commençait à retrouver son assurance. Cette conversation politique n'avait pas la magie de leur île dans la vallée de l'Esk, mais, grâce à elle, il se sentait davantage à égalité.

Après tout, son alliance avait de l'importance, et la Cambrie lui en serait reconnaissante...

Il ne ressemblait pas à Loïk ; il s'en était rendu compte au bout de quelques jours. Malgré son affection pour le Cambrien et le plaisir qu'il prenait à partager ses jeux, un mouvement de jalousie et d'impatience l'avait saisi devant l'ampleur du pouvoir que celui-ci détenait et le peu de cas qu'il en faisait. Loïk chassait, festoyait, et faisait l'amour parce qu'il avait envie de s'amuser et qu'il se délectait des sensations que lui procuraient jeunesse et vigueur. Tanguy, lui, suivait la chasse pour mesurer ses forces, sa volonté et son courage contre les loups, les cerfs et les sangliers, faute d'autres adversaires à qui se mesurer.

Et maintenant, en écoutant Maureen parler de guerre et de politique, il se sentait dans la peau d'un chef de clan pilleur de bétail qui, du haut d'un col de montagne étroit, stérile, eût contemplé les basses terres vastes et fertiles où l'attendait un possible butin.

« Je prendrai Iâl et j'en ferai la plus forte seigneurie de Powys... Peut-être me nommerai-je roi, sauf si cela doit m'interdire un gibier plus intéressant. En tout cas, je me présenterai en champion ; les guerriers me suivront, quelque nom que je me donne. Ensuite, je pourrai monter vers le nord tandis que Loïk descendra me rejoindre, et à nous deux, nous détruirons une fois pour toutes cette vermine de Dunoding et unirons nos terres. Il fera tout ce que je lui dirai. Peut-être ne se mariera-t-il jamais... Il reste trop peu avec la même femme pour poser jamais la question ! Maureen me donnera de beaux fils, les héritiers directs d'Uryen. Le Haut-Royaume d'Arthur n'est pas perdu. Il attend simplement l'homme qui aura la force et l'ampleur de vue nécessaires pour le reconstruire. »

Son ambition avait pris son essor et volait plus haut que les nuages ; elle planait dans le ciel, tel un faucon pèlerin qui scrute l'étendue des terres. Il se voyait déjà assis sur le trône suprême, en train de décider du sort de ses royaumes liges.

— Voilà la sécurité de notre frontière sud assurée. Mais les loups qui rôdent à l'est... les Anglais ?

— Les Anglais ? — la voix de Maureen, calmée soudain, n'exprimait plus qu'un mépris glacé — ce ne sont pas des loups, mais des chiens couchants. Depuis qu'Owein les a dressés, ils ne nous montrent même plus les dents. Le Roi de Northumbrie a vécu chez nous pendant des années. Grand-père lui a donné asile, à lui et à sa famille, lorsque leur père a été tué et qu'ils ont dû chercher leur salut dans la fuite.

— Mais pourquoi ? Il aurait dû leur couper la gorge quand il en avait l'occasion et nous débarrasser une fois pour toutes de cette engeance.

— Il ne le pouvait pas, c'est un homme d'église.

Le cœur de Maureen s'attendrissait pour le prince Erek. Il était vieux, faible, et elle allait bientôt le perdre ; elle devait le défendre fût-ce contre Tanguy.

— Dans sa sagesse, il a très judicieusement agi. Il les a baptisés puis, une fois grands, lancés contre nos ennemis... Gwydden et Eidyn. Elle rit : On peut très bien dresser un louveteau pourvu qu'on le prenne assez jeune..., l'ignore-rais-tu ? On le siffle pour qu'il attaque l'adversaire, on lui donne des restes à manger et, si quelqu'un, d'aventure, le chasse à coups de fouet de son chenil, une niche et un peu de paille !

Tanguy rit comme elle. Mais son moral sombra de nouveau lorsqu'au sortir enfin de la forêt ils aperçurent dans le lointain la masse de Caer Luel, de l'autre côté du pont de Caldew. La pluie s'était calmée et le soleil couchant donnait au calcaire rouge l'apparence du sang séché.

Pour Tanguy le chasseur n'ayant jamais vu de cité, pénétrer dans ces soixante-dix acres de pierre et de brique cernés par des murailles massives, lui inspirait autant d'aversion que d'ahurissement. Il devinait même, là-bas, des gens, des chevaux pétrifiés. Tels des blocs raides et glacés, dans la vaste aire pavée, sur sa droite. A moins qu'ils ne fussent effectivement de pierre, ces hommes, ces femmes qui s'affairaient

39

autour des bâtiments et sur les chemins, et ne dussent un semblant de vie qu'à la magie des Druides ? Il en eut la chair de poule et ses yeux sombres prirent une expression inquiète.

Maureen, attentive, n'avait pas l'air moins tendue. Elle humait l'air de sa cité comme un chasseur flaire le vent, mais elle ne sentait rien d'anormal dans les rues ni dans les nombreuses boutiques et tavernes. On y débattait du prix des marchandises comme si la vie eût été en jeu ; des amis se séparaient en s'esclaffant et en se tapant dans le dos ; une femme se mit à hurler de rire dans une pièce à l'étage, et ses piaillements leur parvinrent par la fenêtre ouverte ; dans un cabaret devant lequel ils passèrent, des voix rauques chantaient en s'égosillant :

> « *Je l'ai prise par l'orteil —*
> *Elle m'a dit : " C'est loin du ciel. "*
> *Je l'ai prise par le mollet —*
> *Elle m'a dit : " C'est fermé. "*
> *Je l'ai prise par la cuisse —*
> *Elle m'a dit.. »*

Et le vacarme s'amplifiait à mesure que l'amoureux progressait.

Caer Luel était solidement planté sur une colline basse qui, née dans des prairies spongieuses, s'escarpait au point de se muer en falaise abrupte au-dessus de l'Idon. Au sommet, la citadelle royale, jadis palais du gouverneur de la province de Valentia, dominait plaines et rivière. Une puissante muraille à l'aplomb du forum la séparait de la cité. Que celle-ci fût prise, la forteresse pouvait résister longuement grâce à la garnison, voire piéger l'assaillant dans son labyrinthe de cours.

En y entrant, Maureen dévisagea les soldats de la porte et du poste de garde. Or, là non plus, nul signe de deuil. Ils mirent pied à terre dans la grande cour extérieure ; en suivant du regard les valets qui, par un passage voûté, conduisaient

leurs montures aux écuries, elle en vit un qui menait par la
bride un rouan aux longues jambes.

— Regarde ! *Breichir* ! Loïk nous a précédés !

Merkian, le chambellan, se précipita, hors d'haleine, à leur
rencontre, avec escorte.

— Vous avez volé jusqu'ici, ma dame ! Vous vous êtes fatiguée, je le crains... et par une matinée si humide, si triste ! Il
y a du feu dans les appartements du roi — et du vin épicé —
pour vous réchauffer... à moins que vous ne préfériez passer
d'abord chez vous ? J'ai fait chauffer un bain...

Il caquetait comme une poule qui vient de retrouver un
poussin égaré. Elle interrompit d'un ton brusque ses simaa-
grées.

— Mon grand-père ?

Merkian sursauta, médusé, déglutit.

— Il est dans la chapelle, dame.

— J'arrive trop tard ! s'écria-t-elle, dans son chagrin.

— Il y a du vin pour vous dans les appartements du roi,
répéta anxieusement Merkian. Permettez-moi...

— Mon frère ! Il est ici ? Il m'attend ?

Elle allait se mettre à courir lorsqu'elle vit le chambellan
secouer la tête.

— Il est dans la chapelle. Dame, laissez-moi vous apporter
un peu de vin pendant que vous vous reposerez du voyage...

Mais elle détalait déjà vers la cour intérieure. La peine,
l'idée que son grand-père fût mort en son absence lui donnaient des ailes ; peut-être l'avait-il demandée, désolé qu'elle
se souciât si peu de lui. Elle courut le long de la colonnade
qui flanquait les appartements du roi. Tanguy, oubliant le
protocole, s'élança sur ses talons.

Elle ouvrit à toute volée la porte de la chapelle royale et
s'arrêta un instant, en clignant des yeux. Une coulée de
lumière, entrée avec elle, éclairait le seuil ; au-delà, ce
n'étaient que ténèbres, malgré les pointes d'épingles des
cierges disposés auprès de l'autel autour d'une masse encore
plus noire : le catafalque !

— Loïk ?

Elle plissa les yeux pour essayer de distinguer son frère au milieu des têtes inclinées, des dos vêtus de sombre. Seule réponse à sa question, un chuchotis en latin, semblable à un bruissement de feuilles mortes.

« Libera, Domine, animam servi tui ex omnibus periculis inferni... »

Avançant d'un pas, elle appela, très fort :

— Loïk ! C'est Maureen !

L'une des personnes agenouillées se retourna, se leva et s'approcha d'elle.

— Maureen ! Quelle honte, c'est indécent !

Elle contempla avec stupeur la silhouette qui la dominait de très haut dans l'obscurité. La douleur et la veille avaient creusé le visage qui ressemblait à une tête de mort ; mais les yeux noirs, profondément enfoncés dans leurs orbites, étaient bien vivants et furieux.

— Comment oses-tu interrompre les rites des morts ? s'exclama son grand-père. J'ai demandé qu'on te conduise dans les appartements du roi. Vas-y tout de suite et attends-moi.

Elle demeura figée sur place, le temps d'un battement de cœur, puis, esquivant le prince, elle fila vers le catafalque et souleva le lourd drap noir. Sous ses yeux gisait Loïk, sévère et hautain. Elle n'avait jamais vu ces traits autrement qu'éclairés par la tendresse et le rire ; ce Loïk-là, elle ne le connaissait pas. Devant son regard le visage glacé sombra sous la surface noire de l'étang, le torrent rugit dans ses oreilles, la silhouette noire de son cauchemar se dressa devant elle ; elle trébucha et tomba par-dessus le bord de la falaise.

III

III

TANDIS qu'on emportait sa petite-fille, Erek retourna s'agenouiller. Son cœur martelait ses côtes maigres, mais il se força à réciter son *Dirige* jusqu'à la fin. Puis il se leva difficilement et, quittant la chapelle, regagna les appartements du roi, de l'autre côté de la cour-jardin.

Le visage calme, il se tenait aussi droit que les piliers de la colonnade. Néanmoins, lorsqu'il entra dans la chambre, la femme corpulente confortablement assise devant le brasier le jaugea d'un regard, fit signe aux nonnes qui la servaient d'approcher du feu une autre chaise et lui servit elle-même un gobelet de vin chaud aux épices.

— Merci, murmura Erek, en se laissant tomber sur la chaise. Vous avez toujours été une sœur prévenante pour moi.

L'Abbesse braqua de nouveau sur lui son regard aigu. Un léger mouvement de sa main expédia les nonnes dehors, dans l'antichambre. Elle s'assit en sirotant son vin pour ménager au prince quelques instants de silence.

— Je suis venue dès réception de votre message. Merkian m'a dit d'attendre ici.

— Je souhaitais que vous m'apportiez votre concours pour apprendre la nouvelle à Maureen. J'avais donné des instructions très strictes pour qu'elle vous rejoigne ici, mais, comme d'habitude, elle n'en a fait qu'à sa tête. Elle a surgi dans la chapelle et provoqué une confusion déplorable.

— Oui. J'en ai vu quelque chose à mon arrivée.

L'Abbesse avait l'air intéressée, presque amusée.

— Qui est ce très beau jeune homme qui l'a emportée dans ses bras ? Le capitaine de sa garde ?

— Non, un visiteur de Manau : Tanguy, le petit-fils de Llywarch. Il va visiter son parent à Powys, mais — sa voix trembla — Loïk l'avait invité à passer par ici, il l'avait pris en amitié.

— Avez-vous la force de me dire... ?

— Il était descendu vers le sud. Un raid pour du bétail, une affaire insignifiante dont il aurait pu se décharger sur les autorités locales. Mais il s'est lancé à la poursuite des voleurs, et une flèche perdue l'a atteint en pleine gorge.

Sa bouche se tordit d'amertume.

— Pas de grande bataille. Pas de combat singulier avec un champion ennemi. Rien que les bardes puissent chanter. L'homme qui l'a tué ne s'en est même pas rendu compte.

— Le clan de Dunawd ?

— Qui d'autre voulez-vous ? Mon père, mon fils et maintenant mon petit-fils. Nous est-il jamais arrivé une vilaine affaire où Dunoding n'ait trempé ?

— Qu'allez-vous faire, à présent ? Vous ne pouvez pas garder longtemps encore cette mort secrète.

— Je vais recommencer à régner, bien sûr. — Erek semblait mort de fatigue. — Qu'ai-je fait à Dieu pour qu'Il me rejette ainsi ? J'ai voulu me détourner du monde, consacrer ma vie à Son service. Mais Il m'a repoussé, d'abord une fois, puis une deuxième... quand Owein est mort, quand j'ai perdu mon fils unique. Et le troisième maintenant. J'ignore comment je pourrai le supporter.

— Vous le pourrez. — La voix de Penarwan était pleine de

compassion. — Dieu n'éprouve jamais les hommes au-delà de leurs forces... vous êtes fort.

Il soupira.

— Enfin, ce sera bientôt fini..., cela ne peut guère durer éternellement... Mais auparavant, je dois tout faire pour que la Cambrie soit hors de danger — et Maureen aussi. C'est la dernière survivante de notre Maison.

— Il faut lui trouver un bon parti.

— Bien sûr. Tant qu'elle ne sera pas mariée, elle mettra tout le monde en péril. Une héritière femme est pire qu'un enfant. Le pays se rallierait derrière un jeune prince de la lignée d'Uryen, si l'armée restait fidèle... et j'ai confiance en Idwal. Mais cette fille sera un appât pour tout ce que la Cambrie compte d'ambitieux, et nos ennemis, eux, tenteront de mettre à profit sa faiblesse.

— Où lui chercher un mari, dans ces conditions ? Un Cambrien mènerait droit à la guerre civile, car les exclus prendront ce choix pour une insulte mortelle.

Erek pressa ses doigts osseux sur son front comme pour stimuler son esprit fatigué.

— Je n'ai guère eu loisir d'y réfléchir. Les gens de Strathclyde sont des amis éprouvés et leur sang vaut le nôtre...

— Les fils d'Eugein sont encore trop jeunes. Maureen a besoin d'un mari véritable — d'un homme qui la rende grosse au plus tôt.

Les yeux noisette de Penarwan étincelaient d'intérêt. Elle avait la tête politique ; une bonne intrigue la divertissait mieux que n'importe quel jeu de salon.

— Gwynedd alors ? Conclure immédiatement la paix avec nos plus dangereux ennemis ?

— Faire garder la bergerie par le loup ? — elle secoua la tête — non, Erek, trop de sang versé nous sépare : un mariage ne suffirait pas à apaiser tant de rancunes... Le seul résultat serait de leur ouvrir grande la porte pour qu'ils se vengent en toute liberté.

— Vous savez bien qu'il n'existe qu'une puissance de

taille à prendre la Cambrie et à la défendre de toute attaque.

Erek prit une profonde inspiration.

— La Northumbrie ?

— La Northumbrie.

Son expression faillit la faire rire.

— Et voilà qui ne vous plaît pas ! Le vieux chef de guerre est encore vivant en vous, fils d'Uryen...

— Qu'aurait-il dit, ou Owein, à l'idée que nous aurions un jour du sang anglais dans les veines ?

— A mon avis, ils auraient commencé par s'interroger sur l'intérêt de la Cambrie. Et puis, au moins, ces Anglais sont des chrétiens, grâce à vous. Nos ennemis ne sont pas si bégueules. Lorsque Cadwallon de Gwynedd monta vers le Nord, c'est Penda de Mercie qu'il amena avec lui.

Malgré son courage et ses nerfs d'acier, Erek ne put s'empêcher de tressaillir à ce nom. L'Abbesse eut un sourire persuasif.

— Je conçois qu'en tant que prince de Cambrie vous détestiez cette solution... mais, en tant qu'évêque chrétien, quel meilleur allié souhaiter qu'Oswald ? C'est le roi le plus pieux du Nord et le plus cher ami de l'Église.

— Oui, il est le guerrier du Christ, et un saint. Mais il est déjà marié à une femme du Sud, la fille d'un roi saxon.

— Il a un frère cadet qui ne l'est pas, lui. Et qui serait encore préférable, selon notre point de vue. La Cambrie ne serait pas absorbée par la Northumbrie. Il gouvernerait indépendamment, en sa qualité d'époux de Maureen.

Comme Erek gardait le silence, elle se pencha vers lui et reprit d'une voix plus pressante :

— Vous savez, Erek, si nous ne donnons pas, ils prendront, eux. Si saint que soit Oswald, il ne laissera pas la Cambrie tomber dans les mains de ses ennemis ni la guerre se développer sur ses frontières.

— Le temps serait donc venu pour nous de céder aux étrangers ?

— Cela ne s'appellerait pas céder. Ne sont-ils pas nos

débiteurs ? Qui leur offrit un refuge à la mort de leur père ? Qui prêta à Oswald assez de cavaliers pour défendre ses flancs lorsqu'il repartit à la conquête de son royaume ? N'est-ce pas lui, du reste, qui anéantit Cadwallon à Heavenfield, qui tient Penda en échec depuis sept ans ? Nos gens ne l'ont pas oublié. Ils accepteront cette alliance. Sans s'en réjouir, j'en conviens, mais ils prendront la nouvelle avec calme si nous la leur présentons correctement. Nous faisons l'offre en position de force — comme une faveur supplémentaire à des partenaires. D'ailleurs, de quelque manière que la chose se fasse, elle se fera, croyez-m'en...

— Je crois que vous avez raison.

— J'ai raison. Et nous devons agir vite, avant que les adversaires de la Cambrie ne sentent l'odeur du sang.

— Très bien. Demandez que l'on m'amène ma petite-fille dès qu'elle sera rétablie.

*
* *

Maureen ne reprit conscience que dans son lit. Un chagrin indéfini lui serrait le cœur, au point de le briser. Désorientée, elle tâtonna quelques instants avant de se rappeler qu'elle n'aurait plus jamais l'occasion de rire avec Loïk. Un flot de douleur la submergea, mais elle le combattit et, redressée sur son séant, secoua ses cheveux pour les écarter de son visage.

Ses servantes, sur le qui-vive, arrivèrent aussitôt. Elles la vêtirent avec les robes de deuil qu'Erek avait ordonné d'apprêter et la coiffèrent d'un lourd voile noir. La compassion défigurait la douce Mildred. Nesta avait les yeux rouges et gonflés. Ayant partagé la couche de Loïk, pour l'une de ces passades insouciantes qu'il affectionnait, elle sanglotait doucement, pour lui et pour elle-même autant que pour sa maîtresse. Celle-ci ne perdait pas la tête.

« Je suis l'héritière d'Uryen, se répétait-elle. Je suis la der-

49

nière. Je suis la reine de Cambrie. Je dois être forte pour tous les autres. »

Elle était donc prête lorsque Erek la fit appeler. Elle embrassa ses chambrières et rassembla son courage pour se rendre à cette réunion... le premier Conseil de son règne.

Elle trouva Erek et l'Abbesse assis aux deux bouts de la table ; après avoir fait sa révérence à sa parente, baisé l'anneau de l'évêque, elle prit place entre eux.

— Je suis désolé de t'appeler si tôt, ma très chère, lui dit son grand-père, soulagé de la voir calme, mais nous nous trouvons dans une situation critique. Il nous faut oublier notre peine et agir vite.

— Bien sûr. Je suis prête.

Il lui sourit avec bonté.

— Je vais remonter sur le trône et y resterai aussi long-temps que Dieu me prêtera vie, mais, naturellement, mes jours sont comptés. Nous devons choisir mon successeur ; le choisir tout de suite et publier son nom. Laisser planer l'ombre d'un doute risquerait d'engendrer une guerre civile.

Les yeux de Maureen s'agrandirent de stupeur et de colère.

— Quel doute ? Je suis la sœur de Loïk, la fille de Royth ! Qui le contesterait ? Je suis l'héritière de la Cambrie... qui peut le nier ?

— Personne ! rétorqua Erek d'une voix brusque, per-sonne : tu seras reine de Cambrie, évidemment, mais tu ne peux gouverner.

— Pourquoi donc ? Boadicée l'a bien fait, et les Romains se sont débandés devant elle comme des roquets. Et que dire de toutes les grandes reines et des déesses que chantent les bardes ?

— Sornettes de païens, aussi stupides que condamnables ! Tant que tu resteras sans époux et sans protections, les rois dont les terres avoisinent les nôtres t'attaqueront. Qui com-mandera ton armée ? Tes nobles ne seront occupés qu'à se disputer eux-mêmes la couronne !

— C'est *moi* qui commanderai mon armée.

50

Erek, abasourdi, en perdit l'usage de la parole quelques instants. Cependant, Maureen poursuivait avec une magnifique assurance :

— Je manie la lance et l'épée aussi bien que la plupart des hommes... mieux, disait Loïk, et Père lui-même m'en félicitait.

Elle quêta d'un coup d'œil l'approbation de l'Abbesse ; celle-ci souriait avec indulgence.

— Mon fils et mon petit-fils t'ont trop gâtée.

Erek, son souffle retrouvé, parlait d'une voix amère.

— Il serait temps de se souvenir de ton sexe !

— Inutile, je ne l'oublie pas... Mais je prétends que si une femme a la force, l'intelligence et l'habileté d'un homme, rien ne s'oppose à ce qu'elle occupe un rang d'homme. Pourquoi ne régnerait-elle pas ?

Comme Erek ne desserrait pas les dents, Penarwan rétorqua, brutalement :

— Parce que quelques sévices qu'on inflige à un roi captif, viol et castration inclus, nul vainqueur ne pourrait lui faire un bâtard !

Maureen, comme cinglée d'un coup de cravache, réprima une exclamation. Une moue de dégoût s'esquissa sur les traits de l'évêque, mais, après avoir jeté un coup d'œil à sa petite-fille, il reprit avec plus de douceur :

— C'est un travail de femme que nous te demandons, ma chère. Tu portes notre sang dans tes veines. Tu dois donner un héritier à Uryen, un fils dont le père, digne de toi, gouverne le royaume durant la minorité.

Maureen ravala son humiliation. A quoi bon protester puisqu'on ne tenait nul compte de ses sentiments ?

— Bien sûr que je dois avoir un fils. Mais, dans ce cas, quel meilleur père pourrais-je lui donner que notre parent Tanguy ?

Erek soupira.

— Maureen, si tu n'es capable de me seconder, du moins ne m'entrave pas ! Le dernier-né d'un obscur chef de clan de l'île de Manx, quel parti est-ce là ?

51

— Le meilleur de tous ! Il est de notre sang... Son grand-père était le cousin d'Uryen. Aucun de nos nobles ne pourrait donc contester sa légitimité. Et comme il n'a jamais vécu ici, il n'a aucune querelle personnelle en Cambrie. Vous comprenez ?

Elle guetta leur réaction avec impatience. L'Abbesse avait l'air de s'amuser ; Erek, lui, restait aussi inébranlable que la roche.

— Il est de surcroît apparenté aux seigneurs de Powys.

Elle s'efforçait, vaille que vaille, dans sa colère, à radoucir ses intonations pour convaincre.

— Je ne demande qu'à vous aider, Grand-père. J'ai déjà beaucoup réfléchi à tout cela. Nous serions protégés au sud... Si Gwynedd menaçait, nous pourrions leur opposer Powys.

— Powys ? Connais-tu la distance de Caer Luel à Pengwen ? Nous voulons un allié sur notre frontière, pas à deux cent milles au sud.

— Mais...

Soudain, Erek abattit sa paume sur la table.

— Tu nous as fait perdre assez de temps avec tes enfantillages. J'ai soigneusement étudié la question et décidé que la meilleure stratégie pour nous serait une alliance avec la Northumbrie. Par conséquent...

Elle le dévisagea avec stupéfaction. Elle n'en croyait pas ses oreilles.

— La Northumbrie ? Vous me demandez d'épouser un *Anglais* ?

— Oui, le roi a un frère cadet qui conviendrait fort bien. J'ai gardé secrète la mort de Loïk, pour donner le change à nos ennemis, mais elle se saura très vite. Tu dois donc épouser ce prince aussi rapidement que possible...

— Que le diable l'emporte... et vous de même !

— Tu oublies à qui tu parles !

— Vous aussi ! Ou alors, vous oubliez votre lignage ! Mais ne vous méprenez pas : je suis incapable de vous suivre sur ce terrain ! Comment osez-vous m'insulter ? Vous trouvez

Tanguy indigne de ma main, mais vous prétendez la donner à cette engeance de pirates étrangers, à cette troupe de corneilles venues marauder sur nos côtes...

— Retiens ta langue !

— Je n'en ferai rien. Dussiez-vous même me l'arracher, chaque goutte du sang d'Uryen que charrient mes veines déverserait un flot de honte sur vous. Avez-vous oublié qu'il rejeta les Anglais à la mer ? Avez-vous oublié Owein taillant en pièces le Porte-Brandon et son armée à Argoed Llwyvein ?

— Et toi, as-tu oublié qui les a tués tous deux ? Erek s'exprimait sur un ton glacial alors que Maureen crachait feu et flammes, mais il était aussi furieux qu'elle. Et ce d'autant plus qu'au fond de son âme, il partageait la répugnance de sa petite-fille. Ce n'étaient pas les Anglais. Eux, ils ont pris pour nous Elmet et Eidyn, ils sont venus à bout des traîtres.

— Et alors ? Elle contraignit ses lèvres tremblantes à sourire : J'ai toujours dit qu'ils faisaient de bons chiens, capables, sur un coup de sifflet, de mordre. Mais ce n'est pas une raison suffisante pour que j'en épouse un et porte un bâtard !

Erek pouvait à peine supporter de la regarder. Cette pâleur, ces traits nettement dessinés qu'encadraient des boucles noires, cette bouche moqueuse, ces yeux lumineux sous les sourcils arqués lui rappelaient trop cruellement sa propre jeunesse, sa jeunesse perdue. C'était Owein qu'il voyait, Owein, le héros de la Cambrie, son frère idolâtré, c'était Owein qui l'accablait de reproches. Il durcit le ton, de crainte de céder à son émotion :

— Il faudra bien que tu t'inclines, dit-il froidement, pour une seule et bonne raison, c'est que je te l'ordonne. Je suis ton roi et je te marierai comme bon me semblera.

— Vous ne pourrez me forcer à prononcer ce serment-là, lança-t-elle, sarcastique. Même si vous me traînez enchaînée à l'autel.

— Même si je le pouvais, ne t'imagine pas que je profanerais ainsi le Saint Sacrement. Non, Maureen, je ne puis t'obliger à te marier, mais je peux te mettre à l'abri du danger. Je peux choisir pour successeur le chef le plus puissant du pays..., et que Dieu lui vienne en aide, à lui et à la Cambrie ! Veux-tu voir Penda refaire route vers le nord ? les églises chrétiennes brûler comme des torches en guise d'offrandes aux dieux des Merciens ? les guerriers cambriens sacrifiés à Wotan, pendus nus aux branches des frênes ?

Colère et douleur mêlées lui inspiraient une seconde amertume vis-à-vis de sa petite-fille que, pourtant, il adorait.

— Les enfants de ton âge ne voient que le plaisir du moment... Ils ne regardent jamais ni devant ni derrière. T'est-il arrivé de te demander pourquoi tous les conseillers de Loïk sont si vieux et ses guerriers si jeunes ? As-tu oublié le jour où Merkian t'a prise dans ses bras pour te faire faire un geste d'adieu à ton père partant vers le sud à la tête de son armée ? Il crispa ses lèvres, frémissantes : Leur retour n'a nécessité ni hourras ni réjouissances. Ne te souviens-tu pas des vaisseaux déjà chargés, prêts à mettre à la voile pour Manau, et des guetteurs veillant toute la nuit près des balises sur les falaises pour nous donner le signal de la fuite ?

Il soupira.

— Cette fois-là, ce fut inutile. La Northumbrie essuya le plus fort de l'assaut. Nos frontières tinrent bon, bien qu'il eût fallu pour cela la mort de ton père. Aujourd'hui, je ne te laisserai pas me désobéir et exposer notre pays à l'invasion et à la guerre civile. Si tu n'acceptes pas la protection d'un époux, tu auras celle de la Sainte Église qui te préservera d'une capture et d'un viol. Je t'enverrai sous bonne escorte dans le couvent de l'Abbesse.

Il lut la réponse sur son visage et eut un sourire dur.

— Non, bien sûr, personne ne te forcerait à prendre le voile. Tu resterais simplement dans ta cellule jusqu'à ce que la vocation te vienne. A présent, retourne dans tes appartements et n'en sors pas avant que je ne t'appelle.

Maureen regarda Penarwan avec désespoir : l'Abbesse

souriait toujours, mais d'un sourire sans réconfort. Alors, tournant les talons, elle partit en claquant la porte.

« Oh, que Dieu me donne la force ! »

Tremblant, blême, Erek n'avait presque plus de voix pour formuler cette prière. L'Abbesse se leva et, pour tenter de lui rendre courage, lui posa la main sur l'épaule.

— Cette enfant a subi un choc terrible... elle ne savait pas ce qu'elle disait. Souvenez-vous de votre première réaction : vous pensiez comme elle, au début de notre conversation... Ne vous inquiétez pas, elle va réfléchir.

— Je l'espère.

— Et moi, je le sais. Croyez-moi, elle n'a aucune vocation religieuse ! Puis, se rappelant l'éloge vibrant décerné par Maureen à Tanguy, elle ajouta : Nous ferions bien d'envoyer sans délai notre ambassade à Oswald.

Erek poussa un nouveau soupir. Il semblait épuisé.

— Vous êtes affreusement las, ce n'est guère étonnant. Laissez-moi m'occuper de tout. En matière de négociations, je suis un vieux renard. Je n'ai pas sans profit présidé tant de synodes.

Elle lui tapota le bras d'un geste rassurant.

— Maintenant, tâchez de vous reposer. Je vais prier un moment auprès de Loïk. Ensuite, je choisirai nos émissaires et leur donnerai leurs instructions.

Erek acquiesça avec reconnaissance, et elle passa dans l'antichambre, recommandant à deux pages de s'occuper du roi. Puis elle fit signe à ses religieuses de l'accompagner.

— Je vais à la chapelle, dit-elle doucement. Pendant ce temps, cueillez des herbes pour en joncher le corps. Voyez aussi, dans la roseraie, s'il n'y a pas quelques boutons précoces.

Les femmes allaient obtempérer lorsqu'elle reprit :

— La princesse est bouleversée par la mort de son frère ; elle était presque hors d'elle en regagnant ses appartements. Si vous l'en voyez sortir, venez immédiatement me chercher.

Elle les suivit des yeux avant de prendre le chemin de la

chapelle. En dépit de sa corpulence, sa démarche n'était dépourvue ni de grâce ni de majesté. Son ample robe noire était garnie de fourrure précieuse à l'ourlet et aux poignets, ses voiles taillés dans la batiste la plus fine, sa croix et son anneau d'or si massifs qu'ils semblaient dotés d'une vie propre. En la voyant longer la colonnade, tel un gros cygne noir, un étranger aurait pu la prendre pour la reine douairière de Cambrie.

A l'époque de son éclatante jeunesse, Penarwan avait régenté le palais pendant plusieurs années et même régné de fait cinq jours, le temps que son jeune époux Owein ramène ses troupes de Northumbrie où son père venait d'être assassiné par ses propres alliés. En rentrant impromptu, il l'avait trouvée s'ébattant avec le capitaine saxon de sa garde. Owein avait enterré le scandale avec l'amant, aussitôt abattu de ses propres mains ; le père de Penarwan était trop puissant pour qu'on laissât le scandale éclater. Elle avait été autorisée à se retirer, comblée d'honneurs, dans un couvent pour, disait-on, pleurer le deuil de son beau-père.

De l'histoire ancienne que tout cela : cinquante ans et plus. Elle était une abbesse vénérée : la mort des deux seules personnes qui connussent la vérité préservait sa réputation. C'est aux deux protagonistes pourtant qu'elle pensait en entrant dans la chapelle et en se dirigeant vers l'autel.

Elle écarta le drap mortuaire et contempla le jeune visage du mort avant de se mettre péniblement à genoux.

« Kyrie eleison... Seigneur, aie pitié...

Pauvre garçon, tu aurais dû vivre assez longtemps pour satisfaire bien des femmes en leur faisant l'amour.

Voilà donc la fin de ta Maison et de ton nom, Owein. Ils ont tous disparu, à présent, hormis le pauvre vieil Erek, qui ne traînera guère. Je vous aurai tous vus morts, Owein, depuis que tu m'as tué Wulfric.

Miserere mei Deus... Aie pitié de moi, ô mon Dieu...

Je cours à la damnation, je suppose, en m'agenouillant avec des pensées pareilles au pied de l'autel. Mais cinquante ans

56

de chasteté m'ont bien donné le droit d'exulter un peu ! Je la tiens, ma vengeance... »

Le poids de son corps meurtrissait ses genoux. Elle changea de position.

« Pourquoi ressasser encore tout cela ? J'ai exercé plus de pouvoir dans l'Église que je n'en aurais jamais eu dans ce royaume. Et si j'étais restée reine de Cambrie pendant ces cinquante dernières années, quel homme voudrait encore de moi aujourd'hui ? Une vieille charogne, voilà ce que nous devenons tous, pour peu que nous vivions longtemps...

La chance, c'est eux qui l'ont eue, pensa-t-elle avec amertume, eux qui ont conservé leur jeunesse... Wulfric dans sa tombe oubliée ; Owein que la mort même n'empêche pas de survivre éternellement dans les chants et les légendes de son peuple.

Delicta juventutis ne memineris... Oublie les péchés de sa jeunesse, ô Seigneur...

Était-ce un péché si grand, ce feu dans mes reins, que je doive passer cinquante ans dans la glace pour l'expier ? J'étais si belle ! Les cendres d'Ovide et de tous les poètes morts depuis des siècles eussent rougi, se fussent embrasées si j'avais enjambé leur tombe. Tout cela gâché... ! N'ai-je pas le droit d'exiger à mon tour un sacrifice ? Quel mal là-dedans ? J'ai dit la vérité. C'est le meilleur mariage pour elle..., le seul qui soit de tout repos.

Et je verrai ton visage, Owein, tes yeux où luira ton âme ulcérée — mais impuissante, Owein ! réduite à une impuissance totale ! C'est une femme qui les a, maintenant ! Et cette femme, un descendant de Wulfric la chevauchera — comme lui-même me chevauchait, moi !

Requiem aeternam dona... Que le repos éternel lui soit accordé, ô Seigneur, et que la lumière brille perpétuellement sur lui. Qu'il repose en paix, amen. »

IV

VI.

MAUREEN se jeta sur son lit en bourrant son oreiller de coups de poing. De rage, non de désespoir. Loin de se demander s'il existait un moyen de contrecarrer les plans de son grand-père, elle mûrissait simplement la meilleure façon de s'y prendre.

« Pourquoi les vieillards sont-ils si aveugles... et entêtés ? Et ils appellent cela sagesse ! Voilà Grand-père qui se lamente sur nos morts, nous prédit le destin le plus funeste si nos ennemis nous surprennent sans roi... sans voir que notre sauveur est ici, sous son toit ! Un brave entre les braves, notre propre sang ! Père eût été heureux de le prendre pour fils. Loïk l'aimait comme un frère..., c'est même lui qui l'a pressé de venir ici... comme s'il avait pressenti la vacance du trône en Cambrie...

Si seulement je m'étais donnée à Tanguy hier, tout serait réglé à présent, et sans discussion. Il m'aurait suffi de dire à Grand-père que j'étais déjà fiancée, en paroles et en actes, à notre parent, qu'il ne lui restait qu'à nous donner la bénédiction de l'Église ! Il n'osera pas s'en prendre à Tanguy... il a déjà bien assez de problèmes sans s'attirer en outre l'inimitié de Manau et de Powys. Et le prince northumbrien ne voudrait plus de moi, avec tous ces gens qui lui demanderaient qui a engendré mon fils aîné. »

Nouveau coup de poing dans l'oreiller. « Quelle idiote je suis d'avoir refusé, laissé passer une occasion pareille ! »

Mais une occasion, cela pouvait se présenter deux fois. Elle resta couchée, immobile, pour mettre au point les détails de l'opération. Puis s'asseyant dans son lit, elle donna ses ordres à Nesta et appela Mildred pour se faire coiffer.

*
* *

Pour la centième fois, Tanguy arpentait la cour dans toute sa longueur. Se baissant, il ramassa un caillou et le lança sur un groupe de pigeons qui déambulaient en roucoulant sur le toit. Le projectile frappa les tuiles, les oiseaux prirent le large, Tanguy jura :

— Pour qui me prend-on ? s'écria-t-il, également pour la centième fois. Pour un jongleur de passage, venu demander le vivre et le couvert ? Je suis l'hôte de Loïk. Pourquoi ne m'avoir pas invité à sa veillée funéraire ? Pourquoi n'être pas venu me chercher pour le festin ? Essaie-t-on de m'insulter ?

— Tout doux, Tanguy ! fit Guriat. Il n'y aura pas de festin ici avant un bon moment. Le maître est un vieillard..., un prêtre. Et puis les lieux, les gens, sont différents.

La remarque était trop judicieuse pour rasséréner Tanguy. Les chambres d'hôte étaient splendides, mais il s'y sentait prisonnier. Il n'aimait pas qu'elles ouvrent sur une cour intérieure : on eût dit une geôle, quoique verrous et barreaux fussent invisibles... Il n'avait guère eu le temps d'examiner les bâtiments avant de s'élancer dans la chapelle sur les talons de Maureen, puis de la rapporter évanouie dans ses appartements. Il avait l'impression qu'on l'avait enfermée dans un labyrinthe de cours et de couloirs et qu'il lui faudrait l'aide d'une sorcière pour la retrouver.

Son visage s'éclaira lorsqu'il vit s'approcher deux jeunes gardes du palais, Idwal et Rhodri, les frères de Nesta. A sa grande surprise, ils lui firent traverser les écuries, puis longer les quartiers de la garnison ; ils l'encadraient, déployaient en marchant leurs longues capes rouges et se tenaient tout près de lui, comme pour donner le change d'une conversation passionnée. Enfin, il se rendit compte, avec une stupeur indignée, qu'ils s'efforçaient tout bonnement d'éviter qu'on ne l'aperçût.

Ils le conduisirent, à travers potagers et verger, devant une façade où ils le confièrent à Nesta qui guettait. Sa colère s'accrut à la voir l'entraîner, par une porte dérobée, le long d'un corridor sombre, vers la cour à la fontaine où il se rappelait avoir porté Maureen. Nesta s'arrêta, risqua un œil le long de la colonnade, puis le fit prestement entrer dans la chambre de la princesse. Maureen, derrière lui, poussa le loquet. Il lui lança un regard meurtrier.

— Suis-je un espion ou un mendiant ? Pourquoi prendre la peine de m'envoyer chercher si vous avez honte qu'on nous voie ensemble ?

— Honte ? Ne dis jamais cela, même pour me taquiner.

Elle fondit en larmes. Son chagrin pour Loïk, sa violente querelle avec Erek, et maintenant Tanguy qui s'en prenait à elle..., c'était trop.

— Si seulement nous étions mariés ! Si mon frère était en vie, nous pourrions être réunis.

Tanguy se détendit.

— Ne pleure pas. Je vais immédiatement voir ton grand-père et lui demander ta main.

— Non, garde-t'en bien ! dit-elle alarmée, en lui saisissant le bras.

— Et pourquoi ? demanda-t-il, aussitôt soupçonneux.

Elle hésita. Elle avait appris à reconnaître et à redouter l'ombrageuse fierté de Tanguy. S'il apprenait qu'Erek l'avait déjà rejeté comme un piètre parti, le dépit le porterait à quelque esclandre, et c'en serait fait des plans si patiemment échafaudés.

— Il est vieux. Il ne comprend pas, il veut que tout se passe en grande cérémonie. Il prétend que je dois garder le deuil un an, mentit-elle.

Tanguy eut l'air horrifié.

— Dieu sait, poursuit-elle, que je porterai le deuil de Loïk aussi longtemps que je vivrai, mais Grand-père ne mesure pas le danger de la situation. Tous nos ennemis vont se jeter sur nous dès qu'ils apprendront la mort de notre chef.

— Je prendrai soin de vous. Je vais aller lui dire...

— Non ! Je t'assure, il ne comprend pas. Si tu lui parles de nos serments, il répétera : pas de mariage avant un an. Il est évêque, ne l'oublie pas...

— Alors, que veux-tu que je fasse ?

— Si je t'appartenais déjà, il serait bien forcé de nous accorder la bénédiction de l'Église.

— Tu as raison !

Tanguy jeta un coup d'œil avide en direction du lit. Maureen imagina l'entrée de l'Abbesse... leur confusion... Toutes ces nonnes qui s'activaient dans le jardin, que faisaient-elles là ? Beau prétexte, les fleurs !

— Pas ici. Ce ne serait pas dis... décent, alors que mon pauvre frère n'est pas même enterré. — Elle lui serra la main. — Nous les aurons, nos noces secrètes, je te le jure. Connais-tu quelqu'un en Cambrie ? Y a-t-il ici un ami de ta famille à qui tu doives une visite de courtoisie ?

Tanguy parut intrigué.

— Il y a Enniaun, le vieux frère d'armes de mon père, qui vit à Penrhyd... Je comptais passer le voir en me rendant à Powys. Pourquoi ?

— C'est parfait ! Penrhyd est sur la route du sud, après Inglewood. Prends congé de mon grand-père demain matin et pars chez Enniaun... glisse que ton père t'a demandé de le faire. Comme c'est à moins de vingt milles, si tu te dépêches, tu y seras dans la matinée... — mais tu ne te dépêcheras pas ! Une fois sorti de Caer Luel, entre dans la forêt, à l'ouest de la route, et campe au bord de la Petteril... Si l'on te demande ce que tu fais là, dis que tu traques un sanglier ou un cerf. Et maintenant, écoute-moi bien. Dans trois jours, j'irai passer une nuit de veille à l'ermitage de saint Ninian, près de Brisco. Le ruisseau qui y prend sa source se jette dans la rivière à un quart de mille au nord du gué. Sauras-tu trouver ?

— Je saurai.

— Je t'y attendrai sur la berge la troisième nuit, dès qu'il fera noir.

— J'y serai avant toi.

— N'oublie pas !

Comme Tanguy ouvrait la bouche pour protester, elle l'enlaça et l'embrassa passionnément.

— Voilà, pour que tu te souviennes !

Lorsqu'il se fut éloigné, guidé par Nesta, elle s'assit sur son lit et, s'entourant les genoux de ses bras, eut un sourire triomphant. Elle avait battu les vieux. Comme Loïk en aurait ri !

*
* *

Erek salua ses hôtes indésirables en masquant son soulagement derrière des formules de courtoisie. Certes, il était injuste de reprocher à ce garçon les caprices et l'opiniâtreté de sa petite-fille mais, lui parti, peut-être retrouverait-on quelque tranquillité ?

Cette expérience était fondée. Deux jours plus tard, sa petite-fille lui demanda une audience et se présenta devant lui, humble et docile. Elle s'agenouilla pour baiser son anneau et, à genoux, lui demanda pardon de sa folle rébellion : le choc de la mort de Loïk, le chagrin l'avaient emportée, sans même qu'elle eût conscience d'une insolence qui, maintenant, la bourrelait de remords. De sorte que pour le repos de l'âme de son frère et sa propre pénitence, elle avait fait vœu de passer la nuit suivante à veiller dans le sanctuaire de saint Ninian, si toutefois Erek daignait le lui permettre.

— C'est une sainte idée, ma chère. — Il lui caressa les

65

cheveux. — Moi, je ne t'imposerais pas de pénitence..., le chagrin n'est pas un péché. Mais puisque tu as fait ce vœu de toi-même, va, et que Dieu t'accompagne.

L'Abbesse n'aurait pas été si facile à tromper. Elle aussi en avait fait, des veillées, dans sa jeunesse, mais à sa manière, qui eût étonné l'Église. Cependant, comme l'agonie de l'une de ses plus vieilles religieuses avait rappelé Penarwan dans son couvent, rien ne vint contrecarrer le projet de Maureen.

Le sanctuaire était si proche de Caer Luel qu'elle n'avait pas besoin d'une escorte importante ; ses suivantes et ses deux valets suffisaient. Elle partit en litière, tant par discrétion que pour complaire à son grand-père qui n'aimait pas la voir courir la campagne en vêtements d'homme. Cette litière, elle la détestait. Loin d'éprouver la joie d'une fiancée courant vers son amant, elle avait l'impression d'y étouffer comme dans un cercueil, tel Loïk dans le sien sous son drap funèbre, et qu'on la portait vivante en terre.

Aussi n'était-elle pas gaie en parvenant à Brisco juste avant le coucher de soleil. Il y avait là une petite ferme, entourée de quelques huttes destinées aux pèlerins. Comme elle venait s'acquitter d'un vœu privé, elle dit à sa suite de s'installer là et donna des ordres stricts pour ne pas être dérangée dans sa veillée avant le lever du soleil. Ses gens furent trop heureux d'obéir : les hommes avaient envie de boire, tandis que Mildred et Nesta, intimidées par la sainteté du lieu... rêvaient d'un bon feu et de rires.

Maureen s'engagea donc seule, dans le crépuscule, sur le sentier boueux qui bordait une prairie humide. La source avait été recouverte d'un toit, et un petit oratoire ouvrait sur le sanctuaire intérieur où des marches creusées dans le roc menaient au bassin sacré. Les plus dévots des pèlerins, ou ceux qui se trouvaient astreints à une stricte pénitence ôtaient là leurs vêtements et priaient, immergés jusqu'au cou. L'eau, qui se déversait dans une rigole, réapparaissait à l'extérieur sous la forme d'un modeste affluent de la rivière, non loin.

Ce lieu était saint déjà depuis plus de mille ans lorsque

Ninian y avait apposé le nom du Christ. La proximité de Caer Luel, de ses rivières, de ses sources, aurait dissuadé l'ermite de choisir Brisco pour en faire son baptistère s'il n'y avait eu là une puissance qu'il fallait sanctifier parce qu'elle était trop forte pour qu'on pût l'exorciser. La présence, dans les alentours, de vieilles aubépines que personne n'osait couper, suffisait à l'identifier...

Maureen tomba à genoux, comme le lieu l'exigeait, et bien qu'aucun œil humain ne fût là pour la voir. Elle avait laissé sa robe et ses chaussures à ses femmes de chambre, comme si elle s'apprêtait à faire pénitence, et ne portait que sa chemise sous son manteau. Mais ce n'est pas seulement de froid qu'elle frissonnait. Certes, le lieu était glacial et humide comme un caveau, mais n'allait-elle pas appeler la malédiction sur elle-même et sur Tanguy en commettant ce blasphème et en bafouant son grand-père, l'évêque ?

« Mais c'est par amour que je me bats, protesta-t-elle face au silence accusateur. Dieu nous a dit d'aimer. Et c'est ma vie qui est en jeu... Sans Tanguy, je ne peux pas vivre. Pourrais-je me laisser détruire passivement, tel un chaton aveugle qu'on veut noyer ? »

Elle attendit bien après la tombée de la nuit pour s'aventurer au-dehors. La nouvelle lune n'était encore qu'une mince coquille, mais le ciel brillait d'étoiles. Une fois ses yeux accoutumés à la nuit, elle distingua les masses plus claires des aubépines, le plumet pâle du fenouil sauvage et les longs bras fantomatiques de la brume qui lui désignaient le cours du ruisseau vers son confluent.

Elle avait pénétré dans un monde surnaturel ; pour la première fois de sa vie, elle connaissait la terreur des créatures pourchassées. Des spectres, volutes de brouillard, rôdaient sous les grands chênes qui se tordaient pour la saisir ; l'appel d'un hibou en chasse lui fit remonter le cœur jusqu'aux lèvres. Blodeuedd avait été changée en hibou pour avoir trahi son époux et pris un autre homme... Pourquoi ce cri venait-il la hanter justement cette nuit ? L'un des arbres bougea, s'avança vers elle, et elle faillit hurler, mais les bras de Tanguy l'enlacèrent étroitement, et sa bouche se posa sur la sienne.

Il la porta sous les feuillages, lui retira sa robe et son manteau, puis l'étendit nue sur la couche de fougères qu'il avait préparée, la recouvrant de la peau de mouton qu'il posait d'habitude sous sa selle. Après la peur et la solitude, c'était merveille que de sentir sa force et sa chaleur. Elle l'attira sur elle, en elle, avec une ardeur désespérée qui ne laissait pas de place aux préliminaires. Il ne serait jamais assez proche pour qu'elle se sente en sécurité, jamais trop, même si sa bouche la bâillonnait, même si sa masse et son poids d'homme lui écrasaient les côtes. Même la douleur momentanée de la défloration lui procura un sentiment de triomphe : c'est Tanguy qui la pénétrait, Tanguy qui prenait possession d'elle. Les coups de boutoir de sa jeune chair durcie étaient sa sauvegarde, l'assurance qu'il la garderait dans ses bras et la protégerait contre le monde. Nouant ses jambes autour des reins de son amant, elle l'attira plus près encore.

Lorsque, leur ardeur apaisée, ils se furent un peu écartés l'un de l'autre et qu'il l'eut enveloppée dans son manteau, elle se lova dans le solide berceau de ses bras, se frottant contre sa toison, réconfortée par sa chaleur, bercée par sa respiration. Tantôt ils somnolaient quelques instants, tantôt ils se caressaient et se chuchotaient des mots d'amour ; ou bien ils regardaient les étoiles scintiller à travers les branches, dans le parfum de l'herbe et des feuilles foulées.

Tanguy était trop exalté pour beaucoup parler. Depuis qu'il connaissait Maureen, la crainte respectueuse qu'elle lui inspirait avait, à plusieurs reprises, presque tué son désir. Il avait redouté même, en l'attendant, de ne pouvoir la satisfaire. A présent, sa capitulation totale, ce besoin de lui qu'elle manifestait si ouvertement flattaient joyeusement son orgueil et balayaient ses doutes.

Les nuits sont courtes en mai. Le ciel, à l'est, se teinta de gris pâle, parmi des chuchotis, des bruissements d'ailes.

Tanguy la prit une seconde fois, pour le plaisir de savoir qu'il la possédait vraiment. Elle colla ses lèvres sur sa poitrine.

— Maintenant je t'appartiens... Ne m'abandonne jamais.

Il leva la tête et la dévora du regard. Ses lèvres découvraient ses dents.

— Si quelqu'un essayait de te prendre à moi, maintenant, je le tuerais.

Les intonations sauvages de sa voix la surprirent ; l'espace d'un instant, le jeune et beau visage prit une expression cruelle.

Après s'être rhabillé, Tanguy ramassa les vêtements de Maureen, humides de rosée. Elle se laissa vêtir passivement ; il s'amusait à jouer les femmes de chambre, tressait en riant ses cheveux en deux nattes. Puis, l'enlevant dans ses bras, pour protéger ses pieds nus du froid, il la porta presque jusqu'au sanctuaire.

— Je ne peux te laisser partir.

— Il le faut. Mes femmes vont revenir au lever du soleil. Reprends ta route pour te rendre chez l'ami de ton père, à Penrhyd, et reviens le troisième jour ; explique que tu souhaites assister aux funérailles de Loïk avant de gagner Powys, mais ne parle pas de moi et ne m'approche surtout pas en plein jour. Retrouve-moi dans ma chambre après le coucher du soleil — en passant par le chemin que t'a montré Nesta. Dès l'aube, le lendemain, nous irons ensemble nous présenter devant mon grand-père, et je lui demanderai le rubis de Loïk — l'anneau royal de Cambrie — afin de le passer au doigt de mon futur époux.

Il la serra contre lui une fois encore, puis, la déposant à terre, disparut au milieu des arbres.

Mildred et Nesta la trouvèrent à genoux près du puits, assise sur ses talons, muette de fatigue, chemise et cheveux mouillés. Elle s'était imposé une stricte pénitence dans l'eau de la fontaine sacrée. Les deux servantes lui massèrent les membres pour la réchauffer, lui passèrent une robe et l'étendirent dans la litière sous un amoncellement de manteaux.

De retour à Caer Luel, succédèrent deux jours de béatitude rêveuse. Vis-à-vis de ses femmes, elle se montra douce mais distraite. Penarwan s'enferma avec Erek, et on laissa Maureen en paix.

Vint le troisième jour. A mesure qu'il se traînait, une espèce de fébrilité la saisit. Vers le soir, montée sur les remparts, elle y fit les cent pas tout en savourant la liberté du ciel et du vent. Tanguy se trouvait quelque part, en bas, dans le palais ; elle avait faim de lui, dût-elle se contenter de sa silhouette aperçue ou du son de sa voix pour s'en nourrir jusqu'à leurs retrouvailles. Toutefois elle avait trop de bon sens pour arpenter les murailles au-dessus des cours réservées aux invités : des regards curieux auraient pu l'y surprendre. Elle resta les yeux fixés dans la direction du sud-ouest, vers le ciel rose craie barré par la masse noire de la montagne. Ses pensées prirent leur essor et s'envolèrent du côté de son cher Eskdale, des estuaires étincelants, de Manau, sur l'autre rive de la mer flammée d'or...

Soudain le paysage se vida de sa lumière et de ses couleurs, les montagnes se fondirent dans le crépuscule, tandis qu'on ramenait des prés salés les derniers troupeaux. Seuls le fenouil sauvage et les primevères se profilaient encore en blanc, eux et le voile de brume qui s'effilochait au-dessus du confluent de la Caldew et de l'Idon. Elle éprouva alors le même enchantement que lors de sa première nuit avec Tanguy : à présent, ils ne pouvaient plus perdre !

« Nous avons atteint Avalon, pensa-t-elle, nous avons trouvé le Graal. »

Regagnant ses appartements, elle se laissa mettre au lit par ses femmes. Après quoi elle les congédia, non sans préciser qu'elle désirait passer la nuit seule. Nullement surprises — les funérailles de Loïk étaient prévues pour le lendemain matin — celles-ci la quittèrent aussitôt. Maureen tendit longuement l'oreille puis, se levant, revêtit une robe blanche de tissu moelleux. Elle s'emmitoufla dans un lourd manteau noir à capuchon et se glissa vers la colonnade pour attendre Tanguy.

La fontaine scintillait sous le croissant de lune ; on n'entendait, dans le profond silence, que le tintement des gouttes et le cri d'un rapace nocturne en chasse. Les étoiles bougèrent, les ombres se décalèrent, la lumière de la lune se fit plus vive. Maureen attendait, adossée à une colonne, comme pétrifiée, incrustée dans le granit. Lorsque le premier merle voleta dans la cour, brisée, elle regagna sa chambre, le visage aussi gris que le ciel de l'aube. Tanguy n'était pas venu.

Un peu plus tard dans la chapelle, elle chercha des yeux, à travers ses voiles épais, les hommes de Manx. Aucun d'eux n'était là. Aussi resta-t-elle figée, indifférente à tout, immobile et sourde comme si l'on chantait son propre requiem. La cérémonie terminée, on la reconduisit dans sa chambre où on la laissa seule, respectant son chagrin.

Le lendemain, elle se conduisit comme une somnambule. Ses yeux cernés de noir dans un visage cadavérique contemplaient fixement ceux qui s'occupaient d'elle. Personne ne mentionna Tanguy ; elle aurait voulu poser des questions, mais les réponses la terrifiaient par avance.

Erek l'envoya chercher. En dépit de la douleur qui le taraudait, il restait aussi digne, se tenait aussi droit qu'à l'accoutumée. Il lui passa au doigt une bague, un grand rubis serti d'or.

— Voici l'anneau royal. Je l'ai pris au doigt de Loïk, comme je l'ai fait jadis à celui de ton père, et à celui de mon frère Owein. Seul le roi devrait le porter, mais je te le confie, car notre royauté est sous ta garde. Tu le donneras à ton époux le jour de ton mariage, et il le donnera à ton fils.

Elle regarda l'anneau, semblable à une goutte de sang sur sa main.

— Je donnerai cet anneau à mon époux, je m'y engage. Que je meure si je ne tiens pas ma promesse.

Erek lui fit refermer les doigts sur la paume et pressa son poing.

— Je suis fier de toi... de la dignité, du calme dont tu as fait preuve..., mais n'en abuse pas. Va te reposer, ma très chère.

Le mot « époux » lui avait dégelé le sang. Il fallait qu'elle sache la vérité. Elle décida d'interroger Idwal. Incapable d'attendre qu'il répondît à sa convocation, elle alla le quérir en personne et entra audacieusement dans la cour des guerriers. Là, elle s'arrêta, stupéfaite. Guriat était assis sur les marches, devant la porte principale. En la voyant, il tenta de se lever, mais retomba assis : sa jambe gauche, raide, refusait tout service. Elle le rejoignit en courant.

— Qu'est-il arrivé, Guriat ?

Il sourit, d'un air assez piteux.

— Vous allez me prendre pour un benêt incapable de chevaucher avec les guerriers, Princesse, si je ne tiens pas plus d'un instant sur le dos d'un cheval ! Nous étions lancés au petit galop, derrière un lièvre, quand la bête que je montais s'est pris le pied dans un terrier et m'a expédié au tapis.

— Est-ce que... où est... est-ce que quelqu'un d'autre a été blessé ?

— Non, ils sont tous partis mener à bien votre mission..., et c'est ce que je ferai moi-même dès que ma jambe sera assez solide pour me soutenir. Je ne serais pas resté à la traîne de mon plein gré alors que vous nous demandiez d'agir vite, soyez-en sûre.

— Quelle mission ?

Elle parlait d'une voix sèche. Guriat la regarda anxieusement.

— N'allez pas croire que Tanguy ait jasé. Il n'est pas de ceux qui racontent leurs affaires au premier venu. Mais à moi, il a bien dû m'expliquer... — je suis son frère, voyez-vous ? J'aurais bien voulu l'accompagner, mais je l'aurais retardé.

— Que t'a-t-il dit ?

— Vos messagers nous ont rattrapés juste après ma chute, dit Guriat, plus préoccupé de se justifier que de répondre aux questions. Les autres étaient en train de me ramasser quand Tanguy est venu me dire que nous repartions vers le sud. J'ai demandé à emprunter un cheval aux Cambriens, parce que le mien boitait... on aurait pu m'attacher dessus..., mais Tanguy a fait écarter les autres et m'a expliqué qu'il devait faire route le plus rapidement possible, que c'était urgent, qu'il ne pouvait pas perdre de temps. Alors on m'a ramené ici, en attendant que ma jambe soit prête à m'accompagner.

— Mais qu'est-ce qu'il a *dit* ?

— Que vous veniez d'être informée que Gwynedd s'apprêtait à attaquer en force. Que votre seul espoir était Powys, et que vous suppliiez Tanguy d'aller demander à ses parents de l'aide pour la Cambrie.

Maureen s'efforça de trouver un sens à cette histoire. Elle aurait voulu hacher menu Guriat pour parvenir à la vérité, mais elle ne pouvait enquêter ni en cet instant ni en cet endroit. Des membres de la garde allaient et venaient ; quoique trop polis pour l'interrompre, ils lui lançaient des regards curieux. D'ailleurs, elle ne savait pas quelles questions poser ; il lui fallait du temps pour réfléchir. Son silence commençait à inquiéter Guriat.

— Dame, vous n'êtes pas en colère ? Tanguy a bien été obligé de m'expliquer..., pour m'empêcher de le suivre en boitillant. Ne vous faites pas de souci pour Gwynedd. Le ciel lui-même ne pourra être d'aucun secours à vos ennemis dès que Tanguy passera à l'attaque.

— Oh non ! — Elle força ses lèvres pâles à sourire. — En fait, il est heureux que tu sois revenu... Tu vas pouvoir dire la vérité à Tanguy. Ces messagers sont des imbéciles, la situation n'avait rien d'urgent. Dis-lui de transmettre mes salutations à Powys et de revenir immédiatement. J'ai besoin de lui ici.

Il avait l'air abasourdi.

— Ne t'inquiète pas, je te reverrai avant ton départ. Idwal te conduira jusqu'à moi... mais ne parle de cela à personne, tu entends ? à personne !

Elle devait lui faire mesurer le sérieux de l'affaire, l'exprimer par un message assez simple pour qu'il le comprît. Après un coup d'œil rapide alentour, elle ôta son anneau et le lui glissa dans le poing :

73

— Cache ceci. Garde-le bien et donne-le à Tanguy, en gage d'amour éternel.

Et elle s'enfuit, sans un regard en arrière. Guriat cligna des paupières, puis camoufla l'objet dans un sachet cousu à l'intérieur de sa chemise — non sans songer : « Ah, l'humeur des femmes ! quand elles s'affolent... » Trois jours avant, il fallait que Tanguy partît de toute urgence, à présent il était aussi urgent qu'il revînt...

Soudain plongé dans l'ombre, il leva les yeux : planté devant lui, un Cambrien le dévisageait.

— Ta jambe te tracasse encore ?

— Commence à aller mieux, fit Guriat en la remuant avec précaution, mais m'embête, quand même !

L'inconnu s'assit à côté de lui et, débouchant une gourde de cuir, la lui tendit.

— Je devine ce que tu ressens. Je sais ce que c'est les fils à la patte... je suis l'intendant de l'Abbesse — et, avec une grimace : — Oh, non que j'aie rien à dire contre elle, c'est une grande dame, je lui souhaite tout le bien possible, à elle et à sa Maison, mais... Le vin te plaît ?

— Il est bon — Guriat en avala une autre gorgée pour s'en assurer —, très bon.

— Il vient de sa cave. Elle n'est pas avare de ce qu'elle a. N'empêche, il y a des choses qu'on ne trouve pas dans une maisonnée de nonnes... il faut à un homme autre chose que du vin pour se réchauffer l'intérieur.

Il cligna de l'œil à l'adresse de Guriat.

— C'est pour ça que je suis toujours heureux de venir à Caer Luel. Je connais, près de la Porte Nord, un endroit où le vin est presque aussi bon..., au *Lys d'or*, tu connais ? Une espèce d'auberge, si tu vois, qui propose des lits à toute heure... — Nouveau clin d'œil : — ... excellent service, filles dociles, et une patronne coulante qui ne leur en veut pas d'avoir souvent sommeil dans la journée ! Alors, tu comprends, quand je suis ici, je vais y faire un tour, comme ça... Tu veux m'accompagner ?

Guriat était seul et s'ennuyait. Les soldats de la garde, s'ils se montraient amicaux, avaient leur service ; il se sentait à l'écart de tout. Il hésita.

— J'aimerais bien... mais c'est loin ? Je ne sais pas si ma jambe tiendra.

— C'est à deux pas. Ne te fais aucun souci. Les paillasses y sont bonnes, et puis c'est pas ta jambe qui forcera dans une maison pareille ! Tiens, accroche-toi à mon bras.

*
* *

L'esprit de Maureen battait sans cesse le même sentier : qui avait envoyé ce message à Tanguy... et pourquoi ? Après tout, elle avait tellement parlé des dangers qui menaçaient au sud et de l'alliance éventuelle avec Powys, peut-être Erek avait-il réfléchi ? Peut-être s'était-il laissé convaincre ? Dans ce cas, elle ne devait plus rien dire qui fût susceptible de l'offenser.

Le lendemain, son grand-père la fit appeler. Elle entra chez lui, alerte mais sur ses gardes, et l'y trouva en compagnie de l'Abbesse. L'attaque ne tarda pas.

— Où est ton anneau ? demanda-t-il sévèrement.

— Il n'est pas à moi... je ne suis pas le roi. Je l'ai mis en lieu sûr en attendant le jour de mon mariage.

L'Abbesse secoua la tête en souriant.

— Tu crois l'avoir fait, j'en suis sûre. Ah, les filles, les filles ! Je dis souvent à mes novices qu'il nous faudrait davantage de sœurs converses pour leur remettre la tête sur les épaules !

Elle ôta de son doigt potelé une bague qu'elle tendit à Erek.

— Mieux vaut, je crois, que ton grand-père la conserve jusqu'au jour de ton mariage, dit-elle d'un ton badin. A propos, je voulais justement t'en parler. Les jours passent, il va falloir préparer tes vêtements de noces. Je conçois que l'idée ne t'en effleure pas, ma pauvre enfant, comment pourrais-tu, dans un moment pareil ? Aussi t'aiderai-je.

Sans cesser de sourire, elle empoigna le bras de Maureen encore atterrée et, l'entraînant dans sa propre chambre, la fit asseoir sur son lit. Là, de sa petite main douce, elle lui donna une tape légère sur la joue, comme par jeu :

— Petite sotte, petite sotte !

Puis, prenant place en face d'elle et la lorgnant de ses yeux noisette qui pétillaient, elle s'esclaffa :

— Cet air terrifié... ! mais je ne vais pas te gronder ! Moi aussi, j'ai eu ton âge, je sais que les jeunes filles distribuent volontiers des souvenirs. Évidemment, tu souhaitais que l'ami de ton frère eût une babiole qui le lui rappelle... Il l'aura. Nous choisirons ensemble, à son intention, un cadeau splendide : une broche, ou un chien de chasse, ou, tiens ! le meilleur faucon de Loïk. Mais, mon Dieu ! pas l'anneau royal de Cambrie !

— Comment vous l'êtes-vous procuré ? chuchota Maureen.

Penarwan prit un air grave.

— Quelle imprudence aussi de le confier à l'un de ces ivrognes insulaires ! On peut s'attendre à tout de leur part dès qu'ils se retrouvent dans une ville pour la première fois de leur vie...

Elle fit claquer sa langue avec une indulgence un rien dégoûtée :

— Bien entendu, il est allé droit au bordel — dans une maison qui s'appelle *Le Lys d'Or* — et s'y est conduit comme en ferme conquise où les femmes appartiennent au premier venu. Au lieu d'attendre son tour, il s'est pris de querelle avec un client. On ne peut rien reprocher à la maison — tout le monde s'accorde à vanter sa tenue — ni à son adversaire : il avait déjà payé son écot. Dès que les couteaux sont apparus, on a jeté tout le monde dehors, mais ces ivrognes ont continué à se battre dans la rue. L'homme de Manx a été poignardé, les autres se sont enfuis.

Maureen avait fermé les yeux, mais les larmes se frayaient un chemin entre ses cils. Pauvre cœur simple de Guriat, avec sa tignasse rousse et son bon sourire ! Il eût été plus en sécurité seul sur la lande avec sa patte folle qu'en plein Caer Luel...

— Heureusement, mon intendant passait par là : c'est un homme de toute confiance, un vrai Samaritain. Il s'est précipité vers le blessé, mais il était déjà trop tard. Dieu l'ait en sa sainte garde ! Sur le cadavre, il a trouvé la bague et me l'a remise aussitôt en mains propres... remercions le Ciel de sa discrétion. Je l'ai prié de veiller à ce que ce pauvre garçon ait des funérailles décentes.

Sa voix se durcit.

— L'anneau royal de Cambrie au doigt d'une putain ! L'imagination se révolte à cette seule idée... ! Enfin, tout est bien qui finit bien. Je n'ai rien dit à ton grand-père, il a bien assez de soucis sans cela. Alors ! Tes vêtements de noces ? Où sont les clés de tes coffres, mon enfant ? Donne-les-moi. Maintenant, tu n'as plus aucun souci à te faire, tu peux t'en rapporter entièrement à moi.

Maureen s'inclina sans un mot de protestation. Le désastre la laissait anéantie. Tanguy impitoyablement balayé, mis hors d'atteinte, le piège se refermait... Elle n'avait aucun moyen de prévenir son amant, de le rappeler à temps. Du reste, dans le cas contraire, elle n'aurait pas osé l'employer : le meurtre de Guriat était un avertissement.

Quant à elle, ce qu'on lui ferait ne comptait plus. Elle ne pouvait vivre sans Tanguy. On l'avait déjà détruite.

V

LE vent était à l'est, comme le soleil du matin. Des milles marins qu'il avait traversés, il parvenait avec des caresses glaciales qui hérissaient la peau et des effluves salés qui piquaient les lèvres et les narines. La falaise surplombait l'océan de si haut que tantôt le fracas, tantôt la succion des brisants n'y parvenaient que sous la forme de soupirs lointains. Les fenêtres sans volets percées juste en dessous du toit n'ouvraient que sur un espace d'un bleu limpide que seul zébrait l'éclair blanc des mouettes virevoltant en plein essor.

Les amants, sur le lit, avaient rejeté la couverture. Tous deux laissaient le soleil baigner leurs longues jambes comme par jeu dans la mer d'été. L'homme se souleva, attrapa une cruche de vin sur le coffre au chevet du lit et remplit un gobelet. Il était très blond, ses poils scintillaient comme une écume d'argent sur sa peau bronzée. La femme étira les bras au-dessus de sa tête puis alla toucher la pointe de ses orteils ; elle était aussi grande que son compagnon. Sa peau à elle, couleur de miel doré, sa masse de cheveux drus, d'un roux qui virait au cuivre, ses yeux semblables à des feuilles de hêtre en automne, réchauffaient encore le soleil.

81

L'homme leva son gobelet en guise de toast, puis le lui tendit.

— Une dernière coupe pour bénir ton voyage. Que le soleil éclaire ton chemin, Liada.

Elle lui sourit, muette, par-dessus le breuvage.

— Dois-tu vraiment partir aujourd'hui ?

— Je le veux. Pour moi, c'est la même chose que « je le dois ». Je fais le circuit des bardes à Dalriada, puis rentre en Irlande.

Il savoura lentement du regard toute la longueur de son corps : épaules larges, seins rebondis, fermes, ventre lisse, belles cuisses rondes...

— Si je te retenais prisonnière ici, maintenant que je t'ai retrouvée ?

— Personne ne retient un barde ou un druide. Nous allons et venons.

— Pour mes guerriers tu n'es pas un druide, ils sont anglais. Ils ne voient en toi qu'une femme qui m'a plu et qui n'a pas encore lassé mon désir. Ils t'empêcheraient de partir, ne te fais pas d'illusions, si je l'ordonnais. Alors pourquoi ne te garderais-je pas, si j'ai envie de toi ?

Elle rit doucement, sans inquiétude. Tendant le bras par-dessus son buste, elle prit dans le coffre un livre qu'elle ouvrit sur une grande majuscule enluminée de bleu, de rouge et d'or, courbes logeant d'autres courbes qui s'épanouissaient en un entrelacs de tiges et de corolles, miracle de beauté, d'art patient.

— Pourquoi ne déchires-tu pas cette page pour l'utiliser à ta toilette ?

— Pourquoi, selon toi ?

— Parce que tu aimes trop les plaisirs raffinés pour les anéantir en faveur d'une piètre satisfaction physique. Quand tu n'as envie que de te soulager, tu peux toujours prendre une esclave dans les cuisines.

Il vida le gobelet et s'en frappa brusquement la poitrine.

— Épouse-moi.

— Nous serions infidèles. Moi, je te trahirais pour le premier poème qui m'ordonnerait de le composer. Toi, tu me quitterais pour chaque conseil ou combat que ton royaume exigerait.

— Je n'ai pas de royaume.

— Tu en auras un. Je vois une couronne sur ta tête.

— Tais-toi ! dit-il avec violence. Je t'interdis de prophétiser la mort d'Oswald.

— Je ne fais pas l'avenir, je le prédis seulement. D'ailleurs tu désires être roi, Oswy, tu le sais bien ; comme moi j'ai besoin d'être barde. Si tu trouvais un jour une femme qui aime l'art de régner comme j'aime celui des mots, ce serait elle, ton épouse.

— Une femme pareille n'existe pas. Donc nos chemins se séparent ici ?

— Ils se croiseront de nouveau ; cela au moins, je le sais.

— Tu peux le dire parce que tu as le don de seconde vue. Mais moi, comment puis-je être sûr que nous nous reverrons ?

— Je reviendrai toujours, parce que toujours tu me laisseras repartir. Le meilleur moyen d'amener une femme à planter ses racines dans un lit, c'est de lui dire dès le seuil que la porte demeure ouverte.

Il lui prit la tête dans ses grandes mains et, avidement, en détailla un à un les traits afin de pouvoir en évoquer plus tard le souvenir : le front large et les yeux très écartés, les pommettes lourdes saupoudrées de taches de rousseur, la bouche généreuse.

— Tu es bien présomptueuse pour une femme, Liada, avec tes « Je viens », tes « Je m'en vais ». Il ne te passe jamais par la tête que je puisse avoir envie de venir, moi aussi ?

Elle s'allongea en riant et releva les genoux.

— Viens tout de suite, si tu es prêt.

Ils étaient tous les deux doués pour le jeu et chacun savourait l'habileté de l'autre lorsqu'on ébranla la porte d'une façon qui exprimait l'urgence. Oswy jura et ne bougea plus pendant un instant ou deux. Dehors, les coups se firent plus insistants. Quelqu'un appela :

— Oswy ? Mon seigneur !

— Qu'est-ce ?

— Mon seigneur, le roi veut vous voir. Il y a des envoyés ici... des Gallois, en provenance de Cambrie.

Oswy saisit ses vêtements et entreprit de s'habiller sans hâte. A mi-voix, il inventa pour les messagers de Cambrie un itinéraire de rechange. La voix reprit :

— Avez-vous besoin d'aide, mon seigneur ? Dois-je appeler vos hommes ?

— Non.

Liada, sans même affecter de lui prêter main-forte, pouffa de rire. Oswy boucla sa ceinture sur sa tunique brodée, jeta un manteau sur ses épaules et l'y fixa à l'aide d'une grande broche à tête carrée. Il resta quelques secondes en contemplation devant Liada qui souriait dans le soleil, allongée sur le lit ; puis, étouffant un juron, il tourna les talons et, à grandes enjambées, gagna la porte. Il l'ouvrit et la referma derrière lui assez vite pour qu'il fût impossible d'apercevoir l'intérieur de la pièce. Son visage n'exprimait rien.

La messagère dut basculer la tête en arrière pour le regarder : ses grands yeux bleu pâle, aussi candides que ceux d'un chaton, le dévisagèrent avec innocence sous une masse de boucles châtain clair. Elle avait un joli visage doux, malgré l'expression un peu pincée que lui donnaient une lèvre inférieure plus étroite et plus fine que la moyenne, ainsi qu'un menton pointu mais légèrement fuyant.

— Désolée de vous déranger pendant que vous êtes occupé à vous divertir, cousin. L'Irlandaise était en train de jouer pour vous, n'est-ce pas ? Offrira-t-elle un spectacle aux hommes ce soir après le festin ? Sait-elle des tours d'acrobatie aussi plaisants que sa musique ?

Sa voix claire, haut perchée, se donnait des intonations plus aiguës encore afin qu'on l'entendît bien dans la chambre. Oswy sourit.

— Tu es une ignorante, Elfwyn. Un ollave — un maître poète — ne s'abaisse pas à jouer les ménestrels ou les jongleurs devant une bande de soldats ivres ou de souillons écervelées. Seuls ses pairs, les autres poètes, ou les rois peuvent avoir le privilège de savourer son art.

Le sourire d'Elfwyn se fit encore plus pincé.

— Pardonnez mon ignorance ! Je n'ai pas, moi, passé des années chez les Irlandais à apprendre le latin.

— Tout le monde peut se tromper, répliqua-t-il d'un ton neutre. Par exemple, quiconque vous verrait courir jusqu'à la porte de ma chambre pour me transmettre un message pourrait fort bien vous prendre pour une serve, non pour une demoiselle de sang royal.

C'était lancé légèrement, avec un sourire, mais les yeux ne souriaient pas. Elle accusa le coup, comme s'il l'eût frappée sur la bouche. Il prit le menton pointu entre le pouce et l'index et lui releva le visage.

— Et maintenant, tu peux rengainer ton épée. J'ai fait assez d'escrime pour la matinée.

Il posa un baiser sur les petites lèvres serrées et s'éloigna. Si l'envie lui était venue de se retourner, il aurait vu, à l'expression d'Elfwyn, que, loin de jouer, elle n'avait pas rengainé son arme.

Devinant que son frère souhaiterait le voir avant qu'on ne fût allé chercher les émissaires dans leurs chambres, il se dirigea aussitôt vers les appartements privés du roi, derrière le grand hall. Dans la cour qu'il traversa, le vent tenta de lui arracher son manteau ; à Bebbanburh, le vent se sentait chez lui.

Les pièces qu'Oswald occupait étaient meublées beaucoup plus simplement que celles où vivait son cadet. Il ne possédait pas de biens plus précieux que son missel, son reliquaire et son crucifix. Quiconque fût entré à l'improviste eût probablement trouvé le souverain à genoux ; il passait tant d'heures en oraisons que, même lorsqu'il se délassait, il gardait ses grandes mains posées sur les genoux, la paume tournée vers le ciel, comme si chaque instant de sa vie était offrande.

Oswy le trouva assis dans cette attitude, abîmé dans ses pensées. Mais, à son entrée, le roi leva la tête et sourit. Oswy prit un tabouret.

— On me dit qu'une ambassade est arrivée de Cambrie ?

— Oui, avec une lettre de l'Évêque. Ils ont de graves ennuis.

— Et ils souhaitent que nous les tirions de là ?

— Leur roi est mort. Il n'avait ni frères ni oncles. C'est l'Évêque qui tient le royaume pour l'instant, mais il est très vieux et s'attend à mourir bientôt.

— Il n'y a pas d'héritiers du tout ?

— Une fille seulement. Ils vous l'offrent en mariage.

Les yeux d'Oswy se mirent à luire.

— Je vais donc être roi ! Liada vient justement de me dire qu'elle voyait une couronne sur ma tête. Mais pas la couronne de Northumbrie, ce n'est pas la mort d'Oswald qu'elle a vue.

— Le rôle vous plaît ? — L'expression d'Oswald était sagace et affectueuse. — Eh bien, soyez prêt à partir assez vite pour Caer Luel... Mais vous feriez mieux de vous assurer que cette femme aura quitté votre lit quand vous y ramènerez votre épouse.

— *Cette femme* est une Bandraoi. Ses allées et venues ne dépendent que d'elle.

En entendant Oswy prononcer ce terme irlandais, Oswald fronça les sourcils, puis son visage s'adoucit, et il laissa échapper un soupir peiné. Que son cadet fût un fornicateur impénitent ne pouvait séduire son austère piété ; il fallait pourtant y voir l'une des réalités de la vie d'un jeune prince et l'accepter, fût-ce en le déplorant. En revanche, ce que le roi détestait se rappeler et dont il ne pouvait se contraindre à parler, c'était l'identité de cette femme qui, la première, avait séduit Oswy en lui faisant connaître les joies de la chair et qui, douze ans après, lui apportait encore plus de délices

qu'aucune autre : une druidesse, sorcière autant que poétesse !
Heureusement qu'elle ne restait jamais longtemps en sa
compagnie et ne cessait d'aller et venir, avec une liberté
impudique et bien peu féminine, d'une cour ou d'une école
de bardes à une autre.

Il choisit avec soin les termes de sa réponse.

— Si elle est votre amie, elle décidera de n'entraver en rien
votre mariage. C'est une bonne proposition, elle signifie que
nous nous approprions la Cambrie sans combattre.

— Sans les combattre, *eux*, peut-être... mais comment leur
roi est-il mort ?

— Pas à la guerre. Il pourchassait des voleurs de troupeaux quand il a reçu une flèche perdue.

— Quel jeune idiot ! perdre ainsi sa vie dans une rixe sans
importance...

— Un roi peut être appelé à risquer sa vie pour son
peuple, ou si l'honneur l'exige.

— Eh bien, n'allez pas commettre cette erreur, Oswald. Je
ne vous en vénérerais pas davantage... Je me bornerais à vous
traiter d'imbécile et vous laisserais affronter le malheur que
vous auriez appelé sur vous-même.

— Je n'en doute pas. Je vous ai déjà vu à l'œuvre !

Tous deux éclatèrent de rire et sortirent dans le hall à la
rencontre des envoyés. Ayant passé tous deux des années en
exil dans les cours et les monastères de l'ouest, ils parlaient
couramment le gallois et l'irlandais, au même titre que le
latin et l'anglais ; ils n'avaient pas besoin d'interprètes pour
converser avec les Cambriens. L'entretien se déroula d'une
façon tout à fait satisfaisante. Aucun lien de sang, ni amour ni
haine, ne risquaient d'embrouiller les négociations, chacune
des deux parties sachant ce qu'elle avait à offrir et à gagner.
La Cambrie, un vieux roi et une princesse non mariée ; la
Northumbrie, le frère cadet d'un roi et une longue frontière
occidentale à garder. Les deux Maisons avaient déjà conclu
des accords, dûment honorés de part et d'autre.

Une fois réglés les principaux détails, les Cambriens

parlèrent des noces proprement dites. Puisque leurs ennemis risquaient d'attaquer pour empêcher cette union, que leur propre Maison royale était en deuil, mieux valait célébrer ce mariage aussi vite et secrètement que possible, sans décorum. Les Northumbriens s'en déclarèrent d'accord ; le futur époux pourrait se mettre en route d'ici quelques jours.

En regagnant ses appartements, Oswy se fit la réflexion sardonique que, de toutes les manières, les Gallois n'auraient guère envie de fêter en grande pompe une telle alliance. Il se demanda ce que la Princesse pensait en ce moment même.

« Maureen... quel nom charmant pour enjoliver une chanson d'amour ! Wotan et ses Walkyries n'étaient pas plus décoratifs... »

Le vent avait tourné au sud-ouest, et de lourds nuages de pluie passaient sur les monts Cheviot, en provenance de Cambrie. Quand Oswy rentra dans sa chambre, le soleil avait disparu. Liada aussi.

VI

A u premier coup de couteau du désespoir, Maureen avait cru sa vie terminée. Par malheur, il n'en était rien. Les morts ont peut-être des souvenirs : au moins leurs soucis terrestres se sont-ils envolés. Ceux de Maureen s'amassaient autour d'elle comme autant de corneilles noires, et de jour en jour leur nombre augmentait.

Elle disposait de longues heures vides pour les compter, assise, muette, dans sa chambre. Erek s'était enfermé avec les membres de la haute noblesse et du clergé qu'il avait discrètement convoqués à Caer Luel. L'Abbesse participait à leurs conseils ou s'activait à préparer la noce ; elle était redevenue reine du palais.

Maureen se demandait ce que penserait Tanguy en entendant parler de ces noces. Des nausées lui venaient. Elle le voyait en imagination se détourner d'elle avec un mouvement de rage et de dégoût ; il se croirait trahi par elle, expédié vers une mission fantôme pendant qu'elle attirait un prince dans son lit. Elle tenta d'échafauder des plans d'évasion, de fuite rapide vers le sud, mais c'était sans espoir. Si les Cambriens ne la rattrapaient pas, Dunoding le ferait.

Elle examina l'alternative proposée par Erek : une cellule de nonne. Mais elle ne pouvait s'y résoudre ; faute de vocation, ce serait se laisser enterrer vivante... et puis, elle était peut-être enceinte ? A mesure qu'approchait le jour du mariage, cette angoisse-là s'amplifia au point de chasser toutes les autres. Elle avait perdu sa virginité ; elle était peut-être enceinte et, deux jours plus tard, on allait la marier à un noble guerrier anglais. Comment réagirait-il lorsqu'il s'apercevrait... ?

Elle se remémorait la façon dont le père d'Oswy s'était comporté vis-à-vis des douze cents moines de Bangor qui s'étaient avancés, désarmés, suppliant le Christ de protéger leurs soldats contre l'envahisseur païen. Sitôt informé de leur identité et de leur démarche, le roi Ethelfrith avait, le front plissé, déclaré que prier pour sa perte ou combattre étaient une seule et même chose. La justice voulait donc que ces moines fussent traités en ennemis. Et il en fut ainsi...

A partir du moment où, pour les Anglais, les prières constituaient un acte de guerre, comment réagiraient-ils à l'égard d'une femme qui avait pris un amant dès qu'elle s'était sue fiancée ? L'un de ces sauvages serait bien capable de l'étrangler dans son lit de noces, ou de la couper en morceaux avec sa hache de combat puis de la donner en pitance à ses chiens. De la traîner sur la place publique pour la soumettre à la honte et au supplice du bûcher. D'accuser Erek de l'avoir floué en lui livrant de la marchandise avariée et de lancer les hordes anglaises sur le pays pour le ravager. Elle avait beau, pour tenter de se rassurer, se répéter que le pillage de la Cambrie lui était indifférent — sa propre patrie ne l'avait-elle pas mise à sac, elle ? —, tout son être protestait : dernière héritière d'Uryen tout autant qu'amante de Tanguy, la mort même lui semblait préférable à la moindre responsabilité dans les malheurs de son pays.

Un jour, alors qu'elle était seule, elle prit sa dague de chasse et l'appuya contre son sein. Rien à faire : la vie était trop forte en elle ; tant qu'elle vivrait, elle ne pourrait cesser de croire à des retrouvailles possibles avec Tanguy.

Elle entendit quelqu'un traverser l'antichambre, glissa sa dague dans son fourreau et la jeta précipitamment dans son coffre à bijoux. Si Penarwan la croyait capable de chercher une issue dans la mort, elle la ferait surveiller nuit et jour, et cela serait intolérable.

Ce fut Nesta qui entra.

— Il y a une femme dehors, qui demande la grâce de vous voir.

— Une mendiante ?

Maureen, sans manifester aucun intérêt, désigna du doigt le plateau chargé de mets et de vin : elle n'avait touché à rien depuis que Mildred avait apporté le repas.

— Donnez-lui ça... dis-lui qu'elle peut garder le plat et le gobelet d'argent.

Elle retourna à ses sombres réflexions. Les pauvres avaient des problèmes simples. Les miettes d'un festin, une babiole à laquelle on ne tenait pas, quelques pièces, et leurs soucis étaient apaisés, du moins pour un moment. Elle aurait bien aimé calmer les siens à si bon compte... Un peu plus tard, voyant Nesta s'affairer dans la pièce, elle lui demanda négligemment si la pauvresse avait accepté l'aumône et était partie.

— Non, dame. Elle n'a voulu de rien. Elle est encore là.

Maureen ne put s'empêcher de suivre le regard de Nesta par la porte de l'antichambre en direction de la colonnade, rayée d'ombres et de soleil matinal. Une silhouette grise était accroupie sur le seuil, la tête basse, enveloppée dans un voile noir.

— Elle prétend que vous êtes son seul recours.

Nesta semblait effrayée ; sa voix, qui tremblait, se réduisit à un murmure :

— Elle a dit qu'elle se laisserait mourir de faim.

— Son seul recours ! Qui pourrait concevoir encore quelque espérance en me regardant ? Elle changera d'avis dès qu'elle aura faim et qu'elle sentira les odeurs du banquet qui se prépare pour ce soir.

La matinée avança. Les ombres des colonnes tournèrent sans que la silhouette, sur le seuil, esquissât un geste, émît un son. Sa présence hantait les pièces, on la sentait dans chaque coin ; elle s'infiltra dans l'esprit de Maureen et en chassa tout le reste, même Tanguy, même son propre malheur. L'inconnue avait donc vraiment l'intention de mourir ? Elle était parvenue à la noire frontière que Maureen n'osait pas franchir, et elle la traverserait, elle ! A la suite de terribles circonstances se résolvait-elle à faire ce dont sa souveraine était incapable ?

Elle finit par céder.

— Laisse-la entrer.

« Elle obtiendra la faveur qu'elle me demande, quelle qu'elle soit, en m'enseignant à vouloir mourir. »

La femme, dans sa robe grise qui ressemblait à un linceul, avait, sous son voile, l'air d'une nonne. On ne voyait que ses mains : des mains maigres, fines, aux longs doigts. Maureen ne pouvait en détacher son regard : ces mains seules paraissaient vivantes, et leur vision seule parvenait à imposer silence, dans l'esprit de la Princesse, à la petite voix terrifiée qui lui chuchotait follement que, sous le voile, il n'y avait pas de visage.

— Eh bien, je vous ai laissée me voir, comme vous le demandiez. A présent montrez-vous et dites-moi la raison de votre présence ici.

La visiteuse ne bougea pas. Une voix aux intonations rauques et basses filtra cependant.

— Pardonnez-moi, dame, j'ai fait un vœu. La lumière du jour ne touchera plus jamais mon visage vivant si vous ne m'aidez.

— Qu'attendez-vous de moi ?

La femme se rapprocha d'un pas.

— Ma famille essaie de m'acculer à un mariage haïssable...

Maureen se sentit étouffer.

— Et c'est à *moi* que vous vous adressez...

L'autre tendit les bras comme si elle se trouvait à bord d'un bateau en train de couler.

— Vous êtes puissante... vous êtes femme, vous êtes jeune... vous êtes sûrement compatissante... ?

Brusquement, Maureen éclata d'un rire dément. La femme recula. Elle approchait de la porte, toujours à reculons, lorsque Maureen, se jetant sur elle, l'agrippa sauvagement par le bras dont elle sentit la frêle ossature sous ses doigts.

— Vous me haïssez donc tant... A moins que l'un de mes ennemis ne vous ait soudoyée, ne vous ait appris la manière de me poignarder ?

— Qu'ai-je fait, dame ? Je ne vous blesserais pour rien au monde ! Je ne voudrais pas vous dérober une seule minute de délassement... mais on m'a réduite au désespoir...

— Il ne vous en faut pas beaucoup pour désespérer ! Qui êtes-vous pour vous plaindre d'un destin qui vous met au même rang qu'une reine ?

Elle rejeta le bras de l'étrangère avec une telle violence qu'il la cingla en travers du corps comme un fouet :

— Rentrez chez vous, jeune fille, et comme moi, obéissez à vos parents. Pensez à votre robe de noces et riez de joie, comme moi !

La malheureuse, sans protester, s'éloignait déjà, docile, tête basse, les épaules voûtées, quand Maureen se sentit envahie par le dégoût d'elle-même et par la honte de sa raillerie, de sa violence vis-à-vis d'un vaincu.

— Non ! Revenez !

La silhouette grise s'immobilisa un instant, puis tourna sa tête informe en direction de la voix. La brutalité de son revirement faisait trembler Maureen qui dut s'asseoir.

— Vous pouvez relever votre voile. Je vous aiderai si je puis.

L'étrangère agita vaguement la main, comme une aveugle ; ses doigts, à tâtons, saisirent le bord du voile et tirèrent. Il tomba en flottant et s'étala entre les deux femmes telle une ombre noire. Maureen éprouva un tel choc que son cœur faillit s'arrêter : le visage qui la regardait était le sien.

C'était son double, évidemment ; ce second moi qui vient à

la rencontre des vivants quand ils sont au tournant décisif de leur existence. Et le soleil avait passé son zénith... le gage était la mort.

« C'est moi qui l'ai demandée. J'ai voulu ma propre mort. Je l'ai appelée et elle est venue. »

Elle jeta un coup d'œil vers le miroir posé sur le coffre où l'on rangeait ses vêtements pour s'assurer qu'il ne reflétait personne d'autre qu'elle-même... Mais elle y vit deux jeunes filles. L'étrangère, se rapprochant d'elle à la toucher, contempla leurs traits côte à côte.

Vues de près, on ne pouvait les confondre. Elles avaient les mêmes cheveux noirs, les mêmes sourcils en aile de corbeau, les mêmes traits fins, mais si le visage de Maureen, malgré son deuil et son chagrin, brûlait de vie, celui de l'étrangère semblait recouvert d'une pellicule de cendres. Sa chevelure était d'un noir terne, son regard d'un gris d'ardoise, de légères rides se creusaient aux commissures de ses lèvres. Elle nota la différence, et ses lèvres minces ébauchèrent un sourire sans joie ; une phrase sinistre s'en échappa :

— Je suis née par une nuit sans lune.

Maureen frissonna.

— Qui êtes-vous ? D'où venez-vous ?

— Je viens de Gusmoric. Vous ne connaissez pas mon père, mais ma grand-mère maternelle était l'épouse de Madog, l'écuyer et l'ami intime du roi Owein.

— Elle aussi — plus intime encore... Je connais l'histoire de votre famille. Vous êtes la bienvenue, cousine.

Maureen souriait de soulagement. Histoires et chansons célébraient le grand héros de Cambrie pour sa beauté autant que pour son courage, ainsi que pour son charme qui agissait tel un enchantement. Plus d'une Cambrienne, épouse ou vierge, lui avait donné une preuve vivante de sa dévotion.

Elle courut chercher le plateau chargé de pâtisseries savoureuses, de friandises au miel, de fruits choisis par Mildred pour tenter l'appétit défaillant de sa maîtresse, puis versa du vin dans deux coupes.

— Comment vous nommez-vous ?

— Ariana.

Maureen leva son gobelet.

— Je suis vraiment heureuse de faire votre connaissance, Ariana.

Elle remarqua avec consternation et pitié que les mains maigres de sa cousine tremblaient, que la faim lui avait creusé les joues, que sa robe était usée et souillée par le voyage.

— Mais comment se fait-il que vous vous trouviez dans une telle situation ? Owein aurait-il si mal assuré l'avenir de votre grand-mère et de la fille qu'elle allait lui donner ? Ce n'était pas dans sa manière.

— Ma mère était belle mais malchanceuse.

Ariana secoua la tête avec impatience et sa bouche eut un pli amer.

— Non, « malchanceuse » ne convient qu'à une fillette en train de pleurnicher sur une poupée brisée. Ma mère était belle mais écervelée. Elle a épousé un panier percé tapageur — non sans avoir larmoyé pour obtenir le consentement de sa famille : un beau visage, de la jactance, rien derrière, voilà mon père !

Elle eut un ricanement de mépris.

— Presque tout est parti en fumée. Le peu qui restait est allé à mes frères, pour les aider à faire bonne figure quand ils commenceraient à jouer les chasseurs de dot. De dot, moi, je n'en avais pas, ni d'amulette pour qu'un homme se mette en chasse de ma personne.

Encore ce sourire amer.

— Mais elle ne m'a pas négligée pour autant..., ma famille aimante ! Elle m'a trouvé un mari. Un veuf des collines de Cumrew qui a les moyens de s'offrir une épouse sans dot pour le plaisir de coucher avec une petite-fille du roi Owein et de s'en vanter. Un homme étriqué, mesquin, dans un pays du même style.

Elle contemplait fixement son vin comme pour y déchiffrer son propre destin.

— Je n'arrivais pas à croire que la vie n'aurait rien de plus à m'offrir pendant des années, à jamais. Ma famille ne voyait pas de quoi je me plaindrais. J'avais trouvé un mari, non ? Qu'est-ce qu'une femme peut espérer d'autre ? — Du poing, elle se martela le genou — Alors je me suis enfuie avant les noces. Je suis venue trouver... le roi Loïk.

Son regard suppliait Maureen de ne pas se mettre en colère.

— Je... nous avons le même sang. On me l'avait décrit joyeux de nature, aimant à rire... j'étais sûre qu'il prendrait mon parti...

Maureen aussi en était sûre. Loïk se serait beaucoup amusé à l'idée de battre le veuf à son propre jeu ; il aurait doté Ariana — non sans l'entraîner dans son lit, le cas échéant —, avant de lui trouver un beau mari parmi les jeunes nobles de sa cour qui se seraient sentis honorés que le roi les choisît.

— Et puis, en arrivant ici, j'ai appris... ce qui s'était passé. Voilà trois jours que je suis à Caer Luel, que je me nourris des rogatons du marché, que je bois à la fontaine. Je n'avais même pas un anneau à échanger contre de la nourriture.

Elle ricana de dérision vis-à-vis d'elle-même :

— Pendant le trajet, je m'étais raconté de belles histoires : qu'un grand seigneur me prendrait pour amante, qu'il y aurait de la musique et des rires et des robes aux vives couleurs.

Elle passa les doigts sur son vêtement misérable, qui ressemblait à une tunique de nonne.

— Dès le deuxième jour, j'étais prête à me vendre à n'importe qui pour le prix d'un repas... Simplement, je ne savais comment m'y prendre et, vu ma dégaine, personne ne m'a fait de proposition.

Elle croisa les doigts et les serra au point que ses phalanges blanchirent.

— Mais je ne retournerai pas vivre avec cet homme... je ne peux pas. Vivre !... ce ne serait qu'une longue agonie. Je n'ose implorer l'aide du Seigneur Évêque... S'il me savait au

98

palais, il m'ordonnerait de rentrer chez moi et d'obéir à ma famille...

Elle s'arrêta net et se voila vivement le visage en entendant quelqu'un frapper. Maureen ouvrit une porte intérieure.

— C'est mon oratoire. Mettez-vous à genoux... et gardez votre voile !

Elle se retourna : Mildred et Nesta entraient.

— Notre Seigneur Erek désire que vous assistiez au festin de ce soir et que vous y accueilliez les nobles du Conseil.

Sans lui laisser le temps de refuser, Mildred ajouta à voix basse :

— Il a dit : Précisez bien que c'est un ordre.

*
* *

Pendant que la délégation galopait vers Bebbanburh, on avait discrètement annoncé aux Cambriens la mort de Loïk. En dépit du choc, et de son chagrin de voir disparaître son jeune roi bien-aimé, le peuple avait pris la nouvelle avec un calme relatif, grâce à Erek.

Fils d'Uryen, frère d'Owein, valeureux guerrier dans sa jeunesse, saint évêque dans sa vieillesse, celui-ci dominait en effet le pays de sa haute stature, tels les sommets alentour et, comme eux, semblait éternel. Il protégeait son peuple comme il l'avait déjà fait, jadis, bien avant que la plupart de ses sujets actuels ne fût née, il ne pouvait les décevoir. Et puis, à son côté, se tenait la jeune et jolie princesse, héritière du vrai sang. Après un délai convenable, elle épouserait un grand roi, quelque célèbre chef d'armée, et leur ferait alors un autre Loïk ou un autre Owein, et tout serait bien.

En apprenant que les Northumbriens acceptaient son offre et que le fiancé s'était mis en route, Erek convoqua les nobles du Conseil. Combattants dans leur jeunesse, ces hommes étaient devenus de prudents propriétaires : simplement sou- cieux de préserver leurs domaines et de les léguer ensuite à leurs fils, ils n'auraient voulu pour rien au monde provoquer guerre civile ou invasion. Il ne fut donc pas difficile à Erek et l'Abbesse de faire admettre l'alliance northumbrienne comme un moindre mal. Si la perspective d'un prince anglais n'enthousiasmait pas, du moins permettait-elle de grommeler en chœur. Il n'est meilleur facteur d'unité qu'un grief commun ; Erek eût-il choisi un seigneur cambrien qu'il se fût retrouvé avec un seul partisan contre dix-neuf rebelles ulcérés... Une fois acquise l'approbation des conseillers, il pouvait compter que leur suite de Caer Luel appuierait la garde du palais en cas de désordres, à l'arrivée des Anglais.

A l'entrée de Maureen, sombre dans ses robes de deuil, tout le monde se leva pour l'accueillir. Elle bouillonnait de dégoût pour ces vieilles barbes. Furieuse du destin qu'on lui réservait, hantée par le fantôme narquois de son frère, le cœur plein de pitié pour Ariana, victime comme elle de l'égoïsme sénile, elle évoquait une nuée d'orage ourlée des premières lueurs voltigeantes de l'éclair. Sous le regard sévère de son grand-père, elle réussit cependant à se contenir dans les limites de la décence jusqu'à la fin du banquet. Les invités trouvèrent d'autant moins à redire à sa courtoisie que personne ne lui demandait d'enjouement.

Après le festin, le barde Afaon, chargé de les divertir, la pria de choisir la première chanson. Elle eût aimé refuser, signifier à tous ces notables qu'elle n'était pas d'humeur à écouter de la musique, mais c'eût été faire affront au barde. L'inimitié cependant lui dicta la réplique :

— Merci, Afaon. Conte-nous l'histoire de *Tristan et Iseult*.

Si elle avait choisi la plus célèbre et la plus triste de toutes les histoires d'amour, c'est que celle-ci s'harmonisait avec son chagrin et son sort : ceux d'une femme amoureuse contrainte d'épouser un roi étranger, mais que son infrangible passion enchaîne à l'amant avant de les réunir dans la mort...

Son grand-père pouvait la réduire, elle, au silence, en menaçant de l'enfermer dans un couvent, mais les bardes étaient sacrés. Qu'Erek et tous ces vieillards racornis, muets à leur tour, écoutent donc avec respect la musique dire sa douleur, le chant leur cracher au visage sa foi, son défi !

Erek comprit parfaitement le message ; il sentait sa petite-fille au bord de la révolte. Que faire si, les voyant échauffés par le vin, émus aux larmes par la légende, elle appelait soudain les Conseillers, au nom d'Uryen et d'Owein, à prendre les armes contre les Anglais ? Interdire la chanson ? Impossible... Et, de crainte que Maureen ne déclenchât l'orage, il fronçait les sourcils, perplexe, irrité.

Afaon était doué, comme bien des bardes, d'une sensibilité presque surnaturelle pour détecter les états d'âme et les tensions de son public. Il trouvait la chanson dangereusement triste ; en jeune fille qu'elle était, la Princesse s'engouait de ses propres larmes et ne se rendait même pas compte qu'à cause de son choix le festin risquait de se terminer dans une atmosphère sinistre d'émotion générale. Il avait envie, lui, de l'égayer, de dérider l'auditoire. Il pensa au mariage imminent : les nuits de noces étaient toujours une bonne source de plaisanteries.

Il choisit donc celle d'Iseult, au cours de laquelle la reine de Cornouailles, pour dissimuler la perte de sa virginité, se fait remplacer par sa fidèle servante Brangien. La première, les bougies soufflées, se glisse hors du lit conjugal tandis que la seconde se faufile dans les bras du roi Marc...

Afaon eut plaisir à constater que son récit captivait Maureen ; elle n'avait soudain plus du tout l'air de mener le chœur des pleureuses à ses propres funérailles.

« Quelle ruse commode ! se disait-elle. Que la vie était simple pour les héroïnes qui peuplent les contes anciens ! Près d'elles se trouvait toujours quelque loyale suivante prête à sauver leur honneur »...

Mildred et Nesta, certes, lui auraient rendu ce service sans sourciller, mais ni l'une ni l'autre ne lui ressemblaient. L'une était petite, bouclée, rondelette, l'autre à peu près de sa taille et de sa corpulence, mais blonde. Puis outre que la nuit ne serait pas bien noire en plein milieu du mois de mai, avec la lune bientôt pleine, la fenêtre laisserait filtrer un peu de clarté... D'ailleurs, Maureen n'aurait pas juré de la virginité de Mildred ; quant à celle de Nesta, le souvenir s'en perdait déjà !

Et, brusquement, elle revit, avec un frémissement d'espoir qui tenait de la terreur sacrée, son propre visage émerger de sous un voile noir et la regarder, par-dessus son épaule, dans un miroir...

Ariana, sa parente, pauvre, désespérée — et vierge.

« De dot, moi, je n'en avais pas, ni d'amulette pour qu'un homme se mette en chasse de ma personne. »

Une lueur mauvaise illumina les yeux de Maureen. « Une Puissance a pris mon parti en me l'envoyant. Je l'ai invoquée, et elle est venue. »

En regardant l'assistance, Afaon se félicitait. Erek s'était détendu, les conseillers gloussaient dans leur vin. Et, pour la première fois depuis la mort de son frère, la Princesse, elle, souriait.

*
* *

A une heure décente, Maureen prit courtoisement congé de ses hôtes, les laissant à leurs libations, telles, du moins, qu'Erek les tolérait en sa présence, et regagna en hâte son oratoire. Elle y trouva sa cousine recroquevillée par terre au pied du crucifix et la crut un instant évanouie : elle dormait, simplement. Des larmes perlaient au bord de ses cils.

Ariana s'éveilla en sentant les doigts de Maureen lui caresser les cheveux, les écarter de son visage ; elle leva la main et, d'un geste hésitant, toucha la joue de sa cousine.

— Vous avez dit... que vous me sauveriez.

— Nous pouvons nous sauver mutuellement. Les membres d'une même famille doivent s'entraider. Il ne m'en reste guère, et personne d'autre que vous ne peut me secourir.

— Vous secourir ? De quel secours pourrais-je bien être pour vous ?

Maureen avait préparé son histoire pendant qu'Afaon chantait.

— A moi aussi, mon grand-père m'a trouvé un mari. Un prince anglais qui arrive de Northumbrie. Vous êtes la petite-fille d'Owein, vous pouvez deviner l'horreur que j'éprouve pour l'étreinte d'un rejeton du Porte-Brandon. J'ai fait un vœu : qu'aucun Anglais ne pourrait jamais se vanter de ce qu'il m'aurait fait pendant ma nuit de noces. Mais je suis prise au piège, comme vous, parce que je suis une femme. Je dois conclure ce mariage pour le bien de mon peuple.

Elle quêta de la sympathie dans le regard d'Ariana.

— Seulement... il y a mon vœu. Nul ne désire se parjurer. Prendriez-vous ma place, juste pour une nuit ? Je vous donnerais la moitié de mes bijoux et un riche domaine à Gwensteri.

Ariana secoua la tête avec une tendresse mélancolique.

— C'est une ruse fort poétique..., mais la réaliser...

— J'ai déjà réfléchi à la façon de nous y prendre. Je suis en deuil. J'insisterai pour que tout se passe discrètement, que l'on m'épargne le rite de la conduite jusqu'à ma couche, l'entrée du marié, tout le tohu-bohu habituel. Je ne garderai que vous comme cameriste... A mes filles je raconterai que j'agis ainsi parce vous êtes affligée, comme moi, que votre humeur convient à la mienne et que, grâce à vous, je ne les priverai pas des réjouissances qui se poursuivront cependant dans la grande salle. En attendant, vous n'aurez qu'à rester dans la pièce voisine de ma chambre, à côté de mon oratoire ; vous y passerez la plupart de votre temps ; je dirai que vous avez fait vœu de silence et de prière. Et puis, le soir, au moment de me mettre au lit, nous changerons de place, et de nouveau le matin pendant que lui dormira.

Ariana haussa les sourcils.

— Quel sens de la stratégie vous avez... Vous devriez dresser les plans de batailles pour notre armée !

— C'est une bien mince affaire qui ne mérite pas tous ces embarras..., mais j'ai ma fierté. Je désire remporter au moins cette victoire sur un Anglais.

103

Ariana souriait.

— Juste un petit détail. La nuit suivante... comment expliquerez-vous votre virginité retrouvée ? La présenterez-vous comme un miracle, en faveur de la sainte Maison d'Oswald ?

Maureen, réduite au silence, ne put affronter le regard moqueur de sa cousine.

— Vous avez un amant, n'est-ce pas ?

— J'en avais un... *Ils* ont recouru à un stratagème pour l'éloigner. S'il revient, *ils* le tueront... Lorsque j'ai essayé de lui faire parvenir un message, *ils* ont assassiné son frère de lait. Je suis prise au piège... mais je n'ose prendre place dans la couche nuptiale sans mon pucelage.

— Vous voulez donc m'acheter le mien ?

— Supporteriez-vous de faire cela pour moi ? Même avec un Anglais ?

— J'étais prête à le faire avec n'importe qui pour une assiettée de soupe. Vous m'offrez pour ma virginité un prix plus élevé que celui auquel j'aspirais — et un prince pour me la ravir, qui plus est !

Maureen se leva d'un bond.

— Je vais vous faire préparer la pièce voisine. N'oubliez pas de rester voilée, même pendant vos repas... Rappelez-vous, vous avez fait vœu de silence et de prière... vous êtes une orpheline au cœur brisé.

— Une veuve plutôt, je pense. Si je joue votre rôle avec succès, j'aurai peut-être besoin d'un époux pour sauver ma réputation, dans un mois ou deux... — fût-il décédé !

Les deux cousines se regardèrent. Soudain, elles éclatèrent de rire et, l'espace d'un instant, on aurait pu les prendre pour des jumelles. Mildred et Nesta, qui venaient aider leur maîtresse à se mettre au lit, traversèrent sa chambre en courant et s'immobilisèrent, bouche bée, sur le seuil de l'oratoire. Ariana avait saisi son voile en entendant le bruit de leurs pas, mais Maureen affronta avec intrépidité le regard de ses servantes.

— Cette femme est une suppliante, et je lui ai promis de

l'aider. Sa famille la traite avec la dernière injustice ; toutefois, si elle la savait ici, elle persuaderait l'Évêque de la forcer à rentrer au nom du devoir familial. Je lui ai donc permis de se réfugier dans mon oratoire pendant un jour ou deux... Personne ne doit le savoir.

Les deux servantes hochèrent la tête en souriant. Dans leur affection aveugle, elles auraient obéi sans broncher, leur maîtresse eût-elle ordonné de se jeter du haut d'un précipice... Mais cette tâche-là était un plaisir. Elle s'inscrivait dans la conspiration éternelle de la jeunesse contre la maturité.

VII

VII

Lorsque Maureen se réveilla, de bonne heure le lendemain matin, elle avait retrouvé comme par miracle toute son énergie et une bonne part de son entrain ; son sang dansait dans ses veines. Agir, décider, en un mot gouverner de nouveau sa propre existence, quelle sensation merveilleuse !

Le sort de sa cousine aussi, qui dépendait d'elle, méritait des soins tout particuliers. S'il était facile de la couvrir de bijoux, ce genre de présent n'enrichissait que sa famille et le fameux veuf de Cumrew. Maureen souhaitait plutôt mettre Ariana à l'abri de ces gens comme du besoin, en l'installant dans un domaine qui lui appartiendrait en propre, loin de Caer Luel et de ses commérages. Des terres, elle en possédait dont elle pouvait disposer par donation en bonne et due forme. Erek avait au palais ses clercs et ses hommes de loi, qui se seraient volontiers chargés de rédiger l'acte ; mais avec ces bavards, on risquait d'ébruiter à la Cour l'histoire de la jeune femme...

Maureen, après avoir longuement réfléchi, décida plutôt de recourir à l'un des scribes qui traînaient sur le marché pour vendre leurs services à bon compte aux artisans et aux marchands ; évidemment, il serait étonné de voir une femme riche conduire ainsi ses affaires... Mais elle se rassura vite : dans les ruelles de Caer Luel, il n'y avait pas de langue que la vue de l'or ne rendît muette ! Aussi prit-elle un sac de cuir assez lourd de besants pour acheter une ferme entière et, à plus forte raison, le silence d'un tabellion.

« Je serai une riche et jeune veuve accompagnée d'une amie secourable et qui se hâte de doter son amant sous couvert d'un jupon avant que sa belle-famille ne revendique le magot. »

Elle entra mentalement dans la peau du rôle et ne put réprimer un petit rire lorsque, vêtue des effets de Mildred, elle s'assura que son voile dissimulait complètement ses cheveux et ses traits. Au moment de sortir avec Nesta, elle chargea son autre suivante de protéger Ariana des intrus tandis qu'elle-même se consacrerait à ses dévotions. Après quoi, elle se mit en route, d'excellente humeur et sans la moindre appréhension. Son esprit, peuplé de vieilles légendes, de ruses inouïes, de coups de théâtre magiques, n'envisageait pas un instant d'embûche à sa folle entreprise. Elle était trop jeune pour douter encore que sa propre vie ne suivît le même cours que la poésie.

Une vague inquiétude, cependant, l'assaillit lorsque, s'étant difficilement engagée, avec Nesta, sur la grande place du marché, site de l'ancien forum, elle tenta de se frayer un chemin dans le labyrinthe d'enclos à bétail, d'auberges, de tanneries, de forges, d'établis, d'ateliers de tissage, de tavernes et de taudis qui couvraient le quart sud-est de la cité. Elle ignorait totalement où s'adresser pour trouver un scribe ; elle ne s'orientait même pas, perdue dans la populace qui la bousculait sans égards...

La foule s'épaississait encore dans la descente, du marché à la porte sud. S'y dressait une grande baraque qui débordait sur la chaussée et devant laquelle était accroupie une rangée de filles bovines ou maussades. Une bande de jeunes gens bloquait l'étroit carrefour ; ils retenaient les passants par la manche, en se pavanant et hurlant de toute la force de leurs poumons :

— ... et elle avait la croupe aussi vaste que les Chutes de Carrock et presque aussi...

Maureen, de plus en plus mal à l'aise, resserra les pans de son manteau et, la main solidement fermée sur le poignet de Nesta, essaya de passer sans se faire remarquer.

Un vacarme soudain éclata dans la tente aux esclaves : un hurlement suivi d'un flot d'injures. Le rideau de cuir se gonfla, comme sur la poussée brutale d'un corps, puis s'ouvrit d'un coup sec. Apparut une créature d'aspect étrange qui se rua dehors, poursuivie par un homme et une femme vêtue de couleurs criardes. On l'avait dénudée jusqu'à la taille pour la livrer à l'inspection d'un client ; ses membres graciles étaient bien tournés, mais les longs cheveux qui retombaient en boucles sur ses épaules et sur son dos étaient tout blancs, comme ceux d'une vieille femme.

Les badauds qui encombraient le carrefour se joignirent avec délectation à la chasse, les uns s'efforçant de saisir la proie, les autres faisant des crocs-en-jambe aux poursuivants avec un généreux esprit de *fair-play*.

— Par ici, chérie !

— Une bise avant de filer !

La créature, qui se contorsionnait frénétiquement au milieu des mains tendues et des visages grimaçants, aperçut les deux jeunes femmes discrètement vêtues qui se tenaient à l'écart et, se jetant aux pieds de la plus grande, lui étreignit les genoux tout en essayant de lui prendre la main.

— Au secours ! Si vous êtes vertueuse, je vous en prie, vous en supplie, achetez-moi... Je me tuerai au travail pour vous, pitié ! pitié ! cette maquerelle veut faire de moi une putain...

Maureen tenta de se dégager. Elle comprenait à peine sa propre langue, horriblement déformée par l'accent de la fille, et elle eut un frisson de dégoût : les cheveux étranges étaient non pas blancs mais d'un blond argenté. Avec cet accent, ce

111

teint, on ne pouvait être qu'anglaise ! Maureen n'avait pas de pitié à perdre pour ces gens-là. Et tout horrifiée qu'elle fût par ce spectacle vil, humiliant, ce n'est pas sans un tressaillement de joie méchante qu'elle voyait la race des maîtres malmenée, piégée comme elle-même. Elle était sur le point de dégager sa main lorsque l'homme de la baraque, agrippant la fille par ses longs cheveux d'argent, lui tira la tête en arrière ; la maquerelle aux doigts chargés de bagues la gifla en plein visage.

— Tiens-toi tranquille, garce ! idiote ! lança le trafiquant. Tu ne te rends pas compte de ta chance. Travailler au *Lys d'Or*..., mais tu vas vivre comme une princesse !

A ce nom, Maureen se raidit : elle eût juré que le pauvre Guriat n'était pas allé mourir là simplement par hasard. A son insu, ses doigts se resserrèrent sur le poignet de l'Anglaise. La maquerelle s'en aperçut.

— Ne vous mêlez pas de ça, maîtresse. Elle est achetée et payée.

Maureen contempla fixement le visage peint : — la femme est élégante, dure et belle comme un vautour repu. Elle se l'imagina en train d'accueillir Guriat avec un sourire avant de le livrer à ses assassins.

L'autre s'impatientait :

— Vous n'avez pas entendu ce que je viens de dire ? Ne touchez pas à ma marchandise.

Elle plaqua sa main sur la poitrine de Maureen et poussa. En vain. Déjà les doigts de Maureen se refermaient sur son poignet, rapides comme l'éclair.

— Ne me touche pas non plus, sale catin !

Ravie, l'assistance hurlait de rire. A la lisière de l'attroupement, quelqu'un, tourné vers la ruelle, glapit que deux salopes étaient en train de se battre dans le caniveau, et que ça valait le coup d'œil. Aussitôt, la foule se rua dans leur direction et, avec force bousculades, forma le cercle. La maquerelle empoigna le voile de Maureen, prête à lui arracher les cheveux, les yeux, mais la jeune femme, s'écartant avec la rapidité d'une chasseresse habituée à éviter le dernier assaut d'un loup acculé, lui lança son poing, tel un épieu, dans la bouche : les lèvres se fendirent au contact des dents. Parmi les hourras, on prenait des paris.

La petite Nesta qui, affolée, tirait sur la jupe de la maquerelle pour l'écarter de sa maîtresse, en fut empêchée par un corpulent toucheur de bestiaux.

— Hé, pas de ça ! Deux contre un, c'est pas juste ! Viens te bagarrer avec moi si tu veux rigoler, toi aussi !

Et il la lança en l'air en la faisant basculer de manière à lui rabattre la jupe sur la tête. La maquerelle, cependant, crachant le sang qui barbouillait sa bouche, brandit un couteau. Maureen, dévoilée d'un geste, se campa solidement pour l'attendre de pied ferme et, à la faveur de l'agression, lui tordre ou casser le poignet. Nesta, que son bourreau relançait en l'air comme une balle, aperçut non loin, au coin du marché, la cape rouge d'un garde du palais qui s'amusait d'un jongleur et de sa partenaire. Elle se mit à hurler :

— Au secours ! Geraint ! Au secours ! On est en train de tuer la Princesse !

Geraint se retourna, vit Nesta au-dessus des têtes des badauds, resta un instant bouche bée, puis s'élança dans leur direction tout en appelant à l'aide deux de ses camarades attablés dans une taverne. Ils sortirent, la bouche encore mousseuse de bière, et se frayèrent un chemin dans la foule à coups de coude.

Les spectateurs s'étaient tus et figés comme un cercle de pierres ensorcelées. La maquerelle, à genoux, geignait :

— Comment j'aurais pu deviner... ?

Le trafiquant avait couru chercher un manteau qu'il jeta sur les épaules de l'Anglaise avant de la pousser vers Maureen :

— La voilà, ma dame, je ne peux pas vous faire attendre davantage ! Voulez-vous la prendre tout de suite... ou préférez-vous que je vous l'amène ?

D'un regard, Geraint les réduisit au silence. Puis il demanda d'une voix tranquille :

113

— Souhaitez-vous qu'on les fouette, Princesse, avant de les jeter dans le caniveau ?

Elle secoua la tête. Elle allait être le sujet des conversations de la soirée dans toutes les tavernes de Caer Luel, et on ne parlerait que d'elle autour de l'âtre dans toutes les fermes de la région ; elle ne voulait pour rien au monde que, de surcroît, l'aventure restât dans la mémoire des gens, associée à des flagellations sanglantes. Rassemblant de son mieux ce qui lui restait de dignité, elle dit d'un ton froid à la maquerelle :

— Pour exercer au mieux votre profession, vous devriez apprendre à connaître vos outils. Cette fille n'est pas faite pour le travail que vous lui destiniez. — Elle jeta à terre une petite bourse pleine d'or. — Remboursez-vous là-dessus.

La faveur de la foule monta comme la marée de Solway. Loïk s'était offert maintes fois ce genre d'équipée : mêlé aux gens comme un banal quidam, il offrait des tournées, se bagarrait de la meilleure grâce avant de terminer la plaisanterie sur un éclat de rire et quelques besants. Les badauds croyaient le voir en regardant sa sœur : bon sang ne peut mentir. Elle retraversa le forum, suivie des deux filles, escortée des soldats, dans un tonnerre d'applaudissements, de hourras et de tonitruantes bénédictions.

L'histoire l'avait précédée. Le garde des portes lui annonça que son grand-père désirait la voir dès son retour. Elle se dirigea vers ses appartements avec le calme désespéré d'un condamné qui marche à l'échafaud.

« Je suis finie, et par ma faute. Je vais me retrouver sous clef au couvent de l'Abbesse jusqu'à ce qu'on me livre à l'Anglais. Quant à Ariana, on la ramènera de force dans sa famille, ou on la jettera dans les bras de son veuf... et elle en mourra. J'aurai été la cause de notre perte à toutes deux. »

Elle n'avait jamais vu Erek dans un pareil état.

— Avez-vous perdu tout sens de la pudeur ? Comment osez-vous vous promener dans les rues ? Et vous mêler à une rixe vulgaire ?

Il la regardait au fond des yeux, essayant de lire dans son

114

cerveau. Avait-elle voulu se déshonorer en public, dans l'espoir que le prince anglais la refuserait ?

— Que faisiez-vous là-bas ?

— Je libérais une captive de guerre anglaise.

— Quoi ?

Le mensonge, bien qu'improvisé, était sorti de sa bouche avec autant de facilité que si on le lui avait soufflé des heures plus tôt.

— Je sais que le roi Oswald et sa famille sont capables de s'exprimer en gaélique, mais je parle très mal l'anglais. Je me suis dit qu'il serait courtois de ma part de les accueillir dans leur langue. J'aurais pu vous demander de me prêter l'un de vos clercs pour m'instruire, mais ce sont des gens occupés. Une femme de chambre avec qui je puisse à toute heure bavarder est le meilleur moyen de m'exercer.

Erek sourit avec bonté.

— Excellente idée, mon enfant. Il n'empêche que tu n'aurais jamais dû courir le risque de...

Maureen leva ses beaux yeux, pleins de sainte innocence.

— Et puis, j'avais également pensé que si je pouvais soustraire à l'esclavage une de leurs compatriotes, ce serait un joli geste... un cadeau personnel à mon fiancé.

Erek ne cela pas son émotion :

— Le Ciel a dû t'inspirer.

— Je le crois.... car je suis tombée sur une jeune Anglaise d'apparence tout à fait décente qu'on allait vendre à ... — elle baissa les paupières —... à une maison mal famée. J'ai pu la sauver du péché.

— Dieu bénisse ta charité !

— Saint Paul prétend que, de toutes les grâces, elle est la plus haute... A propos, cela me rappelle, reprit-elle gaiement, comme si un détail insignifiant lui revenait brusquement en mémoire, qu'une pauvresse est venue me demander l'aumône ! Elle se trouve dans un dénuement si complet que j'aimerais pourvoir à ses besoins avant mon mariage, en l'installant dans mes domaines du sud... avec votre consentement, bien sûr.

— Fais comme tu l'entends, mon enfant. Tu n'as pas besoin de ma permission pour tes bonnes œuvres. Et tes biens t'appartiennent.

Il était si content d'elle, si soulagé de la délicatesse qu'elle manifestait à présent vis-à-vis de son futur mari qu'il n'eût trouvé nul inconvénient qu'elle entretînt à sa guise une centaine de mendiants.

— Je ferai rédiger un acte de donation par l'un de mes clercs et je te le transmettrai... tu n'auras plus qu'à ajouter le nom et y apposer ton sceau.

Il l'embrassa sur le front.

— Je ne saurais te dire à quel point ton aide m'est précieuse en ces tristes journées. Une reine bonne, courtoise et généreuse pour les pauvres sera une bénédiction pour notre Cambrie.

Maureen lui dédia un vertueux sourire avant de se retirer. Dans la galerie, l'intendant l'aborda pour lui demander si elle souhaitait que la nouvelle esclave fût envoyée aux cuisines.

— Non, elle servira dans mes appartements et fera les commissions de mes femmes de chambre. Mildred et Nesta se chargeront de la former.

Elle reprit son chemin, en se disant avec satisfaction que l'on est toujours récompensé de ses bonnes actions. « Une étrangère ignorante de nos coutumes ne trouvera rien de bizarre, quoi que nous fassions. Elle tiendra sa langue. Une Anglaise, ici, ne trouvera pas d'amies susceptibles de la faire caqueter à force de cajoleries. L'instrument parfait. Grand-père ne mesurait pas à quel point ses paroles étaient justes : vraiment, cet acte de charité est une bénédiction divine ! »

*
* *

Les Anglais arrivèrent le lendemain, et l'on vint chercher Maureen pour qu'elle fît leur connaissance. Elle s'y rendit en grand deuil, en partie par défi, surtout par défiance : mieux

valait ne donner d'elle-même au fiancé qu'une image floue...
C'est dans un murmure aussi qu'elle souhaita la bienvenue à
ses hôtes, ses yeux, obstinément baissés avec modestie, n'en
demeurant pas moins alertes et sur le qui-vive sous leurs
longs cils.

Sa première impression, surprenante, fut d'avoir affaire à
des géants blonds : à côté, Erek lui-même paraissait petit.
Oswald lui parut éclatant comme le soleil d'été avec ses cheveux jaunes et le bleu transparent de ses yeux. Il avait le
visage long, frangé d'une barbe plutôt clairsemée, des lèvres
fines dont l'expression naturelle semblait la bienveillance. Il
était très large d'épaules, avec des bras, des mains dont la
musculature attestait une force hors du commun. Il se tenait
immobile comme une icône, les paumes vers le ciel posées
sur ses genoux — posture peu banale qui rappelait l'interces-
sion du prêtre en faveur des fidèles pendant la messe.

L'autre homme — le *sien*, Dieu la préserve ! — paraissait
plus frêle, mais seulement peut-être en raison de ses gestes
vifs et de l'extrême mobilité de son regard. Il ressemblait du
reste beaucoup à son frère : nez fort et proéminent, joues,
lèvre supérieure et mâchoire effilées, mais sa barbe coupée
plus ras lui donnait un air dur. Il était plus blond qu'Oswald,
blond comme le sable de l'estuaire, luisant et délavé par flux
et reflux ; le revers de ses mains, ses poignets étaient couverts
de la même fourrure claire, brillante comme au sortir du
bain : une créature marine, songea-t-elle, et, dès lors, cette
idée l'obséda. Le regard concordait, sans cesse en mouvement, divers comme la vague : tantôt d'un bleu inoffensif,
comme celui du roi, tantôt d'un gris assez sinistre, tantôt
encore vert, froid et lointain. Il avait brièvement détaillé
Maureen, puis, indifférent, s'était détourné. Elle n'était pas à
son avantage ; le noir, lorsque aucune couleur ne le rehaus-
sait, la desservait. Quant à sa silhouette svelte, les lourds plis
de sa robe l'ensevelissaient. Sous le voile qui dissimulait sa
chevelure éclatante, son visage inexpressif, ses yeux presque
clos la faisaient paraître terne et maussade.

Oswy, tout en se félicitant qu'apparemment, elle ne fût pas difforme — il fallait bien, de toute façon, prendre le ventre avec la terre ! —, avait reporté son attention sur l'Abbesse. Penarwan participait activement à la conversation entre Oswald et l'Évêque ; le premier s'intéressait aux affaires de l'Église autant qu'à celles du royaume.

« Voilà une femme agréable, pensa Oswy ; elle a dû être très belle dans sa jeunesse ; elle l'est encore, pour peu qu'on dégraisse ses traits de toutes leurs bajoues et de leur quadruple menton... ! »

A l'abri de ses paupières, il la déshabilla en rêve, essayant par jeu de se représenter les sensations que procurerait l'immersion dans toute cette chair, entre ces seins semblables à des pis de vache, ces fesses énormes, ces cuisses capitonnées. Comme elle s'adressait à lui, au même instant, leurs regards se croisèrent, et il se rendit compte qu'elle suivait exactement ses pensées. Souriant avec politesse, il entreprit sa fiancée sur les festivités prochaines.

— Il n'y aura pas de festivités !

Le regard de Maureen le frappa comme la foudre ; tendue, elle venait de s'exprimer sur un ton plus incisif qu'elle n'eût voulu.

— Maureen !

Erek, à qui l'exclamation avait échappé, s'efforçait de nuancer sa réprobation d'un demi-sourire ; il redoutait qu'elle n'explosât comme à l'ordinaire... Oswy s'en aperçut.

« Elle ne voulait pas de ce mariage ; ils se sont querellés là-dessus. »

— Je suis en deuil ! protesta-t-elle avec désespoir. Voilà moins d'une semaine qu'on a enterré Loïk !

— Le chagrin doit céder devant le devoir, corrigea son grand-père d'un ton sévère, il ne peut exclure tout cérémonial.

Des alliés inattendus se manifestèrent :

— A Dieu ne plaise, dit Oswald avec douceur et gravité, que nous troublions le repos des morts par des réjouissances indécentes.

118

Le fiancé, de même, adressa un large sourire à Maureen :

— Ne vous faites aucun souci, ma douce. Je ne me présenterai pas ivre dans votre couche.

De nouveau, elle lui décocha un regard furieux, mais au fond d'elle-même elle était consternée. Qu'Oswy leur tombât dessus avant qu'elles ne fussent prêtes, Ariana et elle, que, parfaitement lucide, il la rejoignît sans avoir bu une goutte d'alcool et c'en était fait de leur plan !

— Ma petite-fille s'exerce à parler votre langue, lança Erek pour briser un silence qui commençait à devenir gênant. Elle a sauvé de l'esclavage une jeune Anglaise pour en faire son professeur.

Tout le monde la regarda en souriant ; sentant l'opinion se retourner en sa faveur, elle décida de faire sa sortie là-dessus, non sans marmonner qu'elle allait chercher la susdite afin de la leur présenter.

Erek se leva et invita Oswald à venir admirer son exemplaire de la « Cura Pastoralis », lequel provenait du scriptorium de saint Grégoire en personne. Ils partirent tous deux d'excellente humeur. Oswy offrit son bras à l'Abbesse, mais celle-ci, au lieu de suivre l'Évêque, s'engagea dans le jardin intérieur et tourna dans l'une des allées d'un pas de promenade.

Malgré son âge et ses saintes fonctions, elle sentait un petit frisson de plaisir au contact d'un homme issu de la même lignée que son amant défunt. Elle aimait sa haute taille, sa blondeur et ne lui en voulait pas le moins du monde de son insolence. Qu'un homme prît encore la peine de la déshabiller, fût-ce seulement des yeux, la rendait heureuse.

Oswy trouvait sa compagnie fort divertissante ; il accueillait aussi avec plaisir cette occasion de glaner quelques renseignements sur la famille à laquelle il était sur le point de s'allier.

— La mère de la princesse est morte depuis longtemps, je crois ? Peut-être êtes-vous sa tante ?

Cette hypothèse rajeunissait l'Abbesse d'une bonne tren-

119

taine d'années mais, tout en sachant qu'il la flattait, qu'il ne s'attendait même pas à la voir dupe, elle s'illumina.

— Il faut remonter plus loin dans le temps pour trouver nos liens de parenté. Je suis la veuve du frère aîné de son grand-père, Owein.

— Elle n'a pas l'air enchantée de ce mariage.

— Elle a été trop gâtée. Son père et son frère la laissaient faire à sa guise... Elle pense qu'on aurait dû lui abandonner le choix de son futur époux.

— Vous voulez dire qu'elle avait un amant ?

— Oh non ! Une indulgente affection éclairait les yeux noisette de Penarwan : Elle n'est amoureuse que des héros du vieux folklore breton qui combattirent les Romains... et les Anglais. Elle désire gouverner seule et vous maintenir à l'écart.

Au bout de l'allée, ils rebroussèrent chemin, du même pas nonchalant.

— Il faudra la tenir, surtout au début. Non qu'il y ait rien de mauvais en elle, mais elle risque de se laisser manipuler d'une manière qui pourrait avoir des conséquences désastreuses. N'importe quel noble cambrien qui comploterait une révolte pourrait utiliser son nom comme cri de ralliement.

Elle lui adressa un regard amical et sincère.

— Je vous conseille de l'emmener en Northumbrie tout de suite... Séparez-la de ses femmes de chambre et autres trublions jusqu'à ce qu'elle sache qui est son maître.

Elle gravit l'escalier, le sourire aux lèvres, et laissa Oswy dans la galerie, consciente d'avoir fait tout ce qui était humainement possible pour que Maureen se retrouvât sellée, bridée, domptée par un cavalier ferme.

VIII

EH BIEN, ce fut une très plaisante rencontre. Ce mariage s'annonce bien.

Oswald avait passé une heure fort agréable dans la bibliothèque ; assis à présent dans la chambre d'hôte somptueusement meublée, il dévorait un manuscrit prêté par Erek. Oswy s'étira en bâillant.

— Si l'Évêque pouvait me décrocher une dispense, je préférerais sauter l'Abbesse.

— Surveillez votre langue, mon frère ! Vous offenseriez les Cambriens s'ils vous entendaient.

— J'en connais une, moi, qui ne s'offusquerait pas... C'est une vieille guerrière qui a dû tenir brillamment sa place dans l'armée de Vénus... Sûr que même à son âge, elle briserait encore des lances avec autant de vaillance qu'un joli tendron !

— Oswy ! Je vous interdis de tenir ce genre de langage. C'est indécent... et vous savez combien les Gallois peuvent être susceptibles.

— Oui, je pourrais bien être foudroyé par l'un des éclairs que décoche l'adorable tornade... Voilà qui pimenterait au moins cette atmosphère sinistre !

Sinistre en effet. Ainsi la jugèrent bien des compagnons d'Oswy pendant les cérémonies du lendemain. La Cambrie était très riche, et l'Évêque, avec son sens aigu de la dignité, secondé par l'adroite Penarwan, avait commandé des fêtes fastueuses : les tentures de Constantinople resplendissaient dans la grande basilique du palais, les tables croulaient sous la vaisselle d'or et d'argent massifs, le vin coulait à flots... Et pourtant, les Northumbriens trouvaient tout ce protocole interminable et rébarbatif.

Godric, l'écuyer d'Oswy, passa de nouveau en revue, sans enthousiasme, les protagonistes installés sur l'estrade. L'Abbesse ayant insisté pour que Maureen renonçât à ses vêtements de deuil, celle-ci brillait d'un éclat sombre dans sa robe de brocart cramoisie, sous son diadème de perles en forme de larmes. Ses noirs cheveux dénoués sur ses épaules en symbole de virginité, elle savourait cette dérision, tout en se disant que leur couleur du moins rendait une espèce d'hommage à son amour défunt ; et cette parure funèbre, elle la porterait constamment jusqu'à ce que l'âge vînt la teindre en blanc. Alors, plus rien n'aurait d'importance...

Godric la classa définitivement dans la catégorie des têtes de mule. Il n'enviait pas à Oswy sa corvée du soir : sa torche devrait briller haut et clair, et il lui faudrait la brandir longtemps avant qu'une étincelle jaillît entre ces cuisses-là ! Charmante épouse, aussi gaie qu'une journée de bruine dans les monts Cheviot !

Les autres, en revanche, arboraient des airs assez satisfaits : Oswald, en grande conversation avec ce vieux cadavre ambulant d'évêque, n'en demandait pas plus, le saint homme ! pour être heureux. Oswy riait avec l'Abbesse... Celle-là, bon, c'était une femme charmante, qui savait vous mettre les gens à l'aise, tandis que ses compatriotes... Vraiment, le beau mariage, qui ne vous proposait rien de plus croustillant qu'une grosse nonne de soixante-dix ans ! Il n'irait pas jusqu'à dire que ça ressemblait à un enterrement ; des enterrements, il en avait connu de plus drôles...

Sans être particulièrement éloquent, le visage de Godric exprimait nettement son dépit. Le Grand Maître de la Cavalerie, Cadman Cadwalsson, l'observait, une lueur moqueuse dans ses yeux sombres ; il avait du mal à s'empêcher de rire. Ces deux-là étaient amis depuis l'époque où, jeunes garçons, ils s'entraînaient ensemble au métier des armes, bien que Godric ne fût que le fils d'un manant auquel son courage avait valu un grade dans l'armée royale. Cadman, lui, appartenait à la vieille noblesse galloise, farouchement fière, de Bernicie. Malgré la réelle affection qu'il portait à Godric, il ne l'aurait jamais choisi comme ambassadeur pour négocier un traité de paix délicat.

Leur expression à tous deux, le mépris massif de l'Anglais, la malice amusée du Celte, incitèrent Idwal à prendre la parole.

— En général, les banquets de Cambrie ne ressemblent pas à celui-ci. La mort de son frère a brisé le cœur de la Princesse ; ils étaient très proches.

— Pauvre fille ! rétorqua Godric avec bonne humeur, elle a bien de la chance, notre étalon va lui réchauffer son lit. Puis, moins désinvolte : Comment est-il mort ?

Après le récit circonstancié d'Idwal, ils se mirent tous à échanger des anecdotes sur la façon dont eux-mêmes avaient échappé à diverses embuscades, et le temps passa beaucoup plus plaisamment. Un peu dégelé, le Cambrien les invita à retourner dans les quartiers des gardes une fois la mariée au lit. Il y aurait de la bière et de l'hydromel, on finirait la nuit de façon moins... conventionnelle. Godric, rasséréné, se prit à espérer que la mariée ne traînerait pas trop. Non, Dieu merci, voilà qu'elle se levait enfin.

*
* *

Mildred et Nesta dévêtirent Maureen et la mirent tendrement au lit. Elle les remercia d'un baiser avant de les congédier.

125

— Retournez dans la salle du banquet, mes chéries. Buvez pour que la chance me sourie un peu.

Dès leur départ, Ariana s'approcha de la couche, vêtue d'une robe noire lâche et d'un voile.

— J'ai renvoyé l'Anglaise... elle voulait vous regarder dans la grande salle. Je lui ai permis de ne pas revenir avant le matin. Elle sera contente de parler à ses compatriotes.

Une fois dévêtue, elle aida Maureen à se rhabiller, puis s'étendit nue dans le lit. La princesse aperçut l'éclat d'un collier d'argent lorsqu'elle remonta les courtepointes. Elle éteignit toutes les bougies, hormis celle qui se trouvait sur le coffre, du côté d'Oswy. Dans l'obscurité de la pièce, elle entrevit à peine le visage de sa cousine à travers les larmes qui, brusquement, lui brouillèrent les yeux au moment d'effleurer la joue de ses lèvres.

— Ne parlez que si nécessaire... laissez-le dire, lui... ne répondez que par des murmures...

Elle se servit de la bougie pour allumer une lampe à huile et se glissa dehors pour attendre.

Elle tremblait de tout son corps, et un vacarme semblable à celui du ressac emplissait ses tympans. La moindre anicroche, et c'était la mort pour toutes les deux. Peut-être aussi celle de la Cambrie. Elle entendit bientôt un martèlement de pas et des rires d'hommes. Oswy avait tenu parole : il ne s'était pas attardé pour boire. Elle entendit sa voix :

— Allez, jeunes gens, retournez à la salle du banquet.

Apparemment, quelqu'un lui posa une question.

— Non, je n'ai pas besoin de votre aide pour me déshabiller... ni pour le reste ! ! !

Un rire gras, des pas qui s'éloignaient ; la porte s'ouvrit. Elle brandit la lampe pour lui montrer le chemin tout en l'écartant de sa personne ; il traversa la pièce en quelques enjambées ; elle vit sa haute silhouette sombre s'encadrer sur le seuil de la chambre, puis la porte se ferma derrière lui.

Maureen posa la lampe sur la table et s'assit. Sans parvenir à se résoudre à écouter à la porte, elle tendit l'oreille, à l'affût

126

des bruits qui proviendraient de la pièce adjacente : la voix d'Oswy posant une brutale série de questions, un juron étouffé, un fracas de meuble renversé... Elle rassembla ses forces, prête à s'interposer s'il le fallait entre Oswy et Ariana pour essuyer le plus gros de l'orage, mais non, à côté tout se calmait, devenait murmures... mais qui parlait ? Puis un silence, auquel succéda, plus aigu, le rire enchanté d'Ariana, vite couvert par celui de l'homme. Encore un silence, puis un petit cri, mais qui n'était pas de peur.

Maureen se laissa retomber en arrière, elle n'avait plus besoin d'entendre. Un flot de nostalgie la submergea, elle s'y laissa engloutir, appelant Tanguy à grands cris muets. Elle évoqua un visage brun qui se penchait en souriant sur le sien, ses bras qui se nouaient autour d'elle, son cœur qui battait contre le sien, elle le sentit à l'intérieur de son corps. Mais la mémoire et le clair de lune ne suffisent pas à réchauffer le sang et, bien avant la fin de la nuit, elle avait la sensation d'être aussi froide qu'un cadavre.

A la première lueur grise de l'aube, Ariana se faufila hors de la chambre et la rejoignit. Maureen l'enveloppa dans un manteau ; en dépit de sa nudité, sa peau conservait la chaleur du lit, et on eût dit que quelque chose d'autre la réchauffait de l'intérieur. L'amertume ne ternissait plus ses traits, elle avait les joues roses et les plis de sa bouche s'étaient adoucis.

Maureen avait préparé un coffret qui contenait quelques-uns de ses plus beaux bijoux, une bourse pleine d'or et l'acte de donation sur son domaine de Gwensteri. Ariana lui sourit.

— C'est payer trop cher mes services...

Ses yeux riaient, mais Maureen, plongée dans son amertume, ne s'en aperçut pas. Elle pensait avoir fait du tort à sa cousine en la convainquant de passer la nuit avec Oswy, l'avoir traitée comme une putain. Elle s'empressa de rectifier.

— Ne parlez pas en ces termes. C'est un cadeau que je fais à une chère et bonne amie, à une parente. Nous sommes de la même chair et du même sang, ne l'oubliez pas.

— C'est vrai. La voix d'Ariana était chargée d'une étrange

127

tendresse : Eh bien, les amis échangent des présents en se séparant. Moi, voici tout ce que je possède, mais j'y tiens beaucoup. Je n'ai pas voulu le vendre, même quand je mourais de faim.

Elle avait ôté son collier et le tendait à Maureen. C'était, au bout d'une chaîne, un objet étrange, un triple pendentif : un disque en argent représentant la pleine lune, flanqué de deux croissants qui la montraient croissante et décroissante. Surprise, la princesse s'enquit :

— Vous vénérez la Déesse ? Vous restez fidèle à l'ancienne Religion ?

— Ne vous alarmez pas, ma chrétienne cousine. Vous aussi, vous révérez la Reine des Cieux. D'ailleurs, mieux vaut que vous portiez ce collier. Il l'a... remarqué. A ses yeux, vous êtes moi, à présent, ne l'oubliez pas.

Encore cette intonation étrange dans sa voix.

Elles prirent congé l'une de l'autre en s'embrassant. Maureen avait pris toutes les dispositions nécessaires pour le départ d'Ariana : l'un de ses propres baillis, de passage à Caer Luel avec sa femme, escorterait la « veuve » jusqu'à sa nouvelle résidence. Ariana passa dans sa chambre pour se vêtir et se voiler tandis que Maureen se faufilait à pas de loup dans la sienne, ôtait sa chemise et entrait avec précaution dans le lit. Oswy dormait profondément, tourné dans sa direction. Elle se coucha le plus loin possible de lui ; elle avait l'impression d'être transformée en glaçon, mais la place d'Ariana restait tiède.

IX

Tandis qu'Oswy dormait toujours, Mildred et Nesta commençaient à s'affairer. Maureen les rejoignit, pour s'habiller avant le réveil de son mari. Les deux servantes ayant les yeux rouges et la voix étranglée, elle pensa les égayer d'une boutade :

— Ne pleurez pas... le mariage n'est pas un tel drame !

— Oh, dame, l'Abbesse nous a dit hier soir...

— Pourquoi ne pas nous avoir averties que vous partiez si tôt ?

— Que *je* partais ?

— Elle a dit : aujourd'hui. Le Roi vous emmène en Northumbrie.

La nouvelle l'horrifia. Elle s'était imaginé qu'Oswy demeurerait sur place afin de veiller en son nom à elle sur la Cambrie : n'était-ce pas dans ce but qu'on avait précipité ce mariage monstrueux ?

— En Northumbrie ?

— Oui, l'Abbesse nous en a informées après le festin. Et, oh, dame, il paraît... — Mildred s'étouffait de chagrin — il paraît que nous ne vous accompagnerons pas !

Les deux jeunes filles éclatèrent en sanglots.

Maureen se rua dans la chambre où Oswy, qui venait de s'éveiller, s'étirait.

— Déjà debout, ma douce ? Vous me faites honte ! Venez me ranimer.

Comme il tendait ses bras puissants pour l'attirer vers le lit, elle recula, les poings serrés, les yeux traversés d'éclairs.

— On m'apprend que nous partons pour la Northumbrie dès aujourd'hui... pourquoi ne m'avoir pas prévenue ?

— Un mari a toujours hâte de ramener sa femme chez lui, répliqua-t-il dans un sourire. Vous trouvez qu'il est trop tôt pour se remettre en chemin ? Soyez sans inquiétude, mon cœur... en cours de route, je vous multiplierai les occasions de vous étendre !

— Je ne peux pas... je ne veux pas partir aujourd'hui ! Qui croyez-vous avoir épousé ? Une fille de petit fermier, qu'on hisse sur son cheval le lendemain de ses noces afin qu'elle arrive à temps pour faire la cuisine et traire les vaches ?

— Écoutez, dame, ce mariage était aussi imprévu pour nous que pour vous ; votre grand-père nous a dit que vous étiez en péril, nous a conjurés de venir tout de suite, et c'est ce que nous avons fait. Mais ce départ précipité nous a forcés, mon frère et moi-même, à négliger des affaires pendantes... Vous devez admettre...

— J'admets ! j'admets parfaitement : partez. Mais seul. Moi, je n'ai aucune raison de quitter la Cambrie et je ne le ferai pas !

« Elle désire gouverner seule et vous maintenir à l'écart. »

Quoique le regard d'Oswy eût pris la teinte grise de la mer en hiver, sa voix restait aimable.

— Notre parenté nous appelle. Notre sœur, l'épouse d'Oswald, nos cousines, tout le monde aspire à vous connaître, pourquoi leur feriez-vous un affront ? Et puis votre grand-père s'est dit qu'après la triste perte que vous venez de subir, un séjour dans votre nouvelle famille vous ferait du bien.

Le voyant raisonnable, courtois... et inébranlable, elle modifia sa tactique :

— Ma nouvelle famille ? Elle trouvera bien étrange de me voir arriver sans ma suite ! Ou dois-je comprendre que vous n'avez ni le pouvoir ni le talent d'organiser le départ de ma maisonnée ?

« ... Séparez-la de ses femmes de chambre et autres trublions jusqu'à ce qu'elle sache qui est son maître. »

— Ma chère, nos domaines grouillent de servantes. Vous en trouverez là-bas plus qu'il n'en faudra pour vous contenter.

— Et, pendant le voyage, je suppose qu'il me faudra me débrouiller toute seule... ? Ou bien vos guerriers viendront-ils me déshabiller et me mettre au lit ?

Il éclata de rire.

— Fiez-vous à moi, je serai tout à fait capable d'assumer ces... détails ! Mais inutile d'en venir à de telles extrémités. Vous avez votre suivante anglaise, Ethel. Elle a bon caractère, sait se tenir... et, d'ailleurs, je croyais que vous l'aviez prise à votre service justement pour cela, pour qu'elle vous accompagne et vous aide à parler anglais, non ?

Maureen, déconcertée, répondit par un silence maussade, tout en maudissant en son cœur Ethel et ses compatriotes.

— Quant à vous parer, reprit-il, je suis heureux d'y contribuer. Voici mon cadeau du matin pour vous, ma douce..., et ce n'est là qu'un bien piètre témoignage de ma gratitude pour la nuit dernière...

A ces mots, il s'empara d'un coffret qu'il avait déposé la veille à son chevet, l'ouvrit et le lui tendit. Si blasée qu'elle fût en matière de joyaux, Maureen ne put réprimer une exclamation de stupeur.

Les six broches d'or étaient divisées en à-plats sur lesquels se tordaient, se nouaient, se lovaient selon des figures complexes d'étranges serpents. Entre eux, un filigrane en nid d'abeilles composé tantôt de carrés, tantôt de losanges, ou de triangles, ou de minuscules pyramides, était serti de sombres

133

grenats. L'or étincelait sous les pierres, de sorte que chaque broche donnait l'impression d'abriter une flamme en son cœur.

C'était un présent digne de l'Impératrice de Constantinople, et à supposer que Maureen eût éprouvé de la gratitude, voire mérité celle d'Oswy, elle aurait été fort embarrassée pour l'exprimer correctement. Par bonheur, au même moment, on frappa à la porte : des gardes du corps entrèrent, fendus jusqu'aux oreilles d'un sourire entendu, et elle en profita pour se retirer, sous couvert de pudeur.

Elle eut tout le temps de se préparer au départ pendant qu'Erek et Oswald échangeaient des discours d'adieu, que l'escorte cuvait l'ivresse de la veille et qu'on chargeait les chevaux de bât. Elle envisagea d'abord de s'envelopper dans ses voiles de deuil puis, révoltée dans son amour-propre par la perspective de se laisser hisser dans une charrette comme une part de butin, préféra revêtir son costume de chasse. Avec une courtoisie dictée surtout par l'orgueil, elle y épingla deux des broches : l'une fixa le châle sur l'épaule, l'autre la plume de son bonnet.

Elle comptait prendre congé d'Erek avec le formalisme le plus glacial, pour le punir de l'exiler, mais, le moment venu, il lui parut si vieux, si frêle, il la regarda s'approcher avec un air si nostalgique qu'elle lui jeta les bras autour du cou et haussa le front pour recevoir son baiser.

— Que Dieu bénisse ton bonheur, ma très chère !

Un murmure d'approbation courut dans le groupe des Northumbriens lorsqu'elle apparut dans la cour extérieure et, d'un bond léger, monta sur le grand *Gwylan*. Son pourpoint et sa culotte de chasse révélaient des formes et une sveltesse que sa tenue de la veille n'avait guère permis d'apprécier à leur juste valeur. On devinait au petit air suffisant d'Oswy qu'il n'était pas fâché de son affaire.

Ethel, la captive anglaise, en croupe derrière l'écuyer, avait les joues roses, et ses yeux gris brillaient comme des étoiles. Elle portait de beaux vêtements — car Maureen était inca-

pable de mesquinerie vis-à-vis d'une de ses servantes —, mais
ce n'était ni cela, ni la perspective de se retrouver au milieu
des siens qui la rendait heureuse.

La pauvre fille avait vu son père et ses frères taillés en
pièces, leurs cadavres dévorés par les flammes de sa maison
incendiée, avant que les pillards, des gens de Dunoding, ne
l'entraînent elle-même. Son ravisseur avait pour femme une
mégère jalouse à qui elle avait dû de vivre une forme d'enfer
bien pire que le viol. Après quelques semaines de vitupéra-
tions et de méchancetés, l'homme l'avait échangée contre un
chien de chasse ; et peu après — elle avait cessé de compter
les jours —, elle s'était retrouvée dans la barque aux esclaves
de Caer Luel, marchandée par la maquerelle, promise à la
plus honteuse des prostitutions...

Et Maureen avait fondu sur cet abîme d'horreur et de
désespoir, tel un ange guerrier ! Sans connaître encore assez
de gaélique pour suivre les détails de l'altercation, Ethel
l'avait vue repousser l'horrible femme, affronter son couteau
pour la sauver, elle, lancer enfin d'un air méprisant une
bourse d'or pour payer sa rançon. Elle n'avait déjà pas assez
de mots pour louer sa nouvelle maîtresse, son infinie bonté,
et voilà que celle-ci la choisissait, de préférence à ses propres
femmes, comme suivante ! Le roi Oswald, lui aussi, était très
généreux ; il lui avait promis de faire reconstruire sa ferme et
de l'approvisionner en bétail, mais elle ne s'en souciait guère.
Attachée à la personne de la princesse, elle se trouvait
comblée.

Godric, ravi de la sentir contre lui, les bras noués autour de
sa taille, lui recommanda de les serrer bien fort, en cas de
chute. A vrai dire, elle aurait préféré Cadnan, dont les cheveux noirs et l'accent chantant évoquaient ceux de sa dame.
Mais elle se consolait en pensant que de sa place, elle pourrait
le regarder plus à loisir, l'écouter parler...

On franchit le pont sur l'Idon avant de gravir la colline en
surplomb. Maureen, une dernière fois, se retourna vers la
ville rouge qui resplendissait dans le soleil couchant, et vers

135

les lointaines montagnes qui montaient la garde autour de sa chère Eskale, son domaine perdu, où elle avait galopé, libre et rieuse, en compagnie de Tanguy.

« Nous avons toute la vie pour nous aimer ! Mais si je te perdais ? »

Et puis les larmes brouillèrent le paysage. Oswald vit ses joues mouillées.

— Dorénavant, ma sœur, dans quelque sens que vous parcouriez cette route, un foyer vous attendra au bout.

Touchée par sa bonté, elle se sentit réconfortée : le roi n'excluait donc pas la Cambrie comme séjour régulier... Elle fit un effort pour lui parler, commenter le paysage, tout en se disant que, captive de guerre, son existence eût été moins malaisée. Au lieu de se creuser la tête pour alimenter poliment la conversation, elle se fût consacrée tout entière à la haine et à des projets d'évasion. Ses compagnons, cependant, loin de se douter de son amertume, l'écoutaient attentivement, Oswald avec sa gravité ordinaire et sa parfaite courtoisie, tandis qu'Oswy, d'humeur rieuse, tournait tout en plaisanterie. Ce fut néanmoins le premier qui lui causa la douleur la plus vive de la journée.

Le soleil se couchait lorsqu'ils atteignirent Uxellodun, au-dessus de l'Irthing, dont le seigneur devait leur offrir l'hospitalité pour la nuit. Sur l'autre rive, dans un fort romain en ruine, saint Ninian avait consacré, au pied de la falaise, une église et des fonts baptismaux. Un bac y déposait les pèlerins. Mû par sa piété comme par le désir d'honorer sa belle-sœur en marquant son respect pour les saints locaux, le roi proposa soudain :

— Que diriez-vous, dame, d'une veillée à l'ermitage de saint Ninian ?

L'aversion manifeste de Maureen ravit Oswy qui s'esclaffa :

— Par pitié, mon frère, ne lui gâchez pas sa deuxième nuit ! Une tout autre veillée l'attend !

Quitte à goûter bruyamment la plaisanterie, l'escorte approuva la pudeur de Maureen qui se détournait : une dame bien élevée devait feindre ne rien comprendre à ce genre de saillie. Neige au front, feu sous la chemise, ainsi se présentait une bonne épouse.

Après avoir écourté de son mieux le festin que leur hôte donnait en son honneur, elle se retira dans ses appartements. Sous prétexte que le voyage l'ayant harassée, elle n'aspirait plus qu'à retrouver son lit. Oswy, que les convenances viriles empêchaient de quitter si tôt le banquet, s'en vengea par un toast scabreux qui, de nouveau, déchaîna les rires. Maureen eut donc le temps de se coucher et de feindre le sommeil avant qu'il ne la rejoignît. Les yeux fermés, elle entendit alors quelque chose comme un baiser congédier Ethel, puis des bruissements d'étoffe : il se déshabillait en fredonnant à mi-voix... Puis les couvertures se soulevèrent, et le poids de son corps fit gémir la couche. Maureen, immobile, affectait toujours un profond sommeil.

— Maureen !

Une main chaude se posa sur son épaule, glissa sur son sein ; elle se força à respirer posément, sur un rythme régulier, espérant qu'il ne percevrait pas les bonds affolés de son cœur.

— Maureen !

Il poursuivit ses caresses, mais légèrement, comme s'il effleurait les cordes d'une harpe sans essayer d'en tirer une mélodie ; puis il s'étira, bâilla :

— Oh, bon !

Et il s'installa à côté d'elle. Entre la pesanteur de sa propre détresse et la chaleur de son corps à lui, elle ne tarda pas à s'endormir véritablement.

Elle devait s'apercevoir par la suite que le voyage avait duré quatre jours, mais, sur le moment, n'en eut guère conscience. Elle restait plongée dans un rêve de collines et de nuages, où figurait un cheval encensant sous ses yeux tandis que le vent balayait ajoncs et bruyères, et que des sabots martelaient sourdement le sol...

Ils passèrent une nuit à Ceasterholm, gros bourg de paysans planté dans les ruines d'une ville romaine. Pendant qu'on s'affairait à lui préparer ses appartements, elle échappa à la sollicitude d'Ethel et descendit se promener au bord du ruisseau. L'eau courait, limpide, bondissait entre les pierres, sous des ombrages touffus parsemés d'aubépines encore en fleurs. Chaque vaguelette, chaque bruissement parmi les feuilles lui chuchotait « Tanguy » ; Tanguy qui appelait de toute son âme, mais qui lui semblait s'éloigner de plus en plus, comme naguère dans son cauchemar. Elle tenta de l'évoquer, derrière ses paupières closes : rien.

Oswy la trouva là, comme hallucinée par un buisson blanc.

— Vous dites vos vêpres à Freïa ? Je croyais qu'il fallait attendre pour cela le lever de la lune.

— Freïa ?

— C'est ainsi que nous appelons la Dame en anglais : vous portez son talisman d'argent, je l'ai vu..., et quelque occupé que je fusse durant notre nuit de noces, je vous ai entendue, savez-vous, implorer sa protection dans l'ombre... Vous en êtes-vous confessée ?

Elle étouffa un geste de révolte, mais sans oser protester. Il lui passa le bras autour des épaules.

— Voici la brume..., il est temps de rentrer. Je ne voudrais pas que votre sang perde sa chaleur maintenant que j'en assume la responsabilité.

Le souvenir obsédant de la perte qu'elle avait subie hantait ces lieux, la plongeait dans la solitude et la désolation. Mais pouvait-on résister longtemps à des bras robustes, à cette chair tiède contre la sienne pour la préserver du froid ? Elle le suivit passivement et s'abandonna. Il se montra adroit et d'une douceur surprenante, mais comme elle avait l'esprit très loin de là, au bout d'un moment ni cela ni rien n'eut plus d'importance.

Le lendemain proposa les mêmes collines, les mêmes nuages, la tête et la crinière de *Gwylan* qui dodelinaient sous ses yeux, le vent qui balayait la lande. Puis une pause, durant laquelle Oswald pria devant sa croix à Heavenfield, tête nue dorée par la lumière du soleil. Cette croix, il l'avait plantée de ses propres mains, à l'aube du jour — déjà sept ans ! — où sa petite armée avait vaincu les envahisseurs du sud, détruit Cadwallon, obligé Penda à se retirer de la Northumbrie, mettant ainsi fin à l'Année Maudite. A partir du Mur, on alla vers le nord, en direction de Deira Street, au milieu de collines plus montueuses. Puis la route bifurqua vers le nord-est. Nuages aux figures changeantes, moutons sur la lande, appels de courlis, bouquets de roseaux et d'ajoncs, flaques noires au creux de la tourbe...

Enfin ils atteignirent une rivière orientée vers l'est, au débouché d'une vallée, et dont l'autre rive formait vers le nord une vaste plaine, gardée par une chaîne de mamelons. Le plus éloigné formait un gigantesque cône au-dessus des autres ; les murailles écroulées d'une forteresse en recouvraient entièrement le faîte. Au pied se blottissait une ville tout en bois, veillée par un vaste édifice. Puis apparurent des visages.

Des visages de guerriers et de serviteurs. Des visages de dignitaires que poussait en avant un cérémonial inconnu à mesure que le cortège se frayait un chemin à travers les rues, des visages aux noms imprononçables dont les bouches tenaient des discours interminables dans une langue à peu près incompréhensible. Enfin, Maureen se retrouva avec Oswy dans une grande salle, brillamment éclairée, où les visages qui la détaillaient étaient des visages de femmes.

L'un d'eux ressemblait à celui d'Oswald : son ossature tout en longueur, ses traits que n'adoucissaient ni cheveux ni barbe évoquaient, dans le cocon d'un voile de veuve, un cheval mélancolique mais docile. Un autre, encadré par de lisses bandeaux blonds, avait la beauté complètement inexpressive des Vierges d'ivoire qu'on cisèle à Constantinople. Un autre encore, aux traits nets de bel adolescent sous une couronne de nattes dorées. Enfin, délicat et dévoré par de grands yeux pâles de petit chat, une étrange beauté que défigurait la méchanceté surprenante d'une bouche minuscule...

139

Maureen, qui se débattait contre la fatigue et le dépayse-
ment, assaillie qu'elle était par une pluie de noms étrangers,
telle une fugitive acculée sous une grêle de cailloux, crut
saisir que le cheval était Edda, la sœur du Roi ; l'icône, Cyneburg de Wessex, son épouse ; le charmant page enfin et le
petit lynx, Hilde et Elfwyn, deux de ses cousines maternelles.

Après qu'Oswy l'eut quittée, non sans lui recommander de
se préparer au plus vite pour le festin, Maureen se retrouva
seule en leur compagnie. Des servantes avaient apporté de la
bière épicée, des gâteaux, mais Edda et Hilde tinrent à la
servir elles-mêmes. On fit cercle autour d'elle en lui
souriant ; les suivantes, debout derrière, la dévisageaient.
Alors Maureen comprit, horrifiée, que tout ce monde allait
assister à sa toilette et en profiterait pour examiner pièce par
pièce les vêtements et les bijoux apportés de Caer Luel.

Hormis Edda, à qui sa robe noire donnait des airs
d'abbesse, toutes ces femmes étaient richement vêtues de
cottes et de tuniques écarlates, émeraude ou saphir, lourdement ourlées de broderies larges et compliquées. Sous ce
déluge de couleurs qui aurait dû les noyer, leurs visages clairs
et leurs cheveux brillants se détachaient pourtant, triomphants. Elles étaient couvertes d'or, de diadèmes, de boucles,
de bagues, de bracelets ; des grenats flamboyaient sur les broches, et leurs seins disparaissaient sous des flots d'ambre.

Maureen se sentait mal à l'aise. Son mariage lui avait ins-
piré trop d'amertume, et elle avait quitté Caer Luel avec trop
de précipitation pour songer à se parer, mais désormais, le
regard de ces étrangères ulcérait son amour-propre de Cambrienne, de princesse et de femme... Aurait-on mis dans ses
bagages de quoi paraître à son avantage ? L'Abbesse était bien
capable de prendre un malin plaisir à ne prévoir que des ori-
peaux de pauvresse pour mieux l'humilier ! Mais non, elle
avait tort de s'inquiéter... Penarwan était trop intelligente, elle
attachait trop de valeur au prestige de la Cambrie pour exercer
des représailles si vulgaires. Les avanies qu'elle avait mijo-
tées pour l'ultime héritière d'Owein étaient plus subtiles...

Sans pouvoir — ni vouloir — rivaliser avec les Anglaises sur le plan de la couleur et du bariolage, Maureen possédait des soieries de Constantinople et des bijoux qui appartenaient déjà à sa Maison à l'époque où la Bretagne faisait encore partie de l'Empire. Elle choisit une robe en tissu d'argent, une tunique pourpre, elle aussi rebrodée d'argent, un diadème orné de pendentifs de perles et d'améthystes qui ruisselaient jusqu'à ses épaules. Et bien qu'elle n'eût guère le cœur à festoyer, il ne lui déplaisait nullement de s'afficher dès ce soir en impératrice romaine siégeant majestueuse au milieu des Goths !

Une anicroche se produisit au moment de gagner la salle du banquet. Maureen esquissa le geste de passer la première, ainsi qu'elle l'avait toujours fait jusqu'alors. La figure d'ivoire s'anima soudain.

— J'ignorais, dit-elle d'un ton geignard, que je devrais perdre la préséance dès lors que le frère cadet du roi serait marié !

— Notre sœur cherchait simplement la porte, répliqua Edda d'un ton ferme. Elle ne connaît pas encore son chemin ici. Prenez mon bras, ma chère.

Furieuse contre elle-même d'avoir commis cet impair et profondément vexée de se retrouver dans la suite d'une reine saxonne, Maureen prit place à côté de la sœur du roi. Elfwyn et Hilde lui emboîtèrent le pas, suivies par la troupe des femmes.

Ayant passé la majeure partie de son existence dans des maisons de brique et de pierre à la romaine, elle s'attendait à trouver des constructions de bois enfumées, assourdissantes de cris d'ivrognes, des maisons de bouvier, en somme, au sol de terre battue, sordides, jonchées d'os et de roseaux pourris, souillées par les chiens. Aussi demeura-t-elle abasourdie : l'immense palais de Gefrin était presque terrifiant de splendeur barbare. Assez haut de plafond pour abriter une armée de géants, il se présentait sous la forme d'une galerie ajourée d'une fenêtre à chaque extrémité. Ses

141

murs stuqués, d'une blancheur éblouissante, étaient recouverts, dans leur partie basse, de tissus brodés et de boucliers aux vives couleurs. Quatre grandes portes, capitonnées de cuir teint fixé par des boutons de métal aux formes complexes, s'ouvraient chacune au milieu des parois. Quatre travées, déterminées par quatre estrades meublées de longues tables et de bancs munis de coussins, convergeaient vers la vaste cheminée centrale. Face à celle-ci, tout au bout de la salle, un dais placé en haut d'une volée de marches abritait l'« escabeau-des-largesses », trône sur lequel Oswald recevait les ambassadeurs et distribuait les récompenses. Pour l'instant, le roi siégeait en haut de la table de droite, avec, à côté de lui, Oswy, puis toute une rangée de nobles. Cyneburg prit la place d'honneur à la table de gauche, et Maureen s'assit sur le banc entre Edda et Hilde.

Ni Oswy, ni les allées et venues solennelles des cohortes de serviteurs le long des allées, ni même le déploiement d'or, d'argent et d'ivoire poli sur la table devant elle ne retinrent son regard et son attention, irrésistiblement attirés par la pièce elle-même. Chaque pouce de boiserie — encadrement de portes, colonnes, poutres — était annelé et sculpté. D'abord convaincue que ces annelures consistaient en rubans entrelacés à l'infini, elle finit par se rendre compte que ces « faveurs »-là présentaient une tête plate et des yeux en pointe d'épingles : c'étaient des serpents lovés sur eux-mêmes. Incapable de s'en détacher, son regard en suivait chaque pli et repli ; elle constata ensuite qu'au milieu de tout cet enchevêtrement se trouvaient des oiseaux, des animaux, des humains qui se livraient à des occupations bizarres. Ici, un homme regardait une femme en train de se transformer en cygne... à moins que ce ne fût l'inverse ? Là un joaillier incrustait de pierreries un gobelet... mais non, il s'agissait d'un crâne ! Ailleurs, une reine portait un collier de dents, et cette abominable créature, un peu plus loin... montait un cheval à huit jambes. Aucune envie d'examiner cela de près ! Et ces deux loups, que dévoraient-ils ? Un crâne... non, le soleil !

Tous ces personnages, elle eût préféré les ignorer, ne plus les voir, mais aussitôt qu'elle en détournait les yeux, l'angoisse la saisissait : que faisaient-ils alors ? Il lui semblait déjà sentir les serpents glisser le long de son corps, l'envelopper dans leurs anneaux, l'entraîner dans leur étrange univers... quand une agitation sur son banc rompit le charme.

Cyneburg s'était levée. Elle tenait à la main une corne à boire cerclée d'or qu'un serviteur remplissait d'hydromel à l'aide d'un seau richement orné. Maureen, stupéfaite, la vit descendre de l'estrade et se diriger vers la table du roi pour remplir les gobelets des buveurs. Suivit Edda, qui porta sa corne à l'autre bout ; Hilde s'étant agitée près d'elle, elle s'aperçut alors que les serviteurs commençaient à la regarder d'un air soupçonneux.

Rage et consternation la saisirent. Chez elle, il lui était arrivé de présenter la coupe à des visiteurs dignes d'attentions particulières, mais son âme se révoltait à l'idée de servir à boire à une bande de soudards, comme si elle n'était qu'une esclave ou une captive de guerre.

La petite voix douce d'Elfwyn parvint à ses oreilles ; elle s'entretenait avec Hilde en aparté, mais sa voix portait d'une façon extraordinaire.

— La Galloise trouve peut-être indigne d'elle de se montrer courtoise envers les hôtes d'Oswald ?

— Maureen se considère, à juste titre, comme notre invitée pour ce soir, rétorqua Hilde. Puis, souriant à celle-ci : Personne ne s'attend, bien entendu, à ce que vous alliez dès ce soir accueillir les gesithas... les compagnons du roi — traduisit-elle en voyant son étonnement, avant d'ajouter, avec cet air de se moquer de soi-même si exaspérant que prenaient les Anglais dès qu'ils prononçaient un mot breton —, ses « teulu », quoi ! Voulez-vous m'accompagner pour que je vous présente à quelques-uns ?

Maureen préféra cette solution à celle qui consistait à rester assise, seule, sous le feu des regards. Elle ingurgita donc encore d'autres noms, encore d'autres visages — Wulfstan,

143

Dunnere, Cenelm, Guthlac —, auxquels elle sourit jusqu'à en avoir les mâchoires ankylosées.

Une fois tout le monde revenu à sa place, un barde anglais muni de sa harpe gravit l'escalier qui conduisait au dais. Ethel avait appris à Maureen que dans sa langue on nommait de tels artistes des *scops* — ou modeleurs, créateurs — parce qu'ils façonnaient des images de la vie. Elle essaya de suivre le chant, mais la langue était difficile, sans rapport avec celle de la vie courante. Cela se présentait, apparemment en grande partie, sous la forme de longs discours, et elle s'efforça d'en comprendre quelques bribes... : il lui faudrait supporter cela, tous les soirs... !

Un guerrier, un certain Waldere, avait fui la cour du roi, emmenant la princesse Hildegyth en otage. Le roi, dans sa générosité, lui faisait confiance, mais comme il aimait la princesse, il avait juré de la ramener chez lui. Le couple se trouvait pris au piège dans un défilé de montagnes où l'assiégeait l'armée royale. Le commandant en chef, Hagena, était l'ami le plus cher de Waldere et son frère juré. Qu'il prît parti pour l'un ou l'autre de ceux auxquels il devait fidélité, sa décision le détruirait...

Il était curieux, de la part d'un barde, d'avoir choisi pareille chanson. Pas de magie, ni d'incarnations successives, ni de château ensorcelé, ni de femme-fée apparue du fond des Collines Creuses. Seulement quatre personnes qui s'aimaient et se respectaient, qui ne se voulaient aucun mal et que le destin avait pris au piège, si bien que leurs actes, quels qu'ils fussent, ne pouvaient manquer de blesser et de trahir, non pas un ennemi, mais un ami en qui ils avaient placé toute leur confiance.

L'histoire agaçait l'esprit de Maureen, qui imagina plusieurs conclusions possibles. Elle se demandait ce qu'aurait ressenti la princesse Hildegyth en regardant son amant partir se battre pour elle contre son ami... qui était aussi le sien. On pouvait en discuter pendant des heures... qu'auraient-ils dû faire ? Et puis elle perdit le fil de ces longs discours si alambiqués.

La dureté du banc sous les coussins commençant à la meur-
trir, elle s'agita, regarda les Anglais : ils avaient l'air captivé,
souriaient, hochaient la tête, allaient parfois jusqu'à s'excla-
mer : « Bien ! Bien ! »

Le *scop* semblant prêt à continuer pendant des heures,
Maureen eut l'impression de comprendre enfin entièrement
la révolte d'Ariana. Elle non plus n'arrivait pas à croire que la
vie, à jamais, pendant des années et des années, n'aurait plus
rien d'autre à lui offrir que ce genre-là de réjouissances...

X

L<small>E</small> lendemain débuta sous de meilleurs auspices. Maureen avait dormi tard, et à son réveil, Oswy s'était déjà éclipsé. Comme chevaux et chiens menaient grand vacarme dans la cour, elle se leva d'un bond pour y jeter un œil. Au même moment, Hilde entrait, en tenue de cavalière.

— Que diriez-vous de suivre la chasse avec moi ? Vous n'êtes pas trop fatiguée ?

— Pas du tout !

Elles se précipitèrent vers les écuries, situées assez loin du logis principal pour que l'atmosphère de celui-ci n'en fût pas empuantie. A quelques pas de la porte du Trône se dressait un poteau curieusement sculpté, surmonté d'un crâne de chèvre ; dans l'intervalle, de petits cailloux délimitaient un espace ovale : cela ressemblait à une tombe.

— C'en est une. Celle du Veilleur.

— Pardon ?

— A l'époque où oncle Edwin a construit le palais, il n'était pas encore chrétien. Il a donc placé ici un Veilleur pour empêcher les démons nocturnes du marais d'approcher.

Maureen aurait volontiers demandé si l'homme était en vie lorsqu'on lui assigna sa tâche, mais la question risquait de paraître scabreuse. Aussi, détournant vivement les yeux, désigna-t-elle d'un geste la vaste enceinte du côté est.

— Qu'y a-t-il dans ce fort ?

— Ce n'est pas un fort mais un enclos. On y rassemble le bétail pour établir l'assiette de l'impôt, et des foires s'y tiennent à la fin de chaque saison.

— Mais... — Maureen, étonnée, jeta un coup d'œil circulaire — pourquoi la ville n'a-t-elle pas de murs... pas même une palissade ?

— Parce qu'elle est sainte.

Hilde, du regard, lui indiqua le sommet de la colline, derrière elle.

— Vous voyez ces murs sur le Gefrin ? Ce sont les vestiges d'une cité fondée bien avant l'arrivée des Romains. Comme la tradition de ce pays lui attribue une sainteté millénaire, on la respecte pieusement. Cadwallon lui-même, à son arrivée dans ces lieux, s'est gardé d'y toucher. D'ailleurs, au-delà des collines, la population est en grande partie galloise, ce qui explique que le conquérant n'ait pas...

Elle se tut : Elfwyn les rejoignait. Elles entrèrent dans l'écurie prendre leur monture et leur épieu. *Gwylan*, le gris, dominait de toute sa taille les poneys, des Cheviot, et Hilde lui flatta les flancs d'un geste admiratif.

— Ce doit être merveilleux de monter un cheval aussi grand.

— Oui, susurra Elfwyn d'un air suave, cela permet autant de regarder tout le monde de haut que de dominer la chasse...

Trop malhabile encore en anglais, Maureen ne put décider si l'insolence de la remarque était réelle ou simplement apparente.

Mais elle oublia vite son irritation dans la joie du mouvement. Par un sentier qui contournait le Gefrin, ou Colline des Chèvres, elle se retrouva dans un vaste désert de landes et de collines pelées que le vent balayait en toute liberté sans rencontrer d'obstacle. Enivrée par les parfums de l'herbe élastique sous les sabots de Gwylan, elle sentit son sang bondir et, lâchant la bride, se lança dans un galop effréné sans se préoccuper de la chasse. La Cambrie se trouvait là-bas, au-delà des collines. Rien ne l'en séparait que ces rocs, ces bruyères et ce grand ciel vide où le vent du sud-ouest — le vent du pays — chantait à ses oreilles. Percevant un bruit d'eau, elle laissa son cheval suivre sa fantaisie vers l'aval. Bientôt apparut un torrent, bordé d'arbres rabougris, d'aulnes et d'épineux, qui cascadait le long d'une volée de marches naturelles à l'entrée d'un défilé rocheux. Pour donner à *Gwylan* tout loisir de se désaltérer, elle mit pied à terre et fut s'asseoir sur une grosse pierre lisse d'où contempler les bouillonnements.

« Je peux venir ici seule. J'y échapperai aux regards, aux visages inconnus, à cette langue étrangère, à ces coutumes qui ne sont pas les miennes. Mon esprit au moins demeure libre... Lui, ils n'ont pu l'enchaîner ! Ici, rien ne s'oppose aux rendez-vous avec mes souvenirs. Tanguy... dans le fond de mon cœur... »

Soudain, filant au-dessus de sa tête, un projectile sombre alla s'empêtrer dans les branches d'un aulne. *Gwylan* sursauta, ses sabots délogèrent des galets à grand fracas. Un épieu ! Maureen, d'abord stupéfaite, le contempla fixement puis bondit sur ses pieds, furieuse. Elfwyn longeait la rive au trot de son poney.

— Maureen ? Je vous ai fait peur ?

— Peur ? Vous auriez pu nous blesser, mon cheval ou... moi !

— Oh non ! L'arme est passée très au-dessus de votre tête. J'avais vu quelque chose bouger dans les frondaisons.

— Si vous lancez votre épieu sur tout ce qui bouge, vous devez faire des ravages parmi les moutons... et les bergers du roi Oswald !

— Il ne vous a même pas effleurée — Elfwyn semblait trouver l'excuse suffisante — ... mais je suis navrée de vous avoir effrayée.

151

— Mise en colère !

— En colère d'avoir peur, acquiesça Elfwyn, écarquillant ses yeux de chaton innocent. Comme Oswy va rire — de moi — quand vous vous plaindrez de ma maladresse !

Maureen remonta en selle sans répliquer, par crainte d'exhaler sa fureur. La petite peste la ridiculiserait — car tel était, de toute évidence, son projet, et Oswy ne se priverait pas de rire, en effet ! Ah, comme elle détestait son hilarité permanente, dès qu'elle ouvrait la bouche ou faisait un geste !

En l'occurrence, elle se trompait. L'histoire, dès qu'il en eut vent, ne l'amusa nullement. Mais il était trop tard : le mal était fait...

Pour l'instant, elles traversaient un champ encaissé entre deux collines ; sur le sol marécageux, détrempé, des flaques noires s'étalaient au milieu des roseaux et du trèfle.

Au clapot des sabots qui soulevaient des gerbes d'éclaboussures, un petit groupe de paysans se retourna et, instinctivement, serra les rangs, mû par une méfiance immédiate. Leur misère était effroyable. Ils allaient enterrer l'un des leurs, et faute de pouvoir lui offrir un cercueil, ils avaient attaché le cadavre nu, sans même un linceul, sur une simple claie...

Maureen fit obliquer *Gwylan* dans leur direction ; elle avait l'intention de leur donner son manteau par charité chrétienne et leur demander le nom du défunt afin que le chapelain d'Oswald pût prier pour lui. Malgré le cri de sa compagne : « Laissez-les tranquilles ! », elle s'obstina.

Ils la regardèrent sauter à terre d'un œil si vide que les paroles de compassion qu'elle s'apprêtait à prononcer se figèrent sur ses lèvres. Le corps était celui d'une jeune fille, presque une enfant : ses yeux étaient bandés, sa tête rasée, et ses membres délicats, étroitement ligotés, frémissaient.

— Mais elle vit encore !

— Pas pour longtemps.

L'un des hommes, large d'épaules et d'ossature lourde, désigna une mare sinistre.

— Elle ne gigotera plus là-dedans...

— Vous n'avez pas le droit...

— Pas le droit ? C'est ma femme. Et c'est une putain. Elle a couché avec mon frère.

— Alors, amenez-la au roi pour qu'il la juge.

Elle se cramponnait à son anglais et avait le plus grand mal à comprendre l'accent très prononcé de son interlocuteur.

— Inutile. Nous l'avons déjà fait. Si elle avait été vertueuse, elle aurait protesté quand mon frère l'a prise.

— De force ? Alors, c'est lui, le criminel ! c'est lui qu'il faut conduire devant le roi Oswald.

— C'est une affaire réglée, je vous dis. Mon frère s'est engagé à me payer un wergild pour avoir gâté ce qui m'appartient.

Il consulta du regard l'un de ses compagnons qui, debout près de la claie, se contenta de hocher la tête. Les deux hommes se ressemblaient... Le frère, peut-être ? Au bord de la nausée, la fureur souleva Maureen.

— Dans ce cas, pourquoi la tuer ?

— Parce qu'elle est ma femme.

Resserrant sa prise sur son épieu, elle se rapprocha : devait-elle sauter en selle et charger ? Ils auraient encore le temps de jeter la malheureuse dans le marécage qui aurait tôt fait de l'aspirer... Ils commençaient du reste à grommeler et à s'agiter d'un air menaçant ; Elfwyn se précipita :

— Laissez-les tranquilles ! souffla-t-elle, vous allez les rendre fous... C'est moi qui leur parlerai.

Tandis qu'elle entamait à voix basse une discussion rapide, Maureen posa son épieu à portée puis, se penchant sur la jeune fille, trancha ses liens avec son couteau de chasse. Elle aurait aimé la hisser tout de suite sur le dos de *Gwylan* ; mais si Elfwyn se débrouillait bien, elles seraient, de toute manière, bientôt en sécurité toutes trois. Le bandeau retiré, le regard de la malheureuse n'exprima rien qu'une horreur insondable : sans aide, elle n'aurait pu se tirer d'affaire... Maureen lui massa bras et jambes puis, l'enveloppant dans son manteau, s'efforça de lui rendre courage, bien trop occupée pour entendre ce qui se tramait à dix pas.

153

— Il n'y a qu'à les jeter toutes deux dans la mare pour leur fermer la bouche, grogna le frère. Les marais gardent leurs secrets, ils ne parlent pas.

L'autre approuva d'un bruit de gorge.

— Ne vous tracassez pas pour l'autre, chuchota Elfwyn. Elle est déjà condamnée. J'ai lancé mon épieu par-dessus sa tête, elle appartient à Wotan.

— Alors autant la lui donner tout de suite, pourquoi le faire attendre ? s'enquit le mari.

— Trop dangereux, elle est l'épouse de l'atheling.

Elfwyn était inquiète, trop de chasseurs l'avaient vue partir sur les traces de Maureen ; les paysans pouvaient disparaître dans les monts Cheviot, elle non.

— Je me fiche d'Oswy et du roi Oswald aussi ! s'exclama l'homme en crachant par terre. Un roi, ça ? Une femmelette, oui ! comme ces prêtres enjuponnés avec lesquels il passe son temps... Si le vieil Ethelfrith revenait sur terre, il refuserait de le reconnaître pour fils... il lui fendrait le crâne de sa propre hache comme à un bâtard de chrétien !

— Jetons la femme d'Oswy dans le marais, insista l'autre. Envoyons-la demander à Wotan de revenir chez nous, avec les dieux et les héros, comme au bon vieux temps.

— Il reviendra, ne vous inquiétez pas. Son héros sera digne de lui.... Mais pour l'instant, ne touchez pas à la femme d'Oswy. Son heure ne tardera pas. Écoutez le vent quand il soufflera du sud... écoutez-le chuchoter. Elle s'inclina vers eux et, d'une voix presque inaudible : *Penda* ! dit-elle avec un mauvais sourire où se lisait le triomphe. Wotan aura sa victime, je vous le jure, une fameuse compensation !

Maureen, ayant surpris les deux derniers mots, se redressa. Elfwyn leur offrait-elle une de ses broches pour les faire changer d'avis ? En toute justice elle devait, elle aussi, leur donner quelque chose en échange de cette vie. Mais Elfwyn la rejoignait déjà, tout sourire.

— Tout va bien. Je l'ai persuadé. Il regrettait sa décision, du reste, et ne s'entêtait qu'à cause de votre intervention.

— Vous êtes sûre qu'il la traitera correctement ?

— Oui, oui, mais partez tout de suite, ou vous allez tout gâcher. Ma chère Maureen, malgré votre bravoure et votre bonté, n'oubliez pas, vous êtes une étrangère. Sans vous en apercevoir, vous dites exactement ce qu'il ne faut pas... Et, tout en la pressant de remonter à cheval : Tandis que moi, qui connais leur façon de penser, je sais comment leur parler.

En s'éloignant, Maureen se retourna sur sa selle. Le groupe entourait toujours la fille accroupie. Elfwyn accéléra le trot de son poney.

— Ne regardez pas en arrière. Ils vont croire que vous n'avez pas confiance en eux ; ils la noieront par provocation, à seule fin de vous montrer que vous ne les intimidez pas. Ces manants sont têtus comme des mules.

Quelques instants après leur départ, la claie flottait sur l'eau fangeuse. Devant le groupe immobile et indifférent, elle mit un long moment à s'enfoncer.

*
* *

C'est le lendemain matin, au sortir de sa chambre à coucher, que le pied de Maureen heurta les petits bâtons et les éparpilla. Oswy étant parti de bonne heure assister à un procès concernant l'un de ses domaines, elle crut d'abord qu'il avait laissé tomber par mégarde ces objets bizarres. Elle les ramassa et les examina, intriguée : minuscules, ils portaient, gravés, des signes : tantôt une barre verticale, tantôt un motif étrange ᛦ ↑ ou ᛉ, tantôt aussi les quatre ensemble, mais toujours dans le même ordre ᛉ | ᛦ ↑. Elle les emporta donc dans les appartements de la reine où Edda, seule, travaillait à une nappe d'autel.

— Savez-vous ce que c'est ?

Edda jeta un coup d'œil sur les bâtonnets.

— Ce sont des runes, dit-elle. Puis, les examinant plus

155

attentivement, elle étouffa une exclamation et saisit le mouchoir brodé d'une croix qui enveloppait son missel.

— Posez-les ici !

Maureen, surprise, obtempéra. Edda noua les coins du mouchoir et posa le petit paquet sur le missel.

— Que faites-vous ? Qu'est-ce que c'est que des runes ?

— Des lettres, c'est tout, répondit hâtivement Edda. Où avez-vous trouvé cela ?

— Dans les appartements d'Oswy, par terre, devant la porte. Vous avez dit « des lettres » ? Que signifient-elles ?

— *Nuit.*

Edda grimaça un sourire forcé que Maureen, avec un brin de malignité, trouva plus que jamais semblable au rictus d'un cheval... D'un cheval nerveux, les oreilles couchées en arrière et les pupilles cerclées de blanc !

— L'une de vos servantes doit essayer de fixer à quelqu'un un rendez-vous d'amour.

— Oh, c'est tout ? Eh bien, je préférerais qu'elle ne laisse pas traîner ses messages à un endroit où je mets les pieds. Donnez-les-moi... je vais les brûler.

— Non ! — Edda plaqua sa main dessus. — Ne vous inquiétez pas. Je... je vais m'en débarrasser. Et, si vous en trouvez d'autres, ne les ramassez pas. N'y touchez pas.

Après quoi elle passa délibérément à un autre sujet et refusa de laisser la conversation revenir aux runes, malgré tous les efforts de sa belle-sœur. La curiosité de Maureen était attisée : Edda pensait-elle que l'une des servantes envoyait des messages amoureux à Oswy ? Se pouvait-il qu'elle soupçonnât Ethel ?

Au bout d'un moment, elle retourna dans sa propre chambre, où celle-ci aérait ses robes et les secouait pour les défriper. S'emparant d'un morceau de tissu, elle brûla un morceau de bois pour en transformer la pointe en charbon.

— Ethel !

La jeune femme accourut, ne demandant qu'à rendre service.

— Tu connais les runes ?

— Oui, dame.

Elle lui tendit le charbon.

— Écris-moi le mot « nuit ».

Ethel, en souriant, commença à tracer des signes identiques à ceux que portaient les bâtons. Puis son expression changea, comme celle d'Edda et, sous le regard à la fois furieux et sidéré de Maureen, elle froissa le tissu et le fourra dans l'encolure de sa robe en criant :

— Je prends cela sur moi ! Je prends cela sur moi !

— Tu es folle ? Rends-moi tout de suite ce tissu !

Ethel amorça un mouvement de recul, les mains crispées sur sa poitrine. Elle était livide de terreur, mais on voyait bien que ce tissu, on ne pourrait le lui arracher que par la force.

— Qu'est-ce qui te prend ? Ce n'est qu'un mot !

Ethel secoua la tête.

— Les runes ne sont pas seulement des lettres, dame. Ce sont des noms. Chaque rune contient le pouvoir attaché à ce nom... Quiconque en prend une attire ce pouvoir sur lui-même.

— Mais alors, quels sont les noms inscrits sur ce tissu ? Dis-le-moi... sinon, je trouverai quelqu'un qui le fera à ta place.

— Nécessité, Glace, Grêle, Tiw*, murmura-t-elle de manière presque inintelligible.

Maureen éclata de rire.

— Quelqu'un souhaite donc à Oswy un voyage bien désagréable aujourd'hui, et un temps détestable ! Il lui faudra un lourd manteau pour se protéger de la glace et de la grêle... sans oublier ce *Tiw*, dont j'ignore ce qu'il peut bien être !

— Vous ne comprenez pas. « La Nécessité », c'est une nécessité absolue : lorsque l'épée d'un homme se brise en

---

* En anglais : *N*eed, *I*ce, *H*ail, *T*īw — soit, approximativement, N.I.(G.)H.T. (nuit). *(N.d.T.)*

plein combat ; que le toit de sa maison brûle au-dessus de sa tête et qu'aucun secours n'arrive. La glace et la grêle viennent du royaume d'Hel, la Déesse-Cadavre. Et *Tiw*, c'est le Dieu-Épée. Et tout cela mène à la Nuit glaciale et sans fin. Ce sont des runes de mort, dame.

Maureen ne se laissa pas impressionner.

— Ce sort ne me paraît pas bien efficace ! Il suffit de détruire la rune pour détruire le pouvoir.

— Non ! il ne faut jamais faire cela ! Si l'on brise ou détruit la rune, on la libère, on donne à son pouvoir la faculté de s'exercer.

— Sottises ! Et maintenant donne-moi ce tissu, je vais le mettre au feu. Je ne supporterai pas davantage ces idioties.

Ethel ne bougea pas d'un pouce puis, comme Maureen faisait un pas en avant d'un air menaçant, l'esquiva d'un geste vif et lança elle-même le tissu dans les flammes.

— Je prends cela pour moi !

— Ah, ces Anglais ! s'exclama Maureen. Vous avez tous pris un sérieux coup de lune qui vous a mis la cervelle à l'envers !

*
* *

Maureen avait passé la plus grande partie de sa vie dans un monde d'hommes. Autrefois, son père et son frère partageaient tous leurs projets avec elle, et elle gouvernait elle-même sa seigneurie. Ici, elle se sentait étouffée, diminuée d'habiter dans les quartiers des femmes... où elle n'occupait même pas la première place !

Cyneburg était inoffensive. Belle et douce, quelques accès de nervosité mis à part, elle semblait ne penser à rien d'autre qu'à sa broderie et à la santé de son fils, encore dans les langes.

Edda, veuve depuis la bataille d'Heavenfield, ne songeait qu'à prendre le voile. Elle avait déjà fait construire et doté un couvent sur l'une des terres au sud du Mur ; elle se préparait activement à en édifier un autre dans un domaine offert par Oswy. C'était une femme dévote mais intelligente et capable.

Hilde, malgré son amour des chevaux et de la chasse, était aussi une intellectuelle et s'intéressait de près aux projets d'Edda. Maureen prenait plaisir à les écouter, il lui arrivait même de se joindre à leurs discussions ; elle était un peu vexée de constater à quel point leur érudition dépassait la sienne. Celle d'Oswy également : il passait souvent ses heures de loisir dans les appartements de la reine. Non par adoration pour sa jeune épouse : celle-ci voyait bien que, nonobstant sa profonde affection pour ses sœur et cousine, il appréciait surtout leur conversation raffinée.

Ayant tous trois passé une bonne partie de leur jeunesse en exil dans les royaumes bretons, ils en parlaient bien la langue (qu'ils s'obstinaient à appeler le gaélique), mais partaient du principe que Maureen devait, elle, s'exprimer autant que possible en anglais. Oswy manifestait autant de science que d'intérêt pour la poésie et la musique des bardes. Il aimait écouter Maureen jouer de la harpe, et comparer les mélodies galloises aux chansons irlandaises qu'il avait entendues à Iona. Il lui sifflait un air, puis tendait l'oreille en souriant tandis qu'elle le reprenait et tissait avec lui des harmonies aussi complexes qu'une broderie anglaise.

Cyneburg, sans comprendre un mot, continuait à coudre avec un sourire placide. Elfwyn non plus ne pouvait ou ne voulait se joindre à la conversation, que toutefois, visiblement, elle suivait. Dès qu'Oswy avait le dos tourné, elle écarquillait les yeux, aiguisait ses griffes et lançait des pointes contre les Gallois, leur poésie et leur musique. Pareilles fadaises, laissait-elle entendre, ne méritaient pas l'intérêt de nobles guerriers anglais. Un jour, Maureen, piquée au vif, répliqua sèchement que, parmi ces seigneurs, il y en avait au moins un, et dans la propre famille d'Elfwyn, qui les trouvait dignes d'attention.

159

— Oh, nous connaissons tous les sentiments d'Oswy pour les bardes !

Elfwyn souriait aussi largement que le lui permettaient ses lèvres pincées.

Edda intervint précipitamment.

— Nous n'allons pas nous quereller là-dessus !

— Il ne s'agit pas de querelle. J'informais simplement Maureen qu'Oswy avait offert ses appartements et même sa chambre à coucher le mois dernier à ce barde irlandais qui est venu à Bebbanburh.

— C'est un comportement qui doit vous paraître étrange à vous, Anglais, rétorqua Maureen, mais chez *nous*, il n'est nulle marque d'honneur qu'on juge excessive pour un barde vraiment grand.

— Oh ça, pour être grande, Liada l'est, pas de doute là-dessus, elle doit mesurer au moins six pieds ! Et comme Oswy lui-même est de bonne taille, quand ils sont ensemble entre les draps, cela doit ressembler au combat de Beowulf attaquant la mère de Grendel au fond du lac...

— Ne soyez pas sotte, Elfwyn, coupa fermement Hilde. Maureen pourrait ne pas comprendre la plaisanterie.

De fait, Maureen comprit parfaitement qu'Elfwyn ne plaisantait pas mais ne s'en troubla guère. La technique amoureuse d'Oswy prouvait une pratique régulière ! mais raison de plus pour n'éprouver aucun remords du subterfuge qui l'avait trompé lors de la nuit de noces. Qu'il eût des maîtresses, rien là de bien étonnant... Ce qui l'était davantage, c'est qu'il eût choisi une ollave irlandaise... et, plus encore, que celle-ci eût succombé.

Elle réfléchissait à tout cela plus tard dans la journée. Ils se trouvaient ensemble dans leur chambre, au bout des appartements, Oswy étudiant un manuscrit, elle l'étudiant, lui. La petite phrase perverse d'Elfwyn à propos de Beowulf et de la vieille sorcière lui revint en mémoire et lui arracha un gloussement. Oswy leva la tête, vit le rire briller dans ses yeux et lui demanda en souriant de lui faire partager son hilarité.

— Je pensais à l'histoire de Peredur et des sorcières de Caer Loyw, improvisa-t-elle à la hâte. Un soir il entendit l'une d'elles attaquer le veilleur de nuit ; il sortit, en chemise et braies, et lui tapa sur la tête jusqu'à ce que son casque fût aplati comme une assiette. Après quoi elle l'invita à venir vivre avec elle, le temps de lui apprendre à se battre correctement !

L'histoire amusa Oswy.

— J'ignorais qu'il y eût des walkyries chez les Gallois.

— Des quoi ? Elle se battit avec l'étymologie de ce terme inconnu : Massacre, celles-qui-choisissent-les-victimes ? De qui s'agit-il ?

— De sorcières... A cela près qu'elles s'habillent et se battent comme des hommes, ce qui fait qu'elles sont au service de Wotan et non de Freïa. Elles conduisent les guerriers choisis en présence du dieu.

— Vous permettez à des femmes d'agir ainsi ?

— Nous, non. La Northumbrie est un pays chrétien, nous sommes débarrassés de ce que l'évêque Aidan nomme la « vilenie païenne ».

— Et vous, qu'en pensez-vous ?

— Que c'est un satané gaspillage. La seule bonne raison que je puisse trouver à une bataille, c'est le butin qu'on ramasse quand on la gagne. Pourquoi détruire des objets et des gens qui peuvent encore servir ? Mais il arrive qu'un roi fasse don de ses ennemis à Wotan avant la bataille ; s'il gagne, tout doit être détruit.

— Comment peut-il les vouer à Wotan *avant* la bataille ?

— Il lance un épieu par-dessus leur tête.

Un souvenir effleura Maureen de son aile noire puis s'évanouit.

— Vous m'avez dit qu'elles conduisaient les guerriers choisis en présence du dieu... est-ce à dire dans un temple païen ?

— Non. Elles les envoient chevaucher la monture de Wotan. — Son incompréhension le fit sourire. — Le frêne. Les walkyries les pendent.

161

Maureen avala de travers.

— Que se passe-t-il lorsque l'une d'elles ne gagne pas... ? qu'elle se fait prendre par le camp opposé ?

— Elle est fille de Wotan et on la renvoie à son père.

— On la pend ?

— On ne pend jamais une femme ! Le roi et ses guerriers lui font présent de leur semence afin qu'elle la transmette à Wotan. Puis ils la renvoient chez elle par la voie des eaux..., en la jetant dans un lac ou dans un marécage.

XI

APRÈS la foire de Lammas, la Cour partit s'installer au
bord de la mer, dans la grande forteresse de Bebbanburh, la capitale. Maureen avait en personne surveillé les pré-
paratifs pour les affaires d'Oswy et les siennes. Les clefs de
tous les coffres et coffrets à bijoux de son mari étaient suspen-
dues à sa ceinture par une chaîne d'or ; il les lui avait remises
le lendemain matin de leur arrivée à Gefrin, avec une solen-
nité quasi rituelle. Sa confiance impliquait autant d'agrément
que de responsabilité, car aimant les beaux objets, il ne se
refusait rien. Ethel prit tout en main, comme d'habitude, et
harcela les servantes, tandis que Maureen musardait parmi
joyaux et manuscrits.

C'est au fond du dernier coffre qu'elle découvrit l'armure,
dont chaque pièce avait été enveloppée avec soin dans un
tissu huilé. Elle était digne d'un prince..., et seul un prince,
en effet, aurait pu se l'offrir : heaume de fer, rehaussé de pla-
ques en bronze doré merveilleusement ciselées ; cotte de
mailles ; épée dont la garde en or et le fourreau s'ornaient de
grenats, tandis que sa lame était ouvragée de rinceaux en
forme de serpents. L'ensemble ne pouvait appartenir à

165

Oswy : il avait été façonné pour un homme beaucoup plus petit et plus mince ; en outre, quoique réparé et poli avec soin, il présentait des éraflures, souvenirs de quelque terrible combat.

Maureen songeait, l'épée dégainée posée sur ses genoux, à celui qui l'avait brandie pour la dernière fois, dans une lutte désespérée dont elle ignorait tout. Un jeune prince de la lignée d'Oswald, sans doute, que l'on se rappelait encore avec amour et chagrin. Et chrétien, car, si un sanglier doré, le poil en bataille et toutes défenses dehors, surmontait le heaume, la plaque frontale, elle, présentait une croix.

— Vous devez être tout essoufflée, dame, si j'en juge par votre empressement à faire les bagages.

Dunner venait d'entrer et la regardait d'un air facétieux ; c'était le plus vieux serviteur d'Oswy, aussi rude, hirsute qu'un chien de berger des Cheviot, et tout aussi loyal. Maureen lui rendit son sourire.

— A qui a appartenu ceci ?

— Ça ? A Oswy. Il le garde pour son fils.

Dunner agrémenta la phrase d'un clin d'œil.

— A Oswy ? Il le ferait craquer s'il essayait de l'enfiler !

— Il n'est pas devenu si grand du jour au lendemain. Il était mince comme une fille quand il a marché avec Oswald sur Heavenfield.

Le visage de Maureen trahit sa surprise ; elle n'avait jamais fait le lien entre Oswy et les batailles qui avaient permis à son frère de reconquérir le royaume : il était de dix ans son cadet. Jusque-là, elle l'imaginait à l'époque bien en sécurité à Iona en train d'apprendre à aimer la... poésie irlandaise. Dunner lâcha un rire qui ressemblait à un aboiement.

— On vous a raconté, je suppose, qu'Oswald n'avait eu qu'à lever son épée pour que Dieu débande nos ennemis ? Ces sornettes de moines... ne sont flatteuses, je trouve, ni pour le roi ni pour nous autres ! En fait, les Gallois de Cadwallon se sont battus comme des démons de l'enfer. Jamais je n'ai éprouvé pareilles affres... Ils avaient brisé le mur de nos boucliers et renversé Oswald, et je croyais bien notre dernière heure arrivée lorsque Oswy s'est dressé devant son frère et a tenu jusqu'à ce que nous repartions à l'attaque.

Il se pencha sur la cotte et la fit glisser entre ses doigts.

— Ah, je le revois encore. Il nous faut un autre garçon comme lui, capable d'assister son père, oh, dame ! dépêchez-vous de nous en donner un ! Quant à nous, si nous ne nous dépêchons pas sur-le-champ de finir ces bagages, nous ne verrons pas Bebbanburh avant la nuit !

La vision poursuivit Maureen tout au long du voyage : Oswy, jeune et blond, dressé devant son frère, tenant en échec les tueurs. Mais qu'y avait-il de si merveilleux dans cette histoire ? Elle savait déjà les Anglais capables de se battre quand il le fallait. Comme elle le disait jadis à Tanguy, c'étaient de bons chiens à siffler contre l'ennemi !

La nuit était encore loin lorsqu'ils aperçurent Bebbanburh, noire sur la toile de fond de l'orient, perchée sur sa gigantesque falaise entre ciel et mer. On y trouvait, comme à Gefrin, d'immenses salles sculptées, des chambres richement ornées, de vastes écuries, ainsi qu'un espace suffisant pour permettre aux fermiers des environs de s'y réfugier avec leur bétail, gros et petit. Une inépuisable source d'eau pure jaillissait du roc ; Bebbanburh avait de quoi défier toutes les armées de Britannie et se moquer de n'importe quel assiégeant.

Quoique solidement plantée sur sa masse de roche noire, la forteresse appartenait en esprit à l'océan. Le vent de la mer balayait sans repos, les mouettes tournoyaient en piaillant sans cesse autour d'elle, les grandes crêtes des brisants rugissaient à son pied sur la grève. Maureen alla se poster sur le rempart, derrière la palissade, en serrant son manteau autour de ses épaules pendant qu'Edda et Hilde, Elfwyn, comme d'habitude, les serrant de près, lui nommaient tout ce qu'elle-même désignait du doigt.

— Voici les Farnes, déclara Hilde, à propos d'une poignée d'îlots éparpillés devant elles. Et ceci, ajouta-t-elle avec un geste vers le nord, c'est Lindisfarne, l'île sainte. Le monastère de l'évêque Aidan est par là.

Maureen suivit la côte des yeux.

— Ce sable doit être merveilleux pour galoper droit devant soi !

— Ne vous y fiez pas ! s'écria Edda d'un air alarmé. Des rivières débouchent sur le chenal... A marée haute, Lindisfarne est coupé du continent, les flots sont traîtres.

Tournant les talons, elle descendit, suivie de Hilde. Elfwyn s'approcha, avec des mines cajoleuses.

— Edda caquette comme une vraie mère poule. — Ses grands yeux pâles étaient amusés et amicaux. — Elle se prend déjà pour la mère supérieure d'un couvent, mais nous ne sommes pas ses novices. Cette promenade est absolument sûre, je connais les marées. Je peux dire aux valets d'écurie de sortir discrètement nos chevaux, pour qu'Edda ne s'inquiète pas. Quand aimeriez-vous y aller ?

— Merci, Elfwyn, répliqua froidement Maureen. Comme vous le dites, il serait mal d'inquiéter Edda... ou de la vexer.

Et elle descendit rejoindre les autres.

Elle se souciait moins, à vrai dire, d'éviter de froisser Edda que de fuir le malaise permanent que lui inspirait Elfwyn. Elle n'aurait eu aucun plaisir à se promener où que ce fût en sa compagnie ; et, de toute façon, elle n'eût aimé près d'elle aucun de ces maudits Anglais pour le pèlerinage qu'elle projetait.

Là-bas, sur ces sables, vers le nord, entre les dunes et la mer, s'était jouée la tragédie de sa Maison. Son arrière-grand-père, le roi Uryen, avait uni les seigneurs bretons du Nord, espèce querelleuse, et battu les Anglais qui s'étaient retrouvés parqués sur l'île de Lindisfarne. Et puis, à l'instant de la victoire finale, il avait été traîtreusement assassiné par l'un de ses pairs, jaloux de sa gloire et de son autorité.

L'horreur et le chagrin provoqués par ce meurtre retentissaient encore dans les lamentations des bardes. Ils chantaient le geste de Llywarch, grand-père de Tanguy, qui avait tranché la tête du grand roi, pour lui épargner au moins les sarcasmes triomphants de ses adversaires ; ils disaient les corbeaux noirs juchés sur le cadavre solitaire ; le palais silencieux et désolé, envahi par les bruyères, la tristesse de la Cambrie dont les beaux jours s'étaient éteints avec Uryen.

La réalité différait sensiblement : le pays avait opéré un rétablissement magnifique. Sans comparaison, toutefois, avec la grandeur qui lui avait semblé un instant promise.

« Nous pourrions siéger à Londres sur le trône des Hauts-Rois, se dit-elle avec amertume. Owein ne serait pas mort prématurément, usé par de constantes guerres de frontières. Mon père et mon frère ne se seraient pas fait tuer par de minables voleurs de bestiaux descendus de Dunoding. Je pourrais être à Eskdale, dans les bras de Tanguy..., au lieu de me retrouver enfermée dans la tanière des Loups de Mer avec l'un d'entre eux dans mon lit ! »

Elle tournait et retournait mentalement ces regrets le lendemain après-midi en se frayant un chemin à marée basse, le long de cette côte sinistre, à pied pour ne pas attirer l'attention ; elle contournait les dunes, soulevait des éclaboussures en traversant des ruisseaux, escaladait des rochers couverts de varech glissant.

Soudain, derrière elle, un appel interrompit le cours de ses méditations ; en se retournant, elle vit Oswy, à cheval, qui pressait l'allure pour la rattraper, accompagné d'un valet tenant une seconde monture par la bride.

— Vous êtes déjà en chemin pour l'île sainte ? C'est une preuve de grande dévotion, mais vous ne pourrez faire votre pèlerinage à pied en passant par ici, vous n'arriveriez jamais à traverser les Basses-Terres. Il va falloir les contourner.

Il sauta à terre pour l'aider à monter en selle sur le second cheval. Il avait visiblement l'intention de l'accompagner. Eût-elle possédé une épée qu'elle l'en eût tué sur-le-champ ; elle entreprit de l'agacer dans l'espoir qu'il s'en allât.

— En réalité, je me rendais à Aber Lleu — les Basses-Terres, comme vous dites. Nous avons bien failli vous y anéantir.

— Et vous n'avez pas réussi.

Il la souleva sans effort jusqu'à la selle. Elle avait déjà retroussé ses jupes en prévision de sa marche.

— Mais tout ça s'est passé voilà bien longtemps. Ne vous mettez plus martel en tête à ce propos et trouvez un sujet plus digne de vos réflexions.

— Vous êtes bien un Anglais, n'est-ce pas ? Tout ce qui vous intéresse, c'est le succès. Vous auriez bien piètre opinion d'un guerrier qui s'en irait affronter la mort avec toutes les chances contre lui.

— Je le considérerais comme un imbécile.

— Ainsi « héros » et « imbécile » sont-ils un seul et même mot en anglais ? Je m'étonne qu'il en existe un dans votre langue qui signifie « honneur ». Avez-vous jamais l'occasion de l'utiliser ?

— Combien de fois croyez-vous qu'Ethel s'en soit servie, après son enlèvement ?

Cette réplique réduisit Maureen au silence.

— Le soir tombe, et la marée va changer. Il y a une hôtellerie pour les gens qui attendent de faire la traversée du détroit. Préférez-vous y passer la nuit ou retourner à Bebbanburh ?

— Retournez-y vous-même dès que vous le voudrez. Moi, je vais marcher sur le sable.

Sautant à terre, elle tourna les talons avec colère. Au bout d'un moment, elle entendit un bruit de sabots qui s'éloignait et regarda en arrière avec espoir. Le valet remmenait les chevaux le long de la côte, mais Oswy était à grands pas sur le point de la rattraper. Il eut un coup d'œil sur son visage furieux.

— Faire cadeau de son pays à ses ennemis n'a rien d'honorable, dit-il, reprenant d'un ton froid qui exaspéra Maureen, la conversation où il l'avait laissée. Si un roi ne se sent pas à même de conduire son armée vers une victoire au moins probable, il doit la mettre le plus vite possible hors d'atteinte. Si un soldat mort n'est plus d'aucune utilité pour personne,

170

vous connaissez le proverbe : « Celui qui s'enfuit après le combat vit pour livrer le suivant. »

— Et s'il... si même vous, vous ne trouviez pas de trou par où vous échapper ?

— Je me battrais.

— Et si l'on vous jetait à terre ?

— Je me relèverais.

— Et si l'on vous y rejetait encore et encore ? Si l'on vous abreuvait de coups de pied ? Vous vous laisseriez faire, n'est-ce pas ? Vous resteriez couché là ?

Il pouffa.

— Savoir rester à terre au bon moment n'est pas sans présenter quelques avantages. Cela permet au moins de reprendre son souffle et de réfléchir à ce qu'on va faire. Il y a toujours une solution. Planter ses dents dans la cheville de l'adversaire et le déséquilibrer..., ou bien lui envoyer un coup de tête dans le bas-ventre quand il se penche sur vous.

— Tout cela ne représente pour vous que matière à plaisanterie ! N'est-il rien qui ne vous fasse rire ?

— Je vais vous dire d'où vient mon hilarité : des gens qui pleurent sur les maux de leur pays, appellent à grands cris une vengeance éternelle... et, dès qu'ils trouvent un roi capable de les conduire à la victoire, ils lui enfoncent un couteau dans le dos.

— Et vous avez bien raison ! parce qu'une fois le roi mort débarque une bande de pirates qui pille ses terres, comme on pillera les miennes !

— Personne ne pillera la Cambrie. C'est pour l'empêcher que je vous ai épousée. J'ai assuré la sécurité de vos terres sans coup férir.

Brusquement, Maureen se tordit de rire :

— Ne vous flattez pas, Oswy. Pas sans coup férir !

Elle le gifla de toutes ses forces en plein visage puis, le plantant là, se rua vers les flots que noircissait le soir. Elle avait envie d'être libre, de se noyer, d'effacer ces yeux, ce sourire, le son de cette voix. Comme ses pieds soulevaient des éclaboussures dans le sable humide, l'ourlet de sa robe se défit, et le tissu mouillé lui enserrant soudain les jambes, elle trébucha dans un creux et tomba à plat ventre. Le courant s'empara d'elle, l'eau étant plus profonde qu'elle n'avait cru. Elle agita frénétiquement les bras, mais ses vêtements trempés l'entraînaient vers le fond ; ce n'est qu'à quelque distance de là qu'elle put enfin se hisser sur le bord opposé avant de se remettre à courir, se tordant les chevilles, hors d'haleine.... Et comme la main d'Oswy lui étreignait l'épaule, elle se retourna pour faire front, se démena, le mordit, lui fit un croc-en-jambe. Tous deux se retrouvèrent en eau profonde ; elle eut le temps de suffoquer, d'entendre un rugissement dans ses oreilles avant qu'Oswy ne parvînt à la tirer sur une petite langue de sable. Comme elle essayait encore faiblement de se débattre, il lui enfonça son poing dans les côtes et... la langue de sable disparut dans un tourbillon tandis que la marée leur léchait les chevilles.

Elle reprit conscience dans une petite hutte de pierre, coiffée d'herbe en guise de chaume. Elle était couchée près d'un feu, sur un tas de fougères, et enroulée dans une couverture de laine très grossière et rugueuse sur sa peau nue. Oswy, debout sur le seuil, tordait ses vêtements qu'il alla ensuite étaler devant l'âtre.

— Où... où sommes-nous ?

— Sur un rocher qui n'est pas recouvert à marée haute et que l'on utilise donc comme refuge, dit-il d'un ton sévère. Les bons moines y déposent des provisions pour les voyageurs en détresse... et les sauveteurs de Gallois enragés.

Se penchant sur elle, il lui approcha des lèvres une gourde de cuir qui contenait de l'alcool d'orge, âpre et fort ; cela coula dans ses veines comme un feu liquide. Après avoir bu lui-même, il fixa sur elle un regard mauvais.

— Je-suis-las, dit-il en détachant ses mots, de vos humeurs sombres et de vos rancœurs. Quels sont vos griefs ? Quels torts vous ai-je faits ?

— C'est une si mince affaire, n'est-ce pas ? Vraiment pas

de quoi en vouloir à quelqu'un !... que d'être arrachée à ses racines et éloignée de force de sa famille et de son pays !

— Arrachée..., éloignée de force..., vous parlez comme une captive de guerre ! Toute princesse se marie hors de son pays. Cyneburg a fait deux fois plus de chemin que vous, et cent fois moins d'histoires. Ma propre mère...

Il se tut brusquement.

Maureen était trop lasse pour discuter. Sa lutte contre la mer avait broyé ses forces. Sentant même sa colère refluer, elle s'efforça d'en rassembler les lambeaux, de peur de fondre en larmes.

Oswy se dirigea vers un placard aménagé au fond de la hutte, en retira deux chopes en faïence grossière, des assiettes, des galettes d'avoine et du poisson fumé. Après avoir déposé le tout sur la table, il remplit une chope d'alcool brut pour Maureen puis s'accroupit sur ses talons ; la lumière du feu jouait sur ses membres, faisait briller le grand rubis cambrien qu'il portait au doigt comme une grosse goutte de sang frais. Il surprit son regard posé dessus.

— Vous vous rappelez notre nuit de noces ? Lorsque vous avez tendu les bras et m'avez attiré sur vous..., vous m'avez dit que vous souhaitiez décrocher la lune du ciel afin que le jour ne revienne jamais.

Elle retint son souffle. Le vent secouait le loquet : on eût dit qu'une âme perdue implorait l'hospitalité.

— Et puis vous avez changé, dès le lendemain. — Sa voix était amère. — Vous êtes trop fatiguée, ou vous dormez déjà, ou vous vous soumettez comme une esclave.

Ses yeux gris-océan la regardaient avec froideur.

— C'est parce que je vous ai éloignée de Cambrie, c'est bien cela ? Parce que j'ai emmené mon épouse chez moi, dans mon palais, pour qu'elle y rencontre ma parenté ? Tel est le tort immense que je vous ai fait et dont vous me punissez, nuit après nuit ?

La peur s'empara d'elle, mêlée d'un sentiment de terrible impuissance. Elle était là, prise au piège dans cette petite

173

hutte au milieu des marées sauvages, sans la protection de ses femmes, de sa maisonnée, ni même de ses vêtements. Bebbanburh régnait sur la mer ; ce rocher sur lequel elle gisait faisait partie de la mer elle-même. Maureen ne cessait d'entendre rugir sur leur conversation le fracas des brisants, le déferlement sans trêve des vagues à l'assaut, de sentir les griffes du vent s'agripper aux murs, en quête de quelque brèche... La puissante carrure d'Oswy, à genoux près du feu dans la fumée et la lueur vacillante des flammes, semblait remplir la hutte ; il semblait un triton tout juste surgi des flots, avec son poil pâle, telle une mousse d'argent sur sa tête et sur ses épaules, et la toison luisante sur son poitrail...

— Tout s'est passé si vite, bégaya-t-elle. Je ne m'attendais pas... je n'aurais jamais cru... je pensais que vous resteriez là-bas avec moi, que nous aiderions tous deux mon grand-père à gouverner.

— Et votre vie ne s'est pas déroulée selon vos vœux ? Combien sommes-nous à les réaliser exactement ?

Son regard la dépassa, traversa les murs de la hutte, sembla se fixer sur la mer, au loin. Il resta un instant silencieux, puis baissa les yeux vers elle.

— Est-ce une raison suffisante pour refuser les plaisirs qu'offre cependant la vie ? Vous êtes bizarres, vous autres Gallois ! On dirait que tous, sans exception, vous lui en voulez, que vous éprouvez contre elle un éternel ressentiment.

En riant, il lui tendit l'assiette de poisson et de galettes d'avoine.

— Cela ne vaut pas un festin à Caer Luel — nous pouvons même faire un peu mieux à Bebbanburh — mais nous avons du feu, de quoi manger et un lit. Savourons-le.

Il restait à Maureen encore assez de fougue pour le défier.

— Tout ce que vous demandez à l'existence, si je comprends bien, c'est de vous rendre heureux ?

Les lueurs marines scintillèrent dans ses yeux.

— Vous ne dureriez pas longtemps sans tout cela. Mais si

vous avez décidé de passer le restant de vos jours dans le deuil, alors portez aussi le mien. Vous ne désiriez pas m'épouser, moi non plus. Votre roi vous l'a imposé, le mien me l'a imposé... Et, de surcroît, c'est de votre famille qu'est venue la proposition. Si quelqu'un doit se sentir piégé, si quelqu'un a des motifs de se plaindre, il me semble que c'est moi.

— Mais il va sans dire que c'est à moi de renoncer à mon pays et à ma langue... d'être appelée « la Galloise », l'étrangère, tandis que vous, les Anglais, vous donnez votre nom à mes terres !

— Je parlerai gallois avec vous, ma dame, si vous le désirez. Laissez-moi vous raconter une histoire galloise pour passer le temps. Il s'agit de guerriers gallois — bretons, si vous préférez. Ils avaient traversé les mers pour aller se battre en Gaule, au nom de l'empereur Maxen ; ils ont vu l'Armorique, qui leur a plu, et s'en sont emparés. Ils ont couché avec des Armoricaines, après quoi ils leur ont fendu la langue afin que leurs enfants, en grandissant, n'entendent parler que le gal... le breton. Voilà pourquoi ce pays s'appelle à présent la Bretagne.

Il lui sourit gentiment.

— Oui, c'est ennuyeux, n'est-ce pas... ? un Anglais qui comprend aussi le gallois. Quand nous ne le comprenons pas, nous sommes des sauvages ignorants ; quand nous le comprenons, nous avons l'arrogance de répondre !

Elle aurait voulu décocher une réplique sarcastique mais se surprit à rire ; peut-être l'alcool qui faisait son œuvre. Oswy tendit les mains vers elle, les referma sur sa taille svelte et, la soulevant la déposa sur ses genoux.

— Tu as un corps ravissant, Maureen... Les couleurs, les formes et les textures s'y agencent comme des notes dans une composition musicale. Apprends à en jouir, il a été fait pour le plaisir, comme une harpe, non pour le silence maussade ou pour les vociférations dissonantes.

Tout doucement, il l'allongea en travers de ses cuisses et se mit à jouer sur la harpe de son corps. Sa bouche et ses doigts avaient la délicatesse et l'assurance de ceux d'un virtuose. La chair de la jeune femme répondait au toucher tel un instrument. Sa peau brillait, une douce chaleur émanait de ses cuisses, ses membres fourmillaient de vie. Au début, elle se laissa emporter par un flot de sensations délicieuses que ne venaient troubler ni l'amour ni la haine, et elle ronronnait, somnolente, les paupières closes. Puis surgit en elle un élan de désir pour le corps d'Oswy, pour sa beauté robuste, pour sa chair durcie et les muscles qui ondulaient sous sa peau. Il guida ses mains ; elle entreprit de l'explorer à son tour, avec de petits rires ravis. Enfin, il se laissa aller en arrière, elle le chevaucha, juchée sur la crête d'une grande vague de plaisir, et leurs deux corps se confondirent au rythme de la marée, tandis qu'au-dehors la mer martelait leur rocher et que le vent hurlait le long de la côte en direction de l'ouest.

Le lendemain matin, Maureen, debout sur le seuil de la hutte, contempla avec une suspicion croissante les quelques arpents de sable jonchés de coquillages, d'algues et de flaques minuscules qui séparaient l'îlot de Lindisfarne. Certes, la mer les avait bien recouverts, mais elle se demandait à quelle heure et jusqu'à quel point ils l'étaient la veille au soir lorsque Oswy l'avait transportée, inconsciente, sur cet écueil.

Une main lourde s'abattit sur son épaule.

— Voici la dernière étape de notre pèlerinage... Le monastère est là, juste derrière cette côte. Enveloppez-vous la tête de votre voile et tâchez de prendre une allure plus dévote, vous avez veillé durant toute la nuit.

XII

MAUREEN désormais, se sentait plus à l'aise avec Oswy ; il eût été difficile de rester froide et distante après pareille nuit. Et puis il lui parlait davantage des affaires de l'État ; il lui exposait les projets d'Oswald en Northumbrie, l'interrogeait sur son propre pays. Elle suivait le conseil qu'il lui avait donné de prendre le plaisir comme il venait, et cela finalement apaisait sa peine. Elle avait l'impression de s'être partagée en deux : son cœur et ses rêves étaient avec Tanguy, son corps séparément abandonné à Oswy.

Vint l'hiver, avec ses grands vents de nord-est et ses bourrasques de neige suffocantes suivies des éclaboussures d'un soleil pâle dans un ciel de cristal. Oswal et Cyneburg étaient partis pour Gatesheafod, au sud, célébrer la Nativité. A Oswy revenait de présider les festivités à Beddanburh, et il en fit une joyeuse affaire.

Les guerriers construisirent un fort dans la cour avec la neige tassée dont ils se servaient aussi pour bombarder les jeunes filles qui passaient par là. Maureen avait beau se dire que les Anglais jouaient comme des enfants, elle mit à profit ses compétences dans l'art de la chasse à l'épieu qui lui avait appris à lancer droit et fort pour organiser une contre-attaque des filles qui mit les hommes en déroute.

On amena dans les grandes salles de pleins traîneaux de verdure pour décorer les murs, le houx étant l'apanage des hommes et le lierre celui des femmes, ce qui donnait à chaque sexe l'occasion d'invectiver l'autre. Les filles se fabriquèrent des couronnes de lierre et bloquèrent les portes de la salle des banquets ; les hommes montèrent à l'assaut en agitant des branches de houx et en chantant :

> *« Non, ne sois pas, lierre,*
> *Si téméraire ;*
> *La force est au houx*
> *Ici et partout. »*

Les filles répliquèrent :

> *« Le lierre, gai, charmant,*
> *Dissipe tous les tourments.*
> *Et celui qui le cueillera*
> *Le plaisir connaîtra... »*,

mais quand elles arrivèrent à « celui qui le cueillera », les hommes essayèrent de les piquer avec leurs branches de houx, et elles battirent en retraite, avec des rires et des cris, les guerriers à leurs trousses.

A l'intérieur de la salle, les grandes bûches de Noël flambaient dans l'âtre pour conserver au soleil sa chaleur jusqu'à ce qu'il retrouve vigueur à la Nouvelle Année. Les serviteurs apportèrent des viandes succulentes, ainsi qu'un énorme sanglier rôti d'une seule pièce, sa hure béante toujours parée de ses défenses hargneuses, en l'honneur du Seigneur de la Vie qui brille dans les ténèbres de l'hiver.

Après le festin vinrent chansons, contes, énigmes tournées en forme de poèmes ; on se passait la harpe pour divertir la compagnie chacun à son tour. Godric mit la belle Ethel au défi de résoudre celle-ci :

180

« Je suis une étrange créature, car je satisfais les femmes
et rends service aux voisins ! Nul ne souffre
par ma faute, hormis mon assassin.
Je m'érige très haut sur ma couche,
je suis velu par-dessus. De temps à autre,
une belle enfant, la courageuse fille
de quelque paysan, ose me prendre en main,
s'empare de ma peau rousse, me décalotte
et m'enferme dans le noir. Aussitôt, cette fillette
aux cheveux nattés qui m'a enfermé
se rappelle notre rencontre. Son œil se mouille. »

Ethel refusa de répondre ; ses joues rosirent quand Godric lui expliqua qu'il s'agissait d'un « oignon » et virèrent au carmin quand Cadman lui demanda poliment à quoi elle avait bien pu penser.

Maureen vit avec une certaine nervosité la harpe s'approcher d'elle. Il faudrait aux Anglais de longues explications pour comprendre quelque chose à ses contes ; la langue dans laquelle elle s'exprimerait n'aurait aucun sens pour eux ; la complexité, la précieuse subtilité de ses chants disparaîtraient si elle tentait de les traduire. Pourtant elle ne voulait pas être la seule de l'assistance à se dérober. Puis les guirlandes verdoyantes, les jeux avec le lierre et le houx lui rappelèrent une histoire simple.

Un silence attentif accueillit son prélude : c'étaient quelques notes qui évoquaient le bruissement des feuilles dans un bois en été. Un jour, leur dit-elle, Tristan emmena la jeune et jolie épouse du roi Marc se promener dans la forêt de Calidon et comme, au bout d'un mois, ils n'avaient toujours pas reparu, le mari alla se plaindre au roi Arthur.

Accords menaçants. Applaudissements des auditeurs et interventions du genre : « Belle petite promenade ! », « Ils n'avaient pas mal aux jambes ? »

181

« Les cavaliers d'Arthur cernèrent le bois » — elle fit galoper les notes — « et Iseult trembla dans les bras de Tristan. » Succession d'arpèges frémissants.

« Le roi Arthur fit comparaître devant lui les protagonistes. » On eût dit l'appel du cor. « Et comme aucun des deux hommes ne consentait à renoncer à Iseult, il déclara que chacun pourrait la garder la moitié de l'année : l'un quand les arbres auraient des feuilles, l'autre quand ils n'en auraient pas, et que le choix appartenait à l'époux. »

Concert de sifflets et de hourras de la part des hommes mariés et des célibataires.

« Alors Marc déclara qu'il souhaitait la garder en hiver, lorsque les arbres sont nus, parce que c'est en cette saison que les nuits sont les plus longues. »

Oswy fut le premier à applaudir et trépigner. Maureen fit résonner sur la harpe le rire d'Iseult.

> « *Trois arbres ont un généreux caractère :*
> *Le houx, le lierre et l'if.*
> *Ils portent des feuilles toute l'année... :*
> *Je suis donc à Tristan pour toujours !* »

Elle acheva sur une petite phrase moqueuse et un accord triomphant.

Enchanté, l'auditoire se mit à vociférer. Les hommes s'assenaient de grandes claques dans le dos en s'expliquant mutuellement l'histoire au cas où le vis-à-vis n'eût pas compris. Elfwyn détachant ses mots, proféra : — C'est une ruse typiquement galloise, ce accompagné d'un sourire soulignant qu'il s'agissait là d'une innocente plaisanterie.

— C'est vrai ! cria Oswy. Les Gallois ont de l'intelligence dans la tête, de la musique sur la langue et de la sorcellerie au bout des doigts.

Il baisa la main de Maureen, encore posée sur la harpe. Il était un peu ivre, elle savait qu'avec lui les réjouissances se poursuivraient au lit bien après que les ténèbres auraient envahi la salle du festin...

Elle soupira. Tanguy s'éloignait d'elle. Les ossements d'Uryen étaient perdus sur la rive, sous le sable et les vents marins, et sa dernière héritière couchait avec un Anglais et racontait les amours de Tristan et d'Iseult pour faire rire ces barbares... !

*
* *

Le lendemain, en fin de matinée, le soleil pâle avait repris quelque force. Edda profitant de la lueur, se penchait sur sa broderie lorsque Maureen se rua dans la pièce comme une furie, ses cheveux noirs répandus sur ses épaules, des éclairs de colère dans les yeux.

— Cette Elfwyn ! Il faut la marier tout de suite ! Je ne supporterai pas plus longtemps ses sarcasmes et ses insultes ! Pour l'amour de Dieu, trouvez-lui un homme et faites en sorte qu'elle disparaisse de ma vue !

Edda posa son aiguille.

— C'est impossible, Maureen.

Celle-ci éclata d'un rire sauvage.

— Je comprends parfaitement que les hommes ne se battent pas pour demander sa main, mais il doit bien exister quelque guerrier anglais assez courageux pour la prendre avec une dot de nature à lui adoucir le caractère... Après tout, elle est la cousine du Roi !

— C'est hors de question.

— Eh bien, si la Maison Royale de Northumbrie n'a pas les moyens d'acheter un époux à l'une de ses parentes, moi, je les ai. La Cambrie est riche, et ce sera de l'argent bien dépensé. Je vais écrire à Oswald que je fournis la dot s'il veut bien choisir le héros.

Edda secoua la tête.

— Oswald ne le permettrait jamais. Elfwyn est une Déirienne, comme Hilde.

Maureen la regarda sans comprendre.

183

— Asseyez-vous, ma chère, et écoutez-moi. Je vois que vous ne connaissez pas l'histoire de notre Maison.

Maureen, effectivement, n'avait jamais pris la peine de s'en enquérir.

— La Northumbrie se compose de deux royaumes. Mes frères et moi sommes du nord, de la Bernicie ; Deira est au sud, autour d'Eoforwic. Notre grand-père l'a conquise et a tué le roi ; il aurait aussi tué le prince Edwin, si sa nourrice n'avait sauvé l'enfant. Mais il s'est emparé de la princesse Acha et lui a fait épouser notre père, pour unir les deux royaumes.

Maureen se souvint de l'intonation d'Oswy disant « *Ma propre mère...* » avant de s'arrêter net. Qu'était-il advenu de ce mariage ?

— Parvenu à l'âge d'homme, Edwin est revenu et a tué notre père ; nous avons dû prendre la fuite et nous exiler. Edwin a donc gouverné les deux royaumes jusqu'au jour où Cadwallon de Gwynedd l'a abattu et a ravagé ses terres. C'est alors qu'Oswald est rentré d'exil et a reconquis tout ce qui appartenait à notre père, et au-delà. Les fils d'Edwin sont morts en bas âge, mais Hilde et Elfwyn sont ses petites-nièces. Leur mari ou leur fils pourraient revendiquer Deira en leur nom. C'est la raison pour laquelle Oswald les garde à sa Cour.

— Vous voulez dire qu'elles sont des otages ?

— Hilde va prendre le voile très bientôt.

— Hilde !

Maureen était horrifiée : de toute sa nouvelle parenté, Hilde était sa préférée. Imaginer cette nature chaleureuse et vivante recluse, à jamais éloignée de la vie, était abominable. Elle se rappela le visage et l'intonation sévères d'Erek : « Non, bien sûr, on ne te forcerait pas à prendre le voile sans vocation. Tu resterais simplement dans ta cellule jusqu'à ce qu'il t'en vienne une. »

— Oswald est incapable de pareille cruauté ! Il n'y a pas le moindre risque que Hilde se dresse un jour contre lui. Je lui parlerai dès son retour... Je trouverai à Hilde un époux ne présentant aucun danger, un noble de l'ouest, un grand Cambrien qui soit digne d'elle...

Edda souriait.

— Ma chère enfant, vous lui briseriez le cœur si vous tentiez d'agir ainsi. L'évêque Aidan dit qu'il n'a jamais rencontré de vocation si forte. Pour l'instant, elle prend son temps, elle se prépare à sa manière : elle apprend avec mes frères l'art de gouverner, elle se promène à cheval dans les collines. Une abbesse doit être capable de gérer son couvent, de cultiver les champs autant qu'une femme de Dieu... Et où, en dehors de l'Église, Hilde pourrait-elle mettre à profit toute son érudition ?

Le sourire s'effaça.

— Le cas d'Elfwyn est... différent. Elle n'éprouve pas de vocation, mais on ne l'autorisera jamais à se marier hors de la maison royale. Nous avons cru autrefois qu'Oswy, peut-être... et puis...

— Et puis on lui a proposé une bien meilleure affaire.

— Une bien meilleure affaire, acquiesça tranquillement Edda, et une bien meilleure épouse. Vous êtes capable de parler avec lui, vous partagez son goût pour la musique et pour la poésie ; elle, non. Dommage, évidemment, que vous n'arriviez pas à aimer Oswy...

Surprise, Maureen leva les yeux. Edda la regardait avec bonté.

— Votre regard est éloquent, ma chère. Quand Elfwyn vous a dit qu'une autre femme était amoureuse d'Oswy, vous n'avez pas eu l'air jalouse, pas même ennuyée. Étonnée, seulement.

Maureen regagna ses appartements navrée. Hilde lui manquerait mais, selon toute apparence, elle-même allait devoir supporter Elfwyn éternellement ! Le fardeau de sa présence lui pesait chaque jour davantage.

Ce printemps-là il plut beaucoup ; ce n'étaient pas de ces solides averses qui déblayent le ciel et nettoient le monde, le

185

rafraîchissent, mais une bruine qui ensevelissait Bebbanburh sous une couverture trempée et l'y maintenait ainsi pendant des jours. Oswy était la plupart du temps absent ; Edda et Hilde vaquaient à leurs propres affaires, mais Elfwyn ne quittait pas Maureen d'une semelle et cette présence obsédante la rendait folle.

Un matin, Maureen essayait de broder pour l'une de ses robes une bordure de soie, non sans se dire qu'Ethel eût fait beaucoup mieux. Elle aurait aimé jouer de la harpe, mais Elfwyn s'en était emparée et en tirait des notes étranges et de petits accords dissonants. Maureen mourait d'envie de la prier méchamment de faire de la musique ou de ne plus torturer l'instrument, mais elle ravalait son agacement et s'obstinait fébrilement sur son aiguille et ses fils de couleur. A tel point qu'elle ne se rendit pas compte qu'Elfwyn s'était mise à chanter : à voix basse, à peine plus qu'un murmure. Et puis, peu à peu, les paroles s'entrelacèrent à ses points de couture et elle commença à comprendre...

> « ... C'était un jour pluvieux, et je pleurais comme lui ;
> mon esprit s'échappait au loin pour rejoindre mon Wulf.
> Un guerrier me prit dans ses bras,
> alors j'aimai ce que je haïssais.
> Wulf, mon Wulf, je suis malade de désir,
> malade du désir de te voir... »

La voix d'Elfwyn s'étrangla ; Maureen la regarda, en cillant à travers ses larmes. Elle se rappela ce qu'Edda lui avait dit du destin qui attendait la jeune femme. Si Elfwyn aimait quelqu'un et savait que la vie ne lui réservait rien d'autre que des années vides et une nostalgie sans espoir, comment s'étonner qu'elle fût amère ? Elle lâcha sa broderie, traversa la pièce en courant et prit la main d'Elfwyn ; un moment de plus, et elle l'aurait embrassée. La jeune fille retira sa main d'un geste sec.

— Je refuse votre pitié !

Maureen secoua la tête ; Elfwyn lui lança un coup d'œil aigu, puis sourit. Cette fois, elle tendit la main, pour essuyer, avec la délicatesse d'un chat, ses joues baignées de larmes, contempla les gouttes qui perlaient au bout de ses doigts.

— C'est sur vous-même que vous pleurez, n'est-ce pas ? Eh bien, nous sommes à l'unisson. Il sera doux pour moi de savoir, quand j'étreindrai mon oreiller, que vous non plus, ne souriez pas sur le vôtre.

Un réflexe de défense envahit Maureen.

— Et moi, très chère, murmura-t-elle suavement, ce sera grand réconfort de savoir que vous couchez au moins avec un oreiller... et je rirai alors en pensant à vous !

— Garce ! Vous, les Gallois, vous n'avez pas besoin de dagues. Les mots vous suffisent.

— Vous avez été mon maître en la matière, Elfwyn, et Dieu sait que vous avez consacré beaucoup de temps à m'en enseigner le maniement.

— Profitez, profitez de ce temps qui passe, mon amie, sait-on jamais vraiment combien il vous en reste !

Et tournant les talons, elle sortit, blême de rage.

XIII

Le temps s'éclaircit enfin, et l'humeur de Maureen rede-vint plus sereine avec le retour du printemps. Vers le mois d'avril, s'apercevant qu'elle était enceinte, la jeune femme, d'abord incertaine de ses sentiments, pencha vers la satisfaction : la lignée d'Uryen ne risquait plus de s'éteindre, la Cambrie aurait un héritier. Un fils à qui parler de ses ancêtres, enseigner la fierté de ses lointaines origines...

Elle n'en informa pas tout de suite Oswy, parce que le secret lui donnait un avantage sur lui. Évidemment, celui-ci ne tarderait pas à le remarquer, mais elle se réservait le choix du moment propice à la confidence — soit pour jouir de sa surprise, soit pour lui témoigner son éventuelle gratitude..., elle verrait bien.

Après Pâques, ils partirent rejoindre Oswald au sud, puis la Cour alla s'installer à Eoforwic pour les fêtes de la Pentecôte. Maureen savoura la chevauchée par un temps superbe au milieu des riches plaines de l'est. Combien de temps encore, se demandait-elle, amusée, chaque fois qu'elle enfilait sa tenue de chasseresse, pourrait-elle la porter ?

A peine franchie la frontière de Deira, Elfwyn adopta des

191

mines suffisantes et crânes ; elle désignait les terres fertiles et les opulentes bourgades d'un geste d'héritière faisant visiter le pays à des sauvages du nord. L'atmosphère méridionale semblant adoucir son caractère, elle se montra gaie et courtoise vis-à-vis des petits nobles locaux lorsque ceux-ci vinrent rendre hommage à leurs suzerains de Bernicie. Elle s'interposait souvent entre les deux partis et secondait Maureen dans les circonstances scabreuses. De fait, elle se comportait en dirigeant présomptif, mais Maureen la laissait se hausser le col sans broncher : elle éprouvait comme une espèce de compassion pour la jeune fille ; celle-ci, somme toute, n'était guère plus qu'une serve bien née... Objectivement, sa propre existence était beaucoup plus riche.

« Je serai reine de Cambrie, se répétait-elle, je porte l'héritier ; ma vie a un sens. Je contribue à unir deux grands royaumes dans un climat de liberté et de paix. Oswy n'a pas tort. Une princesse ne se marie jamais pour sa satisfaction personnelle, et je ne peux prétendre que la chance ne m'ait pas souri. L'époux qu'on m'a donné a un excellent caractère ; il est courtois... érudit. Il ne craint personne sur le champ de bataille, me dit-on. Et au lit, non plus. »... Un léger pincement au cœur lui remémora Tanguy. Comment pouvait-elle insensiblement s'en détacher ? A quand remontait la dernière nuit où elle avait rêvé de lui, et s'était éveillée submergée par la nostalgie ?

« Mon fils, probablement, qui me détourne du souvenir... L'avenir irrémédiablement engloutit le passé. Il me faut lui transmettre une Cambrie renforcée, afin qu'il puisse tenir tête à la Northumbrie lorsque Oswy et moi ne serons plus... Et si l'héritier d'Oswald venait à mourir... ou se révélait inapte à l'art de la guerre et du gouvernement..., c'est le mien qui régnerait sur les deux royaumes. Mon fils, régnant sur les terres qui ont vu le meurtre d'Uryen ! Mon fils, roi des pays du Nord ! »

Sa bouche esquissa un sourire mélancolique.

« Voilà que je me mets à raisonner comme Erek ou

l'Abbesse... Ma jeunesse s'en va ; je suis dans ma ving-
tième année. Bientôt mes amours ne seront rien de plus
qu'une vieille légende, à l'instar de celles d'Iseult, chan-
tées par un barde au cours d'une soirée d'été. "Il était une
fois une princesse de Cambrie, qui aimait un jeune chasseur..." Les jeunes filles écouteront en soupirant l'histoire de mon amour et de mon chagrin. Et puis elles se
verront, à l'autre bout de la salle éclairée par les torches,
adresser des sourires et se glisseront dehors à la rencontre de
leur soupirant, comme je me faufilais moi-même vers Tanguy
dans le bois de pins. Alors la harpe se taira, et je serai
oubliée... »

Elle soupira, puis secoua la tête, comme importunée par
des moustiques, et interrogea Elfwyn sur la rivière qu'elles
s'apprêtaient à traverser à gué.

Eoforwic l'impressionna autant que la jeune Déirienne
pouvait le souhaiter. Ancienne capitale romaine du Nord, la
ville conservait une allure impériale. Le palais se dressait
dans l'antique enceinte, et Maureen se sentait là plus à l'aise
que nulle part ailleurs en Northumbrie. Il lui fallait admettre
que même Caer Luel n'avait rien qui pût se comparer avec
les murailles d'Eoforwic et ses tours massives. Celles-ci surtout retinrent son attention.

— Croyez-vous que nous devrions en construire à Caer
Luel ? demanda-t-elle à Oswy qui, voyant son intérêt, l'avait
emmenée visiter les remparts. L'idée le frappa. Et aussi le fait
qu'elle eût dit « nous ».

— On peut considérer Caer Luel comme une tour en soi,
répondit-il, vu sa position au sommet de sa falaise abrupte.
Eoforwic, lui, comme vous voyez, se trouve en rase campagne. — Il indiquait du doigt les vastes plaines maréca-
geuses environnantes. — L'Ouse a des marées, les bateaux
qui viennent de la mer peuvent accéder jusqu'au cœur de la
cité, et, vous savez, où pénètrent les marchands peuvent
pénétrer les pirates. Caer Luel n'a pas ce genre de problème... Il n'empêche qu'une tour serait peut-être une bonne

idée près de la porte sud où le terrain est plus bas. De retour là-bas, nous en reparlerons...

Elle leva vers lui des yeux brillants.

— Nous irons bientôt à Caer Luel ?

— Oui, le temps presse maintenant. Votre grand-père doit avoir envie de remettre les rênes à des mains plus jeunes. Je dois faire la connaissance des nobles cambriens. Vos conseils me seront précieux. Vous m'indiquerez les démarches adéquates et les hommes de confiance. Nous partirons dès qu'Oswald aura réglé les affaires qui le retiennent ici.

Un élan de joie souleva Maureen par-dessus les nuages et, soudain, dans un accès tendre, elle décida qu'Oswy méritait de connaître l'existence de leur fils, l'héritier de la Cambrie. Ce soir même elle lui apprendrait la nouvelle. Demain marquerait le début d'un nouveau chapitre dans l'histoire de sa vie et dans celle du nord. En quoi elle ne se trompait pas.

*
* *

Oswald se leva le premier, il assistait toujours à la messe dès les premières lueurs de l'aube. Puis il partit avec sa suite rendre visite à l'un des thanes de Deira dans les environs d'Eoforwic. Leurs affaires réglées, on irait chasser au faucon dans les marais le long de la Foss.

Vers la même heure, Elfwyn s'activait également. Elle prit une bourse pleine de pièces franques et sortit, suivie de deux serviteurs du palais, des Déiriens qui la considéraient comme leur princesse. Ce jour-là se tenait l'une des grandes foires aux chevaux qui valaient à Eoforwic sa réputation. La jeune fille avait en effet, pour son projet, besoin de beaucoup d'argent et de temps. Car elle cherchait une monture d'un type très particulier. Aussi ne trouva-t-elle pas immédiatement celle de ses vœux.

Oswy, lui, beaucoup moins matinal, se rua hors de sa chambre pour rattraper son frère. Ethel attendait dans l'antichambre le moment de s'occuper de sa maîtresse. S'emparant de l'une de ses nattes, il la lui tira gentiment avec un large sourire et, lui glissant une pièce d'or :

— Tu es une bonne fille. Achète-toi un cadeau.

Il sortit à grands pas, laissant la jeune femme contempler, bouche bée, le jaunet qui reposait dans sa paume, et se dirigea vers la volière afin d'y choisir son faucon. Il y trouva Godric jurant comme un possédé : sa plus belle chemise était tout effrangée, l'une des servantes ayant omis de la ravauder malgré sa promesse.

— Tu devrais te trouver une épouse, lui dit-il gaiement. Pourquoi pas Ethel ? C'est une fille sensée, d'humeur égale, qui possède même des terres..., et je compléterais sa dot, eu égard à son dévouement pour ma dame.

Godric fit la moue.

— Qu'est-ce qui te tracasse ? Ses malheurs passés ? N'y pense plus. Sévices subis ne sont pas un crime et, à moins d'en être aigrie, la femme n'en sort pas gâtée ! Eh bien ? tu ne la trouves pas assez belle pour toi ?

— Elle a la plus jolie nuque que je connaisse.

Oswy fronça les sourcils.

— Elle n'a d'yeux que pour Cadman — grand bien lui fasse ! Parce que vous savez comment sont les Gallois... pointilleux pour la naissance et le lignage...

— Je sais. Enfin, ce n'était qu'une idée en l'air. Viens, ou bien c'est Oswald et non le gibier d'eau que nous pourchasserons toute la journée.

Maureen se leva bonne dernière. Sa grossesse commençait à la rendre paresseuse ; et puis, d'une chose à l'autre, elle n'avait guère dormi. Elle déjeuna paisiblement, puis décida d'aller se promener à cheval en direction de la Foss et d'y voir éventuellement un bout de la chasse. Comme elle parvenait, sans hâte, aux écuries, elle vit Elfwyn arriver, suivie de deux serviteurs qui menaient des chevaux par la bride : un magnifique étalon bai tacheté de noir et la plus charmante petite jument grise qu'elle eût jamais vue.

La jeune fille se porta à sa rencontre, radieuse.

— Regardez, j'ai des cadeaux pour Oswy et pour vous ! C'est de la part de Deira, pour que vous vous souveniez de nous, et que votre voyage de retour chez vous soit rapide. Ils vous plaisent ?

— Ils sont superbes.

Maureen était touchée. De toute évidence, Elfwyn avait entendu parler de leur séjour en Cambrie (définitif, espérait Maureen) et s'efforçait de se faire pardonner ses méchancetés avant leur départ.

— Où est Oswy ? — Elfwyn le chercha avidement du regard. — Je veux voir sa tête quand je lui dirai que l'étalon lui appartient.

— Je crains qu'il ne soit déjà parti... Il mourait d'envie de rattraper Oswald.

Quoiqu'elle s'en fût dûment informée déjà, Elfwyn baissa la tête, telle une enfant déçue.

— Oh, quel dommage, ma surprise va être gâchée ! Il y aura sûrement quelqu'un pour lui en parler avant moi..., et moi qui m'en faisais une telle joie !

Maureen la prit en pitié : la jeune fille, décidément, jouait de malchance dans l'existence...

— Et si nous les montions pour aller le rejoindre ? Nous pourrions exhiber leurs allures. Oswy nous demandera où nous les avons trouvés, et vous pourrez alors lui dire que ce sont des cadeaux.

— Quelle bonne idée !

Elfwyn marqua une pause, puis déclara avec un petit rire désinvolte qui ne sonnait pas tout à fait juste :

— Évidemment, vous préférez monter le grand ?

Maureen hésita. Elle n'imaginait pas la jeune fille maîtrisant l'étalon, mais elle se rappelait la petite remarque acerbe : « Cela permet de regarder tout le monde de haut » lors de leur première promenade. Elle ne voulait pour rien au monde rouvrir les hostilités alors que les choses prenaient une tournure si agréable.

— Jamais de la vie. Je meurs d'impatience d'essayer ma jolie jument !

Le sourire radieux qui apparut sur le visage d'Elfwyn lui montra qu'elle avait fait le bon choix. Montant aussitôt en selle, elles partirent vers les marais.

*
* *

Ethel déambulait dans le vaste marché des bords de l'Ouse en savourant chaque minute. Elle n'était pas encore remise de sa liberté recouvrée. Déirienne, elle se réjouissait de visiter sa ville natale. Mieux encore, l'or d'Oswy allait lui permettre d'acheter à sa maîtresse un beau cadeau pour lui exprimer sa gratitude.

Difficile de faire un choix parmi les marchandises rares débarquées dans la ville par les navires amarrés le long des quais : fourrures et ambre de la Baltique, or, bijoux et brocarts en provenance de la lointaine Constantinople, verreries du Rhilo, ivoires francs côtoyaient le jais ramassé sur les grèves de Deira. Elle aurait voulu piller tous les étals et déposer leurs trésors aux pieds de Maureen.

Après avoir longuement interrogé son cœur, elle arrêta son choix sur un présent de fabrication anglaise : un coffret en os de baleine, sur lequel était sculptée l'histoire de Wayland et de la jeune fille métamorphosée en cygne. La baleine, en runes gravées tout autour, exprimait elle-même son dépit : comment avait-elle été sotte au point de se laisser drosser à la côte ? — et s'en consolait par la perspective que son ivoire ravirait quelque jolie femme. Ethel était enchantée de son choix : le coffret, très beau, était exactement ce qu'il fallait à sa dame pour ranger ses bijoux, et elle-même pourrait passer de longs moments très agréables à lui expliquer l'histoire : Maureen avait montré tant de curiosité pour les runes !

Le marchand lui ayant rendu des piécettes d'argent sur son

197

or franc, elle décida de s'offrir des rubans de cheveux après s'être un peu reposée et, pour ce faire, alla s'asseoir sur un banc près d'une taverne. On bavardait beaucoup autour d'elle qui écoutait d'une oreille plutôt distraite.

— C'est moi qui paie la tournée.

— Qu'est-ce qui t'arrive ? Ça ne va pas ?

— Ça va très bien, merci. J'ai fini ma journée... j'ai vendu toute ma marchandise.

— Quoi ? La jument grise aussi ? Tu as dû tomber sur un étourneau aveugle !

— Sur une femme. Pour un maquignon, ça revient au même !

— Pas étonnant que tu files en vitesse. Tu risques d'être inculpé pour meurtre.

— Rien à craindre. La femme en question était une petite chose tirée à quatre épingles, du genre qui ne se promène pas seule à cheval. Quand elle retrouvera son homme, il te lui flanquera une de ces tournées pour avoir gaspillé son or !

— Comment tu sais qu'elle en a un, d'homme.

— Elle m'a aussi acheté l'étalon, le bai. Une gamine dépenserait pas comme ça l'or de son papa...

— Y a qu'un thane pour confier tant d'argent à une femme. Prends garde, tu pourrais avoir de gros ennuis.

— Cette jument est tout à fait sûre, à condition qu'on ne l'effraie pas.

— Mais tout lui fait peur, un cri, un aboiement, le son du cor, un bébé qui pleure, un oiseau qui s'envole devant elle ou une brindille qui casse sous son sabot... Haut les cœurs, pourvu que ça n'arrive jamais ! Cette jument est vicieuse, et tu le sais.

— C'est la vie, non ? Le plus joli cheval que j'aie jamais vu, fallait qu'il ait le diable au corps !

— Hé oui, exactement comme les femmes !

Cette conversation divertit Ethel un moment, puis elle l'oublia et alla choisir ses rubans. De retour au palais, elle posa la boîte sur un coffre dans la chambre de Maureen, afin que celle-ci la vît tout de suite en entrant, et partit à sa recherche. Comme Elfwyn, elle voulait savourer l'effet de surprise. Une servante l'informa que leur maîtresse était partie depuis peu avec Elfwyn rejoindre la chasse au bord de la Foss.

Elles voulaient montrer leurs chevaux à l'atheling.

— Il les a déjà vus assez souvent !

— Pas ceux-là. Pas les deux que Dame Elfwyn a achetés ce matin à la foire. Deux bêtes superbes ! Un grand étalon bai pour Oswy et la plus mignonne petite jument grise que...

Ethel déjà courait vers les écuries. Elle y trouva Cadman, d'humeur exécrable, qui s'apprêtait à sauter en selle. En tant qu'intendant des écuries, il avait dû rester pour régler une querelle entre deux guerriers, ce qui lui avait fait manquer presque toute la journée de chasse. Une querelle stupide ! Et lui qui adorait la chasse au faucon... ! Ses sourcils noirs se froncèrent encore davantage lorsque Ethel, se précipitant sur lui à bout de souffle, lui demanda de partir à la recherche de sa dame et de l'accompagner.

— La Princesse aurait dû vous expliquer clairement les choses en vous engageant, Ethel. Vous êtes sa suivante, pas sa nourrice.

— Vous ne comprenez pas ! J'ai entendu le maquignon parler à la foire. La jument grise est vicieuse... Si elle s'emballe avec Elfwyn, ma dame risque d'être blessée, d'essuyer une ruade en tentant de la dompter !

— Ce n'est pas Elfwyn qui monte la grise, coupa l'un des valets. Je les ai vues partir. Elle a pris l'étalon, même qu'elle avait une drôle de dégaine dessus ! Dame Maureen montait la jument.

Au cri que lâcha Ethel, Cadman poussa un juron et partit en trombe, non sans ordonner aux palefreniers de le suivre et d'apporter de la corde. Ethel, relevant ses jupes, enfourcha un poney et s'élança à son tour. Les gens s'égaillèrent devant leurs sabots lorsqu'ils franchirent la porte de la Foss au galop de charge.

Ils ralentirent l'allure en abordant la région des marais ; aller trop vite était risqué, et ils ne savaient de quel côté chercher les deux cavalières. Oswald ayant pris la direction d'un domaine qui se trouvait au nord, en amont de la rivière, les chasseurs devaient donc revenir par là ; mais impossible de deviner quelle distance ils avaient parcourue et quel chemin les deux femmes avaient emprunté pour les rejoindre.

C'était une région de marécages et de mares stagnantes, étouffés par la végétation ; aux endroits que l'eau recouvrait seulement en période d'inondation se dressaient des bouquets d'aulnes et de saules. Quelques paysans vivaient là, de pêche et de chasse au gibier d'eau, dans des huttes disséminées. Les rares sentiers qui suivaient la terre ferme serpentaient, traîtres et glissants, parmi osiers et roseaux...

Ils tendirent l'oreille sans percevoir que le chuchotis des cannes, le frémissement des feuilles et le bourdonnement des mouches. Un silence étrange pesait sur les tourbières. Cadman, levant la tête, en comprit la raison : son regard aigu saisit une tache noire, un faucon pèlerin qui volait très haut dans le ciel. Soudain, du milieu de l'étang, leur parvint l'écho d'un vacarme accompagné d'une agitation frénétique : un héron posé sur une souche prit son essor et, avec des efforts désespérés, s'envola vers l'abri d'un bouquet d'aulnes, ses grandes ailes grises battant pesamment, ses pattes traînant derrière lui. Le rapace fondit sur lui comme l'éclair, il y eut un cri, un bruit d'éclaboussures derrière le bosquet ; puis un épouvantable hurlement aigu semblable à un rire dément.

Elfwyn apparut au tournant d'un chemin, un peu plus haut ; minuscule sur le dos de l'énorme étalon, elle criait à pleine gorge. En les voyant, elle s'immobilisa, le visage blanc de surprise et de terreur, les mains griffant les rênes.

— Maureen est tombée de cheval ! glapit-elle. Au secours ! Au secours !

Puis, apparemment incapable de retenir sa monture, celle-ci, l'encolure tendue, l'emporta à bride abattue en direction d'Eoforwic. Ils pressèrent l'allure. On entendait des clapote-

200

ments, au milieu des roseaux, mais personne n'appelait...
Soudain ils s'arrêtèrent, horrifiés.

La terre ferme avait comme fondu en une étendue de boue
et d'eau noire. A quelque distance du bord, la jument grise,
qui s'était débattue, comme l'attestaient, autour d'elle, les
vaguelettes concentriques et boueuses mais que, pour l'instant, la terreur figeait sur place. Déjà plongée jusqu'au ventre
dans la vase épaisse et profonde, elle s'enfonçait rapidement.

Un peu plus loin, Maureen gisait à plat ventre, la tête et un
bras encore collés à une petite éminence de terre boueuse,
mais les pieds et les jambes aspirés déjà par le marécage.
Assommée par la chute ou par un coup de sabot décoché par
la jument lorsque celle-ci s'était débattue, peut-être étouffée
par la boue, elle ne faisait aucun effort pour se tirer de là. Son
corps semblait aspiré en arrière.

Cadman se débarrassa de ses bottes et noua une corde
autour de sa taille.

— Vous ne pourrez pas nager jusque-là, messire, vous
allez être happé par la vase.

Des pas soulevaient des gerbes d'eau derrière lui ; deux
paysans accouraient avec un lattis en osier.

— Envoyez-lui ça.

Ils imprimèrent une poussée à la claie. Quoique celle-ci ne
fût pas tout à fait assez longue pour atteindre Maureen, ils
parvinrent à en caler un angle dans la boue entre les roseaux.
Cadman s'engagea dessus en rampant. A peine en avait-il parcouru la moitié que le coin opposé se soulevait sous son poids
tandis que l'autre s'enfonçait sous lui. Ils le ramenèrent en
tirant sur la corde. Pendant ce temps, la tourbe engloutissait
Maureen dans ses lents remous. Les paysans se regardèrent :
malgré leur compassion pour la dame, ils n'allaient pas risquer la noyade pour la sauver.

— Donnez-moi la corde !

Ethel avait arraché ses vêtements afin d'être aussi légère
que possible et de ne pas les accrocher à quelque aspérité.
Cadman, en nouant la corde autour d'elle, l'entendit mar-

monner. Il crut d'abord qu'elle priait mais, stupéfait, n'entendit rien d'autre que cette phrase, indéfiniment répétée : « Je le prends sur moi, je le prends sur moi ! »

De nouveau, les hommes poussèrent la claie et, s'avançant aussi loin qu'ils l'osaient, réussirent à lui faire aborder le tertre. Ethel, à plat ventre, progressait pouce après pouce, en s'efforçant de ne pas ébranler sa fragile passerelle. Celle-ci s'inclina légèrement quand la jeune femme parvint au bout mais tint bon. Les hommes regardèrent l'Anglaise se tourner doucement sur le côté, dénouer la corde et, les bras prudemment tendus, la passer sous le corps inanimé. Elle la ramena, y fit un nœud, se dressa prestement sur les genoux et soulevant le buste de Maureen, l'allongea sur la claie jusqu'à la taille. La claie s'inclina et s'enfonça sous le poids combiné des deux corps ; Ethel la saisit d'une main, agrippa sa maîtresse de l'autre et hurla :

— Tirez !

Les hommes reculèrent, halant de toutes leurs forces ; pendant une seconde ou deux, les femmes eurent la tête sous l'eau, mais Ethel ne lâcha pas prise, et leurs sauveteurs les hissèrent sur la terre ferme. Cadman, à genoux, chercha le pouls de Maureen.

— Il y a du feu dans ma hutte, dit l'un des paysans.

— Emportez-la. Tâchez de la sécher et de la réchauffer. Il se tourna vers les palefreniers :

— Retourne au palais, Sigeric, et rapporte une litière ; toi, Alfgar, remonte à cheval et va vers le nord voir si tu peux trouver Oswy.

— Et cette brave fille ?

Cadman baissa les yeux sur Ethel qui frissonnait, à demi évanouie à ses pieds. Sa peau blanche et ses cheveux étaient maculés de boue. Choquée, elle n'avait pas encore suffisamment recouvré ses esprits pour s'occuper de sa maîtresse.

— Je m'en charge.

Après l'avoir enveloppée dans son propre manteau, il la souleva dans ses bras et emboîta le pas de la petite troupe.

LA REINE REBELLE

*
* *

Maureen gisait au fond de la tourbière, submergée par la boue noire. Attachée à la claie, elle ne pouvait bouger. La femme du paysan se trouvait près d'elle, nue, aveuglée par un bandeau, parmi d'autres, des centaines d'autres, Dieu sait combien ! Tant de victimes offertes à Wotan, pendant tant et tant d'années, étaient là, couchées immobiles dans la vase, mais toujours en vie. Ne vous y jetait-on pas vive lorsqu'on vous sacrifiait au dieu ? Alors elles chuchotaient, étendues, sans bouger, dans l'eau noire, elles chuchotaient, chuchotaient...

« Tu as perdu ton enfant, Maureen. Ne sens-tu pas tout ce sang qui dégouline entre tes jambes ? Tu l'as perdu dans le marécage où je t'ai envoyée. Ton enfant, Maureen, le rejeton royal de la Cambrie et de la Bernicie, n'est plus ! Ce petit caillot sordide expulsé de ton ventre, on l'a même jeté aux latrines ! Perdre un enfant, je sais tout là-dessus, Maureen, j'ai déjà vu ça. Ma mère a perdu le sien quand les hommes de Cadwallon sont venus. Elle m'avait cachée sous le lit, "Chut, chut... ! ne bouge surtout pas...", puis elle les a suppliés, par la Vierge Marie, de l'épargner, de ne pas mettre en danger l'enfant qu'elle portait. Mais ils l'ont couchée par terre et ils l'ont violée, violée... Ensuite, ils l'ont ouverte comme une truie, Maureen, tu sais ? en deux ! et ils ont retiré le fœtus de ses entrailles... »

Elle voulut détourner la tête, mais ligotée sur la claie, écrasée par la terrible épaisseur de boue, elle ne pouvait remuer. Les chuchotements insidieux reprirent :

« C'est mon hurlement qui m'a trahie. J'avais dix ans. Je ne leur avais jamais fait de mal, et pourtant ils m'ont emmenée. Je n'arrivais pas à comprendre cet excès de cruauté. Je les regardais, j'attendais que quelqu'un vienne me réconforter, me défendre, mais ils ricanaient, tous, et l'un après l'autre, en riant, me violaient... Et puis, Oswald est arrivé et les a taillés en pièces. En me retrouvant, Oswy, lui, m'a dit : "Pauvre petite cousine, ne pleure pas, ne pleure pas...", et il m'embrassait si doucement ! Il m'a ramenée chez lui. J'étais sûre qu'il m'épouserait quand je serais devenue femme. Mais ta famille te l'a acheté pour mari, et il t'a fait venir ici. Alors j'ai dit : "Voici la seconde fois que les Gallois viennent me détruire, mais je ne les laisserai pas faire !" Et je t'ai vouée à Wotan, Maureen. Maintenant, peu m'importe qu'on ait retiré ton corps du marécage, peu m'importe ! Parce que toi, tu es restée au fond. Et la boue va te tuer, te tuer, te tuer... »

La voix se modifia, cessa de chuchoter, prit des intonations d'une tendresse à briser le cœur, bientôt suivies de sanglots :

— Pauvre, pauvre Maureen, quand je pense que vous allez mourir à cause d'un cadeau que je vous ai fait !

Une autre voix, plus sourde mais comme impatiente :

— Cessez de pleurer, Elfwyn, cela ne sert à personne.

La voix d'Ethel ; si Ethel la savait là, tout près, couchée sous la boue, Ethel viendrait et la sauverait...

— Voilà trois jours qu'elle est ainsi ! s'écria Elfwyn, l'inquiétude et la désolation mêmes. Voilà des heures que je la veille, et elle ne fait pas un geste. Les démons du marais se sont emparés de son âme, il n'y a plus sur ce lit que son corps.

Maureen fit un effort désespéré pour forcer ses paupières à se soulever, appeler Ethel.

— Regardez, elle reprend conscience !

Arrachée à la boue, elle ouvrit enfin les yeux : la tête posée sur l'épaule d'Ethel, elle était dans son lit, au palais d'Eoforwic ; les rayons obliques du soleil la baignaient de lumière, et une odeur de roses flottait dans la pièce. Elle s'abandonna, le souffle court, dans les bras d'Ethel, tentant de recueillir ses forces, de rassembler ses souvenirs : l'envol brusque d'un héron, la petite jument soudain transformée en créature démoniaque, les cris d'Elfwyn...

Tout le reste était cauchemar, résultait du choc et de la

terreur, un cauchemar alimenté par les bribes de souvenirs et de peur que la Jument de la Nuit avait dénichées dans sa tête et, selon son habitude, déchaînées, transfigurées... monstrueusement !

Oui, tout le reste était cauchemar, un cauchemar né de son propre cerveau. Sinon, comment expliquer qu'elle eût entendu Elfwyn parler gaélique ?

XIV

XIV

ELLE mit longtemps à recouvrer ses forces après sa fausse couche et l'horreur de sa quasi-noyade. Visites et cadeaux se succédaient dans la chambre où elle reposait. Les protestations de tendresse, de chagrin, de remords prodiguées par Elfwyn sonnaient toujours à ses oreilles affaiblies comme des agressions.

— J'avais pris l'étalon, persuadée qu'elle n'aurait aucune difficulté avec la petite jument !

Une fois la porte refermée sur cette geignarde, Maureen s'agita sur ses oreillers :

— Oh, pour l'amour de Dieu, faites-la taire, interdisez-lui de m'approcher !

Oswy prit un air sévère.

— Vous êtes injuste de lui en vouloir. Son cadeau partait d'un bon sentiment ; elle se reproche déjà bien assez ce qui s'est passé sans que vous la preniez en grippe. La malchance n'est la faute de personne, et il ne sert à rien d'en blâmer quiconque. Ce qui est fait est fait, on n'y peut rien changer.

Lisant la tristesse dans ses yeux, il reprit avec plus de douceur :

— Vous regrettez notre enfant, ma chère, mais tâchez de ne pas gaspiller vos forces en portant son deuil exagérément. Vous êtes jeune et solide, nous en aurons d'autres. Dès que vous serez guérie, je vous ramènerai chez vous. Dans un mois ou deux, vous mènerez la danse de la Moisson autour du palais de Caer Luel.

Elle s'efforça de sourire.

— En attendant, puisque vous ne pouvez courir le vaste monde, voyez, je vous l'apporte jusque dans votre lit. Regardez, c'est pour vous, ceci nous arrive de Rome.

Il s'assit sur le lit à côté d'elle et ouvrit un livre ; c'étaient les *Églogues* de Virgile... L'Abbesse avait fait absorber assez de latin à sa tête rebelle pour que Maureen pût au moins les reconnaître. Chaque poème s'ornait d'une enluminure aussi vive de tons qu'une broche d'émail : dans des sites champêtres sous un ciel bleu cru, des bergers jouaient du pipeau parmi leurs moutons ; les vignes croulaient sous les grappes et des jeunes filles portant des corbeilles de fleurs dansaient avec des satyres.

Oswy, d'un bras, entourait ses épaules, et tournait les pages en lui indiquant les détails qu'il aimait. Hilde, qui venait d'entrer, prit un tabouret pour s'asseoir à côté de lui et se mit à lire les poèmes à voix haute, analysant ensemble certains de leurs vers favoris. Maureen s'abandonna contre la poitrine de son époux ; tandis que les belles couleurs chatoyaient sous ses yeux, elle se laissait dériver, sans opposer de résistance, vers une Arcadie idéale, comme il avait jadis souhaité qu'elle le fît, non sans savourer simultanément la robustesse bien réelle du bras qui soutenait son buste. Elle avait beau n'être pas amoureuse de lui, il constituait un solide bouclier. Dunner l'avait bien dit : même à terre, on savait toujours pouvoir compter sur lui...

*
* *

210

Quelques jours plus tard, un groupe de nobles déiriens vint s'enquérir de Maureen et de sa santé ; ils apportaient des présents et des vœux de guérison. Mais elle était encore trop faible et lasse pour supporter l'épreuve de les recevoir assise dans sa chambre, d'écouter leurs longs discours, d'y répondre et de leur offrir des rafraîchissements. Ce matin-là, Hilde lui tenait compagnie. Edda était à ses prières. Quant à Cyneburg, elle déclina placidement l'honneur d'une corvée qui l'éloignerait de son fils et de son métier à broder. Aussi Oswald, après avoir reçu la délégation avec son amabilité coutumière, accepta-t-il très volontiers les bons offices d'Elfwyn, promue pour l'occasion Dame du Palais. Il l'invita en souriant à représenter Maureen et à remercier les voyageurs en son nom.

Elle ne demandait pas mieux. Après les avoir conduits dans ses appartements, elle leur fit servir quantité de vin, d'hydromel, de bière puis, les serviteurs congédiés d'un geste, entreprit de calmer les inquiétudes de ses hôtes à propos de Maureen.

— ... Oui, pour l'enfant, c'est fini, n'ayez crainte.

— Mais elle ? elle est mourante ? s'enquit avec ferveur l'un des nobles. J'ai entendu dire...

— Cette fois, non, je ne crois pas. Dommage, évidemment, mais nos projets n'en sont pas condamnés pour autant. L'essentiel est fait : il n'y a pas de fils pour lier la Cambrie au camp d'Oswald ; et la femme d'Oswy ne sera pas en état d'en faire un autre avant un bon moment. Nous nous débarrasserons d'elle à la première occasion..., sitôt que les autres cesseront de la veiller jour et nuit. Comptez sur moi. En tout cas, faute de rejeton gallois, Oswald n'obtiendra pas l'appui de la Cambrie quand Penda se manifestera. Dès la mort d'Erek — l'affaire de quelques semaines, il l'a lui-même mandé par lettre à Oswy, mais on le lui a caché, à *elle* — le pays se soulèvera : il ne veut pas du roi anglais... Voilà qui occupera Oswy loin de Deira ; si les Cambriens seuls n'en viennent pas à bout, Penda s'en chargera dès qu'il aura éliminé Oswald.

211

— Mais vous êtes bien sûre que Penda viendra ? On nous prédit son arrivée tous les ans depuis Heavenfield.

— Cette fois est la bonne. Helmstan, des Marches du sud, me l'a fait savoir. Cynric et Hewald, qui travaillent ici, sont nés sur ses terres ; ils me transmettent ses messages. Lorsque la maison éparpillera les guerriers dans leurs domaines, vous verrez... Prévenez vos vassaux de se préparer pour l'insurrection.

— Ils sont déjà prêts. Voilà trop longtemps que nous attendons l'occasion de renvoyer la vermine de Bernicie dans ses trous.

Elfwyn éclata de rire :

— Oh ! même là, elle ne sera pas à l'abri. J'ai des amis dans ces parages. Ces gens-là sont de notre sang, ne l'oubliez pas ; ils désirent, comme nous, balayer le fumier chrétien de leurs terres et y rappeler les vrais dieux.

Avec ses pupilles rétrécies jusqu'à ne plus former que deux failles vertes, elle ressemblait plus que jamais à un chat.

— Pardonner à ses ennemis ! cracha-t-elle, tendre l'autre joue ! A-t-on jamais entendu chose plus ordurière ?

*
* *

Quoique le temps parût immobile à Maureen pendant les longues journées d'été, peu à peu elle reprenait des forces. Juin avait déjà cédé la place à juillet lorsque, des messages étant arrivés de Cambrie, Oswy lui apprit la nouvelle avec précaution : Erek était mort pendant son sommeil. Pressentant que sa vie terrestre touchait à sa fin, il lui avait envoyé sa bénédiction. De son côté, le Conseil de Cambrie avait aussitôt reconnu les droits d'Oswy au trône. Aussi partirait-on pour Caer Luel dès que Maureen serait en état de voyager.

Edda et Hilde prirent congé avec tendresse. La première partit vers le nord, visiter sa nouvelle fondation de

Coludesburh ; elle y recevrait le voile des mains de l'évêque Aidan. La seconde faisait route vers le royaume d'est-Anglie. Sa sœur aînée en avait épousé le souverain, à l'époque d'Edwin, un chrétien d'humeur douce, incapable de se laisser jamais impliquer dans les querelles de la dynastie northumbrienne. Oswald n'avait donc soulevé aucune objection lorsque Hilde avait demandé la permission d'aller vivre quelque temps dans sa famille avant de repartir poursuivre ses études chez les Francs.

Une semaine plus tard, une ambassade arriva de Powys : elle présenta ses compliments au nouveau roi de Cambrie ainsi qu'à son épouse, et les accompagna d'un avertissement amical. On avait appris à Powys que la perspective d'un monarque anglais contrariait quelque peu les nobles cambriens. Une révolte, même, se préparait : on projetait d'offrir la couronne à un membre du clan Dunoding. Par conséquent, les délégués suggéraient aux souverains légitimes un détour par Caer Legion : après avoir consulté leurs amis de Powys, ils reprendraient le chemin de Cambrie...

Devant leur air inquiet, Oswald et Oswy les pressèrent de questions : que redoutaient-ils exactement ? Que savaient-ils au juste ? Ils fournirent les indices convaincants d'un vaste complot. D'où s'ensuivit une longue conférence pleine de cordialité.

*
* *

Arthgal arpentait la galerie, prudemment mais d'un air qu'il espérait dégagé. Si on l'interrogeait, il répondrait qu'il s'était perdu. Il détestait ces pièces tournées vers l'intérieur, ces colonnes qui ressemblaient à des arbres pétrifiés. Il avait découvert au moins une chose à Glannaventa et Caer Luel : tous les bâtiments romains étaient construits selon un plan à peu près identique. Oui, la cour était là, avec ses pelouses et ses rosiers. Il s'arrêta, l'œil et l'oreille aux aguets. Les lieux semblaient déserts ; la jeune fille qui se trouvait là, debout parmi les roses, se tenait tellement immobile qu'il ne la vit pas tout de suite.

— Ces fleurs sont bien jolies, dit-il, s'approchant d'elle avec un sourire, mais la plus jolie de toutes ne pousse pas sur une tige !

Et c'est vrai qu'elle était jolie, avec ses boucles et ses grands yeux pâles.

— Vous désirez quelque chose ? s'enquit-elle calmement.

Il lui dédia un regard admirateur.

— Hélas, on ne peut pas toujours avoir ce qu'on désire !

La voyant sourire, il crut lui avoir suffisamment instillé de bonnes dispositions à son égard.

— En dehors du reste, je souhaiterais m'entretenir avec la reine de Cambrie.

— Je ne peux vous être d'aucune utilité : elle est malade.

— Rien de grave, j'espère ?

La nouvelle alarmait Arthgal. Cette indisposition risquait de réduire le projet à néant.

— Oh non, juste une petite maladie de femme — elle baissa les yeux avec modestie — ... la malédiction de notre sexe, une croix que nous devons toutes porter. Elle sera rétablie dans quelques jours. — Nouveau sourire. — Voulez-vous que je lui transmette un message ?

— Je vous serais reconnaissant de bien vouloir lui remettre cette lettre.

Il exhiba le petit rouleau de parchemin, bien scellé, que le moine avait préparé en cas de tête-à-tête impossible.

— Elle est du prince de Powys, son cousin, comme vous savez.

— Je l'ignorais.

— Il s'agit d'une affaire sans grande importance... D'une histoire de rubis monté en bague que le vieil évêque Erek portait autrefois et qui appartenait à Powys, ou qui lui avait

214

été promis. Le roi Oswy n'est sûrement pas au courant, mais elle saura de quoi il s'agit, elle.

— Je lui apporte tout de suite votre message. Vous attendrez la réponse ici ? Ou bien préférez-vous ailleurs ?

— Le prince a dit qu'aucune réponse n'était nécessaire. Il souhaitait juste lui rappeler la bague. Merci à vous, jeune fille, vous êtes aussi bonne que belle.

— Trop ravie de vous rendre service, répondit suavement Elfwyn.

Elle emporta la lettre dans sa chambre et rompit les sceaux, puis contempla avec méfiance les drôles de signes noirs qui s'étalaient sur le parchemin. Qu'est-ce qui pourrait blesser Maureen le plus ? Lui nuire le plus ? Si l'on remettait le message à Oswald, cet imbécile le ferait parvenir immédiatement à sa destinataire avec ses excuses ! A Oswy... ? Il le lui donnerait sans doute lui-même et le lirait avec elle — en lui enlaçant les épaules !... et tous deux poufferaient sans doute... — une bague ! c'était ridicule ! Tout bien réfléchi, Elfwyn décida donc de détruire la missive. Elle enroula le parchemin, le noua autour d'une pierre et, peu de temps après, au cours d'une promenade à cheval, le jeta dans le marais le long de la Foss.

*
* *

— Vous êtes sûr qu'il a mordu à l'hameçon ?

Les ambassadeurs de Powys traversaient la plaine d'Eoforwic en direction de l'ouest. Devant eux, dans le crépuscule, la route romaine montait en pente douce à travers les marécages vers Manceinion.

— Sûr ! s'exclama Congair. Son frère s'intéresse autant que lui à ce que trame Dunoding. Et Maureen leur conseillera le détour... Vous êtes certain qu'elle a reçu la lettre ?

— Sa servante a dû la remettre aussitôt.

— Alors, tout va bien. Nous tendrons l'embuscade dans

215

les collines au sud de Caer Legion sur le chemin de Pengwern.

— La reine trouvera peut-être un peu dur de suivre le meurtrier de son mari, dit pensivement Arthgal.

— Ça lui sera bien égal !

— Oui, mais aux prêtres pas, je suppose. Et les bardes sont bien capables d'en faire une satire.

— Tout est arrangé. Nous ne tuerons pas Oswy... C'est Penda qui s'en chargera. Après quoi nous arrivons, nous sauvons la reine et filons droit sur Caer Luel.

— Il y aura la guerre avec la Northumbrie.

— Cela aussi, c'est arrangé. Après l'anéantissement des troupes d'Oswy, nul ne sera là pour raconter l'affaire..., et Oswald n'escomptera pas de nouvelles avant que son frère soit parvenu à Caer Luel. Pendant que nous ferons route vers la Cambrie, Penda suivra les Longues Collines avec ses hommes en direction du nord et mettra à sac un palais d'Oswald qu'on appelle Gefrin. Dès qu'il apprendra cela, Oswald se ruera en Bernicie et, sitôt qu'il aura le dos tourné, Deira se soulèvera !

— Joli plan..., commenta Arthgal d'un ton admiratif.

— Normal. Ça fait assez longtemps que Tanguy y travaille.

*
* *

Une fois les discours terminés et la coupe des adieux passée de main en main avec moult « Bon voyage ! » pour l'ambassade qui retournait à Powys, Oswald passa dans ses appartements privés. Oswy l'y accompagna. Très agité, il faisait les cent pas, s'arrêtait pour regarder dans la cour, prenait le psautier de son frère, le feuilletait sans le lire, le reposait. Oswald était comme d'habitude, assis, immobile, les mains sur les genoux, paumes tournées vers le ciel. C'est lui qui prit la parole.

— Qu'allez-vous faire ?

— Ce qu'ils conseillent. Les rencontrer, élucider leurs assertions, conclure un pacte avec eux, puis passer en Cambrie avant le début des troubles. Powys veut manifestement notre alliance contre Gwynedd ; cela seul explique toutes ces protestations d'amitié, mais quelles sont au juste leurs conditions ? Voilà ce qui me tracasse... Maureen, éventuellement, me rejoindra plus tard ; vous pourriez peut-être l'accompagner jusqu'à Corabryg ? De là, elle n'aurait plus qu'à longer le Mur jusqu'à Caer Luel...

— Pourquoi ne pas l'emmener ?

— Elle n'est pas encore en état de faire un si long voyage... Et puis, si Dunoding vraiment nous mijote un de ses vilains coups, je risque de rencontrer des difficultés au cours de ma chevauchée vers le nord...

— Est-il raisonnable de la quitter alors qu'elle est encore faible et déprimée ? Et par ailleurs, croyez-vous sérieusement que la Cambrie se rallierait à vous en son absence ?

— Je ne le saurai qu'une fois là-bas.

— Le risque me paraît excessif. On vous refusera parce que vous êtes anglais. Attendez qu'elle ait repris des forces et allez-y ensemble.

— Retarder le départ est aussi dangereux. Il me faut resserrer les liens avec Powys. Leur alliance m'est trop utile pour que j'y renonce.

— Elle est tout aussi importante pour moi que pour vous, mon frère. C'est moi qui irai les trouver. Le temps que je revienne, Maureen sera rétablie, et je lui aurai d'autant raccourci le voyage. Elle pourra gagner Caer Luel avec vous.

*
* *

Reposé le peigne d'ivoire, Ethel entreprit de tresser les flots noirs qui cascadaient sur les épaules de sa maîtresse. Cette chevelure l'émerveillait : ses vagues sombres, leurs reflets bleutés, leur éclat soyeux, leur chaleur vivante, elle adorait les manipuler, les démêler, dénouer, natter, imaginer de nouvelles façons de les torsader et de les relever. Ce matin-là, sa tâche lui procurait une fierté toute particulière car, pour la première fois, Maureen devait paraître à un banquet en qualité de reine de Cambrie.

Oh, certes, l'occasion manquerait d'éclat ! Oswald parti avec tous ses compagnons d'armes, Hilde et Edda aussi, les nobles déiriens avaient regagné leurs domaines pour la moisson et la levée des impôts...

Du reste, Maureen n'avait guère le cœur à festoyer : elle portait le deuil d'Erek. Ce décès l'avait meurtrie au-delà de toute attente.

« J'aurais dû être à son chevet pour lui faciliter le voyage en lui offrant ma tendresse. Je serais à Caer Luel en ce moment même sans cette maudite promenade. Si Elfwyn avait eu réellement l'intention de me vouer à Wotan, comme je l'ai rêvé, le mal n'aurait guère pu être pire... »

Et lorsqu'elle imaginait Oswald en train de traverser les marécages, d'abord vers l'ouest, puis vers le sud, en direction de Powys, sa tristesse aussitôt devenait insondable... Tanguy s'y trouvait-il encore, près de son oncle, ou bien avait-il déjà regagné Manau ? Lui arrivait-il, parfois, quand tombait la nuit, de porter son regard vers l'est, par-delà la mer, du côté de Glannaventa, et de contempler les montagnes pâlir dans le crépuscule ?

« Si seulement je n'avais pas monté cette jument ! Si seulement Loïk n'était pas mort ! Si seulement je m'étais enfuie comme Ariana ! Si seulement... si seulement... »

Comme elle avait le cœur lourd sous la sombre splendeur d'apparat de sa robe pourpre, et les perles en gouttes de son diadème ressemblaient à des larmes sur ses cheveux noirs. Elle finit par quitter sa chambre et s'engagea à pas lents dans la galerie. La dignité royale lui inspirait si peu de joie que devant Cyneburg, dont la physionomie maussade exprimait un vague dépit de souveraine concurrencée, elle s'inclina avec courtoisie et s'effaça, muette, indifférente à la primauté. Sa « rivale », vanité rassurée jusqu'à l'indiscrétion, gagna le siège qui prouvait sa prépondérance.

En fait, les pensées de Maureen appartenaient encore aux contrées de l'ouest au lieu de s'attacher au banquet présent. Aussi, sur la fin du repas, suivait-elle machinalement Cyneburg vers la table du roi, sa corne à boire à la main. C'est alors que le héraut du palais, franchissant le seuil, appela d'un signe Liodwald, l'échanson. Après une brève conversation, celui-ci s'approcha d'Oswy d'un pas rapide.

L'esprit toujours préoccupé du passé, elle trouva quant à elle parfaitement normal d'entendre la voix de Tanguy lui demander tout bas l'histoire de Blodeuedd : les coups à la porte du palais, le dialogue des serviteurs, l'agitation consécutive, les deux scènes, quasi similaires, de Glannaventa et d'Eoforwic se superposaient, se mêlaient, ne faisaient presque plus qu'un : le message de Liodwald lui était destiné, à elle, comme au premier jour... Chaque pas, depuis, n'avait servi qu'à la conduire ici, pour l'attendre, l'entendre... Mais elle avait beau prêter l'oreille, elle n'en saisissait que des bribes...

« ... le comte Westerfalc... de Deawesbyrig... attaqué... le voyage du roi... dans le chariot... parlez-lui vous-même... »

— Mais, faites-le donc entrer ! s'exclama Oswy avec impatience.

Brouhaha, mouvements divers près de la porte, puis un petit groupe entra lentement. Les conversations s'interrompirent sur les bancs, et l'assistance se retourna vers les nouveaux venus. L'homme aux cheveux blonds grisonnants, vêtu avec élégance, qui s'avançait, devait être le comte. Trois de ses gens le suivaient. A côté de lui, une main agrippée à son épaule, comme pour éviter de tomber, titubait, tel un somnambule, Godwin, Grand Écuyer de l'armée d'Oswald, qui avait accompagné le roi, quinze jours plus tôt, dans sa marche vers l'ouest.

219

Il était propre, sa mise soignée : son ample tunique et sa cape n'étaient nullement souillées par le voyage. Quelqu'un, Westerfalc probablement, l'avait habillé de la sorte, car ce n'étaient pas les vêtements qu'il portait le jour du départ, et il était désarmé. Il marchait d'un pas chancelant, accroché à l'épaule du comte, sa main gauche dissimulée contre sa poitrine par les pans du tissu, mais son visage hâlé n'exprimait aucune inquiétude.

Oswy le dévisageait fixement : Maureen, toujours debout près de la table royale avec sa corne, s'étonnait de son immobilité totale, de son regard gris et sombre. Cependant, à peine les arrivants eurent-ils parcouru la moitié de l'allée que, se levant soudain, il alla s'asseoir sur le trône des largesses comme pour prononcer une sentence. Là, il attendit que les visiteurs se fussent approchés, puis, dans un silence qui s'était formidablement épaissi, demanda, très calmement, les yeux dans ceux du Grand Écuyer :

— Il est mort ?

Les lèvres crispées de Godwin se desserrèrent à peine sur le mot :

— Oui.

Encore une seconde de silence puis, déchirant, le hurlement de Cyneburg, suivi de sanglots et du nom d'Oswald désespérément crié. Maureen, d'un signe, pria Elfwyn et Ethel de s'occuper de la reine, et les femmes sortirent dans un grand tumulte d'étoffes froissées. Maureen, cependant, rejoignait Oswy. Maintenant qu'elle se trouvait plus près de Godwin, elle apercevait sous son hâle une lividité cadavérique ; ses yeux regardaient dans le vide, ses lèvres semblaient délavées, la main qui se convulsait sur l'épaule de Westerfalc montrait des ongles bleus. Le regard d'Oswy et le sien s'étreignirent comme des lutteurs.

— Comment et où ?

— Un message nous attendait à Chester pour nous avertir que le roi de Powys arrivait de Pengwern ; il serait le soir même dans son pavillon de chasse à Cogwy, c'est-à-dire à

220

environ vingt-cinq milles au sud, et il nous accorderait audience le lendemain à Chester..., à moins que nous lui fissions l'honneur d'accepter son hospitalité dans son pavillon. Évidemment, Oswald lui a fait dire qu'il s'y rendrait...

— Évidemment.

— Osmund est parti avec sa réponse. Nous ne l'avons jamais revu.

La voix de Godwin, toujours aussi inexpressive, aurait tout aussi bien pu décrire une chevauchée matinale sans incidents.

— Ils nous ont envoyé des guides. Pendant la matinée, nous avons parcouru une dizaine de milles sur la route romaine en direction du sud ; puis, la route tournant à l'est, nous avons continué vers le sud en empruntant un chemin qui passait par Bancornaburh.

Ce nom fit courir un frisson dans la salle. Le père d'Oswald avait massacré des moines dans les parages, avant la bataille de Chester.

— Nous marchions toujours vers le sud ; le terrain s'élevait en pente abrupte à l'ouest. Nous avons franchi à gué une rivière — la Pever, je crois —, et les guides ont déclaré que le pavillon de chasse se trouvait tout près. Ils nous ont devancés pour s'assurer que tout était prêt pour nous accueillir et nous ont priés de les suivre. La campagne était immobile comme le soleil. Et puis, à l'ouest, j'ai vu luire des lances au milieu des arbres, l'endroit où ils nous attendaient.

Godwin marqua une pause. Le souffle commençait à lui manquer, et sa poitrine se soulevait sous l'effort. Sa main se cramponnait désespérément à l'épaule de Westerfalc, mais il se tenait toujours très droit.

— S'ils étaient tout de suite venus à notre rencontre, je crois que nous les aurions rejoints en les saluant, car nous ne nous attendions à aucune traîtrise. Mais comme ils ne bougeaient pas, nous avons compris qu'il s'agissait d'une embuscade. Il y avait un vieux fort, envahi par les broussailles, au sommet d'une colline, et nous avons pris le galop pour aller nous y abriter. Certes, nous n'aurions eu aucune chance de

221

soutenir un siège ; nous n'avions pas assez d'hommes pour tenir les remparts, mais nous aurions été bien placés, au-dessus d'eux, pour mourir avec honneur. Ils avaient précisément compté là-dessus, et des troupes y étaient postées pour nous accueillir.

— Faites confiance aux Gallois..., siffla Oswy d'un ton aigre-doux.

Godwin secoua lourdement la tête ; elle semblait de plomb, brusquement, sur son cou.

— Ce n'étaient pas les Gallois. Même si l'agresseur s'était lié les jambes aux cuisses et battu à genoux, je l'aurais reconnu entre mille...

— Penda, grogna Oswy — et ce n'était pas une question.

— Il a lancé l'épieu au-dessus de nos têtes, et les autres arrivaient derrière.Nous étions pris au piège. Nous avons mis pied à terre et lancé nos chevaux contre eux tandis que nous nous faisions un mur de nos boucliers. Cela n'a pas duré longtemps, ils nous ont écrasés par la seule force du nombre. A la fin — une fois son bouclier réduit en poussière et son épée brisée —, Oswald a levé les bras et prié pour nous — « Que Dieu ait pitié de nos âmes » — et puis il a été frappé — ils m'ont piétiné en se jetant sur lui...

Maureen, le voyant osciller, lui tendit la corne à boire mais, tout en restant debout, il avait fermé les yeux. Elle regarda Oswy, s'attendant à l'entendre dire à Godwin de se reposer, mais il montrait un visage de glace. Le malheureux reprit, d'une voix sépulcrale :

— Quand j'ai pu de nouveau voir et entendre, il y avait des Gallois sur la colline. Ils cherchaient quelque chose au milieu des corps... Ils n'achevaient pas les blessés ni ne dépouillaient les cadavres de leurs armures, sans quoi ils se seraient aperçus que je n'étais pas mort. J'ignore ce qu'ils cherchaient, mais en tout cas, ils ne l'ont pas trouvé. Ils ont échangé quelques paroles grossières avec les Merciens, et puis ils sont partis. Les Merciens ont fait de même. Puisqu'ils nous avaient placés sous l'épieu, ils nous abandonnaient aux loups et aux corbeaux. J'ai attendu jusqu'au crépuscule. L'un de nos chevaux m'a rejoint dans les bois, et je me suis frayé un chemin à travers les collines au nord-ouest du pic...

— Ce qui t'a permis de sauver ta peau.

— Mon seigneur, il était presque saigné à blanc quand je l'ai rencontré, dit Westerfalc d'un ton gêné. Il est resté évanoui dans le chariot pendant presque tout le trajet.

Oswy l'ignora.

— Les Merciens avaient-ils trouvé un frêne pour pendre le corps de notre roi, ou bien n'as-tu pas pris le temps de regarder ?

— J'ai pris le temps de regarder. Ils avaient planté sa tête sur un pieu. Ils lui avaient aussi tranché les deux bras et les avaient également attachés à des pieux et posés de chaque côté de son corps, les mains tournées vers le haut, comme il les tenait quand il priait.

— Et toi, tu es en vie pour me raconter cela !

— Et moi, j'ai survécu pour vous le dire. Faites de moi ce qu'il vous plaira. Avant de le quitter, je lui ai promis de le rejoindre sans retard.

Extirpant sa main gauche des plis de son manteau, il jeta par terre entre Oswy et lui ce qu'elle tenait. C'était un petit morceau de tourbe couvert d'herbe rabougrie, maculé de brun et que détrempait un caillot gluant de sang rouge vif. Godwin, rassemblant ses dernières forces, lâcha l'épaule de Westerfalc et fit un pas en avant. Il parvint à poser le pied sur le morceau de tourbe avant de mourir, et préserva ainsi son honneur de guerrier en tombant sur la terre même où son seigneur avait succombé.

Un sanglot déchira la gorge de Maureen. Oswy se retourna et la vit.

— Vous ne devriez pas être ici, ma dame.

S'emparant de son bras, il la conduisit vers la porte. La galerie était encore rose dans le soleil couchant.

— Allez calmer les femmes. Nous ne pouvons plus garder secrète cette mort, avec Cyneburg qui hurle à percer les tympans. La nouvelle doit avoir déjà fait le tour d'Eoforwic, mais nous pourrions peut-être l'attribuer à un accident de cheval... au moins un jour ou deux... Le temps que les gens se rendent compte que l'armée ne revient pas avec le corps. Chargez Ethel de faire vos bagages — et les miens —, et tenez-vous prête à partir dès que j'en donnerai l'ordre.

Le crépuscule peu à peu cédait devant la nuit ; des lumières brillèrent encore quelque temps dans le palais, puis s'éteignirent une à une, et il ne resta plus, à chaque bout de la galerie, que les torchères destinées à éclairer les gardes dans leur veillée nocturne. Maureen s'assit sur son lit, les yeux fixés sur les ténèbres où ne clignotait nulle lampe, où ne retentissait que le chuchotement d'un mort :

« Une troupe qui venait de Gwynedd, bien sûr ; ils s'étaient toujours battus à côté des Merciens. Mais Cogwy était un pavillon de chasse royal, situé sur le territoire de Powys... Que faisaient là les guerriers de Gwynedd ?

« ... Ils cherchaient quelque chose au milieu des corps. »

Un clan de voleurs de bestiaux surgis des marécages, des pillards qui suivaient l'armée mercienne, en quête de butin.

« ... Ils n'achevaient pas les blessés ni ne dépouillaient les cadavres de leurs armures... »

Que... ou qui... cherchaient-ils ? Tanguy n'aurait jamais... C'est un guerrier de sang royal, pas un bandit...

Il est un chasseur. Attirer sa proie dans un piège n'est ni péché ni déshonneur.

Mais si les choses se sont passées ainsi..., c'est moi qui ai tué Oswald.

Non ! C'était une troupe de guerriers qui venaient de Gwynedd, conformément aux vieilles alliances. C'étaient des voleurs de bestiaux, trop heureux de l'aubaine... »

Dehors, l'aube imminente faisait pâlir les torches. Maureen, toujours immobile sur son lit, regardait la cour sans la voir, et elle était encore dans cette posture lorsque surgirent de la masse grise et commencèrent à prendre forme colonnes et buissons de roses.

LA REINE REBELLE

Maureen voyait une autre aurore : la brume se levait entre les chênes au bord de la Petteril ; l'air embaumait la fleur d'aubépine ; un beau visage sombre la contemplait ; les lèvres découvraient des dents blanches de carnassier ; une voix basse et musicale disait, soudain durcie :

« Si quelqu'un essayait de t'arracher à moi, maintenant, je le tuerais. »

XV

Eh BIEN, tout est réglé.

Oswy, qui venait d'entrer à grandes enjambées dans la chambre, embrassa d'un coup d'œil les piles régulières de coffres, de sacs de cuir, puis se rapprocha de la silhouette prostrée sur le lit.

— J'espère que vous ne m'avez tout de même pas attendu toute la nuit ? Pardon, ce n'est pas ce que je voulais dire, ma douce... je... Où se trouve Ethel ?

— Chez Cyneburg.

— Déchaussez-vous, ordonna-t-il gentiment en ouvrant le lit, retirez votre robe et tâchez de dormir un peu. Nous ne serons pas en selle avant une heure ou deux.

— En selle ?

— Nous retournons à Bebbanburh. Les choses se gâtent ici, et j'aurai le plus grand besoin d'une Bernicie solide sur mes arrières dès le début des opérations. Cadman, qui vous escortera avec la moitié de mes troupes, est chargé d'y battre le rappel jusqu'à plus ample informé. Mes instructions suivront.

— Vous ne venez pas ?

— Pas encore. Je dois d'abord ramener Oswald chez lui.

Elle le contempla bouche bée, pensant avoir mal entendu. Il en parlait d'un ton neutre, presque absent, comme d'un livre oublié dans une autre pièce et qu'il faudrait joindre aux paquets...

— Mais... Cogwy... est sur le territoire de Powys... près de la frontière mercienne... vous ne pourrez pas...

— Si.

— Mais vous ne comprenez donc pas ? Vous êtes fou ! s'écria-t-elle en bondissant sur ses pieds, ce n'est pas Oswald qu'ils voulaient tuer, ils ignoraient qu'il viendrait lui-même... C'est à nous que le message était adressé — à vous et à moi. Ils comptaient s'emparer de nous avant que nous ne gagnions la Cambrie.

Elle se tut, terrifiée à l'idée d'en révéler davantage. Oswy s'était figé.

— Ah oui, marmonna-t-il, la Cambrie !... Il semble en effet que personne n'ait envie de m'y voir régner. On envisage d'y couronner les ennemis mortels de votre famille et, dans ce cas, vous ne seriez jamais reine, n'est-ce pas ? Quel dommage, évidemment... ! Je ne m'étonne plus d'une inquiétude qui vous empêche de fermer l'œil de toute la nuit... ! Écoutez, laissez-moi seulement quelques jours, le temps d'arracher le corps de mon frère aux outrages de ces païens, et j'accomplirai la besogne — ne craignez rien — que m'imposait notre contrat.

Oswy, loin d'élever la voix, eût conservé son calme ordinaire et ses inflexions caressantes, Maureen eut néanmoins l'impression qu'il venait de lui cracher à la figure. Mais que répondre à cela ?

Elle s'effondra de tout son long sur le lit ; le désespoir et l'humiliation devaient se lire sur ses traits car Oswy, d'un doigt, lui effleura la joue.

— Ces derniers mois, dit-il, n'ont été ni pour vous ni pour moi les meilleurs de notre vie, n'est-ce pas, très chère ? Nous sommes tous deux dans une piètre forme !

— Mais... mais que se passera-t-il, demanda-t-elle d'une voix morne, si vous rencontrez Penda avec la moitié de vos troupes ? Y avez-vous seulement songé ?

— Oh oui ! Je serai l'un de ses amis gallois de Powys, bien sûr. Et s'il m'arrive de tomber sur l'un de vos compatriotes qui m'adorent... vous le savez !..., je me targuerai d'être l'un de leurs loyaux alliés merciens. Mais ces deux hypothèses sont improbables. Je voyagerai de nuit..., et faut-il rappeler que la dérobade est l'une de mes vertus premières ?

Il espérait ainsi forcer un sourire mais, incapable d'humour, elle reprit, toute à son angoisse :

— Il pourrait y avoir des Merciens parmi les gens de Powys, et... et vous ne ressemblez... guère... à mes... compatriotes.

— Judicieux ! Dans ce cas, je serai irlandais... J'aurai pris la tête d'une bande errante, en quête d'une cause un peu palpitante — et de plaisir, cela va sans dire ! — auprès de quelque souverain gallois. L'exil présente au moins un avantage : il permet d'apprendre des langues étrangères.

— Comment expliqueriez-vous aux Merciens qu'une troupe irlandaise se dirige vers l'est ?

A sa grande surprise, il éclata de rire.

— Oh, ce serait particulièrement facile ! Notre dévot Penda est un païen. Il vénère Wotan, évidemment, mais c'est un homme à l'esprit large dont le bouclier, non moins large, abrite tous les anciens dieux. Au sud du Pic se trouve un grand sanctuaire dédié à la Dame, au moins aussi ancien que l'occupation de l'île par l'homme. D'aucuns vont jusqu'à le prétendre antérieur ! Ses fidèles affluent de partout, et de plus loin encore que la Mercie, surtout maintenant que les bosquets sacrés sont occupés par d'autres saints. La Dame ne se soucie guère de l'origine de ses sectateurs, moins encore du nom qu'ils lui donnent : Freïa, Rhiannon ou Hécate. Son identité n'est pas compromise pour si peu, et ses prêtresses se transforment volontiers en autel pour tous ceux qui viennent se prosterner à ses pieds ! On affirme même, ajouta-t-il avec un sourire, que, du pays de Galles jusque-là, existe une route si fréquentée que l'herbe n'y pousse jamais... Si quiconque nous demande ce que nous faisons à l'est de Powys, nous serons un petit troupeau des brebis égarées de saint Patrick !

Maureen, attentive malgré le tumulte de ses émotions, retrouvait peu à peu son esprit délié. Il y avait une faille, là-dedans, mais où ? Dans la mesure où l'on pouvait se fier à un plan si farfelu, tout espoir, certes, n'était pas perdu, si quelqu'un au monde était capable de se tirer par la ruse d'un pareil guêpier, c'était bien Oswy... Oui... mais à un détail près.

— Le plus difficile sera de partir, articula-t-elle d'un ton passif. Si vous quittez Eoforwic de nuit, même discrètement, cela se saura par force. Et comme je suppose qu'on ne peut guère se reposer sur les Déiriens, la nouvelle vous devancera... Powys et la Mercie seront prévenus de votre arrivée. Et en admettant que vous me quittiez pendant notre voyage vers le nord, cela s'ébruitera aussi...

— C'est pourtant ce que je compte faire, ma mie... sous prétexte de régler une petite affaire en suspens à Deira. Une amourette, sauf votre respect ! Vous ne méritez pas cet affront, ma belle, mais en mémoire d'Oswald, puis-je vous prier d'accréditer cet affreux mensonge ? Me permettez-vous de vous bafouer ?

Elle lui rendit enfin son sourire.

— Pourquoi pas ? Vous êtes bien capable, vous, d'accréditer cette odieuse vérité en mémoire d'Oswald !

*
* *

Par la suite, il y eut trop à faire pour qu'on eût seulement loisir de s'inquiéter : il fallait vider les lieux au plus vite, sans que ce départ toutefois parût une retraite précipitée sous l'effet de la panique. Maureen tenta de réconforter et d'aider

Cyneburg : avec son fils, la veuve d'Oswald trouverait refuge au couvent de Heruteu. Si son chagrin faisait peine à voir, sa peur, elle, était parfaitement choquante. Car, manifestement, elle redoutait non seulement les Gallois et Penda, mais son propre beau-frère et sa belle-sœur ! Inconcevable, songea d'abord Maureen, avant de se rappeler les confidences d'Edda sur la conquête de Deira :

— Notre grand-père a tué le roi ; il aurait aussi tué le prince Edwin, si sa nourrice n'avait pas sauvé l'enfant...

Au cours de leur voyage vers le nord, elle fit de son mieux pour seconder Oswy dans ses projets : elle prit publiquement congé de lui d'un air froidement cérémonieux lorsque, accompagné d'une escorte narquoise, il vint, tout sourires, s'excuser qu'une « affaire urgente » réclamât sa présence chez son vassal d'Holweg. Elle affecta une dignité méprisante et lasse lorsque Cadman, mis dans le secret, lui vanta sournoisement l'hospitalité du comte et de sa fille Edyth, si belle ! si accueillante ! si complaisante pour ses invités ! Tous deux espéraient de la sorte avoir assez dissimulé les véritables intentions d'Oswy.

Pendant leur marche interminable, et tandis que les Longues Collines se profilaient sur leur gauche, elle eut, mille après mille, tout le temps de méditer. Passé Catraeth, ils empruntèrent la route qui, après avoir franchi les collines, redescendait vers Penrhyd. Vingt milles encore de chaussée rectiligne et monotone à travers les chênes d'Inglewood ; au-delà confluaient Petteril et Caldew pour encercler Caer Luel sur son pic. L'imagination de Maureen s'envola vers sa ville. Elle aurait dû s'y trouver en personne pour tenir sa terre contre les rebelles et les maraudeurs, au cas où Oswy ne reviendrait pas de Powys... — quelle gageure, aussi !

Privée de sa voix ironique et froide, du sourire amusé avec lequel il expliquait ses plans, elle se sentait sans défense contre le doute et les sombres pressentiments : traverser Mercie et Powys avec une poignée d'hommes pour en ramener un cadavre, quelle folie... S'il n'était pas déjà réduit lui-même à l'état de cadavre, cela ne tarderait pas...

Elle s'étonna de l'émotion que lui procurait cette idée. Oh, certes, quand on a vécu plus d'un an côte à côte sans trop de heurts, l'absence est pénible, mais... non. La preuve : elle regrettait aussi la perte d'Oswald ; et celle d'Ethel, par exemple, lui briserait le cœur. Du reste, Oswy, quoique Anglais, quoique étranger, l'avait correctement traitée. Même, ils avaient ensemble ri plus d'une fois, connu le plaisir aussi. Et pourtant..., elle l'évoquait déjà comme le passé !

« Me voici exactement dans la situation qu'Erek redoutait pour moi après la mort de Loïk : femme et seule et cernée de rapaces qui ne songent qu'à s'emparer de moi, qu'à dépecer mon pays... Nous n'avons plus d'Erek pour nous protéger, plus d'Oswald pour couvrir fermement nos arrières. Si la Northumbrie s'écroule, pas un mille de mes frontières ne sera à l'abri, sauf Strathclyde, peut-être. Mais je ne pourrais même pas compter sur un secours quelconque des gens d'Alclud. Ils ne nous doivent rien ! Un seul homme, éventuellement, me viendrait en aide, s'il connaissait ma situation... s'il se souvient encore de moi... s'il n'a pas noué d'autres liens. »

A l'évocation de Tanguy, son cœur bondit dans sa poitrine — d'espoir ? de peur ? comment savoir ? —, un vertige la prit, qui l'obligea une seconde à fermer les yeux et à se cramponner aux rênes pour conserver l'équilibre.

« J'ai tenté d'en convaincre Erek après la mort de Loïk, mais il n'a pas voulu m'écouter. Tanguy aurait pu prendre sa place. A nous deux, nous aurions tenu la Cambrie. Si seulement je pouvais aller à Caer Luel et l'envoyer chercher. »

La voix funèbre de Godwin vint lui chuchoter à l'oreille que ce serait peut-être inutile ; que son sauveur peut-être l'attendait déjà là-bas, à Caer Luel...

« ... Il y avait des Gallois sur la colline... ils cherchaient quelque chose... »

Elle imposa silence aux deux voix. Tanguy était à Manau, bien sûr ; un vaisseau rapide aurait tôt fait de l'avertir et de le ramener. Son statut de veuve la dispensait des minauderies de pucelle, non ? Faute de choisir elle-même un mari et de l'épouser au plus vite, elle serait à la merci du premier maraudeur venu, pire encore, de quelque vague arrière-cousin Dunoding qui l'enlèverait, sitôt franchie la frontière de Northumbrie... !

Qui la gouvernerait, celle-là, si Oswy ne revenait pas ? Sûrement pas le fils d'Oswald — trop jeune... ! Il se trouverait parmi les nobles bien des prétendants de lignée royale pour se disputer la couronne ; peut-être un descendant d'Edwin sauterait-il sur Deira... et sur Elfwyn ! Reine... la petite peste, voilà qui la comblerait ! Elle lui jeta un coup d'œil furtif. Celle-ci chevauchait comme d'habitude, en bonne compagne, à son côté. Depuis l'accident des bords de la Foss, elle veillait sur elle avec une tendresse protectrice qui privait Ethel, quasiment, de ses propres prérogatives.

Pour la première fois, l'évocation des malheurs d'Elfwyn la terrorisa : qu'adviendrait-il d'elle-même ?

Elle n'avait aucun droit sur la Northumbrie, mais si jamais on l'y gardait prisonnière pour s'assurer qu'elle ne portait pas dans son sein un enfant d'Oswy récemment conçu ? C'était impossible, à vrai dire, puisqu'elle avait toujours dormi seule depuis sa fausse couche. Trop délicat pour forcer une femme malade et triste, Oswy n'avait pas esquissé un geste... mais si, une fois constaté qu'elle n'était pas enceinte, on la gardait quand même, quitte à la marier à quelque seigneur, dans le seul but d'annexer la Cambrie ? Ou si on l'expédiait dans un maudit couvent ? Pire encore, si l'on faisait d'elle, comme d'Elfwyn, une otage stérile, la gardant à la cour jusqu'à ce que la lignée d'Uryen se dessèche et meure dans ses entrailles ?

Une envie frénétique de fuir la saisit ; mais son escorte ne la suivrait pas à Caer Luel sans ordres exprès d'Oswy, ne l'y laisserait pas non plus aller seule. Sans la protection d'Oswald ou d'Oswy, sans la présence réconfortante d'Edda et de Hilde, ces satanés Anglais lui paraissaient aussi bizarres

235

et dangereux qu'au premier jour, lors de son arrivée chez eux. Elle était seule, bien seule, perdue au milieu d'étrangers. Sitôt sur la falaise battue par les vagues de Bebbanburh, elle ne leur échapperait plus — plus jamais... Tel un oiseau dans sa cage, son esprit se débattait frénétiquement : comment scier les barreaux ? Elle finit par prendre une décision.

A peine avaient-ils passé l'Alne à gué qu'elle annonça son intention de se rendre à Gefrin.

— Si Oswy revient, je pourrai aussi bien l'accueillir là qu'à Bebbanburh. Et s'il ne revient pas, Gwylan n'aura pas besoin de galoper plus d'un jour et d'une nuit pour m'amener jusqu'à Caer Luel. Je ne peux rien faire pour la Northumbrie ; mon cœur et mon devoir m'entraînent tous deux ailleurs : à l'ouest. Je suis la dernière de ma Maison.

Elle ne laissa pas à Cadman le temps de protester :

— Vous devez préparer la forteresse en prévision d'un siège et prévenir nos vassaux d'avoir à battre le rappel. Cependant, nous ne devons surtout pas donner l'impression que nous attendons une attaque sur Bebbanburh. Sinon, chacun restera chez soi pour protéger ses propres terres. Si je fais étape à Gefrin un jour ou deux avec une poignée de gens pendant qu'Ethel poursuit sa route pour préparer mes appartements, tout le monde conclura qu'il n'y a pas péril en la demeure.

Cadman hocha la tête, le raisonnement se tenait. Au carrefour, il poursuivit donc en direction de la côte avec le gros des bagages et la plupart des serviteurs. Maureen vit avec plaisir Ethel lui emboîter le pas. Elfwyn s'apprêtait à en faire autant quand, d'un signe, elle l'invita à l'accompagner. L'espace d'un instant, la jeune fille écarquilla les yeux, tel un chaton stupéfait, ouvrit même la bouche pour protester puis, se ravisant, la referma sur l'un de ses petits sourires pincés ; Maureen aurait à Gefrin des visiteurs inattendus qui l'aideraient à tuer le temps autrement que prévu ; comme ces hôtes-là ne lui feraient aucun mal, à *elle*, le spectacle ne manquerait pas d'intérêt...

— Le roi nous a ordonné de nous rendre à Bebbanburh, déclara-t-elle, assez fort pour se faire entendre des guerriers de Cadman et je n'ai pas l'intention de lui désobéir.

— La reine vous ordonne, elle, de la suivre à Gefrin. Votre compagnie me consolera de l'absence d'Ethel.

« Ainsi, tu ne seras pas sur ses talons à Bebbanburh, tu cesseras de lui susurrer tout bas, pour que Cadman surtout n'en perde pas une miette, cent fois le jour, à quel point, elle doit m'être reconnaissante, pauvre esclave vouée au bordel ! »

— Si tel est votre désir, je m'incline, dit Elfwyn en détachant chacun de ses mots. Mais moi, j'aurais préféré aller à Bebbanburh.

Après s'être assurée que l'assistance entière se rappellerait sa désobéissance forcée, elle suivit Maureen docilement, sans plus rechigner.

En fin d'après-midi, lorsque Maureen sortit dans la campagne ensoleillée pour se promener aux abords de Gefrin, elle trouva la jeune fille sur le versant de la colline. Elle sortait, radieuse d'une longue conversation avec l'un des fermiers.

— Regardez ! s'écria-t-elle en montrant un panier de roseau joliment tressé. Beorn, qui a entendu parler de vos ennuis de santé d'Eoforwic, vous a apporté des fromages de chèvre. Le lait de chèvre est très fortifiant.

Maureen, se retournant pour remercier d'un sourire le paysan, un homme épais, à l'ossature lourde, vêtu d'une cotte en peau de mouton, réprima non sans peine un frisson de dégoût : Beorn était l'homme qu'elle avait empêché de noyer son épouse dans la tourbière.

— C'est trop gentil, Beorn. Vous remercierez votre femme, car c'est elle qui a fait le fromage, je suppose ? J'espère qu'elle va bien.

— Elle est morte, dame. Une maladie des poumons.

— Oh... c'est affreux. Je suis désolée... murmura-t-elle en se signant. Mais emportée par son aversion, elle n'eut ni l'envie ni la force d'ajouter un mot de sympathie et, saluant le rustre d'une simple inclinaison de tête, s'éloigna rapidement. Elfwyn, elle, s'attarda le temps de conclure :

— Tu as bien compris ? Sur la route qui passe à l'ouest des Cheviot, lorsqu'on longe les terres brûlées... Et n'oublie pas, sans lune, il faudra les guider. Tu les postes avant l'aube, mais surtout qu'ils n'attaquent pas de nuit. Personne ne doit en réchapper, tu m'entends ? personne !

— Bah, si l'un d'eux s'enfuit, on l'aura vite rattrapé !

Alors, un mauvais sourire aux lèvres, Elfwyn s'élança derrière Maureen.

*
* *

Le jour se leva, le lendemain, avec une splendeur excessive : le suroît des Cheviot barbouillait d'effluves humides le ciel sanglant. Maureen, ayant décidé de partir sans tarder pour sa promenade à cheval, enfila son pourpoint et sa culotte de cuir. A peine parvenait-elle à la porte des appartements d'Oswy — elle n'avait pas eu le cœur de s'installer dans ceux de Cyneburg — que survint la troupe.

Elle la crut tout d'abord envoyée de Bebbanburh, et cet excès de zèle de Cadman la mit hors d'elle. Une seconde interloquée, elle vit un de ses gens tomber au milieu d'une flaque pourpre, deux autres se ruer vers les autres issues en criant sauve-qui-peut, une fille de ferme hurler et vomir, empalée sur la pointe d'un épieu... — tout cela si vite qu'avant même d'avoir pu réfléchir, elle s'était déjà précipitée dans sa chambre et fourrageait à l'intérieur du coffre posé près du chevet.

« C'est moi qui leur ai ordonné de me suivre ici. Sans moi, ils seraient tous en sécurité à Bebbanburh. Mère de Dieu, qu'ai-je fait ! Je suis incapable de les sauver, mais je peux au moins les défendre et payer leur mort de mon sang... »

Elle se hâtait, voulait être prête quand ils feraient irruption chez elle, mais ses mains ne tremblaient pas, et elle conservait tout son sang-froid. La cotte de mailles, enfilée par-dessus le pourpoint de cuir, lui allait parfaitement, mais le heaume au sanglier étant un peu trop grand, elle le rembourra de sa chevelure pour l'empêcher de glisser, puis en boucla étroitement les protège-joues. Une fois ajustée l'épée à son baudrier, elle s'en ceignit la taille, non sans contrôler la liberté de la lame dans son fourreau et que sa garde était bien à portée de main. Le bouclier, du côté gauche, lui parut un peu lourd mais n'importe ! elle ne vivrait pas assez pour sentir la fatigue... Enfin, faute de lance, elle décrocha du râtelier un épieu de chasse et se rua au-dehors.

Une silhouette surgissait, hurlante, au même moment. L'agresseur, aveuglé par le passage brusque du soleil à l'ombre, n'eut pas le temps d'apercevoir Maureen : tel un fauve, il s'était déjà de lui-même empalé sur l'épieu qu'elle brandissait. Chancelant sous le choc, elle entendit seulement grincer le métal contre les côtes de l'assaillant dont le rugissement s'arrêta net... Une masse inerte appesantissait son arme. D'un geste preste, elle la retira et, enjambant le cadavre, atteignit le perron.

Les habitants de Gefrin avaient cessé de crier ; des formes immobiles, recroquevillées, affalées à plat ventre, jonchaient la cour ; un atroce vacarme montait des écuries où les chevaux se démenaient, hennissant de terreur ; les soudards s'interpellaient de toutes parts, tandis que la hache fracassait les charpentes avec un bruit sourd qu'amplifiait l'écho. Ici, l'incendie faisait rage, ailleurs montaient d'épais nuages de fumée. Maureen aperçut des hommes qui couraient dans sa direction.

Ils s'immobilisèrent d'abord en voyant émerger de l'ombre du perron un jeune prince revêtu d'une armure éclatante et qui brandissait un épieu rougi de sang, puis se mirent à vociférer. Maureen dressa fièrement la tête. Elle serait morte dans quelques instants... mais elle tuerait avant au moins l'un de ces monstres, voire deux, s'ils lui laissaient le temps de dégainer !

L'assaut n'eut pas lieu, bizarrement. Nul ne bougea. Les guerriers comme pétrifiés, la dévisageaient, glapissaient, mais n'approchaient pas... Ils ne s'écartèrent cependant qu'en voyant avancer, d'une démarche impressionnante, un être d'une taille et d'une carrure monstrueuses. Un chêne ambulant.

« Même si l'agresseur s'était lié les jambes aux cuisses et battu à genoux, je l'aurais reconnu entre mille. »

Penda.

Il avançait, sans épieu ni bouclier, brandissant seulement une énorme épée qui se balançait à peine au rythme des pas et dont la lame ruisselait de sang. Il avait, de toute évidence, l'intention d'offrir à ses hommes un spectacle de choix : le régal d'un duel. Oh, l'issue ne faisait guère de doute, songea Maureen, mais elle la leur fera attendre ; elle aussi les régalerait ! Mieux valait cela, cent fois, que périr piétinée, taillée en pièces, inaperçue dans une mêlée générale... Aussi souriait-elle un peu en s'avançant à son tour au-devant du géant.

Alors même qu'elle affectait d'approcher à portée d'épieu, elle le fit brusquement sauter dans sa main et le lui lança au visage de toutes ses forces. S'il atteignait son but, il le tuerait ou l'aveuglerait, et elle lui sauterait dessus pour l'achever avec son épée.

Mais il l'esquiva d'un bond de côté avec une rapidité extraordinaire pour sa taille et, de son bras colossal, l'attrapa au vol... Elle lui avait fait cadeau de son arme..., et il devait avoir une allonge deux fois supérieure à la sienne !

Penda agita l'épieu dans sa direction avec un rire goguenard puis, le saisissant à deux mains, le brisa sur son genou tel un fétu et en jeta les morceaux au vent. Cela fait, il attaqua avec son épée. Maureen n'avait qu'un avantage sur lui, la vitesse, et elle ne pourrait en profiter longtemps. Les spectateurs ayant formé le cercle, il était impossible tant de refuser le combat et de s'enfuir que de battre en retraite vers le perron et de s'y camper, dos au mur. A jouer l'esquive permanente et la dérobade, elle serait fatiguée avant lui... Du reste, elle ne voulait pas mourir en détalant tel un lièvre terrifié, lorsque la faux abat les dernières tiges encore debout dans l'angle d'un champ moissonné. Après avoir feint la fuite, elle se retourna donc brusquement et, par-dessous son bras gauche, utilisant son épée comme une dague, visa le flanc découvert de son ennemi.

Mais le bras de Penda s'abattit avec la promptitude de la foudre, et Maureen put à peine éviter, d'un bond de côté, que le coup ne lui fendît le crâne ou tranchât l'épaule. Cependant, même dévié, il la fit trébucher et tomber en se tordant la cheville cruellement. Le heaume, en glissant, libéra les cheveux de Maureen qui croulèrent jusqu'à ses genoux... Aussitôt s'éleva, de toutes parts, une clameur immense.

— Une walkyrie !

Penda, tout en la saluant de son épée, émit un gloussement qui lui découvrit les canines :

— Hé... fille de Wotan, quel honneur pour moi ! Tu iras porter mes hommages au Cavalier du Frêne !

La terreur envahit Maureen. Elle savait ce qui l'attendait, désormais... « On la renvoie chez elle par la voie des eaux... » Et pourtant, ce qui lui coupait le souffle et brouillait son regard n'était pas l'horrible perspective d'une lente, lente, inexorable submersion. « Le roi et ses guerriers lui font présent de leur semence afin qu'elle la transmette à Wotan... »

Au-dessus d'elle, la silhouette démesurée de Penda semblait effacer le ciel, éteindre le soleil. Autour d'eux, le cercle s'était resserré. Les guerriers choquaient leurs lances contre leurs boucliers et psalmodiaient un chant sinistre au rythme lancinant. Obsédée par la funèbre mélopée — « Les corbeaux croassent, affamés de charogne » —, Maureen, dans un sursaut rageur, se rua sur Penda en lui assenant une volée de coups dans l'espoir désespéré qu'il réagirait en la tuant — « Le loup, farouche habitant du monde gris », déclamaient cependant les autres —, mais il para toutes les tentatives avec une force qui bientôt lui tétanisa les muscles. Alors, laissant tomber son arme — « Emparons-nous de la belli-queuse, et que notre épieu viril l'éventre ! » —, elle abandonna son bouclier et, poitrine en avant, tenta de s'embrocher sur l'épée de Penda. Mais il recula en riant, tandis que des mains l'empoignaient, la jetaient à terre.

Toute fierté perdue, elle se mit à hurler, à se tordre, à distribuer des coups de pied, des morsures, consciente seulement de ne plus être qu'une pauvre femme — une femme impuissante contre une meute de mâles en sueur, puants, qui ricanaient, sûrs de leur force... Et, dans un abominable silence, des étaux d'acier qui lui broyaient poignets et chevilles, des cailloux qui blessaient son dos, ses cuisses écartelées, de l'air humide et froid qui faisait grelotter sa chair nue... D'énormes jambes aux muscles noueux, velues comme des pattes d'ours, la chevauchèrent. « Le roi et ses guerriers... leur semence... qu'elle la transmette à Wotan... »

La tourbière accueillante, sombre et noire. Maureen, fermant les yeux, s'y précipita avec toute l'énergie que lui conféraient les runes de mort.

La nuit.

Aussi, lorsque Penda, tel un taureau en rut, força le corps de Maureen, son âme s'était-elle déjà réfugiée dans les ténèbres, loin, très loin...

*
* *

Elfwyn avait d'abord eu l'intention de se porter au-devant des guerriers, de se sentir au côté de Penda quand on traînerait Maureen vers la claie, de jouir de sa peur et de ses supplications : voilà si longtemps qu'elle se promettait ce spectacle ! qu'elle le tramait dans l'ombre de sourires exquis et de protestations de tendresse suaves ! Mais elle n'en avait rien fait... Dès l'irruption de ces hommes assoiffés de sang, dès qu'elle eut vu la première victime taillée en pièces, la

242

seconde se tordre au bout d'un épieu tel un insecte disloqué, elle s'était tout à coup remémoré ses dix ans : c'était sa propre mère qu'on venait de martyriser, c'était elle-même qu'on cherchait, qu'on voulait enlever...

Elle gravit en courant l'escalier qui menait à la galerie du Grand Hall et s'accroupit près d'une fenêtre, trop paralysée, terrorisée pour tenter de s'enfuir. Personne ne vint ; Gefrin, offert à Wotan, ne devait pas être pillé. Après avoir massacré tout ce qui bougeait, les Merciens empilèrent des fagots contre les charpentes brisées puis, à l'aide de torches, mirent le feu. Le suroît, qui soufflait par brusques rafales, eut tôt fait d'attiser le brasier...

Au même instant, la jeune fille vit la svelte silhouette coiffée d'un heaume à tête de sanglier s'élancer fièrement, tel Oswy adolescent quand il était venu la sauver, après Heaven-field. Elle assista au combat, vit les mèches noires s'échapper du casque et comprit alors : Oswy était Maureen... ou Mau-reen Oswy ! Elle ne parvenait pas à détacher ses yeux de cette scène, malgré les flammes qui crépitaient de plus en plus fort sous elle, en bas, et les volutes noires que le vent malmenait par moments.

Elle regardait. Regardait Maureen, désarmée. Regardait les hommes vautrés sur elle. Revivait dans sa chair ce qu'ils lui faisaient. Les regarda s'éloigner enfin alors que d'énormes flammes assaillaient le ciel.

XVI

L A nuit était noire, sans lune mais, tels des diamants, les
étoiles rehaussaient la transparence du firmament. Un
vent frais soufflait des montagnes, les bois chuchotaient, peu-
plés de silhouettes furtives et de bruissements. Soudain, une
ombre se détacha d'un tronc noir et s'immobilisa devant les
remparts herbus qui, vague après vague, se dressaient contre
les ténèbres.

— Restez avec la troupe, seigneur, au cas où l'on nous surprendrait. C'est moi qui vais monter.

Refusant d'un simple signe de tête, Oswy entreprit l'escalade, suivi de Godric, puis de Wulfstan et Guthlac. L'herbe
rase étouffait ses pas. Au fur et à mesure qu'il progressait, il
tentait de s'endurcir en prévision du spectacle et de la tâche
qui l'attendaient là-haut. Des morts certes, il en avait vu beaucoup, y compris son premier frère, assassiné près de dix ans
plus tôt... — Sans compter tous ceux qui avaient péri de sa
propre main ! — mais, cette fois, il s'agissait d'Oswald, et son
cadavre avait été dépecé afin que s'en repaisse un dieu païen...

Ses yeux s'étant accoutumés à l'obscurité, il avançait d'un
pied sûr, se frayant un chemin à travers les touffes d'ajoncs,

d'épineux rabougris. Parvenu au sommet, il marqua une pause et tendit l'oreille, à l'affût d'un bruit, d'un mouvement quelconques. Les oiseaux étaient encore au nid, mais peut-être les loups festoyaient-ils encore ? Non. On ne discernait point de pupilles fiévreuses, et les formes plus sombres dissé-minées dans l'herbe ne bougeaient pas. Grâce aux myriades d'étoiles et à leur éclat, les trois pieux se détachaient très net-tement sur la toile du ciel. Prenant son courage à deux mains, Oswy s'avança, prêt à affronter l'horrible spectacle. Deux semaines déjà s'étaient écoulées depuis que la tête d'Oswald avait été offerte aux corbeaux. Il se plaça devant le piquet central et, bravement, regarda.

Oswald était mort comme il avait vécu : en prières, dans un ultime élan de charité. Son regard serein contemplait l'uni-vers, et ses mains tranchées semblaient encore bénir l'homme et rendre grâces à Dieu. Respectée des rapaces et des fauves, sa chair n'avait point subi les outrages du temps. En d'autres circonstances, Oswy, toujours sceptique, eût trouvé là quelque explication rationnelle. Eût par exemple attribué cette miraculeuse conservation à la fraîcheur de l'air, à la sécheresse de l'atmosphère. Raillé, dans un livre, la crédulité stupide des hagiographes. Trouvé somme toute normal que la posture incongrue des moignons, jointe au mouvement permanent de la chevelure que soulevait le vent, eût effrayé les bêtes. Mais là, face à son frère, il dut admettre l'interven-tion de forces surnaturelles.

Godric, lui, émit un grognement rageur qui ressemblait à un sanglot.

— Porc de païen ! Que le Diable t'emporte ! Ah, il peut être fier de lui..., s'acharner sur un ennemi mort... !

— Il avait peur d'Oswald, rétorqua calmement Oswy. En le voyant prier dans la mêlée finale, il l'a pris pour un prêtre. Et il a offert le corps à Wotan, conformément à son vœu, sans vouloir offenser le dieu inconnu que vénérait mon frère. Quitte à le démembrer pour rompre le sortilège, il a respecté son attitude d'oraison.

248

Il éclata de rire, à la stupéfaction de ses compagnons : son hilarité avait quelque chose de blasphématoire au milieu de tous ces cadavres.

— L'imbécile, s'écria-t-il, qui ne s'est même pas souvenu de ce qui arrive lorsqu'on brise un objet gravé de runes ! Il a libéré les pouvoirs d'Oswald..., et nous voici détenteurs des plus saintes reliques de toute la Britannie !

Avant d'emporter les restes d'Oswald, il s'agenouilla et dit une prière pour les guerriers morts au champ d'honneur, en braves irréprochables : n'avaient-ils pas succombé sur la terre même où leur maître venait de tomber ? Puis il dévala la colline, d'un pied sûr et d'un cœur léger.

Deux jours plus tard, campés sur une crête qui dominait les marécages de Manceinion, ils regardaient le soleil se lever. A l'est, la route romaine amorçait sa lente ascension des Longues Collines vers Elmet et Eoforwic. Désormais, on pourrait voyager de jour ; après quelques heures de repos, les hommes n'attendaient qu'un signe d'Oswy pour remonter en selle. Mais il contemplait pensivement le paysage en direction du nord.

— Poursuivrons-nous sur cette route, seigneur ? s'enquit Dunnere, impatient de partir.

— Justement, je me le demande, répondit son maître d'un air préoccupé.

— Vous croyez qu'ils nous poursuivent ?

Godric semblait surpris. Il avait surveillé leurs arrières sans repérer le moindre indice de ce genre.

— Plutôt qu'ils nous ont devancés.

— Que voulez-vous dire ?

— Que l'embuscade dans laquelle Oswald est tombé me paraît un leurre. Ce que je voudrais savoir, c'est à qui ce leurre était destiné et qui l'avait manigancé. Si nous étions morts à Cogwy — but initial de l'opération —, mon frère serait accouru nous venger... Et, pendant ce temps, une attaque aurait été lancée quelque part... mais où ? En Northumbrie ?

— Selon vous, seigneur ?

— En Cambrie, je suppose..., dit lentement Oswy. C'est notre flanc le plus vulnérable. Tout compte fait, nous passerons y jeter un coup d'œil en rentrant à Bebbanburh. Si nous ne veillons à la paix de ses états, notre fière dame galloise me reprochera ma désinvolture vis-à-vis de terres que son mariage avait pour seul but de préserver... !

Godric lui lança un regard furtif, étonné moins de la phrase que de son inflexion bizarre, mais Oswy souriait.

Après avoir évité prudemment Manceinion, ils s'engagèrent vers le nord. Sous le suroît noyé d'averses, le temps s'était déjà gâté.

*
* *

L'Abbesse se réveilla, brusquement oppressée. « Rien d'étonnant, vu mon âge et ma corpulence, pensa-t-elle, narquoise, les yeux fixés au plafond de la chambre d'hôte, tout en essayant de réunir assez de volonté pour soulever son buste de l'oreiller, geste qui requérait d'elle un effort de jour en jour accru. Mon tour est venu de suivre Erek, à présent ; l'avertissement était clair... »

Elle acceptait calmement l'issue. De là ne provenait pas cette impression pesante sur son cœur et sur ses poumons. Un premier frémissement d'anxiété l'avait saisie lorsque, main dans sa main, Erek s'était endormi pour jamais.

« Oswy devrait être ici, avec ses guerriers, prêt à prendre le pouvoir. Il devrait être ici depuis des mois, en train d'apprendre à distinguer ses amis de ses ennemis. »

Depuis la mort du vieux roi, son malaise s'accentuait. Servie par son flair politique, elle devinait déjà qu'un courant souterrain agitait le pays, lorsque des moines de passage avaient confirmé ses pressentiments : des troubles se fomentaient au sud ; on avait même fait des avances à Dunoding...

« Maureen aurait pu tenir la Cambrie. Mais qui lui a coupé

250

l'herbe sous le pied, hein, qui ? Qui a couvert sa voix, de peur qu'on ne l'entende ? Moi. Moi seule. Allons, il n'est que temps d'oublier mes haines — tout est si loin, maintenant ! —, de me confesser pour obtenir le viatique... »

A force de volonté, elle parvint enfin à s'asseoir dans son lit puis à se lever. Désormais incapable de s'habiller sans les secours d'une novice, elle se contenta de s'envelopper de sa vaste cape et, hors d'haleine, en dépit du vertige, se traîna jusqu'à son écritoire. Ses mains tremblaient légèrement, mais sa belle écriture de clerc restait toujours aussi lisible et régulière.

Elle coucha tout par écrit : son adultère, l'exécution de son amant et son entrée contrainte au couvent. Puis le piège tendu à Tanguy, le meurtre de Guriat et ce qu'elle savait des projets de rébellion. En conclusion, elle pressait instamment Oswy de ramener immédiatement Maureen en Cambrie et de se fier à son jugement. Elle roula le parchemin, le cacheta, apposa son sceau et rédigea l'adresse :

« Domino glorioso Osuio regi Cumbriae. »

« Je l'enverrai dès mon retour à Caer Luel », décida-t-elle. Puis, avec un rire bref : « Ce qu'il y a de réconfortant, dans mon choix d'Oswy, c'est que ce confesseur-là saura de quoi je parle et qu'il n'en sera pas choqué ! »

Elle avait encore un effort à fournir ce jour-là pour le royaume de son époux défunt. Elle ne s'était déplacée jusqu'à Penrhyd que dans ce but : Erek avait fait ciseler une magnifique croix processionnelle pour l'église de la ville, mais il était mort avant d'avoir pu l'offrir. L'Abbesse le ferait à sa place, comme elle le lui avait promis ; elle en profiterait également pour affirmer son autorité — considérable — de femme d'Église et de veuve royale sur les districts environnants et lancer un appel à leur loyauté, quoi qu'il pût advenir. C'était capital pour la Cambrie, car ils verrouillaient la vallée de l'Idon, par où passaient les routes de Deira et du sud.

L'église se dressait, lointaine et secrète, dans une grande

251

boucle formée par l'Eamot. Des grottes creusaient la falaise de la rive opposée. Ces lieux ayant rappelé à Ninian les berges de la Loire et l'ermitage de son maître vénéré, saint Martin, il y avait édifié son propre sanctuaire avant de se retirer, lui aussi, dans une caverne pour méditer. Le site désormais bénéficiait d'une telle réputation que les pèlerins s'y rendaient en très grand nombre.

Il se trouvait à trois milles de Penrhyd : l'Abbesse fit la plus grande partie du chemin dans un char à bœufs ; mais à partir de l'endroit où la voie romaine évitait les méandres du fleuve, il fallait marcher. Penarwan prit alors la tête de la procession. La croix brandie, elle avançait, lentement et péniblement, mais avec beaucoup de dignité. Une petite foule s'était déjà rassemblée dans la prairie devant le parvis. D'excellente humeur, les badauds tendaient le col, guettant la progression des hymnes et du cortège à travers bois. De-ci de-là, la brusque fulgurance des pierres précieuses qui ornaient la croix, perçant les frondaisons, leur arrachait un murmure d'admiration.

Mais, sans le savoir, ils n'étaient pas les seuls spectateurs de la scène. Tapis dans les fourrés en arrière et non moins subjugués, Eobba, le frère de Penda, et ses hommes se promettaient un beau carnage de chrétiens... Ils auraient dû retourner en Mercie après la mort d'Oswald, tandis que leur roi fondait sur Gefrin et les gens de Powys sur la Cambrie. Mais ces derniers s'étaient montrés mécontents, pour une raison qu'Eobba ne parvenait pas à comprendre, l'affaire ayant été rondement menée et, croyait-il, conformément à leurs vœux... Mais ces rustres — impossible de savoir ce qui leur passait par la tête ! — étaient repartis vers leurs montagnes. Il avait donc décidé de passer lui-même en Cambrie, dans l'espoir de quelque rapine et, le cas échéant, pour tirer au clair l'étrange comportement des Gallois. Maintenant il comprenait : les chrétiens fêtaient leur dieu. D'où tous ces récipients en or, ces chandeliers précieux..., et ces gens qui avaient laissé leurs armes chez eux ! Une fois la procession tout entière dans la prairie, il chargea, à la tête de ses hommes.

En les voyant bondir, une femme qui se tenait à la lisière de la foule se mit à hurler. Abasourdis, les gens se retournèrent, l'hymne expira peu à peu sur leurs lèvres, bientôt emporté par un torrent de cris de terreur auxquels succéda la débandade générale. Les assaillants interdisaient l'entrée du bois aux fuyards ; ceux-ci, dans leur affolement, se crurent en présence d'une armée entière. Certains, plongeant dans l'Eamot, tentèrent de gagner à la nage les falaises ; d'autres, embarrassés d'enfants, se débattaient sur la rive, de peur de tomber à l'eau ; cela vociférait, piétinait les faibles, s'agrippait, déchirait, poussait... D'aucuns se réfugièrent dans l'église et s'y barricadèrent.

L'Abbesse, elle, restait figée sur place, la croix serrée contre sa poitrine. Et puis, soudain, du fond de ses entrailles monta un grondement étrange, et de ses poumons jaillit une voix de basse qu'aucune de ses connaissances ne lui avait jamais entendue. Erek, seul, l'eût identifiée sur-le-champ. Mais il n'y avait là personne d'assez âgé pour reconnaître les intonations de son père, Messire Garmon de Caer Voran, rugissant à la tête de ses cavaliers :

— Arrière, bâtards de païens, sortez de mes terres !

Elle avança sur eux.

Les Merciens s'arrêtèrent d'abord, ébahis, mais bientôt leur rire, un rire énorme, ébranla le ciel. Cette vieille obèse qui titubait dans leur direction roulait des hanches telle une vache pleine ! Son voile, en glissant en arrière, révélait des mèches blanches coupées très court autour d'une épaisse figure cramoisie comme celle d'un bébé en colère. Et, brandissant l'un de ces bâtons bizarres auxquels les Chrétiens attachaient tant d'importance, voilà qu'elle s'apprêtait à les attaquer !

Ils n'avaient jamais rien vu d'aussi drôle ; ils s'esclaffaient, pouffaient, se tenaient les côtes, s'assenaient mutuellement des claques sur les cuisses et sur les épaules. Eobba lui-même

253

dut s'essuyer les yeux d'un revers de main pour la voir clairement. Elle s'arrêta à deux pas, le souffle coupé et, balançant
sa croix des deux mains, l'en frappa en pleine face, lui lacé-
rant la joue. Coriace, la vieille truie ! Il gloussait encore en lui
abattant sa hache sur le crâne.

Les Cambriens, au bord de la rivière, ne virent pas du tout
les choses de cette façon : au lieu d'une ancêtre obèse agitant
un bâton et roulant des hanches telle une vache saoule, ils
admirèrent leur ancienne reine, leur noble abbesse, affronter
seule les païens, la Sainte Croix bien haut dans ses mains
vénérables, puis terrassée, accablée de sarcasmes et de
horions.

Un cri retentit, immense, qui n'était pas un cri de guerre,
mais un hurlement de fureur. Et ils se jetèrent tous ensemble
sur les Merciens. Au prix de leur vie, pour bon nombre, car
ils n'avaient pas d'armure et pas d'autres armes que des couteaux, des pierres, voire leurs mains nues. Mais ils ne crai-
gnaient ni les blessures ni la mort : une sainte rage les ani-
mait. Ils s'élançaient avec une totale insouciance contre les
épées et les lances, les saisissaient à pleine main, les ployaient
jusqu'à terre, arrachaient des yeux avec leurs ongles, tiraient
sur des bras, des épaules jusqu'à les briser ou les déboîter. Et
l'invraisemblance de cette hystérie collective acheva de démo-
raliser l'agresseur ; ceux qui purent se frayer un chemin à la
force des armes abandonnèrent leur honneur avec le corps de
leur chef, piétiné, déchiqueté en lambeaux sanglants, et fui-
rent vers le sud. Ils y rencontrèrent Oswy ; aucun ne rentra
en Mercie.

C'est à Penrhyd qu'on lui remit le message de l'Abbesse.
On le lui tendit comme une sainte relique. Il le lut, seul dans
la chambre d'hôte ; puis il le brûla dans la cheminée, en épar-
pilla les cendres avec soin. Après quoi, il sortit à cheval et prit
le chemin que la procession avait emprunté le matin même :
Penarwan gisait encore au milieu de la prairie secrète.

On l'avait lavée. On avait, tant bien que mal, reconstitué
son crâne fracassé que désormais, sous le voile et la coiffe, cei-

gnait un bandeau. Dans la mort, la beauté de ses traits triomphait de l'empâtement, ainsi que leur noblesse et une espèce d'austérité. On lui avait croisé les mains sur son crucifix comme sur la garde d'une grande épée.

Oswy se plaça près de l'abbé de Whithorn, venu pour la cérémonie, et la contempla : Cette femme-là, vraiment, ne ressemblait ni à une nonne dévote ni à la dévergondée sur le retour qu'il avait imaginée dès le premier jour. Elle était de la race des grands rois passés, des rois légendaires, de ceux qu'on expose au milieu de leurs armes après leur dernier combat. Elle aurait mérité qu'on la déposât sur son tumulus, tandis que des braves à cheval tourneraient autour en chantant son éloge funèbre. Il prit la parole à leur place.

— C'était une femme très brave.

— C'est une sainte, corrigea fermement le religieux.

Oswy ne répondit pas.

*
* *

A Caer Luel, la mort de l'Abbesse rallia les nobles qui, blessés dans leur fierté, se déclarèrent prêts à défier tous les envahisseurs du sud et disposés, du moins pour l'heure, à accepter l'autorité d'Oswy. Son arrivée au moment critique, le fait qu'il eût anéanti ce qui restait des troupes d'Eobba lui conféraient la stature d'un sauveur : on le considérait comme le vengeur de l'Abbesse. Il en joua de son mieux puis partit en hâte chercher Maureen à Bebbanburh et la ramener dans sa ville.

Afin de gagner du temps, il passa par Liddesdale ; son escorte et lui venaient de franchir les Cheviot et traversaient l'Oxnam à gué lorsqu'un paysan des collines qui fuyait la région, terrifié, avec sa famille et son troupeau, leur apprit les événements de Gefrin.

Ils piquèrent des deux. Oswy faisait grise mine. Un raid en

255

plein cœur de ses terres était une insulte et une menace pires encore que ne l'eût été le sac de la ville royale. Il remerciait cependant le Ciel de l'absence de la Cour : l'ennemi n'avait guère pu faire de captifs et médiocre butin ; quant à Maureen, elle était en sécurité à Bebbanburh, rien ne pouvait l'y atteindre.

Ils débouchèrent dans la vallée de la Glein ; le Gefrin se dressait non loin devant eux. Un berger, robuste silhouette aux larges épaules, vêtu d'une peau de mouton, était assis sur une saillie rocheuse. Ils le hélèrent sans qu'il tournât la tête.

— Ils sont partis, dit-il quand ils l'eurent rejoint.

— Qui ? Les guerriers ? Depuis quand ? Dans quelle direction ?

— Ils sont partis, maintenant..., les rois et les prêtres en robe longue, et les belles dames avec des rubans d'or dans leurs cheveux. Tous partis rejoindre Wotan, mais moi, je parierais qu'il n'en voudra pas.

Il s'esclaffa en crachant à terre.

— Ils n'arrêtent pas de revenir, ils cherchent la salle des banquets. Moi, je les entends, là, en bas !

Oswy lui secoua le bras.

— Espèce de brute stupide, tu as entendu des survivants appeler au secours, et tu ne fais rien ?

Beorn hocha la tête.

— Non, il n'y a plus personne de vivant, là-dedans. Je sais qu'ils sont morts..., je les entends rire.

Les hommes d'Oswy sentirent un frisson glacé leur courir le long de l'échine ; les uns se signèrent, les autres tracèrent sur leur front le marteau de Thunor. Voyant leur maître éperonner son cheval, ils le suivirent pourtant. Beorn, lui, resta dans la même attitude, les yeux fixés vers le nord où les corbeaux battaient des ailes, se posaient, croassaient. Ils s'écartèrent de mauvaise grâce à l'approche des cavaliers, mais sans s'éloigner. Enhardis par la ripaille, ils attendaient, perchés de-ci de-là.

256

Gefrin présentait l'aspect d'un cauchemar de dément. Malgré les violentes rafales qui avaient d'abord attisé l'incendie, les charpentes en chêne séculaire avaient longuement résisté aux flammes et venaient à peine de s'embraser quand la pluie était survenue. Aussi, la plupart des constructions solides n'étaient-elles qu'à demi brûlées — et toutes du même côté, comme calcinées par le souffle d'un seul dragon. Certains toits avaient glissé en avant, tels des capuchons de guingois sur la tête de paysans ivres. Des écuries, de partout, émanait une atmosphère pestilentielle de bêtes et d'hommes massacrés sans pitié ou livrés au feu. Des chevaux se cabraient encore, fous d'horreur, et les habitants gisaient, tels des pantins désarticulés, noircis, parmi les ruines, charognes méconnaissables dépecées par les rapaces et sûrement les coups — car on repérait des empreintes autour des lambeaux de viande déchiquetée...

C'était pire qu'un champ de bataille ; le mal couvrait tout cela tel un linceul, décourageant les hommes. Ils écoutaient, immobiles, le vent soupirer et le torrent s'écouler dans la Glein. Les corbeaux croassaient comme pour les inciter à partir : des nuées de mouches bourdonnaient sur la puanteur. Et soudain, un rire se fit entendre, un rire démoniaque.

Ils faillirent prendre leurs jambes à leur cou, mais comme Oswy s'engageait dans la cour qui séparait le palais de ses propres appartements, nul n'osa l'abandonner. Et là, celle qui riait et festoyait à Gefrin agita la main en signe de bienvenue.

Le chaume qui coiffait le porche avait amorti sa chute, mais Elfwyn s'était tout de même brisé la hanche et ne pouvait plus que ramper, en traînant sa jambe inutile. Ayant découvert des barils de bière et d'hydromel disposés là par les pillards pour alimenter l'incendie, elle avait passé des heures et des heures dans un semi-coma d'ivrogne : elle jacassait tantôt à l'adresse des corbeaux tantôt pour elle-même, entrecoupant son désespoir d'atroces fous rires. Les fauves nocturnes qui, sans bruit, peuplaient l'ombre d'yeux verts ne l'avaient pas attaquée, leurs mâchoires avaient mieux à faire, à Gefrin, et cette folle les effrayait.

Elle avait sali, déchiré sa robe en rampant ; à force d'attaquer la terre avec ses ongles, elle s'était écorché les mains, le ventre, les cuisses et ses plaies suppuraient. Oswy se précipita et, tendrement incliné sur elle, il la palpait doucement pour essayer de voir où elle était blessée, tout en prononçant des paroles de réconfort :

— Ma pauvre fille, allons, c'est fini, nous sommes là, tu n'as plus rien à craindre, plus rien... c'est fini, plus rien.

Il cria aux autres :

— Si vous arrivez à trouver des seaux, apportez-moi de l'eau propre..., ou plutôt, servez-vous de vos casques. Vous, arrachez quelques planches à la palissade pour fabriquer une civière, ou faites-m'en une avec vos lances et vos manteaux. Ramassez tout ce qui peut servir, allez, vite, dépêchez-vous !

Quand ils furent dispersés, il reporta son attention sur Elfwyn. Il avait vu suffisamment d'accidents de chasse, sans parler des batailles, pour savoir comment procéder en cas de fractures, comment empêcher la fièvre de monter en attendant la pose de sangsues ou l'arrivée d'une femme capable d'administrer quelque potion. Avec force ménagements, il la redressa pour qu'appuyée contre lui, elle trouvât une position moins douloureuse. Alors seulement, elle releva la tête et le regarda ; de ses yeux, légèrement vitreux, suintaient des tumeurs visqueuses qui dévalaient jusqu'à ses lèvres tuméfiées.

— Je vous attendais, Oswy. C'est très mal de m'avoir fait attendre si longtemps.

— Je suis là maintenant.

Il lui écarta du visage ses boucles poisseuses, emmêlées, avec des gestes caressants.

— Tout va bien ?

— Oui, tout va bien, acquiesça-t-elle. Maureen est partie...

— Elle est à Bebbanburh. Nous allons t'y transporter. Avec Ethel, elle te soignera, et tu seras bientôt guérie.

— Maureen est allée rejoindre Wotan. Je la lui avais offerte. J'avais lancé l'épieu par-dessus sa tête peu après son arrivée chez nous. Dans le marais d'Eoforwic, il n'en a pas voulu, mais...

Les mains d'Oswy s'étaient immobilisées.

— ... mais ici, il l'a prise. C'est ici que je la lui avais consacrée. Alors, ici, il l'a prise, elle l'a suivi, même qu'elle s'est transformée en Walkyrie pour lui...

— Non !

— Si, il fallait bien... elle lui appartenait ! Elle s'est transformée en Walkyrie en revêtant votre ancienne armure, et elle s'est battue contre Penda. Ils ont tous adoré Wotan sur son corps puis ils l'ont renvoyée à lui par la voie des eaux.

Elle secoua la tête en le regardant d'un air de reproche.

— Je comptais vous réserver le même sort pour vous punir de m'avoir dédaignée, moi, princesse de Deira ! Mais comme elle est partie et que vous m'êtes revenu, alors je vous pardonne. Je vous laisserai gouverner Deira avec moi. Je ferai de vous un grand roi, Oswy.

Elle se blottit dans ses bras. Oswy abaissa sur elle des yeux glacés comme la mer en janvier. Il aurait fallu la traîner devant des juges et l'accuser de haute trahison; aucune torture ne pourrait compenser son crime à l'endroit de Maureen. Mais le sang royal de Deira, celui de sa mère, courait aussi dans ses veines à lui ; il ne voulait pas déshonorer ce nom. Il était roi de Northumbrie — de ce qu'Elfwyn lui en avait laissé — et, en tant que tel, pouvait s'ériger en juge et en bourreau !

Il la souleva doucement pour l'appuyer contre son épaule gauche et libérer son autre main. Elle ouvrit les yeux et lui sourit.

— Vous m'avez relevée, dit-elle tendrement, et puis vous m'avez dit : Pauvre petite cousine, ne pleure pas.

Elle lui tendit son visage.

— Embrassez-moi.

Il effleura très légèrement ses lèvres crevassées. Elle ferma les yeux. Alors, il lui entoura le cou de ses doigts puissants, serra...

Quelques instants plus tard, Godric arriva, essoufflé, avec deux seaux débordants.

— Désolé d'avoir mis si longtemps. Il y avait des... des choses... dans le torrent. J'ai dû descendre jusqu'à la Glein.

Oswy ne se retourna pas, ne répondit rien. Godric vit alors qu'il contemplait fixement une masse inerte que couvrait le manteau royal.

*
* *

Comme si de rien n'était, Ethel entra, cinq jours plus tard, dans les appartements d'Oswy à Bebbanburh. Certes, elle avait les yeux rouges et les traits creusés par l'insomnie mais, les cheveux proprement nattés, elle ne portait pas le deuil. Toute à son service habituel, elle apportait des mets et du vin que, comme d'habitude elle plaça devant son maître, immobile sur sa cathèdre. Et, comme d'habitude, il n'y prêta aucune attention.

— Un peu de bœuf rôti, mon seigneur ? Souhaitez-vous que je vous verse à boire ?

Oswy hocha la tête et continua de contempler le néant. Ethel interrogea désespérément du regard Godric, debout près du roi, Dunnere prostré, voûté de chagrin, sur les marches de l'estrade. Oswy était soigné et bien vêtu ; il se levait, se lavait et s'habillait seul ; parfois il avalait une bouchée, buvait une gorgée, indifférent et muet, sourd à tous les appels.

Cadman avait cessé de faire les cent pas, espérant qu'Oswy remarquerait enfin la présence de la servante ; du plat de la main, il frappa l'une des colonnes de la salle, exaspéré.

— Je vais lever l'ost en son nom ; je lui volerai la bague qu'il porte au doigt, si nécessaire. Il ne s'en apercevra même pas !

Cadman venait de passer les jours les plus éprouvants de sa vie : journées de vaines recherches à la poursuite des meurtriers sur les pentes sauvages des Cheviot ; rédaction de messages destinés à alerter les autorités locales et les paysans sans trop révéler l'humiliante défaite ; manœuvres ayant pour but de cacher le plus longtemps possible l'état de leur maître, de crainte d'une rébellion.

— Nous allons perdre Deira, si ce n'est déjà fait ! s'exclama-t-il d'un ton hargneux. Nous allons perdre le pays tout entier si nous restons ici les bras croisés !

— C'est une honte ! renchérit Godric, qui semblait aussi ébahi que furieux. Mieux vaut venger ses morts que de les pleurer vainement. Je ne l'aurais jamais cru capable d'une telle pusillanimité !

— Les démons du marais lui ont volé son âme ! protesta Ethel d'une voix plaintive.

Indigné, Dunnere rétorqua :

— Il ne manquait pas de courage quand il s'est campé devant Oswald à Heavenfield ; ni quand il est parti vers le sud pour ramener son corps. Lorsqu'il a retiré du pieu la tête de son frère, il riait au bon tour qu'il jouerait à Penda ! Et maintenant, ce visage de pierre... ! C'est la faute de la Galloise. Elle s'est emparée de son cœur et en a joué comme des cordes de sa harpe. Maintenant qu'elle a disparu, il ne le récupérera jamais !

— Que faire ? soupira Ethel, que faire ?

Comme en réponse à son angoisse, des sabots soudain sonnèrent sur les cailloux de la cour, et un doux carillon résonna. Tous les regards se tournèrent vers le seuil. Mildred réprima un cri de surprise et de peur devant l'étrange apparition.

La femme était très grande ; le vaste manteau de plumes mouchetées qui virevoltait jusqu'à sur ses chevilles la grandissait encore et lui donnait un aspect surhumain. Le soleil d'automne, embrasant sa masse de cheveux cuivrés, la couronnait de feu. Sa première suivante portait une branche d'or où tintaient des clochettes d'argent, la seconde une harpe dans un étui en peau de loutre.

Sans un mot ni un regard pour quiconque, Liada s'avança, majestueuse, vers l'estrade. Dunnere s'écarta ; Ethel, trop étonnée pour bouger, resta accroupie aux pieds d'Oswy. Liada, elle, s'assit sur la marche supérieure. Sa suivante lui tendit la harpe, qu'elle accorda avant de se mettre à jouer.

La mélodie était d'une douceur si obsédante, d'une nostalgie si poignante que chacun des auditeurs sentit s'ouvrir dans son cœur des puits de chagrin, des abîmes de douleur sur lesquels il osait à peine se pencher, de peur de s'y précipiter. Oswy n'avait pas même semblé jusque-là remarquer la présence de la femme, mais soudain, brisé, vaincu, il s'effondra, la tête entre ses mains.

— Que fais-tu ? hurla Godric. Tu te dis son amante, et tu viens lui enfoncer un épieu dans le cœur quand il n'est pas à même de se défendre !

— L'épieu a été enfoncé voilà plusieurs jours déjà, répliqua-t-elle calmement, tandis que sa harpe égrenait toujours ses pleurs, et la blessure s'est infectée. Il faut l'ouvrir et la nettoyer si l'on veut qu'elle guérisse. Et le meilleur remède, c'est l'eau salée.

Elle se mit alors à chanter une complainte sur Maureen : elle vanta sa beauté, son courage, ses fureurs, semblables à la foudre en été, son cœur généreux, son rire ; et aussi l'orgueil de l'antique race à jamais éteinte avec elle, et le vaste palais de Caer Luel à jamais désert, désolé, privé de sa présence éclatante, à jamais...

Oswy sanglotait à perdre haleine ; Godric ne put supporter cette ignominie.

— Arrête, sorcière ! Tu lui fais honte !

Il avança d'un pas vers Liada pour lui arracher sa harpe. Cadman le saisit aux épaules tandis qu'Ethel se jetait devant lui :

— Je n'ai pas pleuré une seule fois, dit-elle, quand les Gallois ont tué mon père, lorsqu'ils m'ont enlevée et violée.

Cadman la contempla bouche bée.

— Mais quand ma chère dame est venue me sauver et m'a ramenée chez elle..., alors j'ai pleuré tout mon saoul. Laissez-la faire, Godric ; elle est sage.

Quoique Liada chantât en irlandais, à l'intention d'Oswy, tous les assistants comprenaient son langage — gaélique ou anglais, qu'importait ? — à tous elle parlait de souffrance.

Dunnere revoyait les visages d'amis qui, jeunes avec lui, n'accompagneraient pas sa vieillesse parce que leurs ossements blanchissaient en paix, éparpillés depuis le pays des Pictes jusqu'en Mercie. Mildred revoyait son père, le fermier taciturne et solide massacré en essayant de la défendre. Cadman revoyait trois cents adolescents rieurs, dans leurs armures étincelantes, le col cerclé d'or, chevaucher vers la mort. Godric revoyait les tumulus élevés le long de collines hantées par les loups, dressés sur des langues de terre battues par les vents au-dessus de la mer...

Où est le destrier, où le héros ? Où le Dispensateur d'or ?
Où est la salle des banquets, où sont les fêtes ?
Adieu les gobelets brillants, les guerriers armés d'or !
Adieu la gloire du prince ! Comme ils ont fui ces temps de gloire,
Ensevelis dans l'ombre de la nuit !
A croire qu'on les a seulement rêvés...

Oswy enfin calmé, Liada cessa de chanter ; ses doigts jouèrent une mélodie somnolente, puis s'immobilisèrent sur de lents accords. Elle remit la harpe à sa suivante et, prenant Oswy par la main, l'entraîna dans la chambre à coucher.

XVII

À CONTRECŒUR, pleine de dégoût, de terreur, l'âme de Maureen réintégra son corps. Dans les ténèbres, ses membres meurtris étaient brutalement cahotés. Croyant tout d'abord, horrifiée, qu'on l'emportait vers les marais, liée sur une claie, les yeux bandés, elle se débattit. Or, ses bras et ses jambes, à sa grande surprise, ne rencontrèrent d'autre obstacle qu'une couverture... Libre ? Elle leva la main et, comme au sortir d'un songe, s'en frotta les yeux. Libre, oui. Elle distinguait à présent, dans l'ombre, des failles plus claires, grisâtres. Péniblement, elle se souleva, tâtonna. Ses doigts rencontrèrent un tablier de cuir, des lanières nouées sur un cadre de bois, des crochets de métal. Un chariot. Elle se trouvait dans un chariot de voyage — dans l'une de ces litières fermées qu'utilisaient les dames de la noblesse. S'étant agenouillée, elle colla un œil contre des fissures, mais ne put apercevoir que le gris du crépuscule ou de l'aube sur des masses plus noires — apparemment des frondaisons...

Harassée, elle se rallongea. Sa couche comportait un matelas, un oreiller et une couverture de laine souple et douce — peut-être un manteau ? Mais Maureen était encore

267

trop choquée pour fonder la moindre espérance sur ce souci manifeste de son confort. Du reste, ignorant tout des rites de Wotan, elle estimait, confusément, probable qu'on mît plus de cérémonie à lui offrir une walkyrie porteuse de présents royaux qu'une vulgaire serve adultère... Oui, probablement... Mais les formes extérieures n'y changeaient rien. C'était aussi vers une tourbière qu'on la menait, vers les ténèbres glacées, vers l'atrocité d'une molle succion ! Elle se rappelait trop nettement la scène des bords de la Foss pour se méprendre sur son agonie...

D'ailleurs, son ventre et ses cuisses meurtris, contusionnés, lui remémoraient si cruellement l'ignoble offrande de sa chair que, le marais se fût-il ouvert en cet instant devant elle, elle s'y fût spontanément jetée, désireuse d'une seule chose : sombrer. Sombrer vite, pour effacer le souvenir, se laver des regards, des mains, des jambes, des sexes qui l'avaient tripotée, malaxée, souillée.

Une humiliation plus noire qu'un marécage des Cheviot la submergea. Que faire ? Que faire sinon mourir... ? Mourir en remerciant le ciel que personne, de son altière parenté, n'eût pu la voir, elle la dernière reine de Cambrie, chevauchée à terre par une troupe de païens !

— Relevez-vous.

Elle n'avait jusqu'alors pensé qu'à sa famille, à l'horreur, la rage de Loïk, d'Erek, de Tanguy..., apprenant cette ignominie... Et soudain, c'est la voix d'Oswy qui retentissait : « Relevez-vous »..., son robuste visage d'Anglais, ses mains puissantes et douces qu'elle revoyait, son sourire, ses yeux de triton marin...

« Ah ! ça t'est facile de sourire, Oswy ! lui lança-t-elle avec rage. Tu ferais une autre figure si tu étais à terre, comme moi !

« Savoir rester à terre au bon moment n'est pas sans présenter quelques avantages. Cela permet au moins de reprendre son souffle et de réfléchir à ce qu'on va faire...

« Je ne peux pas me battre. Je suis vaincue, détruite. Il n'y a plus rien à faire.

« Il y a toujours une solution. Planter ses dents dans la cheville de l'adversaire, le déséquilibrer...

« Belle parade contre Penda ! J'aimerais t'y voir, tiens ! »

Brusquement son imagination lui fit voir la scène : couchée au pied du plus grand chêne d'Inglewood, elle en mordillait l'écorce. Et c'était si cocasse qu'à son corps défendant, elle éclata d'un rire sauvage, irrépressible, quelque effort qu'elle fît pour évoquer les sévices subis, le déshonneur, la perspective d'une mort atroce, sa rancœur contre Oswy : pourquoi l'avoir ramenée à la vie ? Pourquoi l'avoir, à Lindisfarne, arrachée à la fureur des flots ? Pour en arriver là ?

La rage et le rire réchauffent le sang. Aussi Maureen, un peu plus calme, avait-elle la tête haute et les yeux brillants de vie lorsque, le chariot s'étant immobilisé, les rideaux de cuir s'ouvrirent et qu'entra Penda.

Tandis que l'irruption soudaine de la lumière lui révélait, autour de sa couche, un coffre, des ballots, elle examinait son vainqueur. Revigorée déjà, elle osa le dévisager, les yeux dans les yeux, quoique sa chair frémît de répulsion.

Pendant son combat désespéré puis son horrible conclusion, Penda lui était apparu comme un monstre vomi par l'Enfer, mi-fauve, mi-titan. Analysé de sang-froid, il n'avait rien de monstrueux, sauf sa taille ; ses membres basanés, énormes, étaient de proportions justes, et son visage ne présentait aucun caractère de bestialité. Il avait un front bas mais très large, des traits normaux malgré leur rude épaisseur et, sous la masse touffue des sourcils qui se mêlaient à la barbe broussailleuse et aux cheveux châtains, de grands yeux gris-brun. Chêne ou taureau, on l'eût trouvé beau.

Il apportait une chope de bière et une écuelle qu'il déposa sur le coffre, puis il contempla Maureen d'un œil sombre.

— Pourquoi avoir fait semblant d'être une walkyrie ?

Sur la lancée de son rire antérieur, elle s'esclaffa :

— Prétendrez-vous avoir été dupe ? Dès le début de notre duel, vous pouviez vous douter, je pense, que je n'étais pas un guerrier.

269

Il secoua la tête.

— Vous vous êtes très bien battue, dit-il avec sérieux. Vous êtes rapide et adroite, mais vous manquez de poids et d'allonge. De toute manière, il n'existe pas d'homme au monde capable de me vaincre en champ clos.

Il ne se vantait pas, il se bornait à énoncer une évidence.

— C'est en vous possédant que je me suis rendu compte de mon erreur. Une walkyrie doit être vierge. Et comme une putain ne se refuserait pas à l'étreinte d'un grand roi et de ses guerriers... — il hésita, puis reprit d'un air sombre :

— J'ai compris que vous étiez une femme honnête et que vous défendiez seulement l'honneur de votre mari.

Elle ne put réprimer un geste de surprise : cette idée-là ne lui avait pas un instant traversé l'esprit !

— Vous êtes jolie, vous avez du tempérament, vous me ferez des fils magnifiques. Ma femme est morte voilà quelques mois... Je vais vous épouser.

Elle ouvrit de grands yeux.

— Mais vous savez... vous venez de le dire... je suis mariée !

— Veuve. Nous avons tué tous les hommes qui se trouvaient là.

— Sauf que... sauf qu'il n'était pas à Gefrin, articula-t-elle, bien décidée pourtant à ne pas trahir son identité.

— Où est-il alors ? En train de chasser la femelle avec Oswy et sa bande, ou bien terré à Bebbanburh ?

Ainsi Oswy ne s'était pas fait prendre à Powys et Bebbanburh tenait encore... ?

— De toute façon, vous êtes à moi maintenant, je vous ai conquise. Dites-moi son nom, je lui renverrai votre dot.

Elle resta muette.

— Aucune importance. Dès notre arrivée à Tomeworthig, j'enverrai des émissaires dans toutes les cours. Ils vous y décriront et diront de ma part combien je suis disposé à payer pour vous. Tout le pays le saura d'ici un mois ou deux.

— Il n'acceptera jamais... de se déshonorer !

— Alors il saura où m'affronter pour votre possession.

Elle l'examina de nouveau. Il était bien capable de vaincre Oswy — si celui-ci relevait le défi — comme n'importe quel autre adversaire, et n'envisageait même pas d'autre issue...

— Vous feriez aussi bien d'accepter tout de suite.

— Ce n'est pas ainsi qu'agissent les chrétiens.

— Donc votre mari est chrétien. Raison de plus pour vous en défaire, ces gens-là sont tous des femmelettes ! Et qu'y aurait-il de déshonorant pour vous à être l'épouse du guerrier le plus valeureux ? Enfin ! s'exclama-t-il en fronçant les sourcils, que signifient toutes ces simagrées chrétiennes alors que vous portez le signe de Freïa ?

Il sauta du chariot et, se retournant, désigna du doigt les ballots empilés.

— Il y a là des vêtements de femme, et aussi des bijoux dans le coffre. S'il vous manque quoi que ce soit, demandez-le.

Le rideau de cuir retomba, et Penda disparut.

Maureen était abasourdie. Au bout d'un moment, elle se força à prendre un peu de pain, de viande et de bière. Puis, conformément aux conseils d'Oswy, elle s'allongea pour réfléchir. Qu'allait-elle faire ? Et quelle serait aussi la réaction d'Oswy ? Même si elle refusait de se nommer, tout le monde l'identifierait dès que les émissaires de Penda auraient ouvert la bouche. N'importe quel roi — n'importe quel homme — se tiendrait pour déshonoré sachant sa femme captive, de ne pas tout tenter pour la libérer. Mais Oswy ? Oh, Oswy, lui, ne laisserait pas un détail aussi insignifiant perturber sa conscience ! « Faire cadeau de son pays à ses ennemis n'a rien d'honorable. » Mais il l'avait bien dit, il fallait être idiot pour affronter une mort certaine... Pourtant...

Oui, pourtant, il était parti chercher le corps d'Oswald. Mais il s'agissait là d'une incursion furtive, de la promptitude — ou des mensonges impudents..., et dans ces deux domaines, Oswy n'avait certes pas son pareil en Britannie ! Tandis que contre Penda en personne, il n'avait pas l'ombre d'une chance...

Seulement, Oswy n'avait pas le choix. Il faudrait bien qu'il vienne la secourir... La dérobade serait trop coûteuse. Il viendrait donc, et se ferait tuer. Alors le Nord tout entier tomberait entre les pattes de ce sauvage — un sauvage courageux, généreux peut-être, mais païen ! Non, non, elle n'accepterait jamais ce destin, ni pour elle-même, ni pour sa Cambrie bien-aimée !

L'évasion ? Sortir du chariot ne serait pas bien difficile, et sa connaissance de la forêt lui permettrait ensuite d'échapper à ses poursuivants. Mais où irait-elle, de quel côté ? Elle ne savait même pas où elle se trouvait ! Combien de temps était-elle restée inconsciente ? Ils avaient peut-être beaucoup progressé vers le sud..., et Deira risquait d'être tombée entièrement sous la coupe mercienne. Si elle essayait de passer les collines en direction de l'ouest et de regagner son propre pays, rien ne prouvait qu'elle ne se retrouverait pas à Dunoding. Et à supposer même qu'elle parvienne jusqu'à Caer Luel — avec une grimace, elle roula sur le ventre et enfonça son visage dans l'oreiller —, dans quel état s'y présenterait-elle ? La belle reine que cela ferait ! Oh, non, non, plutôt que de s'exhiber telle une mendiante, plutôt que de subir la pitié de Tanguy, elle se laisserait mourir de faim dans les marais ! Tout plutôt cela, tout ! Oui, mieux valait confier aux bêtes sauvages le soin de nettoyer sa carcasse avilie ! Mieux valait encore que ses os gisent sans sépulture, mais anonymes, sous le soleil et sous la pluie ! D'un geste véhément, elle repoussa ses cheveux sur sa nuque et se gourmanda : s'imaginer qu'elle pouvait arriver jusqu'à la Cambrie, quelle démence ! Pire : puéril.

La troupe camperait autour du chariot toute la nuit... — et à supposer même que Maureen parvînt à se faufiler sans être repérée, quelles chances aurait-elle de survivre dans la forêt, vêtue de la sorte et sans armes ? Aucune. Mille en revanche d'être rattrapée très vite, et la suite..., ces mains sur elle, ces regards, les quolibets de Penda..., non ! Plus jamais cela ! A cette seule idée, sa chair tout entière se révulsait. Force lui était d'admettre qu'à Gefrin, quelque chose en elle s'était rompu, son courage, sa témérité — peut-être à jamais... Plutôt que de revivre des scènes semblables, elle était prête à tout : au suicide, voire au mariage ! Epouser Penda...

Mais lui, au fait, pourquoi cette lubie ?

A cause de son charme, de sa bravoure ? Allons donc ! Était-elle si exceptionnelle parmi les femmes violées ? Plus belle, plus courageuse qu'Ethel ? Pourquoi Penda ne se contentait-il pas de la traiter en captive ordinaire, jouissant d'elle au hasard de son bon plaisir ? D'autant que les scrupules chrétiens ne pouvaient l'entraver, ni le respect des « liens sacrés du mariage » !

« Enfin ! Que signifient toutes ces simagrées chrétiennes alors que vous portez le signe de Freïa ? »

Au seul souvenir de ces mots, les doigts de Maureen se portèrent, machinalement, à sa gorge, et comme ils jouaient avec les disques et les croissants du collier d'Ariana, l'explication jaillit soudain, nette comme la pleine lune dans un ciel serein.

Penda, persuadé d'avoir violé une prêtresse de la Déesse et pire encore, essayé de l'offrir au dieu viril de la Guerre, avait peur !

Malgré son éducation de chrétienne orthodoxe, Maureen n'ignorait ni les divers noms, ni les déguisements multiples sous lesquels se cachait la Dame. Bien des histoires circulaient, que chuchotaient servantes et filles de ferme, dissimulant leurs terreurs de rires nerveux. Même en Cambrie, les sanctuaires n'étaient pas tous chrétiens, loin de là, et Maureen y pressentait d'étranges cérémonies. Elle savait aussi à quels châtiments s'exposait l'offenseur que ne protégeaient ni croix ni eau bénite...

Sur le champ de bataille, la Dame était capable de susciter la pluie pour aveugler ses ennemis ou des vents contraires afin de dévier leurs traits... A la chasse, d'embusquer le cerf ou le sanglier qui les éventre alors qu'une racine malencontreuse les a fait précisément trébucher... Et, surtout, son tour favori, celui qui terrorisait le plus les hommes, consistait à les

273

rendre incapables au lit — impuissants et stériles ! —, le comble des malédictions...

Or, comme par hasard, le sanctuaire le plus important de la Déesse vindicative se trouvait précisément au pays de Penda !

« Je le prierai de m'y conduire... Et, s'il refuse, je le menacerai, au nom de la Dame, de prononcer l'Anathème de Glace ! Il faudra bien qu'il m'obéisse et, sitôt là-bas, j'y réclamerai asile ; même païennes, ses servantes n'en sont pas moins femmes. Et puis, s'il le faut vraiment, je l'adorerai, leur Déesse... Ariana l'appelait la Reine du Ciel... Je pourrai toujours, moi, mentalement, la nommer Marie... ! Notre-Dame me pardonnera d'échapper par ce subterfuge à Wotan... »

Une vision soudain s'imprima sur la lumière crépusculaire qui rougissait l'intérieur du chariot, une vision qui se déroulait telle une chanson de geste : un voyageur irlandais, venu faire ses dévotions au sanctuaire, couvait Maureen d'un regard furtif. A ses yeux glauques qui étincelaient sous le capuchon, elle reconnaissait Oswy... ! Intrépide et rusé, il allait tout mettre en œuvre pour l'enlever. Le rythme de son cœur s'accéléra... Évidemment, c'était impossible ! Même un barde ne se fût point risqué à inventer une histoire pareille, et pourtant... Pourtant, c'était un beau conte et s'en bercer, là, toute seule dans la nuit tombante, la réconfortait... En tout cas, nul homme — pas même Penda — n'oserait pénétrer dans le sanctuaire et la ravir, elle, de force, à la Déesse. Elle y serait au moins en sécurité...

Elle caressa son collier et sourit. Désormais, elle avait une arme, et elle s'en servirait avec toute la duplicité, toute la cruauté que la vie lui avait apprises. Elle se battrait, acculée, comme Oswy lui-même.

Elle eut tout loisir de mijoter son plan durant leur longue marche vers le sud et, solitude aidant, de le défendre contre les arguments d'Oswy. Le spectre semblant prendre un malin plaisir à soulever des objections, elle finissait par le mettre en colère, l'insulter, avant de reprendre, point par point, ses explications. Ou bien, brusque changement de scène, elle lui contait comment elle avait berné Penda, et il riait, riait, ravi de sa ruse et d'un mensonge si bien trouvé ! — Tandis qu'elle-même, curieusement, n'éprouvait ni chagrin ni honte de leur tête-à-tête, fût-il fictif...

Elle ignorait tout, cependant, de l'itinéraire suivi. Des bois touffus couvraient continûment les contreforts des Longues Collines jusqu'en Mercie. Quand on s'arrêtait, c'était toujours près d'une source ou d'un ruisseau au milieu de buissons épais, où elle pouvait prendre ses aises puis un bain. A ces moments-là, les Merciens disparaissaient comme par enchantement, et ne semblaient pas non plus l'épier. L'homme qui lui apportait ses repas lui témoignait mieux que des égards, un respect presque craintif, et l'appelait « Dame » quand il lui adressait la parole.

« Qu'un seul d'entre eux se montre insolent, se dit-elle sauvagement, et je maudis son membre, au nom de la Déesse, en termes si définitifs qu'il n'osera plus de sa vie s'approcher d'une femme ! »

Ce qu'elle voyait au sortir du chariot ne lui révélait pas grand-chose. Des troncs très serrés, des fourrés de bruyère et de fougère, une pénombre pommelée de soleil ou, le soir, de lune laiteuse.

Penda revint la voir le huitième soir. Elle avait revêtu la plus riche des parures pillées à Gefrin, choisi une robe verte — la couleur favorite de la Déesse —, et laissé flotter librement sur ses épaules ses cheveux noirs. Par l'encolure de sa chemise, négligemment dégrafée, se devinait l'éclat furtif du collier d'Ariana.

— Je souhaitais justement vous parler, dit-elle avec hauteur. Veuillez vous asseoir et partager mon repas. Sans se lever du coffre qui lui tenait lieu de siège, elle désignait un coin de paillasse où son visiteur se trouverait en position d'infériorité.

Il la regarda longuement sous ses épais sourcils puis, retirant son manteau, le déploya sur le matelas et s'assit. Elle, muette, attendait qu'il perdît patience et prît la parole. Ce qu'il fit bientôt, d'un air satisfait :

— Vous êtes contente..., heureuse maintenant que je vous ai choisie et enlevée à votre chrétien ?

Elle haussa ses sourcils ailés.

— Nous autres, adeptes de la Dame, choisissons nos hommes selon notre gré. Wotan ou le Christ... que nous chante à nous de savoir qui vous vénérez ? C'est *Elle* qui les a langés et allaités tous deux.

— Je suis le plus viril des hommes. Vous devez m'élire pour l'honorer.

— Je dois m'honorer moi-même avant de songer à choisir. La Lune sera pleine dans une semaine. Et pour vénérer dignement la déesse, je dois d'abord me purifier... — vous savez, mieux que quiconque, de quoi.

Elle le regarda de son air le plus menaçant. Penda parut embarrassé.

— Que voulez-vous ?

— La Dame possède un grand sanctuaire dans votre pays... Je veux m'y rendre et consulter sa Grande Prêtresse. Elle saura ce qu'il me faut.

Penda la contemplait comme s'il essayait de lire dans ses pensées.

— J'irai quérir une prêtresse, dit-il lentement. Elle viendra sur-le-champ, ne vous inquiétez donc pas.

— C'est au sanctuaire que je dois aller ! s'exclama-t-elle d'un ton plus âpre, quoiqu'elle s'efforçât de garder son calme, pour montrer qu'elle ne doutait pas un instant d'être obéie.

— Quand nos mains auront été liées devant mes vassaux et mes guerriers, je vous mènerai moi-même au temple de Freïa.

— Elles ne le seront pas avant que je me sois moi-même purifiée.

— Vous pouvez le faire n'importe où, pourvu qu'il y ait là de l'eau courante et une prêtresse. Je veillerai à vous fournir les deux.

— Et moi, je veillerai à ce que la prêtresse — et Freïa — sachent comment vous l'honorez ! menaça-t-elle.

— Elles le savent déjà. Mon royaume est le seul au sud de la Forth où leurs sanctuaires soient protégés et leurs fidèles libres de faire leurs dévotions à l'abri de mon bouclier.

Si Penda redoutait d'offenser la Déesse, la prêtresse, elle, redouterait davantage encore la colère royale... Maureen eut l'impression que son arme s'était brisée dans sa main.

Il se leva et, jetant son manteau sur ses épaules, allait l'agrafer d'une grande fibule lorsque, voyant Maureen fascinée, il lui tendit le bijou :

— Vous n'en avez jamais vu de pareil en Northumbrie, n'est-ce pas ? Il me vient de mon ancêtre, Offa d'Angeln.

Quelque itinéraire qu'eût suivi la broche pour parvenir entre les mains des rois merciens, elle avait été fabriquée par les Scythes mille ans auparavant. Maureen, effectivement, n'avait jamais rien vu de semblable, mais c'est l'épingle qui avait surtout mobilisé son attention. Elle était longue, effilée comme une dague, et qui la portait disposait là d'une arme meurtrière...

— Voulez-vous l'accepter comme cadeau de fiançailles..., ou comme gage d'honneur entre nous ?

Elle n'hésita guère. Certes, il pouvait paraître plutôt cocasse de s'engager d'honneur avec son violeur, mais... mais à sa place, Oswy eût-il refusé l'épée offerte par son adversaire ? Sûrement pas !

Aussi sourit-elle à Penda, tandis qu'il lui épinglait la grande broche sur l'épaule, en homme qui appose son sceau sur un bien conquis après d'irritants délais.

*
* *

Une semaine plus tard, Maureen, debout dans le chariot, crispait et décrispait les poings avec une terreur croissante :

277

comment allait se passer la rencontre ? Le véhicule avait été dételé dans une clairière qui s'ouvrait au milieu d'arbres énormes aux troncs noueux ; une rivière passait par là, qu'on entendait mugir non loin sans la voir. Point de Merciens non plus... La forêt elle-même semblait déserte, quoiqu'une marée de vie exultante montât tout autour de Maureen, émergeât des fougères chuchotantes, surgît des arbres brandis sombres vers le ciel clair, qui illuminait de plus en plus vivement l'éclat d'une pleine lune blafarde.

Si Maureen avait réussi à convaincre Penda qu'elle vénérait Freïa, la prêtresse, elle, saurait tout de suite qu'il n'en était rien.

« Je dois l'adjurer en tant que femme, se dit-elle. Comme Ethel l'a fait avec moi... Mais il s'en est fallu de si peu que je ne la repousse... ! »

Elle était glacée, avait la bouche sèche lorsque les trois silhouettes, se détachant des ombres de la forêt, s'avancèrent silencieusement. Trois, comme toujours — Vierge, Putain, Sorcière —, pour représenter la Mère de toutes vies. Elles grimpèrent dans le chariot. Deux d'entre elles, debout sur le seuil, suspendirent, aux crochets qui retenaient les rideaux ouverts, des guirlandes de lierre piquées de reines-des-prés, de pâquerettes, d'armoises, de morelles noires et de linaires, puis, descendant à reculons avec des gestes d'une grâce exquise, en déposèrent sur les marches avant de s'éclipser. On les entendit alors chantonner dehors ; apparemment, elles faisaient le tour du chariot. On eût dit qu'elles dressaient entre celui-ci et le reste du monde un mur que Penda lui-même ne pourrait abattre ni franchir.

La troisième silhouette, enveloppée dans son manteau, demeurait immobile. Maureen vit des yeux luire dans les ténèbres sous le capuchon. Donc, la Sorcière était restée : le visage que la Déesse tournait vers elle était celui de la mort. Et puis le personnage se découvrit : « Ariana ! »

Maureen se jeta dans ses bras, pleurant et riant tout à la fois. Ariana lui dit avec douceur :

— Chut, ma très chère, chut ! et la fit asseoir sur le matelas.

— Comment avez-vous su que j'étais là ? Est-ce que tout le monde parle de moi ? Est-ce que mon nom est exposé à l'opprobre public ?

— Ne vous inquiétez pas. Votre nom n'est même pas murmuré. Mais quand on a appris au sanctuaire de la Dame la présence ici d'une femme qui venait du palais d'Oswy, qui s'était battue à l'épée contre Penda et qui arborait un collier de lune, l'énigme ne m'a pas semblé indéchiffrable, à moi !

— Et qu'est-ce qui vous amène ici ? Qu'est-il advenu du domaine que je vous ai donné ? Vous en a-t-on dépouillée ? Je croyais vous avoir mise à l'abri...

— Vous l'avez fait. Vous m'avez noblement pourvue. Personne ne m'a dépouillée de rien. Le seigneur de Gwensteri m'a demandé de prendre en mariage son fils, un beau jeune homme. Mais je n'arrivais pas à me fixer..., et il n'y a pas dans toute la Britannie un seul célibataire qui pourrait me satisfaire.

Ses yeux ardoise se perdirent dans le lointain.

— Alors j'ai cédé mes terres au seigneur de Gwensteri. Je lui ai dit que j'allais vivre dans une communauté... — et c'était vrai ! Je suis venue dans le sanctuaire de la Dame, pour être sa lune en robe blanche et accueillir les hommes qui viennent à moi avec de l'argent.

Elle sourit.

— Que désirez-vous de nous ?

Maureen poussa un soupir de désespoir.

— Tout a mal tourné. J'ai prié Penda de me conduire au sanctuaire... ; je comptais implorer le droit d'asile et partir ensuite pour Deira.

— Pourquoi ne pas lui avoir dit votre nom ? Il acceptera sûrement une rançon ?

— Il veut m'épouser. Il prétend dédommager mon mari, sinon se battre pour me garder. Qu'Oswy accepte le marché ou se récuse, il sera déshonoré. Et s'il se bat, Penda le tuera...

— Vous n'estimez guère ses talents guerriers ?

— Je ne le crois capable ni de combattre à mains nues un taureau sauvage ni de déraciner un chêne. Non qu'il soit faible ou lâche, mais la tâche est humainement impossible.

— Alors, qu'allez-vous faire ?

— Pouvez-vous m'aider à m'enfuir, ou bien à faire parvenir un message secret à Oswy pour qu'il organise mon enlèvement ?

— Penda vous pourchassera à travers toute la Britannie et tuera Oswy sitôt qu'il vous aura retrouvés.

Le désespoir pétrifiait les traits de Maureen.

— Alors, il ne me reste plus qu'à mourir, articula-t-elle en saisissant le bras d'Ariana. Tuez-moi, tout de suite, proprement, au nom de la Déesse... Cela m'évitera cette saleté de Wotan.

Les sourcils d'Ariana se pincèrent.

— Que diront les chrétiens s'ils apprennent que vous vous êtes donnée à Freïa ?

— Que je suis au moins morte en épouse fidèle. Cela leur permettrait de me ranger parmi les martyrs !

Elle eut un rire amer : Ariana lui lança un coup d'œil aigu.

— Mourriez-vous vraiment fidèle épouse chrétienne d'Oswy ?

Maureen réfléchit.

— Je mourrais, dit-elle lentement, fidèle à moi-même.

— Ce sera inutile. Je vais prendre votre place encore une fois.

Maureen la regarda avec horreur :

— Vous me croyez capable de vous demander cela ?

— Pas nécessaire... Lors de notre première rencontre, je me présentais en suppliante, et vous m'avez appelée « cousine » et m'avez fait un présent qui dépassait mes rêves les plus fous. Aujourd'hui, c'est moi qui offre.

— De vous laisser tuer par Penda ?

— Il ne me touchera pas. Rappelez-vous, je suis une prêtresse.

Les yeux de Maureen retrouvèrent leur vivacité.

— Penda m'a à peine vue. A part... à part le combat — et là je me démenais comme une possédée —, il ne m'a parlé que deux fois, ici, dans le chariot, et il faisait sombre. Elle eut un rire essoufflé : C'est un grand roi, Ariana..., et le plus magnifique guerrier qui naîtra jamais dans ces îles. Il est noble aussi, à sa manière, et très généreux. Vous vénérez tous deux les anciens dieux, il vous respectera pour votre qualité de prêtresse, vous régnerez avec lui. Vous serez une grande reine... Vous souvenez-vous de l'histoire que vous vous racontiez sur la route de Caer Luel ? Un grand seigneur ferait de vous son amante, il y aurait de la musique et des rires et des robes aux couleurs brillantes. Eh bien, tout cela va se réaliser !

Ariana eut un sourire un peu triste. Pendant que Maureen jacassait, elle avait ôté son lourd manteau. Par-dessous, elle était vêtue en chasseur : chemise et culottes, bottes lacées, pourpoint et bonnet de cuir. Elle changea de vêtements avec la captive, la laça, boucla avec des gestes de mère aimante, tressa ses lourdes mèches noires et les lui enroula sous le bonnet. Maureen porta la main à sa gorge.

— Il faut reprendre votre collier.

— Non, il est déjà passé de moi à vous. Et vous en aurez besoin, ce sera votre talisman, il vous protégera au cours de votre voyage.

— Il va s'en apercevoir...

— Il croira que je l'ai offert à la Dame, pour qu'on le porte dans son sanctuaire.

Elle posa le lourd manteau sur les épaules de Maureen et lui donna d'autres objets qu'elle avait apportés : un couteau de chasse, un briquet à silex, une besace et une gourde de cuir.

— Voici pour votre voyage.

— Un couteau tranche l'amitié. Vous devez accepter quelque chose de moi en retour.

Elle prit la grande broche scythe.

— C'est son cadeau de fiançailles, il doit donc vous le voir porter... Et comme il est à moi, à présent, je peux vous en faire cadeau ! Elle rit : Je comptais, si tout échouait, m'en servir pour le tuer, puis pour me tuer moi-même. En fin de compte, ce sera un vrai cadeau de mariage.

Ariana lui rendit son sourire.

— Toutes les bonnes choses de ma vie me sont venues de vous. Je la porterai sur mon cœur et, embrassant Maureen : Que la Mère Eternelle sourie et que la lune éclaire votre chemin. A présent, vous devez partir.

— Que Notre-Dame vous bénisse pour votre charité.

Ariana prit Maureen par le bras et l'aida à descendre du chariot sans déranger les guirlandes qui barraient l'entrée. Dehors, la pleine lune flottait très haut dans le ciel limpide au-dessus de la clairière. Les deux prêtresses se placèrent silencieusement de part et d'autre de la fugitive, et toutes trois se fondirent comme des ombres dans les bois argentés.

Ariana les regarda disparaître, puis leva les yeux vers la lune. Son âme, comme aspirée hors de son corps, s'envola au-dessus de la campagne silencieuse, contempla les cérémonies rituelles accompagnées de ripailles qui se célébraient en ce moment même au milieu des pierres dressées sur les marécages, dans les bosquets sacrés et près des sources. Son sang dansa avec celui des fidèles mais aussi des hiboux et des insectes nocturnes, des bêtes de proie velues, des poissons qui remontaient la rivière, portés vers l'intérieur par les grandes marées.

« Je suis née par une nuit sans lune, pensa-t-elle. Je croyais que la Déesse s'était détournée de moi, qu'elle me laisserait à jamais sombre et stérile. Je me trompais. Elle m'a acceptée, elle m'a permis de jouir de mon corps... A présent, elle me rappelle à elle. La mort n'existe pas, la mort n'est qu'un songe qui ne finit pas. »

Elle remonta dans le chariot, laissant ouvert le rideau de cuir, afin que le clair de lune pût aussi pénétrer. Elle se coucha sur le lit, les yeux fixés sur les ombres, et invoqua

Oswy. Elle vit sa forme noire se pencher sur elle comme cette fois-là, et la lueur de la bougie semer dans ses cheveux des reflets argentés. Elle leva les bras, ainsi qu'elle l'avait fait, pour l'attirer en elle. La grande broche d'or luisait faiblement dans les rayons lunaires. L'épingle entra d'un seul coup dans son cœur.

XVIII

L' ÉTROIT sentier serpentait, à peine visible sous les fougères, mais les prêtresses l'arpentaient d'un pas sûr et silencieux. Maureen guetta longtemps des bruits de poursuite, mais les hommes de Penda se tenaient aussi loin que possible du chariot et des étranges visiteuses de leur énigmatique captive. Déjà terrorisés d'avoir pu mécontenter Freïa, ils ne redoutaient rien tant que d'attirer sa malédiction sur leur semence, voire leur virilité...

Elles marchaient donc dans un monde argenté, fantomatique, où ne retentissaient de-ci de-là, parmi le bruissement de leurs manteaux sur les fougères, que l'appel d'un hibou, le jappement d'une renarde. Le Cygne, le Dragon et le Chariot tournaient autour de l'Étoile polaire. Elles se dirigeaient vers le nord.

Enfin les arbres s'écartèrent, ménageant une clairière herbue, comme s'ils voulaient mettre la plus grande distance possible entre eux et l'immense pierre dressée qui bloquait le chemin et luisait faiblement dans la lumière fantomatique. Son ombre se profilait, tel un doigt noir, sur un renflement de terrain. Un tertre funéraire, l'un des innombrables que portent les Creuses. La Prêtresse qui marchait en tête entra dans son ombre et disparut. Maureen se figea de terreur, mais l'autre, la prenant par le coude, la poussa doucement vers l'avant. Alors une main, surgie des ténèbres, saisit la sienne, et elle se sentit guidée au bas de marches grossières, que des cailloux, des racines rendaient plus raboteuses encore. Comme, griffée au passage par une ronce, elle laissait fuser un cri, quelqu'un dit : « Chut ! », cependant qu'une haleine chaude lui effleurait le cou. Devinant que des tentures en peau de bête venaient de retomber derrière elle, et qu'elle se trouvait désormais sous terre, elle fit à l'aveuglette quelques dizaines de pas supplémentaires, puis un autre rideau s'écarta, au-delà duquel se distinguaient de la fumée et la lueur d'un feu. Des ombres s'avancèrent à sa rencontre, noires pour ses yeux éblouis. Ses genoux cédèrent sous elle, des mains l'étendirent sur une couche de fougères et de peaux. On porta une coupe à ses lèvres : elle y but feu, miel et sommeil.

Quand elle se réveilla, la demeure souterraine n'abritait plus qu'une vieille femme, décharnée, racornie par la fumée, accroupie près de l'âtre. Les rideaux de cuir étaient écartés, un peu d'air et de lumière filtrait dans l'ombre ; elle voyait au bout d'un boyau les ronces briller au soleil. Elle chercha des yeux ses guides.

— Elles sont parties voilà deux nuits, dit la vieille. Elles ont dû faire un large détour pour regagner le sanctuaire de la Dame, au cas où on les aurait poursuivies.

— Deux nuits ?

— Vous avez dormi tout le reste de cette nuit-là, et puis encore un jour et la nuit suivante. Vous serez bien reposée pour votre voyage.

Cela dit, elle lui servit pour son petit déjeuner des galettes d'avoine et de la bière, puis lui tendit la besace et la gourde de cuir, toutes deux pleines.

— Cela vous tiendra jusqu'à ce soir.

Elle la guida vers la sortie, écartant les ronces qui pendaient par-dessus l'entrée puis, tournées vers le soleil, rejoi-gnaient la pierre dressée qu'elles encerclaient.

— Voilà votre route. Marchez toujours vers le nord. A environ dix milles, vous rencontrerez deux cours d'eau qui se rejoignent avant de couler vers l'est. C'est la Dierne, l'Eau Secrète, qui se jette dans la Dana, la rivière de la Mère Éter-nelle. Au bec que forme leur confluent, deux pierres vous permettront autour d'une roche plate de passer à pied sec ; vous trouverez ensuite trois sorbiers. Prenez de l'eau dans vos mains, aspergez-en la dalle, puis arrachez une brindille à chacun des arbres et déposez-les-y. Quelqu'un viendra, qui vous demandera ce que vous voulez. Répondez : « L'aumône que la Dame laisse sur sa table. » Et maintenant, partez, et que le soleil éclaire votre chemin, ma fille.

— Que la lune vous sourie, ma mère.

Marcher, libre comme l'air, dans la lumière du soleil et les taches d'ombre du feuillage la ravit tout d'abord. Les bois étaient dorés et tièdes. Elle déjeuna près d'un petit ruisseau, picora des mûres pour son dessert et, après un peu de repos, reprit la route.

L'après-midi avançant, elle commença cependant à se sentir lasse. Après des journées entières immobile dans le chariot, après les scènes de violence de Gefrin et sa longue convalescence — sa dernière partie de chasse datait de plu-sieurs mois ! —, elle avait un peu perdu de son endurance ancienne et de sa familiarité avec la nature. Et puis, bizarre-ment, la compagnie des humains lui manquait.

Le soleil se couchait lorsqu'elle atteignit les eaux pla-cides signalées par la vieille. Suivant ses instructions à la lettre, elle emprunta les deux pierres et, au-delà, découvrit sans peine les trois sorbiers. Le rite accompli ponctuelle-ment, elle patienta : un silence profond régnait, que ne trou-blait pas même un cri d'oiseau. Puis une voix demanda doucement :

— Que voulez-vous ?

Maureen pivota sur ses talons ; une très jeune fille, à peine

289

sortie de l'enfance, se tenait là, pieds nus, vêtue d'une chemise grossière de paysanne.

— L'aumône que la Dame laisse sur sa table.

La fille, hochant la tête, lui fit signe de la suivre. L'une derrière l'autre, elles remontèrent la seconde rive en direction du nord-est. Non loin les attendait une minuscule cabane de roseaux, légères cloisons coiffées de chaume. Sa compagne lui servit des galettes d'avoine, du fromage et du lait de chèvre, puis lui prépara une couche avec des peaux de bêtes et des fougères fraîches. Maureen s'y allongea avec délices et s'endormit aussitôt.

Elle se réveilla avec le soleil. La cabane était vide, et personne d'autre ne semblait y avoir dormi, mais Maureen était à peine levée que la jeune fille apparut avec de la nourriture et du lait frais. Elle avait aussi rempli la besace et la gourde.

Une fois ce frugal petit déjeuner terminé, Maureen sortit sur un signe de son hôtesse et la suivit, toujours en direction du nord. Elles tournèrent le dos à la rivière sur un terrain en pente et rejoignirent un chemin bien tracé.

— Marchez toujours vers le nord, dit l'étrange fille, et restez toujours sur la crête de la colline. Si vous vous risquez sur le versant, vous vous égarerez dans les marais. A quatorze milles environ au nord, le chemin commence à redescendre : vous verrez à l'ouest la Kelder et à l'est la route romaine, qui se dirigent toutes deux vers l'Yr. Une taverne se dresse au carrefour : entrez et demandez à l'hôtelière de vous loger. Dites : « Si je marche dehors tard dans la nuit, j'ai la lune pour me guider », et montrez-lui ce que vous portez au cou. C'est elle qui vous mettra sur la bonne route demain. Aussitôt dit, tournant les talons, elle redescendit vers la rivière au milieu des arbres.

Maureen se mit en marche. Le chemin étant facile à suivre, elle s'efforça de garder une allure soutenue, mais elle se fatiguait plus vite que la veille et devait s'arrêter plus souvent pour se reposer. Le jour finissait déjà lorsque, parvenue au bout de la crête, elle entreprit de descendre vers la route romaine, à un mille au sud de Ceasterford. La sensation

290

d'une chaussée droite et ferme sous ses pas, la perspective d'un repas et d'un lit lui inspirèrent un dernier sursaut d'énergie.

Enfin la forêt s'arrêta, et Ceasterford apparut non loin. Cet ancien fort romain était assez bien placé, à hauteur du gué sur la route d'Eoforwic, pour être toujours habité. La taverne faisait d'excellentes affaires avec les marchands et les voyageurs qui empruntaient la route du nord.

Par conséquent, personne ne prêta grande attention au svelte adolescent brun en costume de chasseur qui, provenant du sud, s'avançait à pas lourds vers le bâtiment signalé par un poteau couronné de branchages, planté près de l'entrée. Comme il restait près d'une heure avant le coucher du soleil, la porte n'était pas fermée. On apercevait à l'intérieur la lueur rouge de l'âtre, et des voix graves, des éclats de rire retentissaient dans l'odeur grasse du ragoût. Une silhouette se planta sur le seuil : un homme, qui sortit en titubant et se dirigea vers l'angle du mur, sa main cherchant à tâtons la braguette. A la giclée suivie d'éclaboussures, l'adolescent brun resserra son manteau, tourna les talons, franchit le gué et se perdit parmi les arbres de l'autre rive.

Maureen courut ainsi jusqu'à ce que ses poumons menacent d'éclater et que ses jambes pèsent comme du plomb. Une réaction instinctive, le besoin urgent de se cacher l'avaient aveuglément détournée de la route ; des branches lui giflaient le visage, des ronces la griffaient, des racines en saillie la faisaient trébucher. Elle finit par tomber, durement, et demeura là, à même le sol, secouée de sanglots. Au bout d'un moment, l'humidité la glaça au point de lui rendre enfin un semblant de calme. Elle se redressa, frissonnante et honteuse de sa panique, mais incapable de nier l'amère vérité.

Depuis son viol, elle était restée à l'écart, d'abord sous la surveillance redoutable de Penda, puis sous la garde des femmes de Freïa. Désormais, il lui fallait s'aventurer seule au milieu d'une foule d'hommes, sans autre protection que son déguisement de chasseur et son couteau — mais cela, elle en était incapable. Le dégoût, la terreur la submergeaient. A quoi rimait ce costume-là ? A rien ! Elle était devenue proie, au même titre qu'un lièvre, une biche ou un pigeon.

Elle se hissa sur ses jambes, trouva un morceau de terrain plus sec au milieu des buissons et entassa quelques brindilles pour faire du feu. Non seulement il la réchaufferait, mais il lui tiendrait compagnie. Elle s'aperçut alors qu'elle avait perdu son briquet, sans doute tombé de sa ceinture pendant sa course folle à travers les taillis. Les larmes lui vinrent aux yeux, mais pleurer n'eût servi à rien. Elle mangea le peu de provisions qui lui restait et s'enroula dans son manteau pour attendre la fin de la nuit.

Sa situation n'était pas totalement désespérée à présent, une vingtaine de milles seulement la séparaient d'Eoforwic. Le lendemain, elle retournerait sur la route et la suivrait, quitte à se cacher dans les bois à la moindre alerte. Et, dans la journée, à l'heure où les hommes seraient aux champs, elle se risquerait à la porte d'une ferme et mendierait un morceau de pain, en montrant au besoin son collier. Les bois d'ailleurs regorgeaient de mûres et de noisettes, partout bruissaient des ruisseaux d'eau fraîche. Maureen pourrait être avant la tombée de la nuit au palais d'Eoforwic, elle y savourerait un bain chaud avant de festoyer, puis coucherait dans un lit moelleux... Sur ces délicieuses perspectives imaginaires, elle finit par s'endormir.

Mais le lendemain n'apporta qu'horreur. Le brouillard s'était élevé des marais pendant la nuit, et Maureen se retrouva au réveil ensevelie dans un épais linceul blanc, mouillée et glacée jusqu'aux os. Elle attendit, dans l'espoir d'abord que le brouillard se lèverait. En vain, le soleil n'émergea point du coton, nul souffle ne le dissipa. Et la terrible humidité la gelait jusqu'au cœur ; si elle restait là, elle mourrait.

Le terrain descendait, devenait plus mou et plus humide, ses pieds s'y enfonçaient ; des flaques d'eau noire stagnaient entre les racines des arbres. Une épouvante la saisit, plus terrible encore que celle provoquée par Penda ou par n'importe quel homme vivant. L'épieu était passé au-dessus de sa tête ; elle appartenait à Wotan, il ne la lâcherait jamais ! Il l'emporterait, drapée dans son manteau de brumes, et l'engloutirait dans les marais. Elle se mit à patauger, tout en faisant des efforts désespérés pour se hisser sur la terre ferme, à crier au secours, mais sa voix lui semblait être aspirée par le brouillard. A un moment, elle entendit le rire d'Elfwyn, puis elle se rendit compte qu'il sortait de sa propre bouche.

Il y eut des moments — interminables, au point de passer pour des heures — où elle resta accroupie dans les broussailles, agrippée à quelque branche tel un marin naufragé à l'épave de son bateau, ou bien debout, hagarde, collée de tout son corps à un tronc, tandis que le reste du monde se liquéfiait autour d'elle et menaçait de l'engloutir... Enfin, elle s'arrachait à sa transe et recommençait à patauger, barboter.

Le temps s'était arrêté ; elle déambulait dans le royaume où la notion de temps n'existe même pas. Elle s'étonnait de s'y trouver seule, les morts sont si nombreux pourtant ! Et c'est alors qu'elle les aperçut — qui la dévisageaient. Ils se tenaient immobiles, les bras tendus pour la saisir. S'ils y parvenaient, ils dévoreraient son âme. Et il y avait aussi les autres, ceux qu'elle connaissait, qui l'effleuraient de leurs doigts glacés, puis s'éloignaient d'une glissade avant qu'elle eût pu leur prendre les mains et les supplier de l'assister, de lui tenir compagnie. Erek était là, tête de mort aux orbites creuses, et Ariana, souriante mais les mains obstinément croisées sur son cœur. Et Loïk qui ouvrait la bouche mais, incapable de parler, triturait la flèche plantée dans sa gorge. Et ce grand roi-là, comment déjà ? aux cheveux d'argent, dont le cou s'ornait d'une plaie béante, juste à l'endroit où on l'avait décapité...

Enfin, quelque chose brilla derrière les formes noires qui la guettaient bras tendus, et les fantômes qui la fuyaient... Un jeune guerrier, vêtu d'une armure splendide, s'approchait à grandes enjambées, son bouclier d'épaule couronné d'un vol de corbeaux, sa lance de guerre en main.

« Tels les rayons de l'aube ses lances affûtées. »

Il était mort quarante ans avant qu'elle ne naquît, et pourtant elle le reconnaissait... — Owein, le grand roi. Owein qui, souriant, déchira les rideaux de brume avec la pointe de son javelot et, d'un rai de lumière, indiqua le chemin qui menait à la taverne.

C'est là que la découvrit Teleri lorsqu'elle sortit, le lendemain dès l'aube, traire ses vaches. Elle prit Maureen tout d'abord pour un vagabond affamé ou bien pour un maraudeur surgi de la forêt dans l'intention de dérober des poules. Aussi son couteau s'approchait-il déjà de la gorge de l'étranger quand le soleil y fit luire le collier d'argent. Aussitôt au fait, elle se hâta vers l'étable, en rapporta du lait tiède qu'elle versa doucement entre les lèvres de l'inconnu, avant de le soutenir, pas à pas, jusqu'à l'âtre.

— Quelle est votre destination ? demanda-t-elle après avoir séché, réchauffé et nourri Maureen.

— Eoforwic. J'ai perdu mon chemin dans le brouillard.

— Eoforwic ? Vous n'êtes pas de Deira, vous parlez breton..., comme nous. D'où venez-vous ?

— Du nord.

Maureen se méfiait. Il y avait eu par le passé tant de sang versé entre Elmet et la Cambrie ! Elle ignorait s'il subsistait ou non des ressentiments depuis la conquête d'Elmet par Deira.

— Si vous êtes de Bernicie, vous feriez mieux d'éviter Eoforwic. Il y a des troubles à Deira depuis la mort du roi.

— Oswy est mort ?

— Oswald. Son frère, lui, est parti pour le nord. Deira ne veut pas de lui, paraît-il. Je ne sais pas grand-chose, vous voyez... C'est que nous, gens d'Elmet, ne fréquentons guère les Deiriens !

— Mais alors, comment vais-je rentrer en Bernicie ?

Maureen se sentait au bord du désespoir. Dans son esprit, Eoforwic était le but, le havre, après sa terrible équipée solitaire. Mais si Deira s'était soulevé contre Oswy, elle-même risquait la capture et pis encore à chaque pas de son trajet vers le nord. Plus de cent milles séparaient encore Eoforwic de Bebbanburh, et elle avait déjà suffisamment frôlé la mort !

Teleri eut un bon rire.

— Comme nous y allons, nous, par les Longues Collines. Mon beau-frère est berger à Ben Rhydding au-dessus de la Weorf. Nous vous conduirons jusque-là, et il fera la dernière étape avec vous.

Elle vit Maureen changer de visage.

— Ne vous faites aucun souci. Vous parlez breton, vous portez ceci — elle toucha le collier —, et vous êtes notre hôte. Vous ne seriez pas plus en sécurité au milieu de l'armée du Haut-Roi.

Teleri ne mentait pas. Maureen entama le lendemain son voyage sur « le toit de la Britannie » : vastes plateaux de landes pourpres et de pierre grise, failles brusques, à pic sur des vallées riantes. Elle voyageait tantôt à pied, d'un pas élastique sur l'herbe rase, avec un berger et ses chiens ; tantôt, rarement, dans une charrette de fermier ; le plus souvent à dos de poney — l'un de ces poneys de la région des Lacs au pied sûr et infatigable.

Elle progressait lentement. La pluie, les brumes de montagne pouvaient la retenir pendant des jours d'affilée ; ou alors elle devait attendre qu'on lui déniche un guide. Mais la bonté de ses hôtes, en revanche, était invariable, elle, et ne se démentait à aucun moment. Maureen se sentait parfaitement en sécurité, même lorsqu'elle marchait des heures durant sur une lande désolée, seule avec un robuste paysan ou un berger taciturne.

A Allendale, une fermière, rose et ridée comme une pomme d'hiver, lui proposa d'échanger son costume de chasse, puant et usé, contre une cotte et un corsage propres. En voyant Maureen décliner son offre, elle sourit :

— Vous n'avez rien à craindre, tout le monde sait que vous êtes une femme. D'ailleurs... — saisissant sa main, elle la lui tapota gentiment : — Allez, j'ai eu sept enfants, j'ai mis au monde cinq de mes petits-enfants, je connais les signes, même si tôt ! Vous avez de la chance d'être presque au bout du voyage, ma fille, parce que ces culottes, vous n'aurez bientôt qu'une hâte, c'est de les ôter...

Pendant le trajet jusqu'au Mur, Maureen eut bien assez de temps pour réfléchir à cette prédiction. Effectivement, depuis juillet... — et on était presque à la mi-octobre ! Elle chercha d'autres symptômes mais la vie l'avait trop maltraitée depuis de longues semaines pour qu'eussent paru surprenantes telle lassitude soudaine, telle brusque nausée...

Une semaine environ plus tôt, quand elle avait commencé à croire le pire passé et imminent son retour à Bebbanburh, elle s'était tout à coup demandé : « Que vais-je raconter de mon existence depuis l'incendie de Gefrin ? » Elle éprouvait un horrible soulagement à l'idée que Penda eût livré la ville à Wotan ; ainsi n'y aurait-il pas de survivant pour décrire son martyre à elle... La fable était désormais prête dans les moindres détails :

— Je me suis échappée à la force de l'épée, mais ils me coupaient la route du nord. Au début, je n'ai pu mettre assez de distance entre eux et moi ; j'allais, chassée vers le sud, tel un faon par les rabatteurs. Je pensais que vous remonteriez de Deira, que je pourrais me porter à votre rencontre et vous raconter ce qui s'était passé. J'ai dû m'enfoncer très loin dans les Longues Collines avant de pouvoir revenir sur mes pas. Comme on nous avait manifestement trahis, je ne savais à qui me fier ni à qui demander secours.

Cela paraissait plausible, c'était même en grande partie vrai, au moins pour le voyage de retour, et les gens d'Oswy y croiraient. Si elle se prétendait déjà enceinte au moment du sac de Gefrin, personne ne mettrait sa parole en doute ; mieux, cette grossesse lui donnait une raison supplémentaire d'avoir tout tenté pour s'échapper. Mais Oswy saurait, lui, que l'enfant ne pouvait en aucun cas être de lui...

Comment se comporterait-il quand elle s'avouerait grosse

du bâtard de Penda ? Elle revit le sourire narquois de Penarwan, face à son innocence et à son orgueil puérils.

« Quelques sévices qu'on inflige à un roi captif, viol et castration inclus, nul vainqueur ne pourrait lui faire un bâtard ! »

... De Penda... le meurtrier d'Oswald, pour tout simplifier ! Y avait-il au monde un roi — un époux — qui accepterait de reprendre sa femme dans ces conditions ?

Un, peut-être... Oswy. Elle se le rappelait répétant sans trêve que le malheur n'était pas un crime, et qu'il fallait oublier le passé ; raillant Cadman et le maudissant d'être assez stupide pour laisser ce qu'il nommait le malheur d'Ethel le détourner de cette fille aussi jolie que brave et de surcroît riche en terres, riche en bétail — l'idiot !

Elle décida de réserver au public l'histoire qu'elle avait concoctée et de ne confier la vérité qu'à Oswy, en le priant de l'aider. Et il l'aiderait. Cela, plus elle y songeait, plus elle en était certaine. En franchissant la crête, en contrebas de Caer Rhos, puis en regardant la mer, à l'est, et le piton de Bebbanburh, elle avait le sentiment d'être telle un bateau qui, après la tempête et mille avaries, retrouve enfin le port.

Elle mit pied à terre au pied du promontoire et rendit le poney au garçon qui l'avait accompagnée à travers les collines. Lentement, elle grimpa vers la poterne.

— Du large ! lança le gardien. Le roi est déjà à table. Il faudra te présenter au régisseur demain puisque tu n'es pas d'ici. Fais-le, sinon...

Maureen repoussa son capuchon.

— Mère de Dieu ! s'exclama-t-il en la reconnaissant.

Elle lui saisit le poignet :

— Pas un mot à quiconque jusqu'à ce que j'aie vu le Roi ! Conduis-moi immédiatement à lui !

Il cria à l'un de ses compagnons de prendre sa place et, agrippant le bras de Maureen, qui avait déjà recouvert son visage, la guida à travers la cour. A la porte se tenait Weybrand, l'échanson. L'homme lui ayant glissé quelques mots — n'importait lesquels ! — celui-ci les laissa entrer, non sans les précéder dans le hall. Par deux fois déjà Maureen avait entendu les conversations mourir sur les lèvres des convives d'un banquet à l'entrée d'un messager porteur de nouvelles graves... Or, cette fois-ci, son tour était venu, à elle, d'interrompre les réjouissances !

Elle n'avait pas posé le pied dans la salle des banquets d'un roi depuis si lontemps qu'un instant elle fut éblouie par les flammes de l'âtre et des torches, par les couleurs violentes des robes et des bijoux, par l'éclat de la vaisselle d'or et d'argent sur les tables. Les convives, eux, n'étaient qu'une tache indistincte ; clignant des paupières, elle leva les yeux vers le siège royal.

Oswy s'y tenait, richement vêtu, dominant tout le monde de sa carrure et de sa blondeur. Tout le monde sauf sa voisine. Une femme occupait en effet le siège voisin du sien. Presque aussi grande que lui, sa couronne de cheveux cuivrés la grandissait encore : leur flamme vivante, radieuse lui conférait une allure de reine. Elle venait de rire avec Oswy et souriait encore lorsque, à l'instar d'un chacun, elle dévisagea l'adolescent maigre vêtu de haillons qu'on amenait au bas de l'estrade...

Maureen s'était tant de fois répété son histoire qu'elle entendit sa voix comme autonome, la réciter docilement.

— Je me suis échappée à la force de l'épée, mais ils me coupaient la route du nord. Au début, je n'ai pu mettre assez de distance entre eux et moi ; j'allais, chassée vers le sud, tel un faon par les rabatteurs.

L'homme qui occupait le siège royal s'était levé ; il se dressait devant elle de toute sa stature ; ses cheveux d'argent semblaient aussi lisses que ceux d'un triton tout juste sorti des flots... de l'Eskdale... au pied, là-bas, de la falaise...

— Je pensais que vous remonteriez de Deira, que je pourrais me porter à votre rencontre très loin dans les Longues Collines... revenir sur mes pas...

L'eau se déversait tout droit dans la rivière et tourbillonnait sur les pierres pointues. Elle la regarda tomber ; elle perdait son emprise sur les mots.

— Manifestement trahis, je ne savais à qui me fier ni à qui demander secours... Je ne savais... à qui me fier... à qui me fier...

Ses yeux se brouillèrent. Ses pieds glissèrent sur le bord de la falaise. De l'autre côté du gouffre noir, là où il y avait chaleur et lumière et vie, Oswy riait avec une femme qui ressemblait au soleil d'août au zénith. Il ne pensait plus à Maureen. Personne au monde ne la secourrait plus, jamais, personne...

« La nécessité, c'est... c'est une nécessité absolue. »

Puisqu'il ne s'agissait pas d'un cauchemar, à quoi bon se débattre ? Celui-ci ne cesserait pas au réveil. Comme une ombre gigantesque fondait sur elle, elle se laissa tomber, dans le gouffre.

XIX

E N sortant de la chambre, Liada faillit trébucher sur la forme accroupie derrière la porte. Ethel s'étreignait les genoux en sanglotant.

— Comment va-t-elle ? Que lui avez-vous fait ? Pourquoi m'empêchez-vous d'entrer ? Je devrais être là, en train de m'occuper d'elle...

La grande Irlandaise se pencha et posa les mains sur la tête de la jeune fille.

— Bientôt. Et il le faudra. Elle aura longtemps besoin de soins, et c'est vous qui les lui donnerez après mon départ. Son état nécessite tout l'amour, toutes les attentions dont vous êtes susceptible.

Voyant Ethel déjà calmée sous l'imposition de ses mains sûres et robustes, Liada la releva.

— Pour l'instant, elle dort. Je lui ai tissé un charme de sommeil. Allez vous reposer, faites-vous un visage gai pour son réveil.

Et, répondant encore par un sourire au regard anxieux d'Ethel : — Vous avez dit que j'étais sage, non ? Alors, ayez confiance en moi.

Ethel s'éloigna docilement. Liada la regarda disparaître puis, ayant fermé la porte à double tour et empoché la clef, elle alla rejoindre Oswy.

*
* *

La chambre était propre, lumineuse et tiède. Tout ce qui pouvait réconforter l'âme ou réjouir les sens entourait le lit. Des roseaux frais coupés, jonchés d'herbes et de fleurs, tapissaient le sol. Les murs et le lit étaient tendus de broderies aux couleurs vives, les draps parfumés d'essence de bruyère. On avait retiré du coffre la plus belle robe pour l'aérer ; le coffret à bijoux en os de baleine se trouvait à portée de main près d'une jatte pleine de pommes rouges, brillantes à force d'astiquage, et d'un plat de mûres délicatement recouvertes de feuilles d'oseille.

Un bourdon, entré par inadvertance, était en train de perdre la tête au milieu de toutes ces délices : il virevoltait en bourdonnant des fleurs piquées dans les roseaux à l'oseille qui cachait les mûres, aux fleurs brodées sur les cloisons, tournait et retournait en rond.

Les pensées de Maureen aussi tournaient et retournaient en rond depuis son réveil : elle se retrouvait lavée, coiffée, parfumée dans le lit embaumé. Et pourtant, la colère montait en elle comme les nuages s'amassent devant l'orage.

Le loquet se souleva bruyamment, la porte s'ouvrit, et Oswy entra, un gobelet d'or richement incrusté de pierreries à la main. Il vit que Maureen, les yeux grands ouverts, le dévisageait.

— A votre santé, ma dame ! Puisque je ne puis encore vous porter un toast dans mon hall, devant tout mon clan, j'apporte la coupe d'amour à votre chevet. Quand la reine est l'héroïne, il est juste que le roi en personne lui serve le vin !

Il souriait. Oh, comme elle le haïssait ! Ça, il pouvait sourire, après tous ces mois de ripailles et de beuveries diurnes, d'orgies nocturnes avec cette Irlandaise rouquine — pendant qu'elle-même souffrait mille morts, se démenait pour le rejoindre ! Et, sûr, il sourirait d'un air encore plus béat, plus vaniteux, lorsqu'il se targuerait devant ses hommes du dévouement de sa brave et fidèle reine ! Et, dans sa fureur, une seule chose comptait au monde, une seule : effacer du visage de son mari ce sourire grotesque !

— Penda m'a prise. Elle avait décoché ces mots comme on charge un ennemi lance en avant.

Oswy cessa de sourire, mais sa voix resta aimable et tranquille.

— Je sais.

Elle étouffa une exclamation.

— Comment ?

— Elfwyn me l'a dit.

Les lèvres de Maureen se tordirent comme sur un crachat :

— Je suppose qu'elle a apprécié ? !

— Je crois, oui, dit-il calmement. Elle riait en me le racontant.

Des éclairs de fureur sifflaient dans la tête de Maureen.

— Je suis enceinte.

— Je sais.

— Encore Elfwyn qui vous l'a dit ?

Elle était malade de rage et de honte à l'idée de ce qu'on avait pu lui faire et dire d'elle pendant qu'elle gisait, inconsciente et sans défense dans le hall... — mais quand, au fait ? La veille ? Elle imaginait ces grands yeux pâles d'Elfwyn en train de se repaître du spectacle, sa petite voix claire tout juste assez forte pour régaler tous les malveillants !

— Non, c'est Liada qui s'est occupée de vous... Nous n'avons laissé personne vous approcher, pas même Ethel. Elle a passé toute la nuit et toute la journée à votre chevet.

— Elle est trop bonne, et vous trop généreux de laisser cette catin me consacrer des heures que vous pourriez passer plus agréablement.

Oswy posa le gobelet sur le coffre, au chevet du lit. Cette fois, le glaive avait trouvé le défaut de sa cuirasse. Quoique ni sa voix ni son visage ne trahissent son émotion, sa main tremblait ; du vin dégoulina sur le bois poli comme autant de gouttes de sang. Le bourdon s'en approcha cercle après cercle puis se posa, vrombissant d'extase.

— Liada est mon amie, dit-il, choisissant ses mots avec soin. Elle est arrivée sitôt que j'ai eu besoin d'elle, tel un frère d'armes vient prêter main-forte à un ami terrassé sur le champ de bataille. Oui, elle m'a prêté son corps, comme elle aurait fait d'un manuscrit, ou comme elle aurait composé une chanson à mon intention, ou nourri ma faim, abreuvé ma soif. Parce qu'elle est mon amie et qu'elle peut disposer librement de sa personne et de sa vie.

— Comme vous pouvez, vous, disposer de votre lit et du siège de la reine dans le hall. Pour les lui prêter parce qu'elle est votre amie..., et qu'il vous suffit de la siffler dès que j'ai le dos tourné.

— Elle est une ollave, une pencerdd. Prendre place à table au côté du roi est le privilège des druidesses irlandaises. De même qu'aller et venir comme bon lui semble.

— Tandis que moi, qui ne suis qu'une simple femme, votre femme, et la base de vos prétentions au trône de Cambrie, vous pouvez me traiter en objet. Vous appartenant, sans doute n'ai-je pas le droit d'aller et venir où et comme bon me semble ?

— Apparemment, si vous avez choisi de me revenir.

— Avais-je le choix ? demanda-t-elle avec amertume, et elle attendit la réponse.

Mais il se tut ; un silence de mort pesait sur la pièce, où l'insecte lui-même ne bourdonnait plus. Maureen, quoique aussi fatiguée que lors de son combat contre Penda, se sentait encore en état de porter un mauvais coup.

— Qu'allez-vous faire de mon enfant ?

Il escomptait sûrement cette attaque, car il la contra aussitôt.

— Penda vous a-t-il souvent prise ?

— Une seule fois.

— En août. Donc l'enfant pourrait être de moi. Pour tout le reste du monde, il sera donc mien. Je vous enverrai dans le couvent d'Edda jusqu'à la naissance ; vous aurez besoin de la tranquillité et des soins que les sœurs peuvent seules vous procurer.

— Après ?

— Si c'est une fille, Edda l'élèvera pour en faire une nonne. Vous direz que vous aviez fait vœu de l'offrir à Dieu si vous échappiez aux mains du païen. Au cas où il s'agirait d'un garçon, il naîtra chétif et mourra sur-le-champ.

Elle secoua la tête, muette de surprise.

— Personne ne vous le reprochera. N'importe quelle femme donnerait le jour à un enfant mort-né après de pareilles épreuves.

Alors, elle demanda, d'une voix aussi calme que celle d'Oswy :

— Serez-vous capable d'affronter le cadavre de mon fils, tué sur vos ordres ?

— Serez-vous capable d'affronter le fils de Penda grandissant dans mes halls ? Vous êtes orgueilleuse, Maureen, et vous savez fort bien que vous ne supporteriez pas cela ! Ni de reconnaître les traits de son père, ni de déchiffrer dans les yeux de mes hommes qu'ils connaissent la vérité. Et *lui*, comment supporterait-il — avec, dans ses veines, le sang de Penda et le vôtre — de voir ma succession lui échapper au profit d'un frère plus jeune ? Car je ne donnerai jamais la Northumbrie à un rejeton de Penda. Et comme il serait un rejeton de Penda, il fomenterait la guerre civile. Mieux vaut pour un enfant tel que celui-là mourir avant de se savoir en vie.

Elle se sentait épuisée : comment éviter les effroyables vérités qu'il lui décochait comme autant de flèches ? Elle s'enquit donc avec froideur :

— Avez-vous réfléchi aux explications qu'il faudra bien fournir aux sages-femmes ? Pour qu'elles consentent à détruire l'héritier si nécessaire au trône, leur conterez-vous mes malheurs ? A quel prix évaluez-vous leur silence ? Comptez-vous plutôt les jeter... — simplement ! — dans la première tourbière venue ?

— Tout cela sera inutile. J'assisterai moi-même à la naissance.

Elle scruta sa physionomie, espérant y lire un signe de honte, de remords, ou même — avec lui, tout était possible —, de moquerie, quelque lueur sarcastique — mais non, rien de tout cela : il arborait un visage inexpressif, un regard serein comme une mer calme. Même la violence bestiale de Penda était moins épouvantable. Si elle continuait à le regarder, elle risquait de perdre la raison et de se mettre à hurler. Pour se calmer, elle se concentra sur le gobelet, sur le vin répandu comme une flaque de sang près de sa main, sur le bourdon.

— Vous seriez capable de *ça* ?

— J'ai tué Elfwyn, et c'était ma parente... Il est vrai qu'elle s'était déjà à moitié rompu les os après l'incendie de Gefrin — et qu'elle avait trahi. J'assume la totale responsabilité de cet acte. Les rois ont droit de vie et de mort ; ils le partagent avec Dieu.

C'était vrai. Le roi de Northumbrie avait tout autant le droit de condamner à mort un prétendant bâtard qu'une traîtresse. Droit divin qui devenait un fardeau amer s'il se trouvait que le bâtard ou la traîtresse fussent liés au roi par le sang ou l'alliance. Maureen ressentit même une espèce de pitié mêlée de lassitude pour Oswy, tout en contemplant le bourdon qui s'était extirpé en rampant de la flaque de vin et gisait sur le dos. Tout à fait immobile. Tout à fait mort.

Un roi avait aussi le droit de condamner une reine au même châtiment si elle essayait de lui faire endosser par le mensonge la paternité d'un bâtard. Elle sourit.

— Il serait tellement plus simple de me tuer comme vous avez tué Elfwyn, avant que naisse cet enfant. Personne ne vous le reprocherait : n'importe quel homme perdrait son épouse après de pareilles épreuves. Simplement, du même coup, vous perdriez aussi vos droits sur la Cambrie...

— Hé oui ! Perdre... la Cambrie, voilà qui me percerait le cœur !

— Alors, vous n'aurez pas le choix, dit-elle, avec un rire triomphant. Liada n'est pas seule à pouvoir aller et venir où et comme bon lui semble. Je choisis de partir.

Elle prit le gobelet et le vida ; le goût du breuvage lui parut étrange, ce n'était pas là du vin pur... Le visage d'Oswy se brouilla et s'éloigna, alors même qu'elle criait dans le vide qui les séparait :

— Je suis débarrassée de toi, Oswy !

— Pour un moment. — Sa voix n'avait rien perdu de sa douceur. — Tâchez de reprendre des forces pour recommencer le combat contre moi. — Il tira les couvertures sur elle. — Cette boisson vous fera dormir : Liada l'a préparée afin que vous puissiez la boire après m'avoir parlé.

*
* *

Oswy referma doucement la porte derrière lui. Trouvant Ethel derrière, aux aguets, il se força à lui sourire. Elle se rapprocha d'un pas, s'arrêta, puis déclara :

— La magi... la druidesse irlandaise m'a priée de vous remettre ceci.

Elle avait hésité à lui tendre le bâtonnet ; destiné à Maureen, elle l'eût sûrement jeté au feu. Certes, il ne s'agissait pas de runes, simplement d'étranges signes verticaux tracés le long des bords, mais ce ne pouvait pas être autre chose que de la magie ; Liada lui donnait le frisson. Et pourtant il était clair qu'à Oswy elle ne voulait que du bien et paraissait généralement bonne.

Le roi, quant à lui, lisait et relisait le message.

— Je ne reviendrai pas. Un fils vous attend en Ulster ; je

l'ai nommé Aldfrid. Si un jour vous avez besoin de lui, envoyez-le chercher.

*
* *

Maureen n'eut ni le motif ni l'occasion de combattre à nouveau Oswy. Les médecins et les sages-femmes qu'il lui amena convinrent qu'après son équipée, elle avait avant tout besoin de calme et de soins assidus et qu'aucun lieu ne pouvait être plus propice aux deux qu'un couvent. Oswy ne la voyait qu'en public et se comportait toujours en époux tendre et courtois, plus préoccupé de sa santé à elle que de ses propres plaisirs.

Il prit ses dispositions pour l'envoyer à Coludesburh dès qu'elle serait reposée, et avant que l'hiver ne rendît son voyage inconfortable et dangereux. Elle fit en litière une partie du trajet sur la route romaine que les paysans, ignorant ses origines, appelaient la Chaussée du Diable ; passa une nuit paisible dans l'hôtellerie tenue par les moines à Tuidimuth ; franchit la rivière par bac le lendemain matin et couvrit sans fatigue ni problèmes les douze derniers milles vers la côte.

Le monastère d'Edda, double fondation de religieux et de religieuses, était aménagé dans un vieux fort perché sur un grand promontoire qui, comme celui de Beddanburh, dominait la mer de fort haut. Cependant il disposait d'une grange et d'une hôtellerie confortables, installées à environ un mille à l'intérieur des terres dans une vallée abritée où coulait un torrent de montagne. Maureen y découvrit les pièces richement meublées qu'Oswy avait fait aménager à son intention. C'est là qu'avec douceur elle apprit à Ethel qu'elle ne souhaitait pas la voir rester.

— Le roi m'a dit que Cadman avait demandé ta main.

— Et je lui ai donné ma réponse — les yeux gris d'Ethel

brillaient de larmes. — Je lui ai dit que je garderais ma couche étroite où dormir seule jusqu'à ce que je vous aie vue en bonne santé, assise à votre place légitime, au haut bout de la table, dans le hall du roi. Et dussé-je attendre des années, je tiendrai parole.

Maureen l'embrassa.

— Eh bien, pari tenu, mais je ne te ferai pas attendre si longtemps. Quand j'occuperai pour la première fois le siège de la reine, ce sera pour présider à ton mariage : toi aussi, tu dois me le promettre.

— En attendant, je reste ici pour m'occuper de vous. Nous repartirons ensemble.

— Il y a suffisamment de nonnes et de servantes ici pour s'occuper de moi. En revanche, j'ai à te demander un service que tu es seule à pouvoir me rendre.

Ethel s'inclina sans mot dire.

— La reine Cyneburg est au couvent de Heruteu, lady Hilde loin dans le sud, Edda et moi sommes ici. Quant à Elfwyn, elle n'est plus. Le palais a besoin d'une dame pour empêcher les servantes de lézarder, s'assurer que les hommes du clan ont des chemises propres et reprisées, pour remplir la coupe du roi dans le hall.

Elle sourit.

— Tu es fiancée au Grand Écuyer. Je voudrais que tu t'acquittes de ces tâches à ma place. — Elle glissa ses clefs dans la main d'Ethel. — Garde ma maison belle et claire en attendant mon retour.

*
* *

Une fois Ethel repartie avec l'escorte, Maureen se laissa séduire par l'atmosphère paisible de Coludesburh. Elle décida, une fois de plus, de suivre les conseils d'Oswy et de jouir du présent, en évitant de penser à ce qui suivrait. Elle se promenait près du torrent ou dans le jardin aux herbes ; elle montait au monastère parler de livres avec Edda, ou allait, juchée sur un gros poney placide, contempler du haut des falaises les flots bouillonnants. Lorsque le temps changea et que les vents se mirent à souffler en tempête, elle s'installa bien au chaud avec ses servantes dans la grange, broda, joua de la harpe ou écouta le ménestrel chanter *La chute de Heorot* ou *Le Destin* (fort compliqué) *des Scylding*. Il n'était pas désagréable de penser que d'autres aussi avaient leurs peines.

Une certaine paix régna également, par-delà les murs du monastère, dans toute la Britannie, une fois la campagne militaire interrompue par les labours puis les approches de l'hiver. Penda cantonnait dans le sud, gêné par la résistance imprévue des Gallois de Cambrie. Il en profitait pour restaurer l'ordre en Mercie après la mort de son frère et ramener à la raison tels de ses vassaux qui avaient pris ce décès pour une défaite. Les rebelles de Deira, surpris par la disparition d'Elfwyn, n'avaient plus d'espion assez proche d'Oswy pour les prévenir des projets de la Bernicie ; il leur fallait un nouveau chef de la lignée d'Edwin pour les rallier. Cela donnait à Oswy quelques mois de répit pour évaluer ses propres ressources, envoyer et recevoir des messages secrets.

La grossesse de Maureen se déroula donc sans histoires du début jusqu'à la fin. Le travail d'enfantement la prit par un doux après-midi de mai. Elle était en train de se dorer au soleil dans le jardin quand surgirent les premières douleurs ; elle monta dans sa chambre sans affolement. Tout était prêt, les sages-femmes attendaient depuis quelque temps, elles étaient gentilles et adroites. On avait déjà retenu comme nourrice une solide femme de laboureur, parfaitement saine, qui venait d'avoir un enfant et se révélait une laitière intarissable. Lorsque les contractions s'accentuèrent, on offrit à Maureen une boisson épicée, tiède et calmante dont elle reconnut le goût avant de se laisser dériver dans le sommeil.

A son réveil, elle aperçut le visage d'Edda penché sur le sien.

— C'est... ?

Edda l'embrassa.

— Une fille... un bébé ravissant, plein de santé, qui va sûrement prospérer. A mon avis, elle vous ressemblera comme deux gouttes d'eau : elle a vos yeux et vos coloris. Oswy vous remercie et vous rend grâces du cadeau que vous lui avez fait.

Maureen frissonna.

— Il est ici ?

— Il a dû repartir à l'aube. Mais il s'était mis en route dès le début de vos couches. Il avait prévu des messagers et des chevaux pour qu'on l'avertisse immédiatement.

Quoique Maureen gardât les yeux obstinément fermés, Edda vit bien deux larmes perler au bord de ses cils.

— Oui, se méprit-elle, dommage qu'il ait dû repartir si tôt, mais vous savez qu'il y a des troubles dans le sud. Je ne connais guère d'époux, moins encore de rois, qui soient ainsi capables de tout abandonner pour assister leur femme le moment venu — son intonation exprimait un léger reproche. — Il m'a chargée de vous donner ceci... qu'il a fait faire spécialement.

C'était une mèche de cheveux d'Oswald, nattée sous cristal et placée dans un reliquaire incrusté de pierreries au bout d'une chaîne d'or, afin que Maureen pût le porter en pendentif ; elle s'interrogea sur les motifs d'un tel choix ; peut-être Oswy le considérait-il comme un cadeau décent de la part d'un époux dévoué à une épouse respectée ; peut-être pour lui transmettre quelque message secret ? Mais, dans ce cas, elle était encore trop lasse pour s'amuser à le déchiffrer.

Edda fut plus qu'étonnée, vaguement déçue que sa belle-sœur manifestât si peu de plaisir devant un si joli présent. Et aussi, choquée qu'elle ne posât pas non plus de questions au sujet de sa fille, ne demandât même pas son nom. Edda ayant suggéré Alycia, Oswy avait accepté ; quant à Maureen, elle ne fit aucun commentaire.

Alors Edda se demanda si celle-ci s'en voulait ou éprouvait quelque honte de n'avoir pas donné le jour à un héritier mâle

— encore qu'Oswy ne s'en fût lui nullement plaint. Il avait pris la nouvelle avec équanimité, vraiment, quel excellent mari ! Pourvu que Maureen eût quand même conscience de sa chance, ce pauvre Oswy ne méritait pas une épouse maussade ou mal embouchée — mais avec ces Gallois et leur drôle de caractère... A moins que Maureen ne regrettât simplement d'avoir voué sa fille à Dieu ? Voilà qui expliquerait, effectivement, qu'elle s'interdît de voir l'enfant ou d'en parler. De fait, Edda commençait déjà à considérer Alycia comme sa propre fille ; d'où sa tendresse mêlée d'un peu de culpabilité vis-à-vis de la mère authentique.

En réalité, celle-ci éprouvait avant tout un immense soulagement, d'abord pour l'enfant, bien sûr, mais aussi pour Oswy et pour elle-même : le destin leur épargnait, à lui de devoir tuer, à elle de devoir s'associer au crime par son silence.

Sa convalescence fut rapide. Grâce à d'étroits bandages sur la poitrine qui tarirent la montée de lait, elle se retrouva bientôt aussi svelte que par le passé pour ses promenades à cheval et ses autres divertissements pendant la belle saison. L'été passait de la sorte agréablement, lorsque de mauvaises nouvelles arrivèrent peu à peu du sud : Deira s'était révoltée, Penda avait envahi en force, Oswy reculait.

En juillet, il repassa par Coludesburh ; il chevauchait avec une troupe réduite à quelques compagnons d'âtre. L'ost demeurait inexistant ; on ne l'avait pas même convoqué dans les fermes du nord.

Maureen rejoignit Oswy au monastère, et tous deux dînèrent avec Edda dans ses appartements privés. Les femmes étaient graves ; Oswy, lui, faisait bon visage, riait. Hâlé, il paraissait au meilleur de sa forme, gai comme un gamin dont l'école vient de fermer.

— N'auriez-vous pu arrêter les Merciens sur l'Humber, mon frère, ou dans les marais d'Elmet ?

— A quoi bon ? Avancer jusque-là serait plus dangereux que battre en retraite ; Penda n'aurait qu'à m'attirer dans la forêt de Midland ou faire sa jonction avec les Gallois pour me prendre au piège. En outre, victoire ou défaite, j'aurais toujours dans mon dos les gens de Deira, prêts à dégainer contre moi et à me bloquer le chemin du retour.

Il secoua la tête.

— Non, je préfère affronter Penda sur les rives de la Forth. J'ai envie de lui faire rencontrer mon neveu.

Maureen prit un air horrifié.

— Le petit Athelwood ? Vous n'iriez pas lui donner...

— Mon Dieu, non ! Qu'aurais-je à y gagner, selon vous ? Je veux parler de Talorgan, le fils de mon frère aîné.

Edda tourna vivement la tête.

— Vous l'avez envoyé chercher ?

— Oui, et il a sauté sur l'occasion !

Devant la mine intriguée de Maureen, il sourit :

— Vous n'avez guère entendu parler de mon frère Eanfrid ? Évidemment, c'est un sujet qu'on évite d'ordinaire... Il a abjuré en faveur des anciens dieux. Cela s'est passé en 633, l'Année Maudite ! Il voulait s'approprier la Bernicie après la mort d'Edwin, quand Penda de Mercie est survenu avec Cadwallon de Gwynedd et a failli nous anéantir. Nos annales sautent son règne et préfèrent attribuer cette année-là à celui d'Oswald. C'est qu'on impute le désastre à l'apostasie d'Eanfrid. Moi, je l'attribuerais plutôt à son désir de négocier. L'entrevue demandée à Cadwallon, et acceptée par celui-ci, était une grave erreur : la preuve, c'est qu'on n'a jamais revu vivants ni mon frère ni ses douze compagnons. Je ne suis même pas certain que nous ayons enseveli ses véritables restes — une boucherie ! De toute façon, l'Église lui refusait toute sépulture... Mais n'importe, les anges auront bien le temps, j'imagine, de recoller tous ses morceaux d'ici au jour du Jugement Dernier !

Edda pinça les lèvres.

— Ne vous moquez ni de la mort ni du Jugement Dernier, mon frère. Nous y passerons tous tôt ou tard.

— Bref, avant sa mort, il avait eu le temps de s'accoupler avec une princesse picte et de lui faire un fils. Le jeune

315

Talorgan, devenu un superbe guerrier, devrait être le prochain souverain des Pictes. Ceux-ci le revendiquent en raison de son ascendance maternelle. Toutefois, il n'a pas oublié son père. Puisque Cadwallon est mort, il aimerait du moins rencontrer Penda. Je vais lui offrir ce plaisir.

— Et à Penda celui de saccager toute la Northumbrie au passage !

Les yeux de Maureen lançaient des éclairs.

— Il n'y aura pas de saccage. Penda se bat avec la simplicité d'esprit d'un taureau, il fonce droit sur tout ce qui bouge. Et ce sera moi... je veille à ne pas trop le devancer.

Maureen se figea, tel un lapereau soudain enveloppé dans l'ombre d'un faucon planant au zénith.

— Les gens que croisera sa route n'auront guère de mal à se cacher dans les bois ou dans les collines environnantes avec leurs troupeaux. Les Merciens brûleront peut-être une ferme ou deux, mais sans s'écarter de leur piste pour razzier du vulgaire bétail : ils risqueraient de me perdre..., moi, qui, paraît-il, transporte le trésor royal... !

Il éclata de rire.

— Et en plus c'est vrai. C'eût été péché que de soumettre mes prochains à la tentation en l'abandonnant. Mais la rumeur que j'ai fait courir à Deira pour que Penda l'entende, c'est que la Bernicie ne voulant pas se battre pour moi, je suis parti lever des troupes au nord. De bons Anglais ne laisseront jamais tout cet or tomber entre les mains de Gallois ou d'Écossais ! Les Merciens vont donc me talonner comme des chiens qui ont flairé la trace. Même en les sifflant, Penda ne parviendrait pas à les détourner....

Edda l'écoutait d'un air grave.

— Ne misez-vous pas trop, Oswy, sur l'idée que Penda pèsera toujours, comme vous, les inconvénients et les avantages de ses démarches ? Ne vous est-il pas venu à l'esprit qu'une brute comme lui avait un moyen et un seul de vous prendre au piège : faire quelque chose de si bête ou de si fou que vous ne pourriez le prévoir ?

— Chacun de nos actes est un pari contre le destin, ma sœur. Je dois me débrouiller pour que Penda ait une idée fixe qui l'obsède exclusivement.

Son sourire se fit menaçant comme la mer en hiver.

— Voilà pourquoi je lui ai envoyé des morceaux de son frère, ramassés dans un champ du côté de Penrhyd, en lui conseillant de glaner lui-même le bois des pieux sur lesquels les ficher.

— Il ne connaîtra pas de repos qu'il ne vous ait tué.

— Autant de vies épargnées jusqu'à ce qu'il me rattrape... Mais il me rattrapera sur les rives de la Forth... où les Pictes de Talorgan couvriront mes arrières, tandis que mon ost talonnera les siens... ! J'attends seulement, pour lever l'armée, qu'il se soit trop enfoncé au nord pour s'en apercevoir ou qu'on l'avertisse. Cadman se chargera de tout sur un signe de moi.

Ayant vidé sa coupe, il s'étira, se leva.

— Merci de ce repas, ma sœur. Je m'en vais. Sans nous écarter de l'ouest, nous franchirons les Lammermuirs. Penda suivra dans un jour ou deux : il ne viendra pas jusqu'ici mais à votre place, je viderais l'hôtellerie tant qu'il se trouvera dans les parages.

Il regarda Maureen.

— Je vais ordonner à vos gens de faire vos bagages et de les apporter ici ; vous y resterez.

— Non!

Elle crispait les poings si fort que ses ongles s'enfonçaient dans ses paumes.

— Vous vous imaginez peut-être que je vais attendre ici tranquillement que Penda revienne saccager ma maison ?

— Il ne viendra pas, rétorqua patiemment Oswy. Et viendrait-il qu'il ne saccagerait rien du tout. Ce couvent est une place forte aussi imprenable que Bebbanburh. Il n'a pas le don d'abattre falaises et murailles !

Il sourit, dans l'espoir d'arracher à Maureen un sourire en retour.

317

— Si je ne craignais que le bruit ne trouble votre sommeil, j'aimerais assez qu'il essaie. Je pourrais revenir sur mes pas et l'acculer au pied de ces rochers..., je le tiendrais, telle une noix, entre le marteau et l'enclume et n'aurais plus qu'à l'achever.

— Cessez de me mentir ! Vous n'achèverez jamais Penda... Vous ne l'affronterez même pas tant que vous aurez derrière vous assez de terre ferme pour prendre comme un pleutre vos jambes à votre cou ! Et ne venez pas me raconter, à moi, ce qui se passera lorsque Penda trouvera devant lui une ville sans défenseur... Ne l'oubliez pas, j'étais à Gefrin, moi !

Oswy prit une profonde inspiration.

— Alors, je vous ramène à Bebbanburh. En nous dépêchant, nous avons encore le temps.

— Non ! Je vous le répète : non ! glapit-elle, les yeux blancs de terreur. Je ne me laisserai pas enfermer dans un piège ! Je ne me laisserai pas faire une seconde fois ! Si vous refusez de m'aider, je m'enfuirai par les collines. Je l'ai déjà fait une fois, je me réfugierai auprès de mon propre peuple.

Comme Edda faisait mine de lui entourer les épaules d'un bras protecteur, elle recula avec un regard venimeux comme si l'Abbesse était sa pire ennemie.

— Si vous m'enchaînez, je me laisserai mourir de faim, chuchota-t-elle. Je m'étranglerai avec les chaînes et, de la sorte, me libérerai. Je ne les laisserai pas m'approcher, je ne vivrai plus jamais ça, plus jamais, je ne veux pas, je ne veux pas...

Elle avait le regard vide, aveuglé par la panique, sa voix devenait suraiguë, un instant encore et elle se mettrait à hurler.

Oswy lui plaqua une main sur la bouche.

— Très bien. Je vous emmène. A cheval, car une litière nous ralentirait trop. On va vous en seller un. Essayez de bien dormir cette nuit et, demain matin, prenez un petit déjeuner copieux si vous pouvez l'avaler. Nous partirons à l'aube.

Edda le raccompagna jusqu'à la porte ; elle avait les traits tirés d'anxiété.

— Je crains que vous ne fassiez une erreur, mon frère.

— Je sais que j'en fais une.

— Alors pourquoi ?

— Elle a trop souffert depuis que je l'ai éloignée de son peuple. Autant que je rembourse une partie de ma dette envers elle.

— En la faisant souffrir davantage ?

— Oui, puisque tel est son vœu. Il ne nous reste quelquefois à offrir à nos semblables que la liberté de choisir eux-mêmes leur souffrance.

S A terreur panique se dissipa, chassée par les vents de la lande, lors du franchissement des Lammermuirs. Maureen en vint même à se demander comment elle avait pu se comporter ainsi, céder à une réaction d'effroi si primaire — sans ignorer du reste que cela pouvait la reprendre sans préavis comme à Ceasterford. Et elle s'en inquiétait fort : retrouverait-elle jamais son orgueilleux courage ? Sinon, elle ne serait plus jamais véritablement libre...

De l'éperon rocheux qu'ils venaient d'atteindre, ils voyaient le vaste estuaire de la Forth se déployer dans la mer. A l'arrière-plan se dressaient les collines pictes. Oswy expliqua que Talorgan arriverait par la rivière, débarquerait à Giudi, à quarante milles environ à l'ouest, puis marcherait sur Camelon en suivant le mur de l'empereur Antonin. Eux, pendant ce temps, se dirigeaient vers la côte, et l'extrémité orientale du Mur. Ensuite, une piste excellente longeait vers l'ouest les ruines de plusieurs forts romains. Il en choisirait un, facile à défendre, sur la route de Camelon, y dresserait son camp, s'y laisserait assiéger par Penda, dont l'armée picte à son tour surprendrait et cernerait les arrières... La seule perspective d'assister à l'attaque par les Merciens des murailles derrière lesquelles elle-même se terrerait, donnait la chair de poule à Maureen, mais elle se garda d'en rien laisser voir.

Ils descendirent vers la Forth et campèrent à l'embouchure de l'Esk. Comme ils avaient chevauché à vive allure jusque-là, Oswy accorda à ses hommes une journée de repos ; d'ailleurs, il ne voulait conserver qu'une médiocre avance sur Penda, afin que celui-ci, tout à la joie de la curée, oublie les prudences élémentaires et ne devine même pas le piège en train de se refermer sur lui.

Le trajet du lendemain, sur les sables découverts par la marée basse et dominés à gauche par les hautes falaises de Din Eidyn, ressemblait à une promenade d'agrément. La cité juchée tout en haut avait été assiégée et pillée par Oswald six ans plus tôt, mais au bas de la pente subsistaient quelques bâtiments de ferme, et le faîte gardait sa couronne de remparts en ruine.

Pour avoir vécu cette campagne, Oswy connaissait le terrain ; il dit à Maureen qu'un village, à quelques milles de là, occupait l'embouchure de l'Almond. Ils allaient s'y reposer et laisser souffler leurs chevaux ; ensuite, dix autres milles seulement les sépareraient du Mur, où les attendraient les messagers de Talorgan. Il dépêcha Guthlac et Brand à Caer Almond pour prévenir les femmes du village de préparer la chambre de Maureen.

C'est au moment où ils passaient la Leith à gué qu'ils aperçurent un cavalier qui galopait à bride abattue dans leur direction, en éperonnant les flancs de sa monture fatiguée. Oswy pressa le pas de son cheval, et Maureen, qui chevauchait à son côté, l'imita ; les hommes empoignèrent fermement leurs lances. Tout le monde pressentait, avant même de la connaître, une mauvaise nouvelle.

Le fugitif était Guthlac qui, la bouche grande ouverte, hurlait avant même d'être à portée de voix :

— Demi-tour ! Une armée occupe l'Almond !

Le cœur de Maureen bondit d'horreur :

— Penda nous a devancés ?

L'homme, à bout de souffle, secoua la tête.

— Non. *Des Gallois*. Nous les avons pris pour les hommes de Talorgan. Brand est parti en avant pour les saluer..., il connaît quelques mots de picte. Il a eu juste le temps de me mettre en garde avant de se faire prendre... J'ignore s'ils l'ont tué ou s'ils l'ont gardé pour l'interroger. Impossible de passer, ils sont trop nombreux.

Oswy fit faire une volte à son cheval et saisit celui de Maureen par la bride.

— Au galop !

Il les conduisit vers l'intérieur des terres, là où les escarpements rocheux de Din Eidyn assiégeaient le ciel. Un étroit défilé entre les falaises et les éboulis menait en pente abrupte vers la citadelle démantelée. Là, ils s'arrêtèrent et mirent pied à terre, inspectant les alentours à l'affût de signes de poursuite. Leurs visages étaient aussi sombres que leur avenir. Ils avaient trop bien joué leur rôle d'appâts : les éclaireurs signalaient la proximité de Penda qui, remontant déjà Deira Street, atteindrait l'embouchure de l'Esk avant la tombée de la nuit. Ne pouvant plus ni reculer ni avancer, séparés de leurs alliés pictes par l'ennemi gallois, ils étaient devenus de chasseurs, gibier.

Oswy balaya du regard le site immense : le sommet de la colline mesurait plus d'un mille à vol d'oiseau, en long comme en large ; à l'est et au sud, marais et lochs constituaient des douves naturelles ; à l'ouest, l'à-pic tenait lieu de rempart. Il sourit.

— Idéal pour jouer à cache-cache !

— Ou pour livrer un dernier combat, dit Godric, les yeux levés vers la citatelle.

— Nous n'en sommes pas là. Pas encore. Mais va donc faire un tour du côté de ces fermes et rapporte-m'en vivres et eau potable. Nous ne nous replierons dans l'enceinte que faute de mieux, mais autant l'approvisionner, on ne sait jamais...

325

— Nous manquons d'hommes pour soutenir un siège, dit Wulfstan, lugubre.

— Cela, ils ne le savent pas.

— Les Gallois tiennent Brand.

— Il ne parlera pas ! cracha Guthlac.

— S'il parle, j'espère qu'il aura l'esprit de mentir, déclara Oswy d'un ton pensif, mais nullement désespéré. Ils ne sont pas au courant, pour Talorgan, mais je suis sûr que Talorgan, lui, est averti de leur présence, ou le sera sous peu. Aucun étranger ne peut débarquer du sud sans que les Pictes le sachent... On les dit capables d'entendre l'herbe pousser ! Talorgan ne tardera pas à suivre leurs traces.

— Ne tardera pas, ne tardera pas..., mais peut-être déjà trop tard pour nous, grogna Dunnere. Si Penda et les Gallois unissent leurs forces pour nous attaquer directement, nous serons morts avant l'arrivée de Talorgan. Le temps est la seule chose que puisse arrêter la pointe d'une lance.

— Encore peut-on en gagner si l'on possède assez d'or !

Les yeux d'Oswy luisaient. Il aurait pu être tout aussi bien en train de disputer une partie d'échecs et de mijoter son coup suivant.

— Déchargez l'un de ces sacs. Dunnere, prends la moitié des hommes et transporte le reste de l'or dans la citadelle. Quand Godric arrivera avec les provisions, dis-lui de rester avec toi et de nous guetter... — nous risquons de débarquer à toute allure. En cas de désastre, cache l'or dans le puits, ou enterre-le dans une tourbière, et tiens aussi longtemps que tu pourras.

Il regarda Dunnere rassembler ses troupes et s'engager dans le défilé. Maureen eut la surprise de l'entendre pouffer. Elle le regarda bouche bée. Il s'amusait vraiment.

— D'après Edda, une brute comme Penda a un seul moyen de me prendre au piège : faire quelque chose de si bête ou de si fou que mon esprit matois ne pourrait le prévoir.

Il se reprit à rire.

— Et la seule chose que je n'aie pas prévue, c'est qu'il serait assez matois lui-même pour deviner mon plan à *moi* ! Nous voici donc, nous, terrés dans un vieux fort, coincés entre lui et ses alliés... — bref, dans la nasse prévue pour lui !

— Je suis heureuse que cette situation vous divertisse, grinça Maureen tout bas entre ses dents serrées, sans se résoudre à enfoncer le clou...

Comment, dans un pareil moment, faire observer qu'Oswald, lui aussi, s'était laissé piéger dans un vieux fort, entre deux armées ? Que la première fois, le plan du chasseur avait parfaitement joué, mais sur un gibier imprévu ? Que Tanguy, en un mot, avait forcé puis acculé Oswald avant de lâcher sa meute de Merciens sur le cadavre ? Et qu'avec sa patience de traqueur, il suivrait sa proie de Powys au pays des Pictes et jusqu'au bout du monde si la piste l'y menait ? Elle l'imagina empalant Oswy comme un loup à la pointe de sa lance, et l'épouvantable vérité la frappa de même.

« Désormais je t'appartiens, lui avait-elle dit, ne m'abandonne jamais. » Tanguy avait été fidèle, trop fidèle. Rien, ni le mauvais tour dont il avait été victime, ni leur séparation, ni son mariage à elle n'avaient suffi pour le délier de son serment. Or, ces paroles, c'est elle qui les avait proférées ; en l'assujettissant, elle s'était assujettie elle-même. « Qui de nous... combien d'entre nous vont devoir mourir pour que tout cela cesse ? »

Oswy se tourna vers les autres.

— Suivez-moi. Tenez bien vos chevaux, la pente est rude.

Il les conduisit vers l'est de la vallée, par un passage abrupt qui dominait un petit loch. Le sentier, mince comme un fil, serpentait entre les rochers. Ayant fait signe à ses hommes d'attendre, Oswy entama l'escalade, suivi de Maureen. En haut, sur un petit plateau herbu entre deux rochers, se dressaient une cahute ronde semblable à une ruche et un oratoire en pierres sèches couvert d'un toit de chaume.

— Que la paix soit sur ces lieux.

— Et sur vous, mon fils.

L'ermite lisait son psautier à la lumière du jour qui entrait par la porte ouverte. Reposant son livre, il s'approcha d'eux. C'était un vieillard de haute taille, maigre, à la peau tannée par le soleil et par le vent, barbe folle et cheveux gris, orbites creusées par de longues veilles mais qu'illuminaient des yeux aussi bleus et calmes qu'en contrebas les eaux du lac.

— Nous sommes des fugitifs, mon père. J'attends le moment de négocier avec mes ennemis, s'ils acceptent. S'ils refusent, je vous adjure au nom du Christ d'offrir asile à cette dame. Elle est chrétienne... et reine de Cambrie.

— Dieu vous bénisse, ma fille. N'ayez pas peur. Cette maison Lui appartient, vous y êtes chez vous. Où sont vos ennemis ?

— Ils arrivent, s'exclama Oswy, désignant les basses terres qui s'étendaient au nord-est, à la jonction de la Leith et de la mer, tenez, les voici !

Un instant rentré dans sa cabane, l'ermite ressortit avec un grand crucifix de bois. Il sourit à Maureen.

— Restez là, ma fille, et priez saint Antoine de veiller sur vous.

En voyant les deux hommes dévaler le sentier, Maureen n'hésita guère et, de loin, les suivit silencieusement. Elle était attirée par quelque chose de plus fort que l'envie de connaître son propre destin. Ces guerriers qui chevauchaient, orgueilleux et rapides, vers Din Eidyn, étaient ses compatriotes. Après deux ans d'exil, elle se sentait entraînée vers eux par une grande vague de nostalgie.

Oswy dégaina et, de son épée, trancha le rameau feuillu d'un aulne rabougri qui poussait au bord d'un ruisseau boueux. Tendant son arme à Wulfstan, il hissa sur son épaule le sac d'or laissé vers l'ouverture du défilé. En les voyant s'immobiliser là, avec le crucifix et le vert branchage symbole de paix, les cavaliers eux-mêmes s'arrêtèrent. Après avoir discuté quelque peu, ils mirent pied à terre tous quatre et s'avancèrent lentement. L'ermite brandit son crucifix.

— La paix au nom du Christ.

Deux des nouveaux venus firent la moue, les deux autres se signèrent. L'un d'eux dit en gallois :

— C'est bien volontiers que nous vous laissons en paix, mon père, et nous vous demandons votre bénédiction en échange, mais que veut l'Anglais ?

— Lui aussi veut la paix.

Le Gallois éclata de rire.

— Les Anglais sont une si sainte, si pacifique race ! Tous les moines assassinés de Bangor doivent prier pour eux en ce moment.

L'un de ses compagnons cracha par terre.

— Oswy est un pacifique, pas de doute là-dessus.

Lui aussi parlait gallois, mais mal, avec un fort accent mercien.

— Il n'est pas de havre si lointain, reprit-il avec mépris, qu'il ne s'y précipite en couard qu'il est !

— C'est ce que je fais à présent, en toute franchise, reconnut Oswy d'un ton calme et sans rancœur. Mon peuple s'est retourné contre moi... m'a chassé. Je n'ai pour m'accompagner qu'une poignée d'hommes, comme vous voyez. Je retourne en exil, à Iona.

— Et vous venez nous mendier un sauf-conduit ?

— Vous l'acheter.

Il ouvrit le sac de cuir pour leur permettre de voir à l'intérieur et leur tendit un gobelet, puis une broche, puis un plat d'or. Malgré leurs efforts pour ne pas paraître trop impressionnés, ils étaient manifestement tentés.

— Il y a cinq autres sacs identiques là-haut, dans la citadelle. Je consens à les échanger contre une trêve de cinq jours pendant laquelle j'attendrai, dans ma forteresse de Giudi, le laissez-passer des gens du Strathclyde. Après ce délai, si je tombe entre vos mains, vous ferez de moi ce que vous voudrez.

— Nous pouvons déjà le faire, sans votre permission ! — Le mépris tordait la bouche du Mercien. — Qu'est-ce qui nous empêche de saisir votre or dès que l'envie nous en viendra et d'offrir vos entrailles aux corbeaux de Wotan ? Prenez-vous Penda pour un marchand de paix à la sauvette ?

— Mon trésor, vous ne l'aurez pas, car mes hommes ont ordre de le jeter au fond d'un marécage si vous refusez mes propositions. Quant aux corbeaux de Wotan, nous pouvons leur offrir en pâture un certain nombre d'entre vous avant de mourir.

— Ce sont là paroles de païens, dit sévèrement l'ermite, les yeux fixés sur les Gallois. Je vous adjure, au nom de Dieu et sous peine d'encourir Sa malédiction, de laisser cet homme partir en paix pour l'exil avec son épouse et sa suite.

— Son épouse ? — Le Gallois prit un air horrifié. — La reine de Cambrie est là ?

En levant les yeux du côté de la côte, derrière le groupe formé par les hommes d'Oswy, ils virent Maureen debout au tournant du chemin. Les deux Gallois s'écartèrent, discutèrent entre eux avec de grands gestes, puis eurent apparemment une violente querelle avec les Merciens. L'ermite les rejoignit ; Oswy attendait, impassible, avec sa branche couverte de feuilles vertes et son sac d'or. Finalement, l'ermite revint.

— Ils vont exposer vos propositions à leurs seigneurs. Je les accompagne. Je m'assurerai de leur bonne foi.

— A moi aussi, il me faut des assurances, un otage de chaque camp. Ils ne sont pas tous chrétiens.

Quelques mots encore, puis l'un des Gallois et le second Mercien, qui n'avait pas soufflé mot jusque-là, s'avancèrent, tandis que les autres s'éloignaient vers la plaine. Les deux otages entravèrent leurs chevaux, déposèrent leurs armes au bas de la pente et montèrent rejoindre les Northumbriens. Ceux-ci leur offrirent à boire. Le Gallois, guère disert, lançait des coups d'œil curieux à Maureen qui restait assise à l'écart, enveloppée dans son manteau, Oswy près d'elle. En revanche, le Mercien, un garçon d'heureuses dispositions, au visage ouvert, ne demandait qu'à bavarder.

— Penda n'acceptera pas de négocier, déclara-t-il gaiement, après avoir sifflé une bonne lampée à la gourde de Guthlac. Il ne veut que votre peau.

Sa voix portait loin.

— Il prend mal l'histoire de son frère ? C'est pourtant lui qui a tué Oswald, faudrait pas l'oublier !

— Oh, je ne crois pas qu'il vous en veuille tant que ça pour Eobba, vous le lui avez tué lors d'un combat régulier... quoique le message qui accompagnait les couilles était peut-être un peu rude ! Ce qu'il digère mal, c'est l'histoire de cette femme...

— Quelle femme ?

— Celle qu'il a eue pendant son dernier raid en Northumbrie... enfin ! il serait plus juste de dire que c'est elle qui l'a eu.

Maureen se pétrifia.

— Elle lui plaisait tellement qu'il avait décidé de l'épouser, et c'était généreux de sa part puisqu'il pouvait l'avoir pour rien. Elle, elle avait accepté : mieux, elle avait même empoché son cadeau de mariage, sa plus belle broche, une qui lui venait du vieux Offa d'Angeln. Et qu'est-ce que vous croyez qu'elle en a fait ? Elle s'est enfoncé l'épingle dans le cœur !

Maureen tressaillit aussi violemment que si elle-même s'était fait poignarder ; elle se fût levée d'un bond si Oswy ne l'eût retenue. La grosse voix poursuivit avec enjouement :

— Penda était fou de rage quand il l'a trouvée... fou à lier ! Il gueulait que tous les Northumbriens, du premier au dernier, Oswy compris, étaient trop malhonnêtes pour vendre sans tricher une haridelle asthmatique !

Tandis qu'à ces mots, Oswy et ses hommes pouffaient de bon cœur, Maureen, tête baissée dans l'ombre de son capuchon, parvenait à réprimer ses sanglots, mais les larmes inondaient son visage.

Finalement, l'ermite revint seul.

— Ils ont accepté l'essentiel de vos propositions. Penda ne voulait pas, mais les Gallois ont insisté, et ils sont plus nombreux que les Merciens. Toutefois ils ne vous accordent que trois jours, et celui-ci compte pour un. Vous devez apporter le trésor ici et le déposer devant mon crucifix ; Penda n'y touchera pas, il le laisse à ses alliés mais il a donné sa parole de ne pas vous attaquer. Vous pouvez passer la nuit dans la citadelle et en partir à l'aube. La trêve s'achève après-demain au crépuscule. Si vous n'avez décampé d'ici là, vu que Strathclyde vous refuse le passage, alors ils seront libres de vous tuer.

— Soit. Merci d'être intervenu, mon père.

— J'implorerai pour vous paix et sécurité, mon fils.

Après les avoir bénis, il planta son crucifix dans l'herbe grasse et, tombant à genoux, s'abîma en prières. Les deux otages reprirent leurs armes et s'éloignèrent dans la plaine en direction du camp gallois au bord de la Leith. Les Northumbriens, eux, remontèrent en selle et gravirent au pas le défilé abrupt vers la citadelle. Maureen et Oswy fermaient le cortège. Irritée par le mutisme de celui-ci, craignant que le silence ne les enfermât tous deux à l'instar d'une cellule, elle préféra interroger :

— Selon vous, ils respecteront les termes du traité ?

— Probablement pas ; mais nous non plus. Nous aurons rejoint Talorgan bien avant le second coucher de soleil ; je suppose que nous recevrons un message de lui dès ce soir. Penda n'a pas assez d'hommes ni pour investir complètement Din Eidyn ni pour surveiller tous les bergers et pêcheurs de la côte.

Après une pause, il demanda calmement :

— J'aurai peut-être besoin de savoir. Qui était-ce ?

— Ma cousine. Sa mère était la fille adultérine d'Owein. Nous étions très proches... C'est elle qui m'a donné ce collier.

Elle avait la gorge tellement nouée qu'elle pouvait à peine parler.

— Je l'ai retrouvée prêtresse à Arnemeton. J'affectais d'être à la Dame pour que Penda me... respecte.

— Bonne idée, approuva Oswy, manifestement élogieux.

— Elle est venue à mon secours et a pris ma place. Nous nous ressemblions beaucoup, reprit-elle d'une voix qui désormais tremblait. Je lui ai donné la fameuse broche, sans me douter un instant qu'elle l'utiliserait pour se tuer... Je croyais qu'elle épouserait Penda...

— Elle aurait pu le faire si telle avait été son intention... Vous n'êtes pas responsable de sa mort, Maureen.

Touchée de sa bonté, elle leva les yeux vers lui, mais les larmes l'aveuglaient encore, et elle ne put même esquisser un sourire.

— En cadeau de noce, je lui ai offert la mort et cette querelle est née de son cadavre. Penda ne renoncera pas ; si vous lui échappez maintenant, il attaquera sans trêve, encore et encore, jusqu'à la destruction complète du Nord...

Retenant son souffle, elle s'efforça de se calmer et, presque posément, souffla :

— Laissez-moi partir, Oswy. Mon peuple me protégera. J'affronterai Penda, lui expliquerai...

— Non.

Oswy lui serra le bras comme dans un étau.

— Vous avez rencontré Penda et pourtant vous ne savez pas encore que rien ne vous protégera de lui ? Il vous tuerait, dût-il en mourir l'instant d'après !

— Même dans ce cas...

— Maureen, je n'ai encore jamais utilisé ce mot avec vous, je le fais maintenant : je vous *l'interdis*. Non pas en tant qu'époux..., vous ne m'avez jamais accepté. Non pas en tant que roi, vous êtes reine. Mais en tant que chef de ce clan, responsable de votre vie à tous. Je dois échafauder mes plans pour tous ici sans craindre que personne les contrecarre derrière mon dos.

En lui souriant, il caressa sa joue humide.

— Faites-moi au moins confiance, une fois. Je me suis tiré de situations plus difficiles, je nous tirerai encore de celle-ci. Mais, par pitié, ne laissez pas mes hommes vous voir pleurer, cela leur saperait le moral.

Ils étaient parvenus devant le mur de la citadelle en ruine au sommet du rocher. Plus de porte depuis longtemps, mais un espace facile à combler avec des ajoncs et des ronces ; les gens utilisaient encore l'enceinte pour se protéger des voleurs de bétail. Maureen regarda les mules chargées descendre vers la vallée sous la conduite de quelques hommes. Ceux-ci ne déguisaient pas leur morosité : il leur en coûtait fort de livrer sans combat l'or de la Northumbrie aux Merciens et aux Gallois ! Oswy les précédait cependant en personne, l'air aussi serein et sarcastique qu'à l'ordinaire.

Elle attendit leur retour sous les rayons ardents du soleil d'août, le regard perdu tantôt vers les profondeurs du loch qui brillait tel un miroir oublié dans l'herbe, tantôt vers les vastes étendues de l'estuaire, au-delà, et le cœur étreint par le souvenir d'Ariana. Qu'avait donc signifié la mort pour celle-ci ? L'estuaire d'une existence enfin mêlée aux flots innombrables de l'Infini ?

Le petit convoi finit par revenir, les mules à un trot désormais allègre, Oswy, lui, d'un pas lourd, entre Godric et Wulfstan, lancés tous trois dans une conversation si animée qu'ils ne remarquèrent même pas Maureen. Tout le monde semblait d'ailleurs d'humeur massacrante ; Dunnere fermait la marche.

— Que s'est-il passé ? Penda a changé d'avis ? Il a voulu empêcher les Gallois de prendre le trésor ?

— Oh non, ils l'ont pris, et bien pris ! Ils se sont jetés dessus comme une volée de pies ; qu'ils aillent pourrir en enfer, eux et leurs griffes cupides ! Ils n'en ont rien laissé, rien, pas même l'anneau qu'Oswy portait à son doigt !

Le cœur de Maureen se tordit dans sa poitrine ; il lui fallut lutter pour retrouver son souffle.

— Oswy a eu beau dire que c'était sa bague de mariage, l'un des seigneurs gallois en avait envie, et Penda a juré que l'accord serait caduc en cas de refus. Le Gallois a eu l'insolence de dire que tout ce que les Anglais possédaient en Bretagne n'était, somme toute, que le résultat d'une rapine, et que notre trésor servait moins à payer notre sauf-conduit pour Giudi, qu'à rembourser une infime partie de nos dettes. Ça n'a pas plu à Penda. Il y a de quoi étouffer de rage, n'est-ce pas, dame ? Enfin..., ils nous le paieront, et plus cher qu'ils ne croient !

L'ayant réconfortée d'un gentil sourire, il partit s'occuper des chevaux. Maureen étouffait presque, effectivement, mais pas de rage ; elle pensait à son anneau que Tanguy portait enfin, au long chemin qu'il avait dû parcourir avant d'arriver à son doigt, depuis les tristes scènes de Caer Luel... Oui, malgré son immensité, la crête de la citadelle lui paraissait irrespirable ! S'aventurant donc à l'extérieur des murs, elle se mit à déambuler sur la pente herbeuse, tel un fantôme incapable de trouver le repos.

Avec le lent naufrage du soleil, le ciel s'inondait d'or et de rose lorsqu'elle fit la rencontre d'une bergère qui conduisait un troupeau de chèvres vers l'enceinte. La jeune fille, avec un sourire, lui fit signe de s'approcher ; tirant des plis de son plaid une petite écuelle de bois, elle la plaça sous le pis d'une chèvre, puis offrit le lait frais et tiède à Maureen qui l'accepta avec gratitude, tant elle était assoiffée, épuisée, après sa longue station sous le soleil brûlant. Un objet dur comme un caillou roula au fond du récipient : l'anneau royal de Cambrie... !

Maureen s'assura d'un coup d'œil qu'il n'y avait personne aux environs. Retournant la coupe comme pour en vider les dernières gouttes, elle fit glisser la bague dans sa main. L'adolescente, alors, souffla tout en récupérant son bien :

— Sous les rochers au bord du loch, dès la lune levée, dame.

Elle s'éloigna bien vite, sans un mot de plus, poussant ses chèvres devant elle, tandis que Maureen suivait lentement, dans un état de transe hébétée qui ne l'abandonna pas de la journée. Oswy, soit que, tout occupé à donner ses directives, il n'eût pas de temps à lui consacrer, soit qu'il respectât son deuil d'Ariana, se garda de l'importuner.

Ayant tôt gagné la couche qu'on lui avait préparée dans le coin d'un bâtiment encore pourvu d'un toit, elle feignit de dormir, puis, à la nuit tombée, se glissa dehors et, telle une ombre, se faufila au milieu des ruines. Oswy avait certes posté des guetteurs, mais ceux-ci, veillant contre des intrus possibles ou une attaque surprise, ne se souciaient guère qu'on désirât quitter les lieux. Elle n'eut donc aucun mal à les localiser ni à leur échapper, et légère et agile, des murs en ruine ne pouvaient la retenir. Elle marchait dans l'ombre des rochers, posant le pied avec précaution sur l'herbe de peur de déloger un caillou. La clarté de la lune se faisait plus vive et les ombres des buissons, des rocs, plus noires lorsque l'une d'elles se détacha d'un fourré juste après son passage..., mais elle ne se retourna pas.

En cette fin août, l'air commençait à sentir l'automne, mais Maureen avait l'impression, en descendant vers le loch, que la lumière argentée de la lune, baignant le paysage tout autour d'elle, faisait éclore des milliers d'aubépines et des bourgeons printaniers dans les bois. Ce chemin-ci aurait pu être celui qui longeait le ruisseau sous les chênes d'Inglewood, près du puits de Saint Ninia, où Tanguy l'avait attendue et prise dans ses bras...

Lorsqu'elle atteignit l'ombre du rocher au bord du loch, et que les ténèbres s'animèrent et la saisirent, une seule phrase retentit encore et encore, tel un écho, dans sa tête : « Je suis chez moi, je suis chez moi ! » Les bras de Tanguy l'étreignaient à la suffoquer, elle sentait la chaleur de son corps contre son ventre, l'avidité de sa bouche sur son visage et sur son cou. Effacées, les deux années d'exil, elle n'avait jamais quitté son amant ! Elle noua ses deux mains derrière le dos du jeune homme afin de l'enlacer plus étroitement.

Il s'arracha à son étreinte ; croyant qu'il s'en allait, elle eut un mouvement de protestation muette et se cramponna à lui. Il rit, et elle vit ses dents luire dans la noirceur de sa barbe.

— Nous avons toute notre vie pour ça. Maintenant, il est temps de partir.

— De partir ?

— Mes hommes sont prêts à sauter en selle. Avec la pleine lune..., nous serons à mi-chemin de Caer Luel avant l'aube.

Il lui prit le bras, s'attendant à la voir le suivre en hâte. Elle demeurait immobile.

— Il n'y a rien à craindre, reprit-il. Nos troupes sont plus nombreuses que celles de Penda ; il ne peut nous empêcher de partir. Qu'il reste ici couper la gorge d'Oswy.

— Oswy est mon mari.

— Plus pour longtemps. Tu seras veuve avant d'arriver chez toi. Je regrette assez de ne pouvoir le tuer moi-même, mais nous aurions des ennuis avec l'Église, ce serait un crime de sang. Laissons donc les Anglais s'entre-tuer, mettre eux-mêmes un terme à leurs petites querelles sordides, et tu seras libre, libre de m'épouser sans l'ombre d'un scandale. Et une fois la Cambrie et Powys réunis..., je pourrai me rendre maître de toute la Britannie !

Elle secoua la tête.

— Je ne puis faire cela.

Il était sidéré, furieux qu'elle hésitât, ne fût-ce qu'une seconde. Levant les yeux sur son visage sombre, elle comprit qu'il n'était plus le jeune chasseur insouciant de l'Eskdale..., qu'elle-même n'était plus l'adolescente croyant la vie semblable à une chanson de geste... Tanguy n'était plus qu'un guerrier endurci et brutal. D'ailleurs, l'aimait-il encore, elle, que la vie avait transformée ? Sans doute n'aimait-il plus que le pouvoir qu'elle incarnait. Elle n'était qu'une proie longtemps disputée, longtemps indécise, une revanche, un dû.

— Tu m'as donné ta parole. Tu m'as donné ton corps en gage... Tu m'as dit que tu étais à moi..., et tu l'es !

— Je ne suis plus libre, répliqua-t-elle avec désespoir. Je suis mariée depuis plus de deux ans. Une barrière s'est dressée entre nous.

— Je l'ai démolie... ! Que crois-tu que j'aie fait pendant ces deux années ? Je suis devenu le fils que mon oncle aurait voulu avoir. J'ai risqué ma vie en toute occasion, pour que

337

des jeunes, toujours plus nombreux, me suivent. J'ai combattu dans toutes les guerres livrées par Powys, sur toutes ses frontières, pour étoffer mon nom, l'illustrer. J'ai flatté cette brute sauvage de Penda afin qu'il devienne mon allié, qu'il aille saccager le palais d'Oswald au nord et l'empêcher ainsi de secourir son frère.

Il la regarda d'un air soupçonneux.

— Je t'ai fait avertir de te tenir prête... Tu n'avais qu'à sauter à cheval et me rejoindre. Mais tu es restée en Angleterre, tu as gardé ton époux bien au chaud près de toi et laissé ton beau-frère, à sa place, plonger tête baissée dans le piège. Ainsi, le seul résultat de mes entreprises a été de te placer sur le trône de Northumbrie ! J'espère qu'Oswy t'a exprimé sa reconnaissance ?

— Tanguy, les choses ne se sont pas passées ainsi. Je n'ai jamais reçu ta lettre.

Sa voix était aussi faible que le souffle d'un mourant ; elle voyait, telle une carte dessinée devant elle, la route qui l'avait ramenée à lui, chaque étape inscrite en lettres de sang : la traîtrise dont Oswald avait été victime, l'horrible scène de Gefrin, la mort d'Ariana — et ce malheureux nouveau-né qu'elle-même n'osait seulement regarder... !

— N'as-tu vraiment que des pleurs à m'offrir, après tout ce que j'ai enduré pour toi, tout ce que je t'ai sacrifié ? J'aurais pu épouser la fille de mon oncle — comme il le souhaite —, elle est belle et m'adore. Non, je l'ai irrémédiablement blessée en différant ma réponse, en m'engageant dans cette campagne... Et pour qui ? Pour quoi ? Pour un serment, un souvenir, un espoir vain et insensé...

Il mima la voix de Maureen avec une sauvage amertume. « Il n'est rien au monde que je te refuse, Tanguy, mais une princesse de Cambrie ne s'accouple pas comme une serve sous la ramée ! » Non! Mais elle était capable de s'allonger et d'écarter les cuisses comme n'importe quelle catin, pourvu qu'on la paie assez cher avec les vastes terres de Northumbrie et l'or amassé à force de pirateries !

— Tu évoques le passé et tu me parles ainsi ? chuchotat-t-elle déchirée. T'ai-je demandé de l'or ou des terres ? La seule fois de ma vie où j'ai été libre de décider, c'est toi que j'ai choisi.

Un tel cri du cœur fit tressaillir Tanguy. Il crut qu'il triomphait.

— Pardonne-moi, dit-il, mes paroles ont dépassé ma pensée. Trêve de mots inutiles. Viens, et sois à moi pour toujours.

L'attirant à lui, il l'embrassa doucement.

C'est alors que Penda parut.

— La lune vous empêche de dormir, Tanguy ? s'enquit-il d'un ton rude, s'avançant lentement vers eux. Elle gêne aussi vos hommes, semble-t-il ; ils ne tiennent pas en place, ce soir.

Il toisa la femme que son allié enlaçait.

— Je vois, vous tirez les plans de votre prochaine campagne..., ou bien a-t-elle déjà commencé ?

Maureen, frappée de stupeur par la voix redoutée, tenta de se dissimuler derrière Tanguy, mais le clair de lune fit étinceler son collier. Penda recula d'un pas ; pour la première fois de sa vie, son visage exprima une terreur aveugle.

— Que faites-vous ici ? Je vous ai envoyée dans le bosquet sacré..., afin que vous puissiez célébrer vos rites. Pourquoi m'avoir suivi ?

— Que veut dire ce langage, Penda ? tonna Tanguy, mal à l'aise et furieux. Cette dame est ma parente, la reine de Cambrie... Je vous somme de la respecter !

— Prenez garde ! C'est une sorcière, une ombre de la nuit ! Elle n'a pris forme que pour vous tromper. C'est une morte vivante. J'ai vu l'épingle fichée dans son cœur, hurlat-t-il.

Maureen devait intervenir, lui imposer silence.

— Vous parlez de ma suivante, de cette malheureuse que vous avez violée à Gefrin ? cingla-t-elle avec hauteur. L'un de vos reîtres m'a appris sa mort. Elle m'était chère, quoique bâtarde de la Maison Royale et j'aurais volontiers consenti à la laisser vous épouser, si elle avait seulement pu en exprimer le désir.

Il fallait, malgré la terreur qui lui nouait la gorge, traiter le géant comme un serf quémandant la main d'une vulgaire souillon..., ce faisant elle imaginait entendre le rire d'Ariana jubilant de le voir tourné en dérision.

Un instant bouche bée, Penda reprit avec contenance :

— C'est généreux à vous ; je n'avais en effet jamais rencontré de femme plus séduisante. Vous lui ressemblez fort et ce collier ressemble étrangement à celui qu'elle portait. Vous êtes de la même chair, du même sang ? Vous ferez l'affaire à sa place, et je puis...

— Comment osez-vous ? l'interrompit Tanguy d'une voix blanche.

— Oser quoi ? Reprenez-vous ! En quoi est-ce insulter une femme de lui offrir le trône de Mercie ? Vous êtes son parent, dites-vous, et vous êtes mon allié, tant mieux. Accordez-moi sa main !

Tanguy, trop déconcerté pour répliquer, garda le silence. Penda alors posa la main sur la garde de son épée.

— Me croyez-vous tout juste bon pour vous prêter main-forte dans vos combats, mais pas assez pour m'accoupler avec l'une de vos parentes ?

Comme il se faisait menaçant, Tanguy siffla ses hommes. Ils surgirent des arbres et des buissons.

Sans reculer d'un pouce, impassible, Penda les regarda approcher.

— Venez, venez, railla-t-il, plus près, vous entendrez bien mieux ce que j'ai à vous dire : Je viens de demander à Tanguy, votre chef et mon compagnon d'armes, de resserrer encore notre alliance et notre amitié en m'accordant pour épouse sa parente que voici ! Mais la lune est mauvaise chandelle pour éclairer pareil entretien. Ramenez-la pour l'instant dans votre camp, nous en reparlerons demain.

Sur le point de se retirer, il glissa à l'oreille de Tanguy, d'un ton menaçant :

— Ne vous avisez pas de me faire faux bond... mes hommes monteront la garde cette nuit.

Puis il s'éloigna à grandes enjambées.

— Vous vous trompez d'interlocuteur, Penda ! lança d'une voix forte Oswy surgissant des ténèbres. La reine de Northumbrie a déjà un mari.

Penda s'arrêta net, et se retournant lentement, accabla de mépris son interlocuteur :

— J'ai déjà dit qu'elle me plaisait, et ne lésine jamais quand une denrée me semble bonne. Je n'exige même pas de wergild* pour mon frère. Quant à la femme, votre prix sera le mien. Vous pourrez vous en acheter une autre !

Oswy le défia du regard.

— La mort d'Eobba, dit-il, est un événement dérisoire. Elle ne compense en rien celle d'Oswald. Quant à ma dame, ma reine, elle ne sera jamais à vendre, tâchez de ne pas l'oublier.

— Alors battez-vous pour elle ! Elle choisira le meilleur de nous deux.

Maureen, indignée, se tourna vers Tanguy.

— Vous vous prétendez mon parent, et allez assister, les bras ballants, au meurtre de mon époux ?

— Je me garderai bien d'intervenir, répliqua froidement celui-ci. C'est une querelle de sang qui concerne leurs frères. Mais rassurez-vous. Mes hommes et moi ferons cercle autour d'eux pour veiller à la régularité du combat.

Elle lut alors dans ses yeux que l'issue du combat ne faisait pas de doute : Penda tuerait Oswy, évidemment, puis les hommes de Powys laveraient son honneur à elle et la mémoire de son mari dans le sang du colosse... Après quoi, on raconterait aux Merciens qu'Oswy avait attaqué Penda par traîtrise mais que leurs alliés avaient fait justice immédiatement... A coup sûr, Penda ne pressentait rien de tout cela, mais elle en eût juré, Oswy, lui, s'attendait à tout... !

* Rançon du sang.

341

Saisissant sa dague de chasse, elle en posa la pointe entre ses seins. La voie choisie par Ariana demeurait ouverte ; car une chose au moins était certaine : Maureen ne comptait pas passer sa vie entière réduite à l'état de femelle que se disputent les mâles et dont s'empare le plus fort.

— Ne craignez rien, cousine ! s'écria Tanguy, apparemment anxieux. Je ne permettrai à personne de s'en prendre à vous.

— Je n'ai pas peur, protesta-t-elle avec véhémence, je me charge moi-même de ma protection, je l'ai toujours fait !

Une nausée cependant la prit, dont elle pensa suffoquer.

— Le roi de Northumbrie m'a demandé mon consentement devant un prêtre, lui, au moins. Nous avons ensemble conclu un accord, et l'avons respecté.

— Assez de mots ! hurla Penda, dégainant son épée : Pour Wotan !

— Pour les accords respectables ! railla Oswy, saluant Maureen de son arme, avant d'esquiver la première attaque.

Malgré sa décision de ne pas regarder, Maureen n'arriva pas à détourner les yeux du spectacle, ce combat singulier n'était d'ailleurs pas aussi désespéré que celui qu'elle avait livré elle-même à Gefrin. S'il paraissait frêle à côté du Mercien, Oswy était néanmoins grand et puissamment bâti. Il avait la vitesse et l'allonge, et savait lui aussi manier le fer. Aussi pouvait-il assener de redoutables coups à son adversaire.

Il se trouvait tout de même confronté à un problème identique : pour tuer Penda ou du moins pour l'atteindre sérieusement, il fallait s'infiltrer sous sa garde, et la tâche n'était pas aisée. Quant à parer ses fulgurantes attaques, c'était au risque d'y briser sa lame ou de se faire arracher le bras...

En dernier ressort, la seule vraie tactique était la dérobade ; mais les hommes de Tanguy, en formant le cercle, s'y opposeraient. Oswy face à Penda, c'était le loup face au taureau ; dans un espace clos, la force furieuse finirait par triompher de la finesse et du calcul.

Après une esquive vers le flanc gauche de l'adversaire, Oswy plongea brusquement sous son bras droit, visant au cœur, mais Penda lui assena à revers un formidable coup de haut en bas qui lui aurait tranché la jambe s'il n'eût tout aussitôt fait un bond de côté, puis, relevant sa lame sans lui laisser le temps de reprendre son équilibre, l'obligea à parer, avec la hache qu'il tenait dans son poing gauche, un coup si rude que l'arme faillit lui échapper.

Alors Penda se jeta sur Oswy, l'assommant d'une sauvage volée de coups à la tête, la gorge, le ventre, les bras, les jambes, contre laquelle, réduit à parer désespérément, à bondir, à se plier, tel un saumon ferré, à reculer tout en tournant, il reculait et tournait inlassablement, prisonnier du mur infrangible que formaient les boucliers des guerriers de Powys.

La vue de Maureen se brouillait ; ce n'était plus Oswy qu'elle regardait. Gefrin brûlait tout autour d'elle. Une mélopée brutale assaillait son esprit, emplissait ses oreilles, la submergeait tout entière :

« Emparons-nous de la belliqueuse et que notre épieu viril l'éventre ! »

C'est elle qu'on pourchassait à l'intérieur de ce cercle maudit, elle qu'aveuglait la sueur, qu'assourdissait le sang se ruant dans ses veines, elle dont les poumons cherchaient avidement l'air, elle qui sentait son bras se paralyser peu à peu, ses jambes se dérober sous elle, éperdue d'angoisse et d'horreur...

Oswy était à terre désormais, l'épée avait échappé à son étreinte flasque, et il gisait à plat ventre, bras et jambes écartés comme elle-même naguère. Peut-être assommé, dès lors incapable de se relever, peut-être accablé par le désespoir ou bien par l'épouvante, cloué sur place, comme elle-même à Gefrin, comme elle-même à présent, toute issue coupée.

Penda cependant s'arrêta pour reprendre haleine, s'essuyer le visage, puis s'approcha d'Oswy, prenant tout son temps pour ajuster son coup. Il enjamba le corps inerte et, campé solidement sur ses énormes cuisses, brandissait sa lame lorsque, en un éclair, Oswy se retourna telle une loutre, saisit son épée et la planta droit entre les jambes de celui qui venait l'achever — le seul coup imparable, vu les positions respectives, et l'incroyable rapidité de l'attaque. Affolé, sans trop comprendre, le géant bondit en arrière avec un tressautement grotesque assez comparable aux entrechats d'un clown. Dans un réflexe pour protéger son bas-ventre, il s'emmêla les pieds et s'affala de toute sa hauteur, assommé par son propre poids, l'intérieur des cuisses ruisselant de sang.

Oswy s'était relevé d'un bond, prêt à plonger une seconde fois son épée, mais les hommes de Powys couvrirent le corps de leurs lances. La chaîne glacée de la terreur et de l'humiliation sexuelle qui ligotait Maureen depuis si longtemps se rompit, la libérant à jamais. Elle haletait et tremblait, mais c'était le rire cette fois, oui, le rire qui montait en elle, un fou rire semblable à une marée. Ce rugissement dans ses oreilles n'était qu'un faible écho, le premier, des voix tonitruantes qui s'esclafferaient en échangeant de gigantesques obscénités d'un bout à l'autre de la Northumbrie sitôt qu'on raconterait par où Oswy s'était joué de Penda !

Elle avait déjà rengainé sa dague et, du revers de la main, essuyait ses cils mouillés de larmes de joie lorsqu'elle aperçut des lances pointées soudain contre Oswy. Elle s'élança, saisit par la garde l'épée de Penda, dut s'y prendre à deux mains pour la soulever, n'en réussit pas moins à la brandir en hurlant :

— Arrière, lâches, ou je vous embroche !

Comme ils se retournaient, ahuris de son geste, elle-même, abasourdie, s'écria :

— Idwal ! Rhodri ! Que faites-vous là ?

Un coup d'œil circulaire lui révéla d'autres visages cambriens, des guerriers qui appartenaient à la garde de Caer Luel.

Leur regard indécis allait d'elle à Oswy qui reprenait son souffle, appuyé sur son épée, à deux pas de l'énorme masse de chair saignante, et qui contemplait la scène d'un air narquois — comme s'il se fût agi d'un numéro de mime particulièrement drôle représenté à Bebbanburh un soir de Noël.

— Dame, on nous avait dit que vous étiez retenue en Northumbrie contre votre gré, balbutia Idwal, non sans consulter Tanguy du regard. On racontait à Caer Luel qu'on ne vous reverrait plus jamais en Cambrie.

— Si Penda m'avait enlevée, non, on ne m'y aurait plus jamais vue, c'est certain. Allons, maintenant, écartez-vous, le roi n'a pas encore terminé sa tâche.

— Le combat est fini, lança Tanguy d'un trait, ne voulant laisser à Oswy le temps de réagir. Je vous ai laissé défendre votre honneur, car Penda vous avait défié, mais il est notre allié, et la trêve que nous avons conclue est encore en vigueur. Je vous interdis de le tuer. Je ne le permettrais pas.

— Quel réconfort, commenta Oswy, goguenard, de penser que vous étiez là pour nous empêcher de commettre des excès ! Vous auriez dû me prévenir, j'aurais ainsi eu bien moins peur !

L'autre lui lança un regard de haine, se demandant sans parvenir à trancher, sérieux ou badin, s'il le détestait davantage.

— Vous feriez mieux de partir dès l'aube. En rompant la trêve, vous avez renoncé vous-même à nos conventions.

Les Cambriens vinrent entourer Maureen.

— Moi aussi, je vous conseille de ne pas trop traîner dans les parages, dit Oswy. Vous avez un allié endommagé sur les bras... A votre place, je le transporterais à l'ermitage avant qu'il ne se soit vidé de tout son sang. Racontez aux Merciens que je l'ai vaincu en combat singulier, d'homme à homme, que vous avez assisté par hasard au duel et que vous m'avez regardé faire. Il n'est pas absolument exclu qu'ils vous croient.

Avec un sourire, il ajouta :

— Toutefois, avant que notre trêve ne s'achève officiellement, j'ai encore un service à vous demander.

— Un service ?

— Oui. Un rude voyage m'attend, et j'ignore quand, et même si j'en reviendrai. Je ne peux escorter votre cousine jusqu'à Caer Luel. Le chemin du retour vers Powys y passe, n'est-ce pas ? Alors, auriez-vous la bonté de faire route avec ses gens — il désignait de la tête les Cambriens — et d'assurer sa sécurité jusqu'à chez elle ?

Maureen vit les yeux de Tanguy s'illuminer — il exultait ! En un éclair, elle vit aussi la route de Cambrie se déployer en droite ligne devant elle, comme encadrée dans une porte soudain ouverte à deux battants. Du moment qu'Oswy s'efforçait de préserver l'alliance avec la Cambrie en prouvant qu'il n'en retenait pas la souveraine contre son gré, il ne lèverait pas le petit doigt pour empêcher celle-ci de partir. Mais alors, elle ne reviendrait jamais ! Or, elle entendit sa propre voix, comme surgie d'au-delà d'elle-même, d'ailleurs... déclarer d'un ton tout à fait innocent :

— Vous oubliez, mon seigneur... — mais c'est une histoire de femmes qui vous aura échappé au milieu de toutes ces dramatiques péripéties... — que j'ai promis à notre chère et loyale Ethel d'assister à ses noces. Il serait trop cruel de faire une fois encore languir Cadman — il a fait preuve d'une si grande patience !

Cela dit, elle chercha désespérément dans le regard de Tanguy, au-delà de sa stupeur, de sa rage, un signe, une lueur prouvant qu'il l'avait bien aimée sous les aubépines d'Eskdale.

« N'oublie pas notre amour et ne le maudis pas. Je t'ai vraiment aimé. Je t'aimerai toujours... »

Mais les yeux de Tanguy, impénétrables, aussi durs que l'ébène, ne laissèrent filtrer la moindre émotion, le plus faible message.

Alors, ôtant de son doigt l'anneau de Cambrie, elle haussa la voix de façon que ses gens et ceux de Powys entendent nettement :

— Mon frère, le roi Loïk, vous aimait comme un frère.

346

Après sa mort, je désirais vous donner ceci — que je vous prie d'accepter, maintenant, en souvenir de ce qui fut, en témoignage aussi de gratitude pour la protection que vous m'avez accordée ce soir.

Elle lui offrit l'anneau posé sur sa paume ouverte, dans un geste de muette supplication, et son cœur bondit quand il s'en empara.

— Bagatelle, marmonna Tanguy. Cela ne mérite même pas qu'on se souvienne !

Et il jeta l'anneau dans le vide. Il heurta une pierre, rebondit dans le loch, où Maureen l'entendit frapper l'eau. Furieux, les Cambriens se firent menaçants. Oswy saisit le bras de la reine.

— Comme vous le conseille votre cousin, nous ferions mieux de partir.

— Nous vous accompagnons aussi, dame, dit Idwal.

Sentant l'étreinte d'Oswy se resserrer, elle se força à sourire.

— Inutile, le neveu de mon époux vient avec ses troupes nous escorter jusqu'au pays des Pictes. Votre place est à Caer Luel. Dites à mon peuple qu'il me reverra... peut-être avant Noël, en tout cas au printemps. Je vous souhaite à tous un bon voyage de retour en Cambrie et à Powys. Que le soleil éclaire votre chemin.

La porte de l'espoir un instant entrouverte venait à grand fracas de se refermer. Maureen inclina courtoisement la tête, puis tourna le dos à sa jeunesse, à ses amours sans un regard en arrière.

XXI

ILS gravirent le défilé lentement, dans un silence absolu. Le monde n'était plus qu'une lune glaciale et rochers noirs. Oswy s'arrêta une fois, au bord d'une mare, pour laver son épée et ses mains maculées de sang. Ils saluèrent à peine les gardes, en entrant. A la porte du bâtiment qui devait abriter Maureen, Oswy s'immobilisa.

— Reposez-vous autant que vous le pourrez. Nous partirons de bonne heure.

Et il l'abandonna, sans un regard de réconfort ni un sourire. Exténuée, elle s'affaissa sur un tas d'ajoncs, perplexe : que faisait-elle là ? Pourquoi s'était-elle exilée à jamais, de son plein gré, en compagnie de cet étranger ? De cet étranger goguenard, sans scrupules, et qui probablement avait écouté chaque mot de la conversation avec Tanguy sur la rive du loch ?

« Tu m'as donné ta parole. Tu m'as donné ton corps en gage. »

Quel prix Oswy attacherait-il maintenant à sa parole s'il avait entendu cela... ? Et à son corps, par la même occasion ? Il prétendait que la malchance n'était pas un crime.... Aussi s'était-il apitoyé sur son sort de femme violée de même qu'il l'avait fait après sa chute de cheval — et n'eût encore pas manqué de le faire, s'il l'avait vue estropiée au cours d'une partie de chasse !

Mais s'il s'était trouvé à portée de voix — à quelle distance se tenait-il ? depuis combien de temps la suivait-il ? —, il savait désormais que Tanguy avait été son amant. Il devait donc attribuer sa décision de ne pas le quitter à de simples motifs politiques, quels que fussent par ailleurs les inconvénients de la situation... Car la Northumbrie demeurait le plus grand royaume de toute la Britannie !

« ... elle est capable de s'allonger et d'écarter les cuisses comme n'importe quelle catin, pourvu qu'on la paie assez cher... »

Elle sentit le sang lui monter au visage telle une gifle, au souvenir de cette phrase et de l'intonation de Tanguy... Et, pour comble, Oswy avait peut-être vu, entendu cela ? ! Était-ce pour cette raison qu'il lui avait tendu la perche du départ ? Pour se débarrasser d'une catin, et qu'arborant elle-même son infamie publique, elle lui rende sa liberté ? Qu'il puisse alors la répudier sans risquer la colère des Cambriens ni la malédiction de l'Église ?

Elle avait rendu inapplicable cette solution nette et simple ; mais Oswy lui avait déjà fait comprendre, calmement, sans le moindre signe extérieur de remords ni de chagrin, qu'il était capable d'éliminer les obstacles et ne s'en privait pas dès lors que la nécessité — sa nécessité — l'imposait... !

Avec le coucher de la lune, elle voyait, par la porte brisée de son abri, le sommet de la colline noircir ; peut-être n'assisterait-elle plus jamais au lever du soleil ? Cette idée ne s'accompagnait d'aucune crainte ; si Oswy lui prenait la vie, il lui avait au moins fait un cadeau ce soir : jamais plus elle ne serait la proie d'une terreur aveugle.

Quelle bêtise, au reste, que d'imaginer quelqu'un d'aussi

intelligent qu'Oswy décidant de la tuer pour satisfaire une rancœur personnelle, à un moment où sa propre vie, son royaume étaient en si grand péril ! La simple rumeur qu'elle était prisonnière ayant suffi pour soulever les Cambriens, désormais Oswy prendrait grand soin de l'exhiber à la cour des Pictes, puis dès que possible à Caer Luel, la traitant en reine bien-aimée, respectée ! Ils mentaient tous deux assez bien pour jouer la farce en public, comme un jongleur et sa compagne d'une nuit mimeraient la vie conjugale pour tuer le temps après un festin...

« J'ai eu le choix et voilà ce que j'ai choisi ! Je ne peux pas me plaindre, je ne suis ni une paysanne ni une serve dépendant du seul caprice d'un maître qui peut la donner ou la vendre à son gré. "Les hommes libres forgent leur propre destin." J'ai eu, à tout instant de ma vie, ma liberté de choix, même par rapport à mon mariage. J'aurais toujours pu choisir le suicide, comme Ariana...

« Eh bien, si nous devons jouer la comédie en public, Oswy et moi, pour le bien de nos peuples, pour tout le reste de notre vie, en revanche rien ne nous y obligera en tête-à-tête. Dès son retour, je lui raconterai ce qu'il ignore encore ou n'a pas deviné. Après quoi, je vivrai l'existence que j'ai choisie. »

Que serait-elle, cette existence, dès que Maureen se retrouverait seule, avec pour toute compagnie le mépris glacial de son époux ? Même les sautes d'humeur de Tanguy lui paraissaient moins désolantes. Du moins, lui, l'appréciait-il assez pour désirer l'emmener avec lui... Pourquoi avait-elle refusé ?

« Avec la pleine lune..., nous serons à mi-chemin de Caer Luel avant l'aube. »

Elle suivit en esprit Tanguy dans la clarté laiteuse, imagina Caer Luel tout rose à l'aurore, retint un instant son cheval puis s'engagea au pas sur le pont de l'Idon... — et sa promenade imaginaire s'acheva sur la déchirure, presque tangible, physique, de l'impossible. Tout cela n'arriverait jamais, car elle avait dit non...

La scène était lointaine et belle comme le lai d'un barde : « Il était une fois une princesse de Cambrie qui aimait un jeune chasseur. » Morte depuis longtemps, son cœur eût davantage frémi, quelle horreur !

Elle avait brisé tous les liens, ceux de l'amour, ceux de la peur, ceux de la sensibilité. Et cela de son propre chef. Dieu seul savait ce qui l'attendait désormais.

Grelottante, elle commença à se demander où était Oswy, ce qui se passait en bas, dans la vallée. La lune était désormais couchée, et Oswy ne venait toujours pas ; elle était seule dans le noir. Enfin elle s'endormit.

La main d'Oswy la réveilla, une main glacée qui la secouait doucement.

— Debout... Nous partons.

— C'est l'aube ?

Elle scruta des yeux les ténèbres.

— Non, mais il est minuit passé. J'ai reçu un message de Talorgan, il est temps de nous mettre en route.

— Pourrons-nous passer devant leur camp dans le noir sans qu'on nous entende ? Ils se sont agités bien tard... peut-être à cause de Penda ? Mais s'ils nous attaquent, nous n'en réchapperons pas...

— Inutile de passer devant leur camp ! gloussa-t-il. La Mercie et Powys sont en plein milieu des terres, mais un Northumbrien n'oublie jamais la mer. Sur mes ordres, mes vaisseaux nous ont suivis en longeant la côte... Ils ont jeté l'ancre derrière l'île, dans la Forth. Les gens de Talorgan nous la feront franchir par bac.

— Les chevaux ?

— On les laisse. Ne vous inquiétez pas, ils seront en bonnes mains avant le matin. Ils paieront les services de ceux qui vont nous aider à franchir la rivière..., c'est tout ce qui nous reste comme monnaie d'échange. Allons ! Dépêchez-vous !

Ils s'éclipsèrent de la citadelle et descendirent vers le sud-est par-delà la crête. Des ombres drapées de plaids les guidèrent, en toute sécurité, le long d'un sentier sinueux qui serpentait en terrain marécageux au pied de la montagne, puis virait au nord en suivant le cours d'un torrent qui disparaissait dans les sables environ deux milles plus loin. De grands canots attendaient, échoués sur la terre ferme comme en prévision d'une partie de pêche ; on hissa Maureen dans l'un d'eux qui l'emporta, bercée par l'eau miroitante, en direction de l'île au milieu de la Forth où les navires d'Oswy attendaient d'embarquer ses gens.

Encore mal éveillée, épuisée par tous ces événements, Maureen ne tarda pas à se rendormir sur un tas de manteaux à la poupe mais, au fond de son cerveau ensommeillé, voltigeait, tel un feu follet, l'obsédante question : que faisait-elle, que faisait-elle en ces lieux ?

Et cette question la tenaillait encore au réveil. Il faisait grand soleil, les mouettes tournoyaient et criaillaient dans le vent vif. Elle les regarda, assise à la poupe, effleurer les crêtes des vagues écumantes, tout en écoutant le grincement régulier des rames, les bruits d'éclaboussure, et en notant sans surprise qu'ils naviguaient au sud-est, vers le large.

Elle aurait dû être triste mais découvrit que son moral remontait comme le vol des mouettes. Le rythme des rames prit dans son esprit l'allure de mots, forma des paroles, les strophes d'une ballade que Dunnere demandait souvent au scop de chanter. C'était l'histoire d'un marin qui avait vécu sur la mer du Nord des nuits d'épouvante, raidi de froid, battu par les tempêtes et la grêle, haïssant chaque instant de la traversée. Et pourtant, à peine revenu sur la terre ferme, à peine le printemps avait-il ouvert les premières feuilles, son cœur aussitôt s'envolait vers la mer et l'appel du large aussitôt le rongeait !

> « *Le sang martèle à grands coups ma poitrine,*
> *Les désirs de mon cœur me drossent*

355

LA REINE REBELLE

Vers les lames gonflées, vers les flots salés,
Une infinie nostalgie ensorcelle mon âme,
L'attire en quête d'un peuple étranger,
Sur un rivage lointain.

Et voici que mon âme échappant au coffre de mon sein,
Mon esprit s'élance au-delà des marées,
Tourbillonne au-dessus des profondeurs que hante le léviathan ;
Avide et affamée, la mouette solitaire me hèle,
Aiguise l'appétit de mon cœur empressé
Qui vole à la rencontre de la baleine
Sur l'immense étendue des eaux. »

« Je suis libre, se dit-elle, le monde propose tant de chemins, la mer lèche tant de rivages. Ma route sera celle que je choisirai. Je pourrais aller à Rome, en Terre sainte, visiter Constantinople... et rien ne m'empêche d'aller voir ma petite Alycia ! Si elle est heureuse au couvent, comme Edda et Hilde, eh bien, qu'elle y reste. Sinon, je l'en tirerai, et elle prendra l'époux de son choix, qu'Oswy essaie donc de m'en empêcher ! »

S'enlaçant les genoux, elle sourit toute seule tandis que le vent jouait librement dans sa chevelure. Elle avait envie de renouveau, comme le *Marin* de Dunnere.

Elle avait aussi faim et soif, tout simplement, lorsqu'on échoua les bateaux pour la nuit dans une anse abritée par des falaises d'où cascadait un torrent de montagne. L'air salé aiguisait la saveur des plats et des boissons. Soudain elle voulut aller se promener sur les sables, heureuse de pouvoir s'étirer, bouger. Oswy lui emboîta le pas, et ils se mirent à marcher côte à côte.

— Avez-vous toujours eu l'intention de retourner à Bebbanburh ? demanda-t-elle.

— Si je n'arrivais pas à piéger Penda comme je le souhaitais. Me terrer chez les Pictes n'aurait eu aucun sens. Mais à ses ennemis il ne faut jamais dire la vérité, Maureen... — et la leur donner savamment, en tout cas !

— Y aura-t-il la guerre en Northumbrie maintenant ?

— Pas cette année. Les hommes de Powys vont rentrer droit chez eux... Vos Cambriens s'assureront qu'ils regagnent leur pays en paix. Vous avez très bien arrangé cela.

Ils parlaient avec calme, amicalement : en roi et reine s'entretenant des affaires de l'État ; en guerriers qui, ayant combattu côte à côte, ont pu prendre chacun la mesure exacte de leur courage.

— Et les Merciens ?

Il éclata de rire.

— J'ignore au juste jusqu'où la pointe de mon épée a pénétré. Je n'ai pas eu le temps de placer mon coup d'une façon aussi précise que je l'aurais souhaité. Mais s'il a atteint la région que je visais, Penda aura pour le reste de sa vie une démarche de bœuf et non plus de taureau. Son fils n'étant qu'un enfant, son frère mort, son clan voudra qu'il vive le plus longtemps possible. Tout ce monde-là va retraverser les Cheviot, descendre les Longues Collines et se tenir soigneusement à l'écart.

— Et si nous les attaquions sur le chemin du retour ? suggéra-t-elle, l'œil allumé d'espoir.

— Ma position n'est pas assez solide pour que je me lance dans une guerre à outrance contre la Mercie et Deira. Leur moment viendra quand je serai prêt. Auparavant, je dois effectuer un peu de nettoyage.

— Vous allez reconstruire Gefrin ?

Ayant atteint l'extrémité de la baie, ils firent demi-tour pour regagner en flânant les vaisseaux. Oswy s'arrêta un instant, le regard perdu sur les eaux inhospitalières.

— Il faudra bien, répliqua-t-il posément. Si je m'en abstenais, cela passerait pour une défaite. Mais l'endroit est marqué par le malheur, à présent, il s'y est passé trop de choses, et des choses trop terribles... L'évêque Aidan pourrait y construire une chapelle où l'on prierait pour le repos

357

des morts. Je possède à Melmin un domaine qui peut servir à défendre l'entrée de Glein Dale. C'est assez près pour qu'ils m'y rendent visite.

— Qui, ils ?

— Les spectres.

Maureen éprouva un élan spontané de compassion pour cet être qui avait, somme toute, été beaucoup plus éprouvé qu'elle au cours de cette année terrible. Erek était mort dans son lit, Caer Luel et Glannaventa demeuraient intacts. Oswy, lui, avait perdu son palais, ses trésors de famille, Oswald, Elfwyn, un enfant mort-né, tous victimes de la traîtrise et de la violence ; son épouse et la fille qu'elle lui avait donnée ne pouvaient être pour lui d'un très grand réconfort. Et il n'avait jamais laissé tomber un mot, un seul mot de reproche ou de doléances quant au rôle qu'elle-même avait pu jouer dans ses malheurs...

Ils venaient d'atteindre les bateaux. Les hommes allaient passer la nuit à terre autour d'un feu ; son lit à elle était préparé à la poupe du vaisseau d'Oswy. Elle lui prit la main pour qu'il l'aide à monter à bord et la garda. Il la suivit et s'assit près d'elle sur les manteaux.

— Les morts dorment à jamais en paix, dit-elle avec douceur, cherchant les mots susceptibles de consoler. Rien désormais ne peut plus les atteindre. Lorsque notre deuil aura pris fin, nous les retrouverons intacts dans nos mémoires, tels qu'ils étaient. C'est lorsqu'ils continuent de vivre et se retournent contre ceux qui les ont aimés qu'ils deviennent des morts vivants.

Sa voix trembla sur les derniers mots. Il la regarda.

— Ce Gallois a été votre amant.

— N'avez-vous pas aimé Liada ? rétorqua-t-elle, prompte à se défendre.

Mais, lui, ne songea pas à le faire :

— *J'aime* Liada. J'aime la musique et la poésie, le bon vin, les beaux livres, les bijoux. J'aime l'amour, mais je n'ai qu'une épouse.

358

... *Que vous n'aimez pas.* Ou bien voulait-il dire que l'on peut partager son savoir et ses joies ? Qu'il leur serait donc possible, à eux deux, de partager sinon Tanguy et Liada, du moins la part de ces deux êtres qu'ils gardaient en eux ? Cela paraissait improbable, et pourtant...

— Quand je vous ai rencontré, dit-elle, cherchant ses mots, car elle tournait autour d'une idée qu'elle-même ne discernait pas encore avec netteté, vous étiez l'amant de Liada. L'homme que vous avez été auparavant, je ne le connaîtrai jamais. Celui que j'ai épousé était l'amant de Liada.

Elle essaya de déchiffrer son expression, pour voir s'il suivait le fil de ses pensées, mais ses yeux contemplaient la mer ; ils avaient la même surface lisse, la même couleur bleu tirant vers le vert, les mêmes insondables profondeurs.

« La femme que vous avez épousée était l'amante de Tanguy — et l'est encore — car nous sommes le résultat de nos actes et de nos échecs. Combien d'autres que Liada vous ont aidé à devenir l'homme de mon choix ? »

— Pourquoi n'avoir pas suivi Tanguy ? demanda-t-il doucement.

— Pourquoi m'avoir proposé de le faire ?

— La personne la plus sage que je connaisse — une ollave irlandaise — m'a dit : « Le meilleur moyen d'amener une femme à planter ses racines dans un lit, c'est de lui dire, dès le seuil, que la porte demeure ouverte. »

D'abord scandalisée, Maureen resta bouche bée, mais les yeux traversés d'éclairs, elle levait déjà la main pour le frapper au visage lorsqu'elle comprit ce qu'il voulait dire. Alors elle se mit à rire, se laissa emporter par une vague de rire, sombra, se noya, retrouva son souffle, repartit de plus belle, entraînée par une nouvelle lame qui la jeta dans les bras de son mari.

Tard dans la nuit, quand la lune se fut levée, elle frissonna et s'écarta un peu. Oswy cligna des paupières, se réveilla et la regarda : elle avait les yeux agrandis d'angoisse, ses seins et ses épaules luisaient sous les flots noirs de sa chevelure.

— Qu'y a-t-il, mon cœur ?

— Ce ne sera pas toujours ainsi.

Il ondula du dos, des épaules.

— J'espère, effectivement que la couche sera plus moelleuse. Ces planches vont nous valoir des années de purgatoire en moins.

— Te voilà reparti sur tes airs sarcastiques... tu te moques toujours de tout ! Nous allons nous écorcher mutuellement, vivre à couteaux tirés, nous dresser l'un contre l'autre, recommencer à nous défier.

— Hé oui, encore et toujours ! Cela maintient en forme. L'homme qui vous a épousée, sachez-le, est de taille à affronter toutes les armées de Britannie. Mais j'ai pris assez d'exercice pour aujourd'hui. Allons, couchez-vous et...

— ... respirez à fond pour affronter le prochain assaut.

*
* *

Ils arrivèrent à Bebbanburh en tout début d'après-midi, après avoir fait un large détour pour éviter les bancs de sable de l'île Sainte et longé les Farnes où les oiseaux de mer juchés sur les rochers les accueillirent par des cris et des tourbillons d'ailes, tandis que les phoques pointaient le nez au-dessus des vagues pour satisfaire leur curiosité.

Cadman les attendait sur la plage avec une escorte. Ethel, postée à la porte du hall, un hanap à la main, salua le roi avec une extrême dignité, puis tomba dans les bras de Maureen avec des rires et des larmes. Elles se ruèrent toutes les deux dans les appartements des femmes, où la suivante, avec des cris d'horreur, dévêtit sa maîtresse : ah, cette ignoble tenue de chasse, elle la brûlerait dès que possible !

Lorsqu'elle l'eut baignée, revêtue d'une chemise propre, elle lui montra la robe qu'elle préparait pour elle depuis le séjour à Coludesburh : lainage rouge vif, encolure, ourlet et poignets rehaussés d'extraordinaires bandeaux de broderie écarlate et or. S'étant en effet rappelé combien Maureen, convalescente à Eoforwic, avait aimé les images du livre apporté par Oswy, elle avait, d'après ce modèle, brodé des sarments de vigne qui se lovaient et se tordaient dans tous les sens, au milieu d'une explosion de feuilles et de grappes que peuplaient mille oiseaux et des animaux fantastiques.

Maureen admirait le travail comme il le méritait ; puis, emportée par cette atmosphère de fête, elle passa l'une des tuniques en brocart pourpre de Constantinople. Ainsi vêtue, elle était d'une beauté sauvage, tel un paysage du Nord en automne, landes couvertes de bruyère et sorbiers emperlés de baies rouge vif sous l'azur limpide.

— Maintenant, vous avez vraiment l'air d'une reine ! s'écria Ethel.

Maureen haussa les sourcils, non sans ironie.

— D'une reine sans couronne...

Ethel jeta un coup d'œil vers son coffret à bijoux ; Oswy l'avait rempli à ras bord pour la remercier d'avoir sauvé sa femme. Elle tendait déjà la main lorsque celle-ci interrompit son geste.

— Non... chère Ethel, ceux-là, tu les as gagnés dans les marais d'Eoforwic. Personne d'autre que toi ne les portera jusqu'au jour où tu enverras le fils de Cadman faire sa cour à sa future épouse. Je n'ai pas besoin de couronne avec mes cheveux.

— Alors je vais vous en fabriquer une !

Et, avec une exaltation soudaine, elle tressa la lourde chevelure avec des rubans en or et l'enroula sur plusieurs épaisseurs autour de la tête de Maureen avant de la fixer, monumentale comme une mitre. La sonnerie du cor retentit au moment même où elle finissait. Les deux femmes prirent le chemin du hall ensemble, suivies par une nuée d'admiratrices.

Oswy avait dit aux serviteurs de placer le siège de la reine à côté du sien sur l'estrade, comme pour une noce et non pour un banquet de guerriers. Ébloui, il regarda Maureen entrer et s'asseoir.

— Quelle belle couronne que vous portez là ! Dommage que vous n'ayez pas de bijoux pour l'accompagner.

Elle envisagea de donner une quelconque explication : dire par exemple que les bijoux ne comptaient pas, qu'elle s'en était toujours moquée... ce qui eût été pur mensonge, et Oswy le savait fort bien. D'ailleurs, roucouler ne servait jamais à rien avec lui. Elle préféra donc déclarer, d'une voix plate, avec des accents sardoniques très northumbriens que même Dunnere lui eût enviés :

— Il est heureux que ma propre tête soit à même de m'offrir une couronne, c'est probablement la seule que j'aurai jamais.

— Ma chère, vous avez toujours réponse à tout, mais ne soyez pas si sûre de vous. Tenez..., gardez bien cette fois ce que je suis heureux de vous donner.

Il referma ses doigts sur un objet ; elle les ouvrit : au creux de sa paume étincelait l'anneau de Cambrie.

— J'ai honte d'avoir gâché un si beau geste... mais perdre une si belle bague eût été pire encore !

Au souvenir de ce qu'il avait appris sur elle ce soir-là et des risques qu'il avait courus pour récupérer l'anneau, les larmes brouillèrent les yeux de Maureen.

— Ne pleurez plus, ma tendre amie, vous en aurez, des bijoux, beaucoup d'autres. Celui-ci n'est qu'un gage de ma foi. Quand je régnerai sur toute la Britannie, vous en aurez tant que vous les jetterez aux filles de cuisine !

Les sourcils de Maureen se haussèrent comme des ailes.

— Parce que vous aspirez à ce titre, à présent ? La Cambrie et la Northumbrie réunies ne vous suffisent-elles pas, qu'il vous faille aussi devenir Haut-Roi de toute la Britannie ?

— On m'y poussera, vous verrez, gémit-il d'une voix chagrine, de l'air d'un homme effroyablement exploité. L'orgueil insensé d'une reine issue de la Maison d'Uryen ne serait jamais satisfait à moins...

En un éclair, plusieurs répliques, toutes cinglantes, traversèrent l'esprit de Maureen. Mais elle voulut choisir sans hâte la plus caustique et l'aiguiser de manière à la rendre aussi sanglante que possible. Allons, Oswy ne perdait rien pour attendre. Elle aurait toute la nuit prochaine, toutes les nuits à venir, toutes leurs années à vivre ensemble, pour le combattre et pour l'aimer jusqu'à son dernier jour.

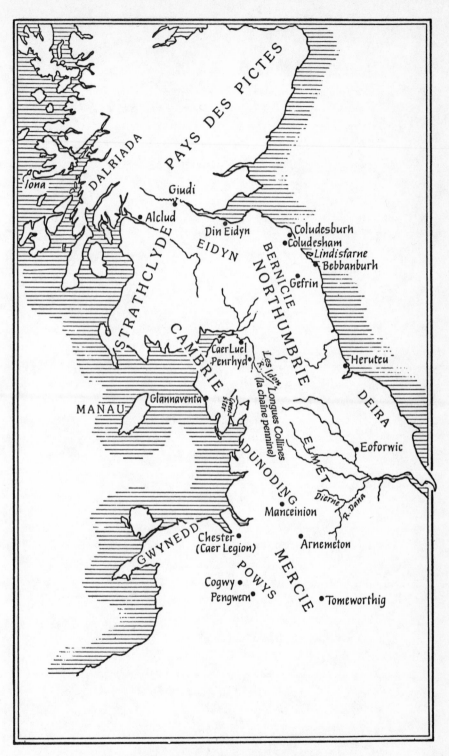

Partie nord de la Grande-Bretagne
au VIIème siècle

Table

CHEZ LE MÊME ÉDITEUR

LES ROIS QUI ONT FAIT LA FRANCE
par Georges Bordonove

Les Précurseurs :
Clovis. ◊ Charlemagne.

Les Capétiens :
Hugues Capet, le fondateur.
◊ Philippe Auguste. ◊ Saint Louis.
◊ Philippe le Bel.

Les Valois :
Charles V. ◊ Charles VII. ◊ Louis XI.
◊ François Iᵉʳ. ◊ Henri II. ◊ Henri III.

Les Bourbons :
Henri IV. ◊ Louis XIII. ◊ Louis XIV. ◊ Louis XV.
◊ Louis XVI. ◊ Louis XVIII. ◊ Charles X. ◊ Louis-Philippe

———

IL ÉTAIT UNE FOIS VERSAILLES...
par Jean Prasteau
Le roman vrai de Versailles,
de sa création à nos jours, comme il n'avait jamais été conté.

———

Les Grandes Aventures de l'Archéologie

**LA FABULEUSE DÉCOUVERTE
DE LA CITÉ PERDUE DES INCAS**
par Hiram Bingham
Traduite pour la première fois en France, la passionnante histoire
d'une redécouverte devenue un classique du récit d'exploration.

•

CHAMPOLLION
par Hermine Hartleben
La magistrale et unique biographie consacrée
au plus grand égyptologue français.

•

TOUTANKHAMON
par Christiane Desroches Noblecourt
Vie et mort du plus fabuleux de tous les pharaons.

•

**LE SECRET DES BÂTISSEURS
DES GRANDES PYRAMIDES**
par Georges Goyon, Maître de recherche au CNRS
Nouvelles données
sur la construction des monuments mégalithiques.

•

**LA FABULEUSE DÉCOUVERTE
DE LA TOMBE DE TOUTANKHAMON**
par Howard Carter
Les mémoires inédits de l'auteur de la découverte.

•

**VOYAGE EN ÉGYPTE
ET EN NUBIE**
par Belzoni
« L'un des livres les plus fascinants
de toute la littérature concernant l'Égypte » (Howard Carter).

N° d'Édition : 373. N° d'Impression : 618.
Dépôt légal : mars 1991.

Imprimé en France